KB063242

사장을
죽이고 싶나
우리는 해냈다!

你想殺死老闆嗎?(我們做了!)

사장을 죽이고 싶나 우리는 해냈다!

你想殺死老闆嗎? 我們做了!

원산 지음 **정세경** 옮김

아작

차례

제 1 부

1

젊은 남자는 가벼운 발걸음으로 서재를 지나치려다 안에서 들려오는 익숙한 목소리에 자신도 모르게 멈춰 섰다. 그는 눈을 흘기면서 뒤로 물러났다가 이내 결심한 듯 복숭아나무 문틀을 넘어 서재 안으로 들어갔다.

"아버지, 집에 계셨어요?" 남자는 창가에 앉은 아버지에게 공손히 인사하고, 함께 있는 다른 사람을 쳐다봤다. "아저씨도 오셨네요."

"누가 스카치위스키를 선물해서 함께 마시자고 아저씨를 불렀다." 젊은 남자의 아버지는 작은 잔에 술을 따랐다. "너도 한 잔 마셔라. 마침 네 이야기를 하던 참이었다."

"제 이야기요?" 남자는 위스키 잔을 받으며 자리에 앉았지만 대충 무슨 이야기일지 짐작이 갔다.

"아버님 말씀을 듣자니, 네가 친구들과 인공지능 애플리케이션 쪽 창업을 했다던데 어떠니? 자금은 다 준비됐어?" 아저씨라 불린 사람이 미소를 띠며 물었다. 10년 전부터 아버지의 자산을 관리해주는 사람이라, 젊은 남자는 '아저씨'가 자기 집에 들르는 일에 익숙했다.

"예, 저희 친구 몇 명이 공동 출자하는 거라 당장 자금 문제는 없는데, 크라우드 펀딩이 조금 늦어지고 있네요."

"흥, 공동 출자는 무슨. 우리 노인네들 몇 명 쌈짓돈 아닌가." 남자의 아버지는 말을 얼버무렸다.

"아버지, 저희가 쓰는 돈은 요 몇 년 동안 투자해서 모은 자금이에요."

"그래? 대단하구나." 아저씨는 씩 웃으며 고개를 끄덕였다. "요즘 이런 젊은이들 드뭅니다. 아드님을 너무 엄격하게 대하지 마세요. 그나저나 친구도 많지 않으신데 아드님 투자는 누구에게 맡기셨습니까?"

"아저씨, 농담도 지나치시네요. 제가 하는 투자라고 해봤자 몇 푼 되지도 않아요. 게다가 요즘 누가 사람 찾아서 자산관리를 맡기나요? 저희 돈은 전부 로보어드바이저(Robo-adviser)로 투자하는 걸요."

"너, 꼭 그렇게 예의 없이 말해야겠니?"

"괜찮습니다." 아저씨는 손짓을 하며 남자의 아버지를 안심시켰다. "ETF, 그러니까 상장지수펀드겠지?"

젊은 남자는 고개를 끄덕였다. "아저씨도 일거리 좀 많이 빼앗기셨겠네요?"

"그만해라!"

"하하, 아닙니다. 무슨 대단한 비밀도 아닌 걸요." 아저씨는 내내 미소를 짓고 있었다. "하지만 사실, 그건 '보통 사람들'이 하는 투자지."

"무슨 말씀이세요?"

"너 같은 젊은 사람들은 어려서부터 전자제품이 친숙하니까, 투자도 그런 방향으로 흐르기 쉽지. 인공지능이 자문해주는 로보어드바이저를 이용하는 것도 신기한 일은 아니랄까. 하지만 내가 하는 일은, 너 정도면 보통 사람들이 접할 수 없는 투자 기회를 얻을 수 있다는 걸 알려주는 거야. 지금 투자 중인 ETF는 지수를 따라가는 것뿐이잖니."

"그렇다고 사람이 운용하는 펀드 투자가 ETF보다 나은 수익을 내는 것도 아니잖아요? 최근 몇 년 동안의 펀드 수익률을 보면 확실히 알 수 있죠."

"하하, 물론 그렇게 단순히 비교하자면 네 말이 맞다. 하지만…." 아저씨는 여유로운 표정으로 위스키 한 모금을 마셨다. "이렇게 얘기해볼까? ETF가 도박장 구석에 있는 슬롯머신이라면, 내가 하는 투자는 진짜 사람이 노는 게임 테이블이야. 물론 슬롯머신으로도 큰돈을 딸 수 있지만, 진짜 게임 테이블만큼 재미있지는 않잖아. 그러니까 내가 경영하는 VIP룸과 비교한다면 슬롯머신으로는 푼돈이나 딸 뿐이지."

"음…."

젊은 남자의 표정이 미묘하게 변하는 것을 보며 아저씨는 그가 흔들리고 있음을 눈치챘다. "아저씨가 무슨 말씀하시려는 건지 알아요. 아저씨가 만든 사모펀드는 아직 상장되지 않은 회사에 전문적으로 투자한다는 거잖아요. 저희 회사도 언젠가 아저씨의 창업투자펀드에서 투자를 받을 수 있으면 좋겠지만, 아직 그런 단계는 아닌 것 같아요."

"만약 우리 펀드가 잠재력 있는 회사만 찾아 투자할 거라고 여긴다면, 네가 아직 우리의 운영 방식에 대해 잘 모르는 거야. 기회란…." 아저씨는 손가락으로 관자놀이를 두드렸다. "두뇌 회전이 빠른 사람에게 주어지는 것이지. 사실 오늘 내가 여기 온 건 너희 아버님과 아주 특별한 계획에 관해 이야기하기 위해서야. 남들이 미처 알아보지 못한 기회를 포착하고, 그 기회가 되는 투자 상품을 활용하려고 계획하는 건 프로그램에 의존하는 현재의 로보어드바이저가 할 수 없는 일이지."

"하지만 현대 인공지능의 발전 속도라면 금세 쫓아갈 수 있을걸요."

"그렇다면 우리는 또 다른 기회를 찾겠지. 사람들은 장사를 시작한 이래 줄곧 그렇게 기회를 만들어 왔으니까. 창조는 바로 인간의 본능이야. 과학기술은 그런 인간의 창조력을 최적화시켜주는 도구지. 우리의 머릿속에서 반짝이는 영감은 신이 인간을 만들면서 직접 불어넣어 준 천부적 재능이야." 아저씨는 다섯 손가락으로 무언가가 폭발하는 모양의 손짓을 했다.

젊은 남자는 한동안 아무 말도 하지 않았다. "아, 저는 그만 가봐야 할 것 같아요. 두 분이 천천히 이야기 나누세요."

"내 연락처 있지? 우리 회사에 너희 같은 스타트업을 담당하는 부서도 있는데. 재무든 법률이든 원스톱 서비스야."

"예, 필요하면 꼭 아저씨께 도움을 청할게요." 그렇게 말하며 젊은 남자는 서재를 나갔다.

방문을 닫을 때 젊은 남자는 아저씨가 자신의 아버지에게 하는 말을 들었다. "이런 초보적 단계에서 그런 투자 약속을 하기에는 분명 어려움이 있습니다. 하지만 요 몇 년 정부의 정책을 보셔서 아시다시피 이 방향이 잠재력 있는 건…."

남자는 아버지의 책상 위에 놓인 책 한 권에 저도 모르게 눈길이 갔다.

책 제목은《나는 금융 엘리트가 될 것이다》로 저자는 양안옌(楊安顏), 바로 자신의 아버지와 위스키를 마시고 있는 사람이었다.

2

넓은 인맥을 맺는 것은 성공에 먼저 다가가는 큰 걸음이다.
이를 통해 당신은 천리마를 알아본 백락(伯樂)을 만날 수도,
당신의 일생을 바꿔줄 사람을 만날 수도 있다.

— 양안옌, 《나는 금융 엘리트가 될 것이다》

그날은 무척 화창한 날이었네.

이른 아침부터 햇빛이 쏟아지고 구름 한 점 없는, 정말 한 점
도 없는 보기 드문 날이었지.

학교에 다니면서 나는 친구와 브루클린 지역의 아파트에 함
께 세를 얻어 살았어. 거기에는 학생들이 꽤 많이 살았는데, 나
역시 얼마 전까지 그런 이들 중 하나였지. 나는 학교를 졸업하자
마자 직장을 구했지만, 아직 꿈에 그리던 맨해튼으로 이사 갈 만
한 능력은 없었어. 그해 9월의 어느 아침, 나와 그곳에 사는 학생
들은 평소와 다름없이 만원 지하철을 타고 시내로 향했네. 뉴욕
은 9월이라도 아직 조금 더웠지만, 지난 한 해 동안 와이셔츠에
넥타이를 매고 양복 재킷을 입은 채 출근하는 일에 익숙해졌지.

사람 몸에는 자동조절 능력이 있는지 회사에 도착하면 더 이상 등 뒤로 땀이 흐르지 않더군.

나는 평소와 다름없이 8시쯤 시내에 도착했고, 또 평소와 다름없이 골목 안 테이크아웃 커피 전문점에 들러 그랜드 사이즈 커피 석 잔을 샀어. 나는 8시 15분쯤 회사가 있는 빌딩의 엘리베이터 로비에 도착했네. 엘리베이터를 타고 올라간 사무실은 세계무역센터 남측 타워 62층에 있었지.

그래, 내가 이쯤 얘기했으면 자네도 앞으로 어떤 이야기가 이어질지 짐작할 수 있을 걸세. 목숨을 건 필사적이고도 무시무시한 탈출? 영웅의 위기 탈출 성공담? 하하, 운이 지독히도 좋았다고 해야 할까? 하느님이 내 목숨을 아직 거둬가지 않으시려했던 건지, 아무튼 그렇지 않았다면 겁쟁이였던 나는 아마 탈출하지 못했을 거야.

내가 산 석 잔의 커피 중에 두 잔은 팀장님 두 분께 드릴 거였어. 당시 나는 대형 자산운용사에 취직해 신규 시장 금융상품 부서에 배정됐는데 거기 직원들은 대부분 신규 시장 출신이었지. 한 사람은 인도에서, 한 사람은 남미에서 뭐 그런 식으로 말이야. 그리고 내 직속 상사는 위(余) 씨 성을 가진 화교 부부였어. 두 사람이 회사에 들어올 때부터 함께였는지 회사에 들어온 뒤 연애해서 결혼했는지는 잘 모르겠네. 우리 회사는 사적인 일보다 시장의 추세나 시장을 어떻게 활용해야 잘 팔리는 금융상품을 만들 수 있는지에 더 관심이 많았으니까.

하지만 난 내 상사들을 형님과 형수님으로 불렀네. 나 같은

풋내기 직원을 잘 돌봐주기도 하셨고, 입사하고 1년 동안 두 분께 배운 것도 많았거든. 출근해서 사적인 이야기를 많이 나누진 않았지만, 퇴근 후에도 연락을 주고받는 사이였어. 사실 일 하느라 하루에 10시간도 넘게 붙어 있는 데다, 내가 일찍 부모님을 여의고 친척도 없던 터라 두 분을 가족처럼 느꼈던 것 같네. 그래서 그분들을 형님, 형수님이라고 불렀지. 아부가 아니라 정말 두 분을 존경했어. 매일 아침 두 분을 위해 커피를 샀던 것도, 뭐 사실 여러 회사에서 후배들이 커피를 사는 편이기도 했지만, 내 경우엔 진심에서 우러나온 행동이었네.

"어머, 큰일 났네." 두 분이 사무실에 막 들어오시는데, 형수님이 서류가방을 보며 깜짝 놀라시더군.

"뭔데?" 형님이 형수님의 서류가방 안을 들여다보셨어.

형수님이 가방에서 비닐봉지를 꺼내시는데 거기 천식 흡입기가 있더군. "유치원에 주는 걸 까먹었네."

형님도 '아차' 싶은 얼굴이었지.

두 분의 아들이 그해 9월부터 유치원에 다녔는데 아침에 유치원에 데려다주면서 천식 흡입기 주는 걸 잊으셨던 모양이었어.

"의사 선생님이 우리 통통이가 심하지는 않아도 천식 증상이 있다던데." 형수님이 한숨을 내쉬었지. "그래도 혹시 모르니 천식 흡입기를 갖고 다니라고 했는데, 오늘 아침에 유치원 선생님께 드리는 걸 깜빡했네."

"하루 정도는 별문제 없지 않을까?" 형님이 말했어.

"그렇긴 한데 하필 재수 없는 일이 이런 때 일어나면 어떻게 해?" 형수님은 머피의 법칙 신봉자이기도 했지만, 자식을 걱정하는 어머니의 마음이 더 컸겠지. "만약에 오늘 통통이가 발작이라도 하면…."

"형수님!" 그때 나는 형수님께 다가가 내 운명을 바꿔 놓을 제의를 했어. "그냥 제가 유치원에 가져다주면 어떨까요? 그럼 형수님도 업무에 차질이 없을 테고, 온종일 걱정하지 않으셔도 되잖아요." 어차피 나는 평소에 부서의 막내로서 발로 뛰는 일을 맡고 있었거든.

"그럼 좋지. 미안하지만 부탁 좀 할게." 형님은 유치원 주소를 내게 주며 간단한 약도를 그려주셨네. "지하철역에서 내린 뒤에 걸어서 3분 정도면 도착이야. 이건 내 부모 확인증인데 내가 지금 유치원에 전화해놓을게."

'아, 맞아, 요즘 유치원의 보안은 감옥보다 삼엄하다지?'

아무튼, 그렇게 몇 모금 마시지도 않은 커피를 내려놓고, 나는 형님이 건네주신 천식 흡입기와 부모 확인증을 받아들었어. 형님과 형수님이 안심하는 얼굴을 본 뒤에 바로 회사를 떠났네.

✳

유치원은 회사에서 다섯 정거장 거리였는데, 형님 내외가 사는 곳에서도 가까웠어. 시내에서 매우 가까운 조용한 주택가였지. 길 양편으로 빅토리아풍의 주택형 건물들이 늘어섰는데 유치원은 그런 주택 중 하나를 개조한 곳이었어. 놀이터로 변신한 주택의 정원에는 작은 플라스틱 미끄럼틀과 모래밭, 줄줄이 세워진 삼륜차가 몇 대 있었지. 짐작대로 대문은 잠겨 있었어. 벨을 누르니 운동복을 입은 젊은 여자가 나오더군. 나는 형님이 가르쳐주신 대로 현관에서 성명을 등록하고 여자에게 내 운전면허증을 보여주며 신분을 확인시켜줬지. 그런 다음 천식 흡입기를 그녀에게 건네줬어. 거긴 아이들 수가 많지 않은지 내가 형님 아이의 이름을 대자마자 누군지 아는 것 같더군.

"오! 하느님, 맙소사!" 그때 건물 2층에서 어떤 여자의 비명이 들려 왔어. 나는 엉겁결에 2층으로 뛰어 올라갔는데 젊은 여자도 놀랐는지 쳐다보기만 할 뿐 막지 않더군.

비명이 들려온 2층 방은 직원들의 휴게실 같았는데 안에는 단정한 옷차림의 중년 여성이 커피 머그잔을 두 손으로 꼭 쥔 채 부들부들 떨고 있었네.

"원장님, 무슨 일이에요?" 나를 따라 올라온 젊은 여자가 다급히 물었지.

"세상에…." 원장은 내 쪽으로는 눈길 한번 주지 않고 머그잔을 내려놓더니 두 손으로 코 아랫부분의 얼굴을 감싸 쥐었어. 원장의 눈은 안경 너머 벽 쪽의 작고 낮은 장 위에 놓인 소형 텔레비전에 고정돼 있었지. 텔레비전이 우리와 등을 지고 있었기 때문에 나는 텔레비전의 화면을 볼 수 없었어.

"원장… 오, 맙소사!" 원장에게 다가가던 젊은 여자는 무심코 텔레비전에 눈길을 주다가 이내 원장처럼 얼굴이 새하얗게 질려버렸네. 그때 두 여자는 마치 동상처럼 굳은 채 텔레비전 앞에 서 있더군.

"대체 무슨 일…." 나는 방 안으로 들어가 텔레비전 쪽을 봤어. 내가 뭘 봤을지 자네도 짐작할 수 있겠지.

그래, 바로 첫 번째 여객기가 세계무역센터 북측 타워에 처박힌 화면이었네.

그 모습은 마치 이제 막 불이 꺼져 아직 연기가 나는 양초 같았어. 사실 얼마나 오래 텔레비전 앞에 서 있었는지 기억이 잘 나지 않아. 내가 기억하는 건 1층으로 뛰어 내려와 현관을 떠나려던 순간뿐이야. 그때 유치원 선생님들이 교실에서 하나둘 고개를 내밀고 무슨 일이 일어났는지 살펴보는데 아이들 몇 명도 뒤에 있더군.

그중 한 아이의 얼굴이 내 시선을 사로잡았네.

동양 아이였는데 선생님의 바지를 붙잡고 그 뒤에 숨어 나를 보고 있었어. 그 눈빛은 어쩐지 나이와는 어울리지 않는 느낌을 주더군. 뭔가 내게 말하려는 것 같기도 하고, 무사에게 명령을 내리는 국왕 같기도 했어. 맑고 부드러운 아이의 눈은 마치 무슨 일이 일어났는지 다 아는 것 같았지.

'걱정하지 마, 부모님은 오늘 해 질 무렵에 평소와 다름없이 너를 데리러 오실 거야.' 나는 아이의 맑고 까만 눈동자를 보며 마음속으로 말했네. 그때 나는 진심으로 그렇게 될 거라고 믿었으니까.

어쨌든 그날은 모든 것이 평소와 다름없는 9월의 어느 날이었네.

물론 얼마 지나지 않아 온 세상이 알게 됐지. 그날은 평소와 다름없는 9월의 어느 날이 아니란 걸 말이야. 그날 이후, 세상은 이전과는 완전히 달라졌어.

지하철이 다니지 않을 거라 짐작한 나는 택시를 잡아타고 시내로 돌아왔네. 하지만 세계무역센터로 가는 길은 이미 경찰이 봉쇄했더군. 택시는 더 이상 앞으로 나갈 수 없었고 경찰은 차를 돌리라고 계속 손짓을 했어.

"세상에! 이런 빌어먹을! 대체 앞에 무슨 일이 생긴 거야?" 택시 기사는 차 앞유리 너머 머지않은 북쪽 타워에서 뿜어져 나오는 연기를 보며 말했지. 그제야 나는 택시 기사가 라디오를 켜놓지 않아 아무 소식도 듣지 못했다는 걸 알았네. "어이, 형씨! 여기 빌어먹을 상황 봐서 알겠지만 더 이상 앞으로 갈 수 없수다. 여기서 내리면 어때요?"

잠시 망설이고 있는 동안 차 밖에 서 있던 사람들 사이에서 소동이 일어났어. 여러 사람이 손으로 하늘을 가리켰고 나도 그 손을 따라 고개를 들었지.

말도 안 돼!

그건 여객기였네. 조금 낮게 또 조금 빠르게 날고 있는 여객기. 여객기 한 대가….

뭔가 더 생각할 새도 없이 나뿐만 아니라 그 시각 텔레비전을 보고 있던 전 세계 사람들은 두 번째 여객기가 세계무역센터 남측 타워에 충돌하는 장면을 지켜본 목격자가 되었지.

"형님, 형수님!"

그때 어떻게 택시에서 내렸는지 기억도 잘 나지 않아. 차비를 냈던가? 놀라서 얼이 빠진 택시 기사가 돈을 받았던가? 정말 하나도 기억이 나지 않네. 차에서 내린 뒤 근처 빌딩들에서 쏟아져 나온 인파와 함께 붐비는 거리에 서 있었던 것만 기억나는군.

나는 우선 휴대전화로 형님과 형수님이 있는 회사 내선번호로 전화를 걸었어. 역시나 아무도 받지 않더군. 나는 다시 형님의 휴대전화로 통화를 시도했지만, 신호가 가지 않았어. 그래서 형수님의 휴대전화로 걸었지. 번호 하나하나를 누를 때마다 기도하고 또 기도했어. 다행히 형수님이 전화를 받으시더군.

"여보세요?"

"형수님!"

하느님, 감사합니다! 형수님 뒤편으로 시끄러운 소리가 들렸네. 아마도 사람들이 많은 곳에 있는 것 같더군. "정말 다행이에요! 두 분도 무사하시군요! 방금 형님이랑 통화가 안 돼서 얼마나 깜짝 놀랐다고요!"

"응, 우리는 괜찮아. 방금 빌딩이… 여긴 조금 흔들리기만 했어. 형님 휴대전화는… 박살…이 났어." 신호 연결이 좋지 않은지 형수님의 목소리는 자꾸만 끊겼다 들리기를 반복했네.

"지금 내려오려고 하시나요?"

"아직 상황을 보고 있어. 지금 여기는 망가진 데가 하나도 없어. 누가 911에 전화했는데 내려오는 게 더 위험할 수도 있다고 하네. 빌딩 층이 높은 데다 비상계단 쪽도 연기가 날 수 있다고 해서 좀 더 상황을 보려고."

"알겠어요. 전 지금 웨스트 스트리트와 버클레이 스트리트 교차로예요. 여기서 두 분을 기다릴게요!"

그리고 나선, 형수님이 뭐라고 말씀하시는지 듣지도 못하고 신호가 끊겨버렸어.

나는 깊은 한숨을 내쉬었지. '다행히 형님, 형수님이 아무 일이 없다니 구조요원들이 사람들을 구조해 내려오면 나를 볼 수 있겠지?' 아니, 나와 당장 만나지 못한다고 해도 상관은 없었어. '오늘 이런 일이 있었으니, 오늘 내일 주식시장은 쉬겠지. 어쩌면 한동안 회사에 나오지 말라고 할 수도 있겠네.'

이런저런 생각을 하던 나는 간신히 주위 사람들을 둘러볼 마음의 여유가 생기더군. 사람들 대부분은 깜짝 놀라 아무 말도 하지 못하고 있었네. 어떤 사람들은 심각한 눈빛으로 연기가 피어나는 빌딩을 바라보고 있었고, 또 어떤 사람들은 드라마라도 보는 것처럼 흥분한 목소리로 침을 튀기며 대화를 나누었지. 많은 사람이 모르는 사람과 부둥켜안기도 했어.

그때 사람들 사이에서 히스테릭한 비명이 들려 왔네.

"톰!" 목소리의 주인공은 금발의 젊은 여자였어. 손에는 다섯 사람분의 커피가 들려 있고, 오른팔 팔꿈치까지 내려와 있는 비닐봉지에는 아침으로 먹을 베이글이 들어 있는 것 같더군. 몸에 딱 맞는 셔츠에 펜슬 스커트, 살이 드러난 곳이라고는 종아리뿐이었지만 환상적인 몸의 곡선을 숨길 순 없었네. 만약 여자의 눈물이 흠잡을 데 없는 화장을 망가뜨리지만 않았다면, 20대 초반의 나는 아마 그런 그녀를 위해 금융계에 투신했을지도 모르지. 하지만 그런 생각을 하면 뭘 하겠나? 그녀의 연인은 분명 여객기가 충돌한 빌딩, 아니 어쩌면 바로 충돌한 그 층에 있을 지도 모르는데 말이야.

여자는 앞으로 나가려 했지만 이내 경찰에게 가로막히고 말았고, 다른 행인들도 여자를 말렸어. 하지만 사람들은 사실 여자의 손에 들린 커피가 튈까 봐 걱정하고 있었지. 그런 상황에 서 있을 수 없는 웃기는 상황이 벌어진 거야. 나중에 결국 어떤 사람이 그녀의 손에 있는 커피를 바닥에 떨어뜨렸고, 옆에 있던 덩치 큰 중년 여자가 그녀를 끌어안아 줬지.

중년 여자는 아무런 말도 하지 않았어. 아무런 말도. 그저 어린 동물을 달래는 것처럼 그녀를 꼭 끌어안아 줬지. 주변 사람들도 하나둘 입을 다물더니 이내 아무 소리도 들리지 않았네. 그런 때는 어떤 위로의 말도 쓸모없으니까.

나는 중간층에서 연기가 피어오르기 시작한 빌딩 두 동을 바라봤어. 여객기가 빌딩 중심에 박혀 있으니까 빌딩 중간의 엘리베이터와 비상계단은 이미 훼손됐을 게 분명했지. 여객기가 충돌한 층 위쪽의 사람들은 계단으로 탈출할 수 없게 된 거야.

주변은 여전히 경적 소리와 사람들의 잡음으로 가득했지만, 그 거리의 내가 서 있었던 곳만큼은 젊은 여자를 중심으로 침묵의 블랙홀이 만들어진 것 같았네.

침묵의 블랙홀은 그 거리에서 점점 더 넓어져 울부짖는 그녀를 보는 모든 사람을 삼켜버렸어. 나 역시 그 침묵에 파묻혀 생각이 마비되는 것 같았지.

그런데 잠시 후, 사람들 사이에서 새로운 소동이 일어났어.

"세상에!"

"이런 젠장!"

"주여!"

여기저기서 들려오는 외침에 나는 아주 잠시 또 다른 여객기가 빌딩에 충돌하는 게 아닐까 생각했지. 하지만 고개를 들었을 때 내 머릿속을 스친 건 당시 상황과는 전혀 어울리지 않는 기억이었어.

그전 해 여름, 나는 어떤 여자 인턴과 데이트를 했었는데 저녁 식사 디저트로 수플레가 나왔어. 그 여자는 재빨리 숟가락으로 수플레 가운데 구멍을 내더니 거기에 우아하게 초콜릿 시럽을 부었지. 테이블에 올라올 때만 해도 높디높은 수플레였는데 금세 아래로 푹 내려앉더군.

그래, 눈앞의 남측 타워가 오전 9시 59분에 여객기가 충돌한 위치부터 시작해 마치 수플레처럼 그대로 내려앉았어. 그 장면은 마비됐던 내 정신을 돌아오게 했지. 가장 먼저 머릿속에 떠오른 건 형님과 형수님의 얼굴이었네.

'두 분은 어떻게 하지? 건물이 무너져 내리기 전에 탈출했을까?' 나는 이런 생각을 하며 형수님의 휴대전화에 전화하려 했어.

"지금 여기서 넋 놓고 있으면 어떻게 합니까? 죽고 싶어요? 빨리 뛰어요!" 전화번호를 채 누르기도 전에 누군가가 내 팔을 잡고 미친 듯이 뛰기 시작했어.

마치 영화의 한 장면을 보듯 돌조각이 뒤섞인 먼지가 원폭운(原爆雲)처럼 밖으로 훅 퍼져나가더군. 나는 얼굴도 잘 모르는 사람과 함께 뛰었고, 거대한 먼지가 우리를 맹렬히 쫓아왔어.

'어디로 가지? 건물 전체의 돌조각이 날아오는데 내가 도망칠 수 있을까? 난 이대로 죽는 건가? 조금 전에 천운으로 목숨을 건졌던 나인데, 결국 사신을 피할 수 없는 걸까? 그럼 어떻게 죽는단 말인가? 교통사고나 화재 심지어 지하철에 치여 죽는 것도 생각해본 적이 있지만, 눈앞의 이런 광경은 영화에서도 보지 못한 건데.'

"여기요!" 내가 이런 의미 없는 상상에 빠져 있을 때 어디선가 희미한 외침이 들려 왔어. 고개를 돌려보니 길가의 편의점에서 누군가가 문을 열고 외치더군. 나는 얼떨결에 바로 그 편의점 안으로 뛰어들어갔네. 마치 배구선수처럼 몸을 날려서 말이야. 바닥에 엎드린 채 고개를 돌려보니 거대한 먼지 바람이 편의점 유리문 앞을 훅 스쳐 지나가더군.

조금 전 나와 함께 달리던 사람은 들어오지 못했어.

나보다 조금 앞서 달리던 그 사람은 편의점 점원이 외치는 소리를 듣지 못했나 봐. 아니, 편의점 점원은 가게 앞으로 뛰어가는 그 사람을 보고 고개를 내밀어 외친 건데 뒤에서 뛰던 나만 들은 거겠지.

거대한 먼지 바람이 지나간 뒤, 바깥세상은 온통 회색이 돼버렸어. 도로, 자동차는 물론이고 죽었는지 살았는지 모를 길 위의 사람들까지 모두 회색 먼지로 뒤덮였지. 이따금 걸어오는 사람들이 보였지만 안경은 비뚤어지고 머리는 산발이 된 데다 본래 말끔했을 근무복도 먼지를 뒤집어쓰고 있더군.

이후에 일어난 일들은 아주 드문드문 기억이 나네. 아주 많은 사람과 걸어서 브루클린 브리지를 건넌 것 같기도 하고, 형님과 형수님의 소식을 듣기 위해 여러 병원을 들른 것 같기도 해. 결국, 나도 다른 많은 사람처럼 세계무역센터 근처 벽에 형님, 형수님을 찾는 종이를 붙이게 됐지.

3

기회를 잡아라.

판에 박힌 사람은 실패할까 두려워 시도조차 하지 못한다.

이것이 바로 성공하는 사람과 실패하는 사람의 차이다.

— 양안옌,《나는 금융 엘리트가 될 것이다》

런던 웨스트엔드.

자정이 막 지난 시각, 극장의 관중들은 이미 돌아가고 거리는 유난히 스산했다. 근처의 식당이나 술집 모두 문을 닫았기 때문이다. '쥐덫'이란 술집을 빼곤 말이다.

'쥐덫'의 본래 이름은 쥐덫이 아니었고, 사실 진짜 술집도 아니었다. 그곳은 세인트 마틴의 좁은 길과 개릭 스트리트 부근 한 아파트 2층에 자리 잡고 있었다. 추리극 〈쥐덫〉을 상연하는 극장 인근에 있어서 점차 그 이름으로 불리게 되었다. 그곳은 방이 하나 있는 아파트였는데 방문은 항상 굳게 닫혀 있었다. 반면 손님들이 술을 마시는 거실 가운데는 작은 소파 두 개가 차지했고, 벽 네 귀퉁이에는 바 높이의 작은 원형 탁자와 키 큰 의자가 놓여 있었다. 개방형 주방의 조리대 위에는 갖가지 독한 술들이 줄지어 늘어섰는데, 남은 한구석에 놓인 두 개의 의자 앞만 비어 있었다.

이곳이 어떻게 영업을 시작하게 됐는지 아는 사람은 전혀 없었다. 간판도 없었지만 웨스트엔드에서 입소문만으로 알려진 곳이랄까. 여기 소극장 사람들은 모두 쥐덫을 들어봤거나 와본 적이 있었다. 시간이 흐르면서 이곳은 그들에게 연극이 끝나고 나면 들러 술 몇 잔을 마시면서 휴식을 취하는 곳이 되었다.

위바이통(余栢桐)은 바로 조리대 앞 자리 중 하나에 앉아 있었다. 어두운 불빛 아래서 위바이통은 눈앞의 중년 남자가 25년 전 대서양 반대편에서 일어난 일에 대해 쏟아놓은 이야기를 모두 들었다. 두근거리는 마음을 억누르려고 위바이통은 조금 전 술집 주인 로사가 권해준 셰리주를 한 모금 들이켰다.

양안엔. 남자가 위바이통에게 건네준 명함에는 한자 이름이 찍혀 있었으며 직함은 바나금융(巴拿金融)의 사장이었다. 회사의 주소는 바로 위바이통 부모의 고향인 강캉시(崗康市)였다.

'강캉시'라는 이름을 보자마자 위바이통은 가슴이 죄어들어가는 것 같았다. 위바이통은 몇 년 전 그곳에서 살았었기 때문이다.

중년 남자가 처음 나타난 것은 사흘 전으로, 위바이통이 주연을 맡은 소극장을 찾아왔었다. 모노드라마를 연기하고 있던 위바이통은 커튼콜을 할 때부터 이 중년의 동양인을 눈여겨봤다. 남자는 대략 50세 정도로 보였으며, 하얀색 골프복 상의에 옅은 푸른색 캐주얼 정장 외투를 입고 있었다. 극장 입구 쪽에 앉은 남자는 사람들의 시선을 끌지 않으려는 것 같았지만, 유난히 단정한 옷차림에다 동양인의 얼굴 탓에 더욱 눈에 띄었다. 이곳은 매우 작은 극장으로 연극을 보러 오는 관객들도 모두 편한 옷을 입는 데다 대부분 백인이었다.

그 뒤 남자는 다시 위바이퉁이 출연하는 다른 연극을 보러왔다. 하지만 위바이퉁은 무리 중의 한 사람일 뿐 주연은 한때 아이돌 가수로 조금 인기를 누렸던 배우였다. 그 때문에 작품 자체도 콘서트처럼 꾸며졌다.

그런데 그날 무대에서는 뜻밖의 작은 실수가 벌어졌다.

"발리, 이 빌어먹을 바보 녀석!" 무대 뒤편의 매니저가 버럭 화를 냈다. 매니저는 무대 앞 주요 스텝들과 소통을 할 수 있는 인이어 이어폰을 착용하고 있었는데 사람들이 듣든 말든 욕을 해댔다. 오직 발리만 그 소리를 듣지 못했다. 무대에 오르는 배우는 이어폰을 쓰지 않았는데 발리도 위바이퉁처럼 단체로 등장하는 무리 중 하나였다. 한 가지 차이가 있다면 발리는 위바이퉁보다 몇 분 일찍 무대에 나갔다는 거였다. 발리의 역할은 맥주병을 들고 지나가는 행인이었다. 본래 남자 주인공 데이비드가 발리의 맥주병을 낚아채 한 모금 마신 뒤 말한다. "술을 좀 마시고 용기를 내야겠어." 그런 다음 데이비드는 맥주병을 마이크 삼아 여자 주인공에게 사랑의 노래를 부르게 되어 있었다.

아이돌 뮤지컬처럼 말이다.

문제는 그날 밤 발리가 무대에 오르며 다른 연기자의 '캔맥주'를 들고 나간 것이었다. 술병이 없으니 노래를 부르는 장면도 연기할 수 없었다.

"위바이퉁, 자네가 술병 좀 들고 무대에 올라가!" 매니저가 계속 소리를 질렀다. "데이비드! 이따가 위바이퉁의 술병을 낚아채. 지금 자네 뒤에 서 있어. 내 말 들리면 머리 좀 젖혀봐."

데이비드는 가볍게 머리를 젖혔다. 관객들의 눈에는 역할의 멋진 모습을 표현하기 위한 연기로 보였겠지만 말이다. 데이비드는 연기 중에 일어날 수 있는 돌발 상황에 대처하려고 귀 안에 이어폰을 끼고 있었다. 그 때문에 연출자는 무슨 일이 있으면 주연배우에게 지시했다. 하지만 사실 데이비드가 이어폰을 끼는 것은 대사를 종종 까먹었기 때문이다. 어쨌든 그 기회 덕에 위바이퉁은 평범한 행인 대신 남자 주인공 뒤에 서서 이야기를 나누는 역할을 연기하게 되었다.

덕분에 관객석을 볼 수 있었는데, 위바이퉁은 출구 쪽에 있는 옅은 푸른색 캐주얼 정장 외투를 또 발견했다.

그리고 오늘, 〈쥐덫〉이 공연되는 세인트 마틴 극장에서 위바이퉁은 무대에 오르는 배우가 아니라 관객을 좌석으로 안내하는 역할을 맡고 있었다. 이 작품은 위바이퉁이 매우 좋아하는 연극인지라 그는 관객을 좌석에 안내하는 역할이기는 해도 항상 숨어서 연극을 구경했다. 극장 사람들 모두 위바이퉁이 이 작품을 얼마나 좋아하는지 알고 있었기에 그에게 시야가 가장 좋은 2층 특별석을 안내하게 했다. 연극이 시작되고 얼마 지나지 않아 위바이퉁은 저 멀리 앉아 있는 그 동양인 중년 남자를 다시 발견했다. 그전 공연장보다 몇 배가 더 큰 극장에 남자는 클래식한 양복을 입고 왔다. 멀리 떨어져 있긴 해도 최고급 원단에 몸에 딱 맞게 재단된 고급 양복이란 걸 알아볼 수 있었다. 남자는 회백색 실크 넥타이를 하고 옅은 은색의 행커치프를 꽂았는데 꼭 은행가의 고위 인사 같은 모습이었다. 위바이통은 그가 손에 쥔 지팡이를 유심히 관찰했다.

남자의 자리는 2층 무대 오른쪽의 특별석 첫 번째 열이었다.

남자는 자리에 앉은 뒤 천천히 주위를 둘러보다가 얼마 지나지 않아 중앙에 위치한 특별석에 있던 위바이통과 시선이 마주쳤다. 위바이통은 이내 눈길을 거뒀지만, 남자가 계속 자신을 바라보는 것이 느껴졌다. 심지어 이런 느낌은 연극이 끝날 때까지 이어졌다.

커튼콜을 할 때 위바이통은 남자가 있던 특별석으로 다가가 관객들과 함께 자리를 뜨는 그를 낮은 목소리로 불러 세웠다. 서로 사람들의 주목을 끌면 안 되는 것을 아는 것처럼 남자는 우아한 자세로 특별석 구석으로 물러나더니 위바이통과 함께 관객이 다 빠져나가기를 기다렸다.

"절 찾으셨나요?" 위바이통이 영어로 물었다. "다른 극장에서 몇 번 뵌 것 같은데요."

"난 그저 연극을 좋아하는 애호가일 뿐이오." 남자는 미소를 띤 채 중국어 발음이 섞인 미국식 영어로 대답했다.

"제가 출연하는 모노드라마에도 오셨잖아요." 위바이통은 중국어로 바꿔 말했다. 얼마 만에 쓰는 중국어인지 그도 잘 기억이

나지 않았다. 그는 특별석 첫 번째 열의 자리에 앉아 두 발로 바닥을 굴러 탕탕 소리를 냈다. "그런 조그만 극장에 혼자 오는 사람은 박수 쳐주러 오는 친구 외에는 연극 평론이나 캐스팅을 하러 다니는 업계 사람들뿐이죠. 만약 이 세 가지 부류 중에 하나라면 제가 분명히 알 텐데 선생님은 전혀 기억이 나지 않는군요."

위바이통은 말하면서 텅 빈 무대를 바라봤다. "어젯밤에도 제가 나오는 연극을 보러 오셨죠?" 위바이통은 고개를 돌려 남자를 쳐다봤다. "왜 절 찾아오신 겁니까?"

"우연일 수도 있지 않은가? 어째서 내가 꼭 자네를 보러 왔다고 단언하지?"

"런던 웨스트엔드에 매일 얼마나 많은 연극이 상연되는 줄 아세요? 선생님께선 성질이 전혀 다른 두 연극을 보러 오셨는데 '우연히도' 그 사이의 공통점이라곤 저밖에 없으니까요."

"자네는 자네 작품을 좋아하는 팬에게 항상 이렇게 대하나?" 남자는 여전히 미소를 짓고 있었다.

"게다가 오늘 밤 선생님께서는 여기 오셔서 이런 자리를 선택하셨잖아요." 위바이통은 남자가 앉았던 자리를 손가락으로 가리켰다. "여기는 정말 최악의 자리죠. 오늘은 만석도 아니고 여기보다 더 나은 자리도 있었는데 그것도 혼자 와서 이런 자리에 앉다니. 하지만 만약 선생님께서 절 보러 오신 거라면 이 모든 상황이 말이 되죠. 제가 관객을 안내하는 줄 알고 있었다면, 여기에 있어야 극장 안 관객석을 잘 볼 수 있고 제가 어디 있는지 찾기 편하니까요."

남자는 뭐라 대답하는 대신 만족스러운 듯 고개를 끄덕였다.

"이게 무슨 낭비죠? 이 멋진 작품을 제대로 감상하지도 못하다니." 위바이통은 한숨을 내쉬며 일어섰다. "저는 마무리 작업을 해야 하니까 여기서 좀 기다려주세요."

일을 다 마친 뒤 위바이통은 남자를 데리고 '쥐덫'으로 왔다.

✳

"그러니까…." 위바이통은 로사 쪽을 흘긋 쳐다봤다. 로사는 두 사람을 등진 채 술에 곁들일 안주를 만들고 있었다. "제가 그 아이란 말인가요? 당신이 그 부하 직원이고요? 당신이 제 부모님을 아신다고?"

양안옌 사장은 살짝 고개를 끄덕였다. "잡지에서 인터뷰 기사를 보고 자네가 런던에 있는 걸 알았네." 그는 양복 주머니에서 휴대전화를 꺼내 잡지의 전자판을 보여줬다. 그중에 위바이통의 인터뷰가 실려 있었다. 흑백사진 속 그는 매우 진지한 얼굴로 이야기하고 있었다.

"운명이란 게 정말 기묘하더군요. 만약 그날 유치원에 온 사람이 부하 직원이 아닌 부모님이었다면 저도 고아가 되지 않았겠죠. 뜻밖에도 작은 천식 호흡기 하나가 네 사람의 운명을 뒤바꿔놓은 겁니다."
　　― 위바이통(연기자), 부모가 당시 남쪽 타워 62층에 근무했음

위바이통의 사진 속 얼굴 옆에는 이 글이 캘리그라피로 적혀 있었다.

위바이통은 고개를 돌려 다시 술 한 모금을 마시다 실수로 사레가 들리고 말았다.

"나도 내 인생이 그 천식 흡입기 때문에 뒤바뀔 줄은 미처 생각지 못했어." 양안옌 사장은 그 글을 보며 말했다. "그렇지 않겠는가?"

"그렇겠죠. 그건 제가 한 유일한 인터뷰였습니다. 연기와는 상관없는." 위바이통은 차가운 미소를 지었다. 그것은 9·11 테러로 고아가 된 사람들을 주제로 한 인터뷰였다. '25년 전의 아이가 지금 이렇게 성장했다.' 기자는 그런 기획의도에 맞는 아이 몇 명을 찾아냈고 위바이통도 그중 하나였다. 인터뷰에서 언급한 그 날, 위바이통은 유치원에 있었고 누군가가 부모를 대신해 물건을 가져왔다. 만약 위바이통의 부모가 직접 왔다면 그의 인생도 달리 써졌을 것이다. "제가 여기서 산지 벌써 여러 해가 되었네요. 심지어 대학은 강캉시에서 다녔고요." 위바이통의 말은 당신 같은 부자가 이제 와서 아무런 이유도 없이 자신을 찾을 리 없다는 뜻이었다.

양안옌 사장의 입꼬리가 위로 살짝 올라갔다. 어쩐 일인지 양안옌 사장은 내내 그런 표정이었다. "내가 자네를 찾으려 하지 않았던 건 사실이네. 25년 동안 9·11 테러와 관련된 일이나 사람들은 어떻게든 피했었거든. 해마다 열리는 무슨 애도 행사 같은 것도 참여해본 적이 없어. 더군다나 서른 살 이후에는 미국을 떠나 내 힘으로 지금의 회사를 세웠고. 내 꿈을 이룬 거지."

"축하합니다."

"미안하네. 자네를 좀 더 일찍 찾았어야 했어. 어쨌든 형님과 형수님이 그때 나를 그렇게 잘 돌봐주셨는데."

"상관없습니다. 전 잘 지내왔으니까요. 그때 부모님이 당신께 잘해주신 것도 훗날 저를 돌봐달라고 그런 건 아니실 겁니다."

"정말인가?"

"무슨 말씀이시죠?"

"자네는 정말 잘 지내나? 연기로는 그다지 큰돈을 벌지 못했을 텐데? 보아하니 다른 아르바이트도 할 것 같고."

"선생님이 얼마나 부자인지는 잘 알 것 같습니다. 하지만 그렇다고 돈만으로 인생을 가늠할 순 없죠." 위바이통은 셰리주 술잔을 비웠다.

"그래, 그럼 돈 이야기는 하지 말지. 자네가 연기하는 무대를 몇 번 지켜보니 내가 연극은 잘 몰라도 자네가 좋은 연기자란 건 알겠더군. 하지만 자네가 연극계에서 어떤 큰 전망이 있을 것 같지는 않네. 사람들도 잘 보러오지 않는 모노드라마나 작은 역할을 맡는 것, 극장에서 관객들을 안내하는 일에 큰 의미를 두는 게 아니라면 말이야." 위바이통은 아무 대답도 하지 않았다. 지금까지 누구도 이렇게 직접적으로 말한 적은 없었다. 그러나 사실 위바이통도 진작부터 이런 생각을 하고 있었다.

양안옌 사장은 휴대전화를 앞으로 쓱 밀어 잡지에 난 위바이통의 사진을 보여줬다. 위바이통은 저도 모르게 미간을 찌푸렸다.

"이게 정말인가?" 불쑥 양안옌 사장이 물었다.

"예?"

"진지하냐는 말이야. 이런 일을 할 만큼?"

"무슨 뜻이죠?" 위바이퉁은 자세를 고쳐 앉았다.

"정통 연극배우를 목표로 하던 자네가 이도 저도 아닌 B급 스타처럼 자신을 알리겠다고 잡지에 자기 과거를 팔지 않았나. 9·11 테러 고아라는 신분을 지금에 와서 이용하겠다고 마음먹었다면 인생을 바꾸고 싶다는 생각이 들었던 거겠지."

위바이퉁은 양안옌 사장의 얼굴을 빤히 쳐다봤다. 양안옌 사장의 두 눈은 매우 맑았으며 양쪽 입꼬리가 살짝 위로 올라가 의미심장하면서도 자신 있는 미소를 짓고 있었다. 위바이퉁은 시선을 피할 수도 없고 함부로 말하기도 싫어 이어질 양안옌 사장의 말을 기다렸다.

"우리 회사에 와서 일하게."

"예?" 양안옌 사장이 당시 있었던 일과 관련된 말을 할 줄 알았던 위바이퉁은 뜻밖의 입사 제의에 깜짝 놀랐다. "저요? 저더러 선생님 회사에서 발로 뛰는 일이라도 하라는 건가요? 그럼 여기서 발로 뛰는 거나 무슨 차이가 있죠? 전 차라리 여기 있는 게 나을 거 같은데요."

"아니, 내가 자네를 가르쳐 '금융 엘리트'가 되게 해주겠네. 연봉도 지금의 몇 배, 어쩌면 그보다 더 많아질 거고."

이 아저씨가 지금 진심으로 말하는 건가? "혹시 절 조사해보셨나요? 전 대학에서 금융이 아니라 영문학을 전공했는걸요. 졸업 후에는 연극계에서 쭉 일했고 기껏해야 여기 법률사무소에서 아르바이트한 게 전부인데….”

“그건 상관없네.” 양안옌 사장이 위바이통의 말에 끼어들었다. “우리 회사에서 원하는 인재, 내가 정의하는 인재는 사회의 일반적인 개념과 다르니까. 만약 내가 보통 사람들과 같은 식견을 갖고 있었다면 회사를 이만큼 성공시키지 못했을 걸세.”

그 말도 나름대로 일리 있게 들렸다.

“내가 중요하게 생각하는 건 학식 이외의 소질이야. 상대에게 내가 원하는 소질이 있기만 하면, 나는 그 사람을 금융 엘리트로 키울 수 있네.”

살짝 자만심이 느껴지는 말이었다. 위바이통은 양안옌 사장의 속내가 무엇일지 가늠해봤다. 물론 양안옌 사장은 그렇게 이야기해도 될 만한 사람이었지만 위바이통은 어쩐지 마음 한구석이 불안했다.

“귀국할 날이 정해지면 내게 알려주게. 자네를 위해 미리 준비해둘 테니까.” 바로 이런 말투, 양안옌 사장은 줄곧 위바이통의 의견을 묻는 게 아니라 명령을 내리는 것 같았다. 양안옌 사장의 이런 태도에 대해 위바이통은 속으로 이런저런 분석을 해봤지만, 겉으로는 전혀 드러내지 않았다.

✳

“로사, 당신은 어떻게 생각해요?” 양안옌 사장이 50파운드를 놓고 떠나자 위바이통은 조리대 반대편에 있는 여자에게 물었다. “조금 전 얘기, 못 들었다고 하지는 마세요.”

"그 사람 말이 맞지." 술집 주인이 몸을 돌렸다. "네가 여기 온지, 어디 보자, 3년쯤 됐나? 3년 동안 연기 생활에 큰 발전이 있었어? 큰 작품에서 조연도 한번 못 해봤잖아?"

"그렇기는 하죠. 아, 하지만 그 양안옌이란 사람… 어딘지 이상한 것 같아서…."

로사는 위바이통의 빈 잔을 치우고 얼음물이 든 컵을 놓았다. "하지만 바이통 네가 걱정하는 건 그게 아니… 어머, 줄리엣!"

'물론 그 양안옌이라는 이상한 아저씨만 걱정되는 건 아니지.' 위바이통은 생각했다.

잠깐! 줄리엣이라고? 위바이통은 얼른 고개를 돌려 곁에 선 사람을 쳐다봤다.

"날 그렇게 불러주는 사람은 진짜 오랜만인데. 로사, 스카치 위스키에 물 조금만 타서 줘."

"줄리엣이 그걸 마시면 되나. 오늘은 모히토로 마셔."

"로사는 예전 그대로네."

위바이통은 한시도 눈을 떼지 않고 곁에 있는 이 사람을 빤히 바라봤다. "당신이… 정말 그 줄리엣인가요?"

'쥐덫'이라는 술집이 진짜 쥐덫이 아니듯 줄리엣이라 불린 이 사람도 시공을 뛰어넘은 이탈리아의 미소녀는 아니었다. 눈앞의 이 사람은 보통 서양인보다 키가 크지 않고 살이 좀 찐 붉은 머리의 남자였다.

위바이통은 '쥐덫'에서 다른 사람들의 입을 통해 이 전설적인 인물에 대해 들어본 적이 있었다. 10년 전 어느 작은 실험극장에서 남녀의 역할을 뒤바꾼 〈로미오와 줄리엣〉을 무대에 올렸다고 한다. 당시 줄리엣을 맡은 배우는 신인이었지만 엄청난 연기로 사람들을 깜짝 놀라게 했다. 사람들은 숨이 막힐 정도로 아름다운 무대 위 그를 보며 이론이 분분했다. 예쁜 겉모습뿐만 아니라 눈빛과 일거수일투족, 심지어 목소리까지 풋풋한 소녀 줄리엣 그대로였기 때문이다. 당시 사람들은 이 줄리엣이 동성연애자이거나 예쁘장한 도시 미남일 거라 추측했지만, 실상은 전혀 달랐다. 분장을 지운 현실 속 줄리엣은 평범한 겉모습에 붉은 머리의 아일랜드 남자로 약혼녀도 있었다. 많은 소극장 배우들처럼 당시 줄리엣도 본업은 따로 있었는데 컨설팅 기업의 프로그래머였다고 했다.

〈로미오와 줄리엣〉이 상연된 뒤 사람들은 줄리엣의 다음 연기를 기대했다. 줄리엣처럼 성별을 바꾼 역할일까? 아니면 관객들에게 전혀 다른 기쁨을 안겨줄까?

그러나 그런 일은 일어나지 않았다.

〈로미오와 줄리엣〉이 끝난 후 줄리엣은 약혼녀와 결혼한 뒤 연극계에서 사라져버렸기 때문이다. 들리는 말에 따르면 줄리엣은 〈로미오와 줄리엣〉 공연을 마지막으로 다시는 연기를 하지 않겠다고 약혼녀와 약속했다고 했다. 결혼 후 그는 평범한 프로그래머로 살아갔다.

그런데 정말 뜻밖에도 위바이통은 이곳에서 줄리엣과 마주치게 된 것이다.

"무슨 바람이 불어서 왔어?" 로사는 모히토를 내려놓았다.

"드디어 프로그래머 생활에 염증 느끼고 돌아오고 싶은 거야?"

"그냥, 옛날 친구 얼굴이 보고 싶어서⋯." 줄리엣은 웃으며 말했지만, 위바이통은 그게 전부가 아님을 알 것 같았다.

바를 사이에 둔 로사와 줄리엣은 더 이상 아무 말도 하지 않았다. 로사는 앞에 놓인 애꿎은 잔만 닦아댔다.

"하지만, 프로그래머를 못하게 된 건 사실이야." 잠시 후, 줄리엣이 다시 입을 뗐다. "나 좀 전에 해고당했어."

그제야 로사가 고개를 들었다.

"10년이나 일했는데 이윤이 안 나니까 조직을 축소하겠다는 말 한마디로 부서 전체를 외주 주겠다고 하더군. 회사가 우리에게 제시한 선택은 두 가지인데, 외주회사에서 좀 더 일하거나 퇴직금을 받고 떠나는 거야."

"그럼 어떻게 할 건데?"

"나도 잘 모르겠어."

"선배님. 외주회사에서 좀 더 일하라는 게 무슨 뜻인지 아시죠?" 위바이통이 입을 열었다. "외주회사가 선배님 회사와 외주계약을 맺기로 협의했다면 원래 직원은 외주회사에서 임시로 일할 수 있으니까 일자리를 잃지 않을 수 있죠. 하지만 어느 정도 시간이 지나면 그쪽에서 이런저런 이유를 대며 임시로 일하고 있는 직원을 해고하려 할 겁니다."

"하지만, 그렇다 해도 그쪽에서 퇴직금을 줘야 하지 않나요?"

"그때 가서 받게 되는 퇴직금은 10년이란 근속 연수로 계산한 금액이 아니에요." 위바이통은 '쥐덫' 안에 있는 사람들의 쏟아지는 시선에 조금 긴장돼 얼음물 한 모금을 마셨다. "외주회사로 옮겨서 임시로 일하게 되면 원래 다니던 회사는 떠나버린 게 돼요. 만약 외주회사에서 6개월에서 1년 후에 선배님을 해고한다면 그쪽에서는 선배님에게 6개월에서 1년이라는 근속 연수에 해당하는 보상금만 주면 되는 겁니다."

"그럼… 난 어떻게 해야 하는 거죠?"

"하, 그건 뭐라 말씀드리기가 어려운 게, 10년이란 근속 연수로 계산한다면 받게 될 보상금이 반 년 치 연봉 정도잖아요? 금액만 보면 아마 그 정도일 거예요. 그렇다면 이런 점들을 고려해야 해요. 새로운 일자리를 찾기가 얼마나 어려운가? 외주회사가 유명한 기업인가? 외주회사에서 더 오래 일할 방법은 없는가? 등등."

"와, 바이퉁, 어쩜 그렇게 아는 게 많아?" 로사가 대단하다는 듯 위바이퉁을 쳐다봤다.

"전에 법률사무소에서 아르바이트하면서 계약 서류 같은 걸 자주 봤어요. 그러다 보니 이런 게 다 패턴이 있는 걸 알겠더라고요."

"그럼 그런 사람들은 어떻게 했습니까?"

"방법이야 여러 가지죠. 그러니까 다른 것들을 고려해야 한다고 말씀드리는 거예요."

"어휴, 이제 그만 생각해." 어느새 모히토를 만든 로사가 가볍게 줄리엣과 잔을 부딪쳤다.

"오늘 밤, 당신은 줄리엣이야."

"줄리엣이라…." 줄리엣은 모히토를 단숨에 들이켰다. 위바이통은 줄리엣의 눈빛이 조금 달라지는 것을 느꼈다. 피곤에 찌들고 실의에 빠졌던 중년이 갑자기 젊은이의 반짝이는 눈빛으로 바뀌었다고나 할까. 하지만 어쩐지 줄리엣의 눈빛에서는 애처로움도 느껴졌다.

"이름이란 게 대체 뭐란 말인가요?" 줄리엣이 연극 속 유명한 대사를 읊었다. 그 순간 붉은 머리 중년 남자의 몸에 줄리엣의 그림자가 겹쳐 보였다. "우리가 장미라 부르는 꽃의 이름을 바꾼다 해도 그 향기는 여전할 텐데…."

4

무엇을 위해 금융 엘리트가 되려 하는지 한번 생각해보라.
단순히 클럽에서 예쁜 여자나 만나기 위해서라면
명품 양복에 값비싼 손목시계만 있어도 충분하다.

— 양안옌,《나는 금융 엘리트가 될 것이다》

"와! 반지 진짜 예쁘다! 3캐럿이야?" 여자의 높은 목소리가 커피 전문점 안을 울렸다.

맞은편 테이블에 앉아 커피를 마시던 저우밍후이(周明輝)도 무슨 일인가 싶어 고개를 들었다.

창가 테이블에 20대로 보이는 여자 다섯 명이 앉았는데 그중 한 여자의 왼손이 공중에 치켜 올라가 있었다. 다른 여자들은 모두 그 여자의 손에 끼여진 다이아몬드 반지를 쳐다보는 중이었다. 상당히 멀리 떨어져 앉은 저우밍후이에게도 그 다이아몬드의 반짝이는 빛이 보이는 것 같았다.

"넌 정말 운도 좋다. 어떻게 투자은행에서 일하는 금융 엘리트를 만날 수가 있니? 결혼하면 일 안 해도 되니 얼마나 좋아."

한 여자가 말하자 다른 여자들은 서로 한숨을 내쉬었다.

'금융 엘리트'라는 다섯 글자에 호기심이 발동한 저우밍후이는 귀를 쫑긋 세우고 여자들의 대화에 귀를 기울였다.

"얘는 그 사람이랑 사귈 때부터 이미 복 받은 거였다니까!" 또 다른 여자가 웃으며 말했다. "그 사람이 얘 데리고 고급 음식점이며 여행을 좀 다녔어? 거기다 이제 멋진 고성(古城)에서 동화 같은 결혼식을 올린다잖아. 진짜 부러워 죽겠다!"

"부럽긴 뭐가 부럽니?" 반지 낀 여자는 그제야 손을 내렸다. "너는 의사랑 사귀고 있잖아."

"어휴, 말도 하지 마. 그 사람은 병원 일 때문에 만날 바빠. 데이트할 시간도 없다니까. 거기다 의학 말고 다른 일에는 관심도 없어. 그 사람 말이 병원도 점점 컴퓨터로 진료하는 추세라, 남는 시간에도 연구에 매달려야 한대. 안 그러면 언제 쫓겨날지 모른다고. 그런 의사보다야 금융 엘리트가 낫지. 일 때문에 좋은 데도 많이 가고 만나는 사람도 전부 텔레비전에서 자주 보는 기업 회장이나 스타, 사교계 유명인이잖아. 생활도 얼마나 품위가 있니."

"그런데…." 또 다른 여자가 몸을 살짝 앞으로 숙였다. "투자은행이 뭐야? 우리가 평소에 저축하는 은행이랑 어떻게 달라? 금융 엘리트는 대체 뭐니? 언론에서 보면 여자 스타들이 꼭 명문가 자제나 금융 엘리트랑 결혼하잖아."

"어, 그게 투자은행에 들어가려면 꼭 일류대학을 나와야 해. 가장 중요한 건, 그 사람들은 부자 아버지의 덕을 보는 재벌 2세가 아니라 자기 실력으로 큰돈을 버는 사람이란 거야. 기업 고위층과 고급 음식점에 가기도 하고 주말에는 클럽에서 파티를 열기도 하지. 비즈니스 용어를 입에 달고 사는 것뿐만 아니라 와인이나 시가, 슈퍼카, 명품 시계에 관해서도 잘 알아. 좌우지간 젊고 장래가 유망한 사람들이지."

"그거야 나도 아는데. 그 사람들이 구체적으로 하는 일이 도대체 뭐야?"

삽시간에 모든 여자가 조용해졌다. 보아하니 아무도 금융 엘리트가 무엇인지 제대로 모르는 것 같았다. 금융 엘리트에게 시집간다는 여자도 마찬가지였다.

바로 그때, 빠른 걸음으로 다가오는 하이힐 소리가 들리더니 안경을 낀 여자가 다섯 여자의 테이블로 다가왔다.

"미안해. 내가 좀 늦었네."

"너 마침 잘 왔다." 의사와 사귄다는 여자가 말했다. "호랑이도 제 말 하면 온다더니. 조금 전에 투자은행이랑 금융 엘리트가 뭔지 이야기하고 있었거든. 회계사인 네가 설명 좀 해봐."

"글쎄, 간단히 말하면 투자은행은 기업 대신 융자를 해주는 곳이지. 예를 들어 주식, 채권을 발행한다든지 기업의 인수나 합병을 돕는 일 같은 걸 하는 거야. 금융 엘리트는, 엄격히 말하면 그런 일에 종사하는 사람을 가리키는 거지." 여자는 앞에 놓은 물잔 중 하나를 아무렇게나 집어 들이켰다.

"엄격하게 말해서?"

"응, 보통 사람들은 금융업에 관해 잘 모르잖아. 투자은행가,

주식 애널리스트, 펀드매니저, 투자 컨설턴트, 사모펀드, 개인 은행, 이렇게 많은 단어를 사람들이 제대로 구분할 수 없지. 언론에 보면 누가 금융 엘리트랑 결혼한다는 소식 나오잖아? 그런 여자 스타들도 체면이 있으니까 자기 남편이 평범한 출근족이라고 말 못하는 거야. 그러니까 하는 일이 금융업이랑 조금만 관련 있어도 금융 엘리트라고 하는 거지. 맞아, 네 약혼자도 이를테면 금융 엘리트라고 할 수 있겠다!"

순식간에 그녀들이 앉은 자리의 공기가 얼어붙었다. 저우밍후이는 도대체 그 여자들이 어떤 표정일지 궁금해 고개를 돌려 보고 싶었다. "무슨 뜻이야?" 여자는 결혼반지를 낀 손을 꼭 쥐었다. "그 사람은 투자은행에서 일하거든!"

"투자은행 재무부잖아. 그 사람은 은행가가 아니라 회계사야." 안경을 낀 여자가 손가락 하나를 쭉 폈다. "우리 사무소 동료가 마침 그 사람이랑 전에 같은 회계사무소에서 일했었다고 하더라. 네가 나한테 보내준 결혼사진 보더니 딱 알아보더라고. 세상 진짜 좁아."

"그러니까 얘 남편 될 사람이 속였다는….."

"속였다고 말할 순 없지." 안경 낀 여자가 말했다. "요즘 기업들은 다들 조직을 축소하고 있어서 그런 투자은행 재무부에 들어가기도 쉽지 않아. 단지 얘 신랑은 사람들이 흔히 생각하는 화려한 은행가가 아니란 거지. 거기 연봉이랑 상여금도 꽤 괜찮아. 맞다, 네 신랑 좀 빨리 나한테 소개 좀 해줘. 도움받을 일 있으면 부탁 좀 하게." 안경 쓴 여자는 자기 맞은편 자리에 앉은 예비

신부의 어두운 표정 따위는 안중에도 없이 계속 이야기했다.

"그러니까 일식집 고급 코스 요리는 아니라도 좋은 회로 만든 덮밥이랄까…." 그 문제적 여자는 정말 눈치 없이 떠들어댔다.

그때 저우밍후이의 고객이 커피 전문점으로 들어왔다. 저우밍후이는 미소를 지으며 일어섰다. '그렇다면 나는 코스 요리일까 아니면 회덮밥일까?' 그는 고객과 악수를 하며 생각했다.

5

전문적인 금융 컨설턴트가 되려면 우선 공과 사를 구분할 줄 알아야
한다. 어쩌면 당신은 오늘 기분이 엉망진창일 수 있다. 누군가와 싸웠
을 수도, 아이가 아플 수도, 자신이 병에 걸렸다는 사실을 알았을 수도
있다. 하지만 이런 가혹한 사실에 대해 고객은 전혀 관심이 없다. 그들
이 건네는 친절한 인사말은 당신을 대신해 일할 사람을 찾기 위해서
이거나, 당신의 약점을 이용해 스스로 더 많은 이익을 얻기 위해서일
뿐이다.

— 양안옌, 《나는 금융 엘리트가 될 것이다》

'회사 규모에 비하면 회의실이 확실히 크다니까.'

이곳에 올 때마다 리슈얼(李秀兒)은 속으로 이런 생각을 했다.
회의실 위치 때문에 안에는 창문도 없을뿐더러, 전통적인 구조
의 벽 네 면은 어두운 노란색이라고 해야 할지 옅은 커피색이라
고 해야 할지 모를 색으로 칠해져 있었다. 조금 현대화된 설계라
고는 통유리로 채광을 좀 늘렸다는 것뿐이었다.

리슈얼은 무심코 귀를 만졌다. 그녀는 이 습관을 고치려고 했
지만 좀처럼 고쳐지지 않았다.

리슈얼은 오늘 아침 회사에서 휴대전화로 보내준 뉴스 요약
본을 읽으며 중요한 소식을 외웠다. 이 뉴스들은 각 직원의 일

정에 맞춘 '맞춤형' 요약본으로 그날 만날 고객과 관련 있는 것들이었다.

"아이고, 미안해요. 내가 좀 늦었네." 평범한 옷차림의 남자가 웃으며 회의실로 들어왔다. 40대의 남자는 팔꿈치까지 접은 긴소매 셔츠에, 연한 카키색 바지로 전형적인 사무실용 캐주얼 복장을 입고 있었다. "사실 여기까지 안 와도 되는데. 계약서야 사람 시켜서 사무실로 보내줘도 되고."

"아닙니다. 게다가 요즘 회사 이전하는 일 때문에 다들 바빠서요." 리슈얼은 예의상 미소를 지어 보였다. "행여나 뜻밖의 실수라도 있으면 안 되죠. 어쨌든 이렇게 큰 기획인데요."

"이래서 내가 리슈얼 씨 회사라면 마음이 놓인다니까!" 남자는 나름 여유로운 척 양손을 허리춤에 올리고 배를 살짝 내민 채회의실 안을 둘러봤다. "우리 사무실도 다음에 실내 장식을 새로 하려고 하는데. 여기 있는 것들은 다 이전 사무실 사람들 거라좀 촌스러워서 말이야."

리슈얼은 남자의 말에 딱히 대답하지 않고 뚜껑 위에 문양이 찍힌 벨벳 상자를 꺼냈다. "왕 박사님, 이건 합자기업의 지분인수 약정서입니다. 그러니까 박사님 회사에서 현재 보유하고 있는 지적 재산권과 기술을 합자기업의 명의로 양도하고, 합자기업의 주식 3분의 1을 넘겨받는 거죠." 리슈얼이 상자를 여니 안에 메모리카드 하나가 놓여 있었다.

"그래요, 바로 우리 회사가 지주회사가 되는 거군."

"그렇습니다. 그러니까 앞으로 회사의 주요 업무는 합자기업의 발전을 위한 사업에 집중될 겁니다. 앞으로 벌어들이는 이윤도 지분 분배에 따라… 하지만 그건 앞으로의 일이죠. 현재 사업이 아직 초기 단계에 있으니까요."

"하하, 나도 이제 창업투자 쪽에 몇 년 있다 보니 그런 건 설명해주지 않아도 잘 알고 있지. 어쨌든 이번에 다행히 리슈얼 씨 회사의 도움으로 우리 회사가 이렇게 원원할 수 있는 융자방안을 찾았네. 새 자금이 없다면 아무리 좋은 기술이 있어도 발전할 수 없는 거 아닌가? 아, 오늘 아침에 뉴스에 보니 정부에서 무슨 새로운 조치를 취할 거라던데 자세한 내용이 어떻게 되는 거요? 혹시 우리 회사에는 영향이 없겠소?"

'드디어 올 것이 왔다.' 리슈얼은 속으로 생각하며 우선 예의상 고개를 끄덕였다. 자신이 고객의 말을 잘 이해하고 있다는 것을 보여주기 위해서였다. 리슈얼은 다시 귀가 만지고 싶었지만, 용케도 참아냈다.

"예, 걱정하지 않으셔도 됩니다. 그건 본토 기업들의 유통시장, 펀드시장에 대한 투자를 제한하려는 겁니다. 정책은 주로 비투자기업의 유동자금 운용을 제한하고 기업의 명의로 투기하는 것을 막는 거죠. 나라에서는 자본이 발행시장의 융자로 운용되거나, 발전성 있는 항목에 투자되길 바라거든요. 물론 그건 고액의 투자를 겨냥한 건데 구체적인 금액 상한선은 아직 정해지지 않았습니다." 리슈얼은 머릿속으로 연습했던 '대사'를 단숨에 쏟아냈다.

"그건 나도 알지. 그거 말고 무슨 기초건설의 정의를 수정하는 제안이었는데 혹시 우리 사업에 영향을 미치지는 않을까?"

리슈얼은 순간 정신이 멍해졌다. '기초건설?'

오늘 아침에 회사에서 준비해준 요약본 외에도 기사를 좀 더 보긴 했는데, 경제면이든 시사면이든 투자 제한이라는 새로운 정책에 관한 이야기뿐이었다. 기초건설의 정의를 수정하겠다는 내용은 없었던 것 같은데.

"기초건설이라면… 제가 본 것 같긴 한데…." 리슈얼은 침착한 척했지만 사실 긴장감으로 숨이 막힐 지경이었다. "아, 혹시 대교(大橋) 건설 소송을 말씀하시는 건가요?"

"그래, 무슨 다리라고 하던데."

하마터면 큰일 날 뻔했다! 리슈얼은 숨을 고르며 자신이 긴장했다는 사실을 고객이 눈치채지 못하게 했다. "그건 서북 지역의 소송인데 어제 법원의 판결 중에 기초건설의 정의를 수정하는 내용이 사업에 영향을 미칠 수도 있습니다. 아마 정부가 분쟁을 피하려고 그런 것 같은데요. 하지만 저희 관련 부문의 변호사들이 이미 그 부분에 대해 주시하고 있습니다. 어차피 박사님의 사업은 아직 기초 단계에 있어서 정책에 변동이 있으면 변호사들이 최대의 이익을 보전할 수 있도록 사업 계약서의 세부 항목을 수정할 겁니다."

맙소사, 이런 작은 뉴스에도 관심을 두고 있다니.

"정말 다행이네. 사실 난 리슈얼 씨가 알고 있을지 몰랐는데. 이런 일에도 대응이 이렇게 빠르다니 리슈얼 씨 회사와 함께하면 걱정할 게 하나도 없겠소."

"그럼 저는 먼저 회사로 돌아가겠습니다. 무슨 일 있으면 연락해주세요." 리슈얼은 핸드백과 서류가방을 집어 들었다. 그때, 그녀의 핸드백에서 무언가 굴러떨어졌다.

"아이고, 이걸 떨어뜨리셨네." 왕 박사는 리슈얼 대신 물건을 주워줬다. 열쇠고리였는데 열쇠는 달리지 않았다.

"감사합니다." 리슈얼은 열쇠고리를 돌려받고 싶었지만 왕 박사는 바로 돌려줄 생각이 없어 보였다. 열쇠고리에는 사진 한 장이 아크릴로 만든 작은 액자 안에 들어 있었다. 사진 속에는 분주한 도로 교차점의 풍경이 담겼는데 가운데에는 그리 높지 않은 삼각형 모양의 건축물이 자리 잡았다. 건축물 외벽은 모두 상품 광고로 번쩍이고 있어 마치 반짝거리는 거대한 삼각형 모양 깡통처럼 보였다.

"피커…." 남자는 열쇠고리 위쪽에 쓰인 영어 단어를 읽으려 했다.

"피커딜리요."

"여기가 영국 런던이지?"

"예, 친구가 여행하면서 제게 선물로 보내준 거예요." 리슈얼은 건네받은 열쇠고리를 얼른 핸드백 안에 집어넣었다. 그녀는 초조한 기분이 드러나는 것을 감추지 못했다.

"남자 친구인가?" 왕 박사가 놀리듯 물었다.

"아닙니다. 학교 후배예요." 리슈얼은 최대한 간단히 대답하려고 애썼다. "받고서 그대로 핸드백에 넣어두었는데 잊어버렸네요."

"나도 몇 년 전에 런던에 간 적에 있는데 회의에 참석하느라 빅벤밖에 보지 못했소. 피커딜리는 가보지 못했는데 오락시설이 있는 곳인가?"

"예, 런던의 유명한 극장이 모여 있는 곳이기도 하고요." 대답하던 리슈얼은 자신의 입이 머리보다 빠르다는 걸 느꼈지만 이미 때는 늦었다. 그녀는 조금 전 그 말은 하지 말았어야 했다고 후회했다. '이 일을 하려면 고객에게 자신의 사적인 일은 일절 언급하지 않는 것이 최선이다.' 리슈얼이 회사에 입사한 첫날부터 귀에 못이 박이게 들었던 말이다.

금융 엘리트라면 남자든 여자든 사냥감에만 군침을 흘리는 늑대가 되어야 하는데, 왜냐하면 그들의 고객 역시 늑대이기 때문이다. 서로가 똑같은 늑대여야만 함께 최대의 이익을 거둘 수 있다. 만약 당신이 다른 것에 관심을 보인다면 그것이 바로 당신의 약점이 되기에 십상이다. 이런 약점이 알려진다면 당신은 더 이상 늑대가 아니라 사냥감이 될 수밖에 없다.

6

어디로 갈지 모르면
아무리 높은 곳에 서 있어도 별 소용이 없다.

— 양안옌, 《나는 금융 엘리트가 될 것이다》

"바이퉁, 잘 있었니?" 태블릿 컴퓨터 화면에 인자해 보이는
노부인의 얼굴이 떴다. "오늘은 무대에 안 오르니?"

"안녕하세요, 원장님. 제가 혹시 시간을 빼앗는 건 아닌지 모
르겠네요. 사실 〈쥐덫〉을 연기하던 극단은 관뒀어요." 위바이퉁
은 노부인에게 극장까지 자신을 찾아온 양안옌 사장에 관해 이
야기했다. 그는 양안옌 사장이 잡지 인터뷰 기사를 봤으며, 9·11
테러를 언급하며 자신에게 강캉시로 돌아와 일하라고 했다는 것
도 모두 말했다.

"원장님, 제가 돌아가야 할까요?" 자신의 이야기에 미간을 살
짝 찌푸리고 있는 원장의 모습을 보며 위바이퉁은 자신이 꼭 어
떤 잘못을 저지른 뒤 어른의 말씀을 기다리는 아이 같다는 생

각이 들었다.

"그게 벌써 25년 전 일이구나. 내가 더 이상 네 원장 선생님도 아니고, 이런 일은 너 스스로 결정하렴. 다만⋯." 노부인은 25년 전 위바이통이 다니던 몬테소리 유치원 원장이었다. 위바이통이 유치원을 다니던 해는 원장에게도 매우 특별한 한 해였다. 9·11 테러로 당시 위바이통 외에도 몇 명의 원생이 일순간에 부모님을 잃었다. 그러나 위바이통은 다른 아이들과 상황이 조금 달랐다. 위바이통은 미국에 친척이 없는 데다, 조부모는 미국에서 나고 자란 바이통이 계속 미국에서 자라기를 바랐다. 결국 조부모는 그들을 대신해 바이통을 키워줄 양부모를 캘리포니아 산호세에서 찾았다.

당시 원장은 그 일에 대해 마음이 놓이지 않았다. 행여 누군가가 위바이통 조부모의 돈을 노리고 아이를 키우겠다고 하는 건 아닌지 걱정했다. 그 때문에 원장은 자신이 직접 위바이통을 데리고 산호세에 가기로 마음먹었다. 만약 문제가 있다면 아이를 다시 뉴욕으로 데려와야겠다고 생각했다. 다행히 양부모가 될 이들은 위바이통의 부모와 박사 과정을 함께 했던 후배로, 남자는 어느 대기업의 엔지니어였으며 여자는 가정주부였다. 또한 그 부부에게는 위바이통보다 세 살 많은 아들도 있었다. 부부와 긴 이야기를 나눈 원장은 안심하고 위바이통을 그들에게 맡겼다.

그 뒤로 원장은 종종 양부모와 연락을 하며 위바이통이 잘 지내고 있는지 확인했다. 위바이통이 조금 더 자란 뒤에는 직접 원장에게 전자우편이나 사진을 보냈으며 가끔 영상통화를 했다.

"그 양안옌이란 사람에 대해서는 조사해봤니?"

"예, 인터넷으로 좀 확인했는데 사진을 보니 절 찾아왔던 사람이 맞아요."

"그럼 넌 다신 연기를 하지 않을 작정이니?" 원장의 얼굴이 화면에 좀 더 가까이 다가왔다. "아니면 다른 생각이라도 있는 거야?"

"하, 역시 원장님은 속일 수가 없네요. 저는 일단 확인을 좀 하고 싶어요. 양안옌이란 사람이 대체 무슨 꿍꿍이속인지 말이에요. 하지만 양안옌 사장이 정말 단순히 저를 돌봐주고 싶은 거라면, 게다가 진짜 돈을 많이 벌 수 있다면 거기 몇 년 있어도 괜찮을 거 같아요. 돈이 모이면 작은 극단을 운영할 수도 있잖아요. 아무튼 제 부모님도 윌가 사람들이었으니까 어쩌면 제게도 그런 능력이 있을지 모르죠." 위바이통이 웃으며 말했다.

"네가 아이도 아니고, 나는 네 생각을 믿는다. 하지만 다시 한 번 조심해야 한다고 네게 말해주고 싶구나. 그 사람은 어쩐지 의심스러워서…. 맞다, 얼마 전에 누군가가 네 일에 관해 물었어."

"이 사람이었나요?" 위바이통은 휴대전화를 들어 화면 속 양안옌 사장의 사진을 보여줬다.

"글쎄, 기억이 잘 나지 않는데. 그 사람 말이 무슨 중국인 인터넷 매체라던가, 잡지에서 네 기사를 보고 더 폭넓게 보도하고 싶다면서 그때 상황에 관해 여러 가지 질문을 했어. 다양한 각도에서 네 이야기를 쓰고 싶다나. 내게 당시 일을 기억하는 다른 사람은 없느냐고 묻기도 하더구나. 나는 너무 오래전 일이라 기억이 잘 나지 않는다고 했지 뭐냐. 이런, 원! 그래도 네 일인데 기자에게 그렇게 말하지 말았어야 했는데….”

위바이통은 그 사람이 아마도 양안엔 사장이었을 것이라고 추측했다. ‘양안엔 사장은 원장님을 찾아가서 내가 그 아이가 맞는지 확인했겠지.’

“그러니까 너도 조심하렴.” 원장이 불쑥 한마디를 했다.

“염려하지 마세요. 이번에는 잠깐 가보는 거니까요. 완전히 돌아갈지 말지는 나중에 결정할 거예요.” 위바이통은 원장이 평소 이야기할 때와 말투가 상당히 다르다고 느꼈다. “어쩌면 올해 크리스마스에는 원장님께 그럴듯한 선물을 드릴 수 있을지도 모르겠네요.”

✳

오늘 밤 소극장 안은 평소보다 사람이 조금 더 많았다.

“감사합니다. 여기 계신 분들 모두 그리울 겁니다!” 깊이 허리를 숙여 인사한 뒤, 위바이통은 관객이 건네준 꽃다발을 받고 관객을 안아줬다.

모노드라마를 하던 작은 무대를 내려가 위바이통은 구석 자리로 쭉 걸어갔다. 거기 앉아 있던 여자는 위바이통에게 눈에 띄는 몸짓을 했다.

“무대에서 날 본 거야?” 여자가 가볍게 위바이통을 포옹했다. “멋진 연기였어.”

"브룩슬리가 여기까지 와줬는데 이렇게 못 보겠어?" 위바이통이 자리에 앉았다. "어쩐 일로 여기까지 왔어?"

"네가 그만둔다는 소식 듣고 마지막 무대를 보러 왔지." 브룩슬리는 살짝 파마한 금발로 얼굴을 가려서, 위바이통은 그녀의 표정을 제대로 볼 수 없었다. 기억 속 모습처럼 브룩슬리는 몸에 딱 맞는 원피스를 입었고 양장 외투는 벗어서 의자 뒤에 걸쳐 놓았다. 그녀는 10센티미터 정도 되는 하이힐을 신고 있었는데 덕분에 종아리가 훨씬 길어 보였다.

"고마워." 오늘 밤 위바이통이 마지막 공연을 한다는 사실을 알았다는 것은 브룩슬리가 극장의 홈페이지를 봤다는 뜻이었다. 극장 홈페이지에는 시즌마다 신작 연극 소식과 사진 등이 올라오는데 따로 예약 구독 기능은 없었다. 다시 말해 위바이통의 마지막 모노드라마 공연 소식을 놓치지 않았다는 것은 브룩슬리가 종종 극단 홈페이지에 들어와 봤다는 의미였다.

"앞으로 어디에서 공연해?" 브룩슬리는 위바이통이 다른 극단으로 가는 것이라 여겼다.

"아니야, 나 강캉시로 돌아가."

"언제 가는데?" 브룩슬리가 물었다.

"다음 주 수요일."

"그렇게 빨리? 짐은 다 쌌어?"

"거의 다. 우선 상황이 어떤지 가보고 어떻게 할지 결정할 거야."

"네게 줄 선물을 준비했었는데…."

"그런데?"

브룩슬리가 위바이통의 귓가에 다가와 속삭이듯 말했다. 위바이통은 그녀의 숨결을 느낄 수 있었다. "그런데 깜빡하고 집에 두고 왔네. 집에 들러서 가지고 갈래?"

✳

"바이통, 샤워하고 갈래?" 실오라기 하나 걸치지 않은 브룩슬리가 욕실에서 나오며 창가 의자에 앉아 런던의 야경을 보고 있는 위바이통에게 물었다. 그때 브룩슬리는 위바이통이 손 안에 무언가를 쥔 채 만지작거리고 있는 것을 봤다. "마음에 들어?" 브룩슬리가 물었다.

"정말 나한테 줄 선물이 있었네. 고마워. 근데 너무 귀한 거 아닌가?" 그것은 순은으로 만든 머니 클립이었다.

"그럼 내가 너한테 거짓말한 줄 알았어?" 브룩슬리가 턱을 위바이통의 어깨에 걸쳤다. "마침 돌아가면 바로 쓸 수 있겠네. 잘 가지고 다녀."

"밖이 진짜 근사하네. 런던 아이(London Eye)가 보이잖아! 고층 고급 아파트라 역시 다르네. 사람들이 그렇게 하늘을 찌를 듯한 높은 건축물을 지으려고 하는 이유가 다 있어. 가장 높은 아파트에 살려 하고, 고층 사무실에서 일하려 하고, 제일 높은 건축물을 지으려 하고…." 위바이통이 씩 웃어 보였다. "매일 밤 이런 풍경을 보다니 아쉬워서 어떻게 잠을 자?"

"그러고 보니 바이통은 여기 와본 적이 없구나." 브룩슬리는 실내복을 입고 틀어 올린 머리에 안경을 걸쳤다. "치, 런던 아이는 무슨, 아주 조금 보이는 건데." 그녀는 가방에서 태블릿 컴퓨터를 꺼내 서류를 읽기 시작했다. 브룩슬리는 국제 법률사무소 런던 사무소의 파트너 변호사로 기업 사무가 주요 분야였다. 위바이퉁은 예전에 그곳에서 아르바이트를 하며 당시에는 아직 파트너 변호사가 아니었던 브룩슬리를 알게 되었다.

잠시 후, 위바이퉁이 아무런 소리도 내지 않자 브룩슬리가 고개를 들었다. 위바이퉁은 여전히 그 자리에 서서 창밖을 바라보고 있었다. "브룩슬리, 기억나? 언젠가 네가 그런 말 했었잖아. 이런 야경을 볼 수 있는 곳에서 살 거라고." 위바이퉁은 마침내 고개를 돌려 조금 전까지 자기를 귀찮게 하던 여인을 쳐다봤다. "3년도 못 되어 꿈을 이뤘네."

"어쩌면 바이퉁도 금방 그렇게 될 거야." 브룩슬리는 태블릿 컴퓨터에 시선을 고정한 채 말했다. "양안옌이라는 이름은 나도 들어본 적 있어. 그 사람이 경영하는 바나금융은 최근 몇 년 사이에 아시아에서 빠르게 성장하고 있는 머천트뱅크 겸 자산관리회사야. 아직 해외 투자에는 발을 들여놓지 않은 것 같네. 바나금융의 홈페이지에는 그 사람 사진만 있고 자기 팀에 대한 소개는 없어. 이런 종류의 다른 회사들 홈페이지와는 상당히 다른데…. 인터넷에 양안옌 사장의 인터뷰 기사가 상당히 많네. 미국에서 대학을 졸업하고 월가에서 잠깐 일했었군. 근데 미국에서 있었던 일은 죄다 가볍게 다뤘어. 그런데 이 대단한 사람이 바이퉁이랑 대체 무슨 관계야?" 브룩슬리는 태블릿 컴퓨터를 내려놓고 안경을 벗은 뒤 위바이퉁을 뒤에서 끌어안았다. 위바이통은 아무 말 없이 가만히 브룩슬리의 손을 만지다 불쑥 고개를 돌려 그녀에게 입을 맞췄다.

"아무튼 정말 뜻밖이다. 바이통이 금융 엘리트가 되겠다고 하다니. 그때 내가 로스쿨 가서 변호사 돼보라고 했을 때는 싫다고 했잖아. 도대체 양안엔 사장이 무슨 조건을 제시한 거야?" 브룩슬리는 이야기하며 위바이통의 목에 키스했다.

"브룩슬리, 서류 봐야 한다고 하지 않았어?" 위바이통은 가만히 자신의 가슴 앞에 있던 브룩슬리의 손을 치우고 그녀의 태블릿 컴퓨터를 당겨 서류를 들여다봤다. "전자화가 가장 느리다는 법률사무소도 종이를 포기했군. 어, 이 조문 문제 있는 거 아닌가?"

"응, 어떤 거?" 브룩슬리가 다가왔다.

"이거. 보니까 매도가의 상당 부분이 이 기업의 미래 실적을 바탕으로 하고 있는데 계약서에 실적에 관한 정의가 좀 모호하게 표현된 것 같아."

"아, 진짜 그러네. 내가 기억해둘게. 참, 걔들은 어째서 이걸 못 봤지?" 브룩슬리는 서류에 표시한 뒤 침대에 옆으로 누웠다. "꼭 예전으로 돌아간 것 같다."

"응?"

"예전에, 바이통이 우리 집에 오면 나 대신 서류 봐주고 그랬잖아."

브룩슬리의 눈빛을 본 위바이통은 그녀의 생각을 알아채고는 일부러 시선을 피했다.

"강캉시에 가는 거, 그 여자 찾으러 가는 거야?" 결국, 브룩슬리가 먼저 입을 열었다.

"아니야." 위바이퉁은 단호하게 말했지만, 브룩슬리는 믿지 않는 눈치였다.

"그래, 아닌 거로 하자." 브룩슬리는 다시 일어나 앉더니 태블릿 컴퓨터만 뚫어지라 쳐다봤다. "나도 알아. 내가 바이퉁의 그녀가 될 수 없다는 거."

위바이퉁은 브룩슬리에게 다가가 그녀가 손에 쥔 태블릿 컴퓨터를 가볍게 빼앗았다. 브룩슬리가 뭐라 말하기도 전에 위바이퉁의 입술이 그녀의 입술을 덮었다. 그리고 그의 손은 그녀의 윗옷 속으로 천천히 들어갔다.

브룩슬리는 알고 있었다. 그녀가 바이퉁의 그녀가 될 수 없다는 것을. 위바이퉁도 알고 있었다. 자신이 이미 예전의 위바이퉁이 아니란 것을.

7

똑똑한 사람은 적당한 때에 결단을 내릴 줄 알며 빨리 행동에 옮긴다.
반면 지혜로운 사람은 적당한 때에 결단을 내리고
빨리 행동에 옮길 뿐만 아니라 사소한 부분 하나도 소홀히 하지 않는다.

— 양안옌, 《나는 금융 엘리트가 될 것이다》

강캉시는 산을 등지고 들어선 내륙 도시로, 서쪽에서 동쪽으로 강캉강이 도심을 관통한다. 일찍이 하천 덕분에 내륙 도시의 중심이 된 강캉시는 강가의 남쪽에 상업의 중심지가 발전했으며, 시청과 상업 활동도 모두 그곳에 집중되었다. 지금까지 강캉시의 중심은 강의 남쪽에 있었던 셈이다. 강의 북쪽에는 강캉대학, 바로 위바이퉁의 모교가 있다. 오래된 동네가 대학을 둘러쌌는데 대학에서 북쪽으로 30분쯤 걸어가면 강캉산이 나오고 거기에 전망대가 하나 있다. 위바이퉁은 대학에 다니던 시절 종종 자전거를 타고 전망대로 가서 강캉시를 내려다보며 책을 읽거나 연극부 친구들과 술을 마셨다.

강캉시는 불과 몇 년 전보다 훨씬 살기 편리해졌다. 경제가 발전한 덕에 시내에서 차로 30분 거리에 공항이 세워졌고 런던에서 올 때도 국내 항공으로 한 번만 갈아타면 바로 도착할 수 있다.

양안옌 사장은 일찌감치 위바이통을 위해 비행기 표를 예약해줬다. 출발하기 일주일 전, 위바이통은 명함에 있는 전화번호로 양안옌 사장에게 전화를 걸었다. 뜻밖에도 양안옌 사장이 직접 전화를 받았다. 아마도 아무에게나 주는 명함은 아니었던 모양이었다. 사실 위바이통은 양안옌 사장이 공항으로 사람을 보내 자신을 맞이할 줄 알았다. 하지만 양안옌 사장은 호텔 이름만 알려주며 호텔에 공항 마중 서비스가 있으니 직접 예약하라고 했다.

3년. 위바이통은 생각지도 못했는데 강캉시를 떠난 지 3년 만에 돌아오게 되었다. 귀빈 대접을 받을 줄 알았던 위바이통은 어쩐지 섭섭한 마음이 들었다. 하지만 가만히 생각해보면 양안옌 사장의 회사에서 일하게 될 처지니 건방지게 구는 것도 옳지 않았다.

공항을 나서자마자 위바이통은 강캉시 특유의 후텁지근함을 느꼈다. 조금 전까지 남아 있던 냉기는 순식간에 증발해버리고 끈끈한 땀이 맺혔다.

호텔은 글로벌 체인으로 한 명의 고객을 위해 공항 마중 서비스 전용 소형 버스를 보내줬다. 호텔로 가는 길, 위바이통은 창밖 풍경을 구경했다. 공항에서 시내로 향하는 고속도로도 새로 건설된 것이었다. 차가 강캉시에 가까워질 무렵 위바이통은 도로 양편으로 새롭게 지어진 주택가를 발견했다. 그리고 저 멀리로는 시내에 세워진 많은 고층빌딩이 눈에 띄었다. 위바이통도 처음 보는 새 빌딩들은 마치 어두운 그림자로 덮인 것 같았다. 강캉시는 그가 도착했을 때부터 두꺼운 구름으로 덮여 있었는데, 그 때문에 빌딩들은 본래의 색깔 대신 잿빛 남색으로만 보였다.

"손님도 참 운이 좋으십니다. 곧 폭풍이 몰려온다는데 내일 도착하는 비행기였으면 아마 운항이 취소됐을 겁니다." 운전기사가 말했다. "흠, 오늘 날씨가 정말 이상해요. 제가 여기서 평생 살았지만, 내륙 태풍이란 말은 처음 들어보거든요. 뉴스에서는 미국에서 흔히 볼 수 있는 거라는데. 아, 손님 혹시 미국에서 오셨습니까? 혹시 그런 태풍 보신 적 있나요?"

"아뇨, 저는 미국에서 오지 않았어요." 운전기사는 이런저런 말을 늘어놓았지만, 위바이통은 밖에만 눈길을 줬다. 아직 비는 오지 않았지만 어쩐지 폭풍이 들이닥칠 것 같은 느낌이 들었다. 소형 버스 안에 에어컨이 작동 중이었어도 차 안 공기에는 태풍이 몰아치기 전의 습한 기운이 있었다.

시내에 들어서니 거리에는 해외 유명 브랜드의 음식점과 상점이 넘쳐났다. 간혹 서양 사람도 하나둘 눈에 띄었다. 불과 몇 년 사이에 강캉시는 별 볼 일 없는 도시에서 국제도시로 변모하고 있었다.

"어, 저건 뭐죠?" 위바이통은 운전기사 옆자리까지 걸어와 강 맞은편에 줄줄이 늘어선 높은 건물들을 가리켰다.

"아, 저거는 새로 지은 아파트들이에요. 예전에 대학 근처에 낡은 동네가 있었는데 다 철거하고 신식으로 고층 아파트를 지었습니다. 그런데 요즘 집값이 좀 비싸야죠. 예전에 집 한 채 살 값으로 지금은 제대로 된 방 하나도 못 얻어요."

"저렇게 많은 집에 다 사람이 살아요?" 위바이통은 고층 아파트 숲을 보며 말했다.

"손님, 모르세요? 강캉시가 중점 발전 도시로 지정돼서 정부가 강 북쪽을 개발하고 있잖아요. 신도시를 만든다고, 무슨 신생 벤처기업들이 본사를 여기에 세운다던데. 여기에 공항도 있고 대학도 있으니까, 요 몇 년 사이에 갈수록 많은 사람이 다른 도시에서 기회를 잡겠다고 온다니까요. 방금 지나온 고속도로 옆에 새로운 동네가 많았잖습니까? 저기 보세요, 저기 제일 높은 건물이 최근에 지어진 비즈니스 빌딩인데 저걸 중심으로 새로운 동네를 많이 만든다고 하더군요. 그런데 값이 너무 비싸서요. 저 같은 사람은 살 수가 없어요. 이사 오는 사람이 많던데 그만큼 월급이 오른 것도 아니고 도대체 무슨 돈으로 여기 집들을 사는지 모르겠어요. 손님은 혹시 아십니까? 제 친구 중 하나는 작년에 아파트를 샀는데 벌써 집값이 엄청 올랐다더라고요."

그 순간 위바이통의 머릿속에는 양안엔 사장의 모습이 떠올랐다. '아마 이곳의 발전은 그와도 관련이 있을 테지.'

호텔에 도착하니 하늘은 어느새 황혼으로 물들어 있었다. 위바이통이 셀프 카운터에서 이름을 입력하자 컴퓨터가 금세 그의 이름으로 예약된 방을 보여주었다. 총 일주일이 예약되어 있었다. 체크인을 하니 방의 카드키가 기계에서 튀어나왔다.

'일주일이라….' 위바이퉁은 가만히 생각에 잠겼다. 자신이 이번에는 잠시 강캉시의 상황을 본 뒤 돌아올지 말지 결정하려는 것을 양안옌 사장이 눈치채고 일주일만 방을 예약한 걸까? 하지만 위바이퉁은 이런 자신의 계획을 양안옌 사장에게 언급한 기억이 없는데. 아니면 양안옌 사장은 일주일 안에 강캉시에 자신이 머물 숙소를 마련해줄 생각일까?

'VIP 서비스센터에서 귀하의 우편물을 받아 가십시오.' 카드키를 받고 떠나려던 위바이퉁은 스크린에 뜬 메시지를 읽었다. 옆쪽에 있는 VIP 서비스센터에 가니 그에게 편지봉투 하나를 건네줬다. 열어보니 또 다른 카드키 하나가 들어 있었다. 호텔 것은 아니었다. 카드키에는 아무런 이름도 새겨져 있지 않았다.

방에서 세수를 마친 위바이퉁은 다시 양안옌 사장에게 전화를 걸었다.

"아, 바이퉁! 벌써 도착했나? 태풍 때문에 비행기가 제때 도착하지 못할 줄 알았는데. 시차는 어떤가?"

"방금 호텔에 도착했습니다. 아직 이른 시간이라 시차를 잘 못 느끼겠네요."

"고생했군! 오늘은 호텔에서 우선 쉬게. 저녁 식사는 호텔 룸서비스를 부르고. 우리는 내일 밤에 회사에서 보지." 그런 다음 양안옌 사장은 만날 주소와 시간을 알려줬다. "내가 보내준 카드키 받았나? 그 카드로 안에 들어올 수 있네. 자네가 앞으로 일할 곳이야."

방에서 잠시 휴식을 취한 위바이퉁은 이내 좀이 쑤셔 호텔 밖
으로 나갔다. 느긋하게 호텔 근처를 걸으며 오랜만에 돌아온 도
시를 살펴봤다. 하지만 이곳은 그의 기억과는 완전히 달라져 있
었다. 위바이퉁이 런던으로 떠날 때도 이 부근은 상업의 중심지
였지만 지금처럼 명품 가게가 즐비하지는 않았다. 그런데 명품
가게라고는 하지만 런던에 있는 가게들처럼 규모가 큰 편은 아
니었다. 가게들은 면적 자체가 크지 않지만 고급스러운 분위기
를 풍겼다. 위바이퉁은 어느 부인이 그중 한 가게로 들어가는 것
을 봤다. 가게 안에서는 단정한 유니폼을 갖춰 입은 예쁘장한 점
원이 태블릿 컴퓨터를 든 채 부인을 맞았다. "사모님, 오셨습니
까? 이쪽에 앉으십시오. 이미 사모님께 어울리는 디자인으로 핸
드백들을 골라놨습니다." 위바이퉁은 호기심에 목을 쭉 빼고 가
게 안을 들여다봤다. 점원의 말대로 테이블 위에 핸드백 여러 개
가 가지런히 놓여 있었다.
　　하지만 가게 안에는 점원 한 명 외에는 다른 직원이 하나도
없었다.
　　'이런 서비스는 강캉시도 벌써 다른 대도시를 쫓아갔나 보네.
인공지능과 빅데이터 이용이 많아지니까 점원들도 대부분 인공
지능으로 대체된 거군.' 여러 고객의 취향을 손바닥 손금 보듯
잘 알고 있던 명품 가게 직원들도 빅데이터 시스템은 이길 수
없었던 것이다.
　　"차 좀 줘요." 가게 안의 부인이 점원에게 말했다. 그러자 점
원은 환한 미소를 띠며 예의 바르게 차를 따랐다. 인공지능도 아

직 이런 서비스는 따라잡지 못한 모양이었다.

패스트푸드점에 들어서니 그곳도 이미 셀프 주문대가 마련되어 있었다. 음식 가격이 어찌나 비싼지 런던 물가와 큰 차이가 없었다. 위바이통은 햄버거와 커피를 주문했다.

"바이통?" 위바이통이 자리에 앉아 햄버거를 먹으려 할 때 뒤편에서 불쑥 남자 목소리가 들려왔다.

"선배?" 뒤에 선 사람은 위바이통이 대학을 다니던 시절 같은 연극부였던 선배였다. 캐주얼한 옷을 입은 선배는 어린아이와 함께였다.

"진짜 오랜만이다! 너 런던에 있지 않았어?"

"예, 일이 있어서 오늘 막 왔어요." 위바이통은 무릎을 굽히고 앉아 남자아이와 악수를 했다. "넌 이름이 뭐니?"

"제이슨이야. 바이통 삼촌이라고 불러." 하지만 남자아이는 아빠의 뒤로 숨어버렸다. 위바이통은 어째서 아이에게 영어 이름밖에 없는지 궁금했지만, 더 묻지는 않았다.

"선배는 오늘 휴가예요?" 위바이통은 별 뜻 없이 물었지만, 선배는 매우 곤란한 표정을 지었다. "뭐, 그렇다고 봐야지. 요즘 일주일에 나흘 근무라 오늘 애를 데리고 나온 거야."

"아, 그럼 아직도 가사도우미 썼어요? 예전에 선배 집에 집안일 해주는 도우미 있지 않았나?"

"없어. 지금 강캉시는 생활지수가 높아지기는 했지만, 일자리는 점점 더 줄어들고 있거든. 나랑 아내도 일감이 줄어들었는데 그나마 직장을 잃지는 않았어. 작년에 우리 집 이사해서 돈도 없다."

"그래요? 선배는 제가 런던 가기 전에 새집에 들어갔었던 것 같은데, 그새 또 이사했어요?"

"응, 아이가 자라니까 공간이 부족하더라고. 다행히 예전에 살던 아파트값이 많이 오른 데다 주택담보 대출을 좀 더 받아서 방이 하나 더 많은 아파트를 샀어."

위바이퉁은 선배의 말이 선뜻 이해되지 않아 고개를 갸웃거렸다. '선배와 아내의 일도 순조롭지 않고 아이도 생겼다면 이론상으로 지출이 더 많아지는 것 아닌가? 그런데 더 큰 집으로 이사를 했다고?'

"아무튼, 난 먼저 가야겠다. 애를 학원에 보내야 해서."

"학원이요?"

"응, 잠재능력을 개발하는 수업을 듣고 있어. 요즘은 인공지능이 사람이 하던 일을 대신하는 시대라 예전 같은 공부로는 안 되거든. 사실 학원이라고 해도 게임을 하면서 노는 거야. 지도교사가 그런 과정을 살펴보면서 아이의 타고난 재능이 뭔지 파악하고 일찍부터 그 재능을 키워주는 거지. 안 그러면 나중에 커서 할 일이 없어질 테니까. 맞아, 바이퉁 너도 여기 오래 살 생각이면 아파트를 꼭 사. 오래 안 있더라도 집값은 오르니까. 일자리가 확실하지 않은 요즘 같은 때는 눈에 보이는 실질적인 게 최고야."

"그래요." 위바이퉁은 고개를 끄덕이며 아이를 쳐다봤다. 아이는 아무리 많아 봐야 두 살 정도밖에 되어 보이지 않았다.

호텔 방으로 돌아온 위바이퉁은 시차 때문에 입맛이 없어 룸

서비스로 샐러드 하나를 시켜 겨우 먹었다. 식사를 마치고 난 뒤에는 침대에 누워 휴대전화로 무선인터넷에 접속해 뉴스를 찾아봤다. 뉴스는 온통 집값이 지난해 같은 기간보다 얼마나 올랐다거나, 신흥 업종을 탐방한다거나 하는 식의 소식뿐이었다. 위바이퉁의 눈에는 아무것도 들어오지 않았다. 그의 머릿속은 지금까지 일어났던 일에 대한 생각으로 가득했다.

양안옌 사장의 등장은 정말 진부한 드라마의 한 장면 같았다. 한때 부모님의 보살핌을 받았던 사람이 부자가 된 뒤 그들의 자식을 찾아 특별히 런던까지 왔다. 심지어 그 부자는 그들의 자식에게 일자리를 주고 그를 금융 엘리트로 키워주겠다고 약속한다.

하지만 막상 위바이퉁이 이곳에 오자 양안옌 사장은 일부러 거리를 두려는 것 같았다. 열렬한 환대도 없었을 뿐더러 서둘러 출근을 하라고도 하지 않았다. 심지어 얼굴은 내일 밤에나 보자고 했다.

'도대체 양안옌 사장은 나에 관해 어떤 계획을 갖고 있는 걸까? 이 사람은 정말 나를 여자 스타들이 그렇게 목매는 금융 엘리트로 만들어 줄 수 있을까?'

금융 엘리트라니, 사실 그것은 위바이퉁에게 또 다른 세계였다. 부모님이 월가에서 일하긴 했지만, 그가 제대로 기억조차 할 수 없는 어렸을 때의 일이었다. 연극계에서도 극단이 찬조금을 받으려고 기업과 접촉을 하기는 한다. 하지만 극단 찬조금을 모금하는 사람은 따로 있고, 접대도 무대 위 주연의 몫이었다. 작은 역할만 맡던 위바이통은 그런 금융 엘리트라는 사람들과 아무 접점이 없었다.

이런저런 생각을 하다 위바이통은 저도 모르게 잠이 들었다.

✳

다음 날 아침, 위바이통은 빗소리에 잠에서 깨어났다. 텔레비전을 켜니 태풍이 점점 다가와 오늘 밤이면 요 몇 년 사이에 본 적 없던 허리케인급 초대형 태풍이 강캉시를 덮칠 것이란 뉴스가 흘러나왔다. 위바이통은 방 안에 머물며 인터넷으로 양안엔 사장과 약속한 주소를 찾아봤다. 하지만 주소를 입력해도 지도상에 표시된 지점에는 아무것도 나오지 않았다. 보아하니 그곳은 빈 땅 같았다. 위바이통은 다시 위성지도로 거리 풍경을 찾아봤다. 역시나 그곳은 공사장이었고 그 부근에는 높지 않은 건물들로 이뤄진 오래된 동네가 있었다. 그 건물들은 하나같이 낡았지만 하나하나 역사의 흔적을 간직한 집들이었다.

이 모습이야말로 위바이통이 기억하는 강캉시였다.

위바이통은 지도 대신 검색엔진에 양안엔 사장이 알려준 주소를 입력했다. 처음 나타난 것은 바나금융의 인터넷 페이지로 바나금융이 본사를 새로운 주소로 옮길 것이란 기사가 담겨 있었다. 기사에 따르면 그곳은 바나금융이 투자에 참여한 새로운 개념의 업무용 건물이었다. 강캉시에서 가장 높은 88층의 건축물로, 바나금융의 이름을 따 바나센터로 명명되었다. 위바이통은 기사를 통해 빌딩의 개막행사 날짜를 알게 되었다. '다음 주

수요일이라고?'

그렇다면 양안옌 사장은 왜 아직 문도 열지 않은 빌딩에서 자신과 보자고 한 걸까?

검색엔진으로 본 다른 검색 결과들도 바나센터의 건설로 지역 발전이 촉진될 것이라는 둥, 정부도 바나센터 부근의 동네를 재건축하겠다는 둥, 원래 그곳에 살던 주민들은 보상금을 받고 이주를 하게 됐다는 둥 별 도움이 안 되는 내용뿐이었다. 또한 본래 별 볼 일 없던 도시인 강캉시가 2년 전 은행가 양안옌 사장의 선택을 받았다는 기사도 있었다. 그 기사에 따르면 양안옌 사장은 바나금융을 설립하고 가장 먼저 통신 애플리케이션을 연구 개발하는 스타트업에 투자했다. 그 연구 개발이 성공한다면 휴대전화 사용자는 음성 통신 부분의 데이터 용량을 큰 폭으로 절약할 수 있고, 심지어 어떤 기상 조건에서도 통화가 가능해진다고 했다.

위바이통은 기사 내용에 흥미를 느끼고 계속 검색했지만, 통신 애플리케이션과 관련된 후속 뉴스는 찾을 수 없었다. 다른 뉴스들에 따르면 이후 바나금융 산하의 펀드는 해외에서 자금을 모은 뒤 국내의 잠재력 있는 기업 몇 곳에 투자했다. 덕분에 소규모의 기업들은 크게 성공할 수 있었다고 했다. 이 일로 양안옌 사장은 업계에서 '아시아의 워런 버핏'이라 불리게 되었다.

비는 갈수록 거세졌고 이따금 번개도 쳤다. 위바이통은 온종일 외출하지 않았다. 바깥 날씨가 엉망인 탓도 있었지만, 양안옌 사장이 만나는 날을 바꾸지 않을까 생각했기 때문이다. 괜히 마음대로 돌이디니디 양안엔 시장과 연락이 닿지 않으면 어쩐단 말인가. 하지만 양안엔 사장은 다시 전화를 걸어오지 않았다. 그렇다면 약속한 시각에 만나자는 뜻일까?

위바이퉁은 왠지 답답한 기분이 들었다. 도대체 양안엔 사장은 그에게 뭘 보여주려는 걸까? 날씨가 이렇게 험악한데도 그대로 만나려 하다니. 일말의 불안감이 다시 솟구쳤다. 위바이퉁은 자신도 모르는 사이 이미 몇 번이나 방 안을 서성거렸다.

호텔을 나설 시간이 다가왔고, 위바이퉁은 지도에서 알려준 대로 버스를 타고 바나센터 근처까지 순조롭게 갔다. 하지만 비 때문에 차가 막히면서 약속한 9시보다 10분 늦게 도착했다. 다행히 버스에서 내릴 때는 비가 멈췄다. 그렇지 않았다면 매우 불쾌한 기분으로 걸어가야 했을 것이다. 바나센터는 강캉시의 오래된 동네에 자리 잡고 있었다. 하늘까지 치솟은 빌딩은 네모반듯한 모습에 외벽은 현대적인 느낌의 푸르스름한 잿빛 유리로 되어 있었지만, 전통적인 분위기도 풍겼다. 근처에는 서로 높이가 다른 오래된 빌딩들이 바나센터를 빙 둘러쌌는데, 그 모습은 마치 바나센터 건물이 경배자들에게 에워싸인 것처럼 보였다.

이곳의 낡은 건물들은 모두 비었는지 위바이퉁은 바나센터로 걸어오는 동안 사람의 그림자도 보지 못했다. 밤이 깊은 데다 검은 구름이 낮게 드리워졌고 다시 또 곧 비가 쏟아질 듯 후텁지근한 날씨 때문에 위바이퉁은 금방이라도 숨이 막힐 것 같았다. 바나센터를 몇십 미터쯤 남겨놨을 때 하늘에서 역시나 장대비가 퍼붓기 시작했다. 위바이퉁은 빠른 걸음으로 뛰듯이 빌딩

안으로 들어갔다.

기사에서 빌딩이 아직 준공되지 않았다는 소식을 본 터라 위바이통은 건물 내부가 아직 공사 중일 거라 짐작했다. 하지만 이미 완성된 로비의 바닥에는 미백색 대리석이 깔려 있었다. 빗속을 뛰어오느라 신발에 진흙이 묻은 위바이통은 어쩐지 그런 바닥을 밟기가 미안했다.

로비에서 가장 눈길을 끄는 것은 3층 정도 높이의 천장에 열두 개의 전등이 자리 잡은 클래식한 디자인의 크리스털 샹들리에였다. 샹들리에의 높이가 워낙 높아서 등 하나에 몇 개의 크리스털이 장식되었는지 알 수 없었지만, 분위기가 빌딩의 네모반듯한 외관과 완벽하게 조화를 이뤘다.

위바이통은 고개를 치켜든 채 넋을 놓고 아름다운 크리스털 샹들리에를 바라봤다. 비즈니스 빌딩에 이런 근사한 크리스털 샹들리에를 설치하다니, 요즘 비즈니스 빌딩들은 모던하고 간결한 장식이 유행이라고 생각했던 위바이통은 도무지 자신의 눈을 믿을 수 없었다.

〈오페라의 유령〉. 위바이통은 크리스털 샹들리에를 보자마자 이 작품을 가장 먼저 떠올렸다.

그런데 이상했다. 이곳은 분명 아직 준공이 되지 않은 빌딩인데 입구의 문도 잠겨 있지 않았고, 로비도 이렇게 밝다니 마치 누군가가 이미 일하고 있는 것 같았다. 하지만 로비에는 경비원은 물론이고 사람의 그림자도 보이지 않았다.

어쩌면 양안옌 사장이 이미 도착했는지도 몰랐다. 아니, 분명 도착했을 것이었다. 위바이퉁은 휴대전화에 뜬 시간을 확인하고 자신이 약속 시각보다 15분이나 늦었다는 사실을 알았다. 그렇다면 양안옌 사장이 먼저 와서 빌딩 입구의 문을 열고 불을 밝혀둔 것이 확실했다. 위바이퉁은 양안옌 사장이 자신에게 보여준다는 것이 바로 이 로비라면 좋겠다고 생각했다.

전날 양안옌 사장이 알려준 대로 위바이퉁은 가까운 곳에 있는 엘리베이터로 다가갔다. 엘리베이터 로비 앞 스크린에는 빌딩 안에 있는 회사들의 이름이 쭉 떠 있는데 바나금융이 가장 높은 자리에 있었다. 위바이퉁은 바나금융의 이름을 눌렀고, 스크린의 지시에 따라 3호 엘리베이터로 갔다. 요즘 새로 지은 빌딩들이 많이 설치하는 엘리베이터 시스템으로, 엘리베이터 사용자를 분류해 비슷한 층의 승객들을 하나의 엘리베이터에 타게 한다. 그래야 엘리베이터가 서로 다른 층에 자꾸 서느라 사용자의 시간을 낭비하지 않게 할 수 있기 때문이다. 위바이퉁이 전에 아르바이트했던 법률사무소에도 이런 엘리베이터가 있었다.

엘리베이터에 타자 안쪽 스크린에 엘리베이터가 꼭대기 층인 바나금융으로 향하고 있다는 표시가 떴다. 위바이퉁의 예상대로 엘리베이터 안에는 층을 누르는 버튼이 없었다. 내릴 층을 이미 밖에서 다 설정했기 때문이다.

30초쯤 지났을 때, 엘리베이터가 드디어 88층 바나금융 본사에 도착했다. 엘리베이터에서 내린 위바이퉁의 왼편에는 불투명 유리문이 있었고, 반대편은 전혀 막혀 있지 않았다. 모던하고 간결하게 장식된 고객 응접실은 바닥과 안내데스크가 로

비처럼 미백색 대리석으로 되어 있었다. 호두나무로 제작한 '바나금융'이란 이름은 안내데스크의 왼편에 격조 있게 새겨졌다.

안내데스크 앞에는 하얀 가죽 소파 세 개가 놓였고, 방 가운데에는 완전히 투명한 유리로 제작된 커피 테이블이 있었다. 테이블 위에 책 몇 권이 있었는데 그중 한 권은 세계 각국의 건축물 사진집으로 전형적인 전시용 장식품이었다. 다른 한 권은 표지에 양안옌 사장의 흑백사진이 자리 잡은《나는 금융 엘리트가 될 것이다》라는 책이었다. 제목은 자기계발서 같았지만, 책의 겉모습은 건축물 사진집과 매우 비슷했다. 위바이퉁은 호기심에 책을 넘겨봤지만, 글이 많지 않고 그나마 짧은 이야기나 어록 등이 대부분이었다. 반면 양안옌 사장의 사진은 적지 않게 실렸으며, 남자가 정장을 입는 법이라든지 술을 음미하고 시가를 선택하는 방법 등이 소개된 장(章)도 있었다.

'금융 엘리트가 되려면 이런 책을 읽어야 하는 건가. 혹시 양안옌 사장은 내게 이런 것들을 가르치려는 걸까?' 이런 생각에 빠졌던 위바이퉁은 이내 손바닥으로 관자놀이를 두드렸다. 어째서 나는 항상 이렇게 쓸데없는 일을 걱정하는 걸까? 위바이퉁은 고객 응접실에 앉아 양안옌 사장의 책을 계속 볼 작정이었다. 그때 안에서 사람들의 목소리가 들려왔다.

안내데스크와 소파 뒤에 각각 불투명 유리문이 있었는데, 소리는 고객 응접실 뒤편에서 들려왔다. 아무래도 누군가가 안에 있는 것 같았다. 위바이퉁은 책을 내려놓고 다가가서 유리문을 당겨봤지만 잠겨 있었다. 그런데 문 옆에 감응기가 있고 위쪽

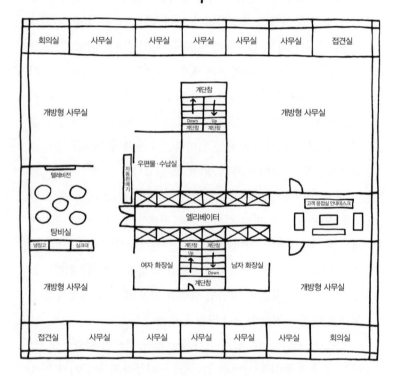

에서 아주 작은 빨간 불빛이 반짝거렸다. 위바이퉁은 양안옌 사장이 보내준 카드키를 꺼내 감응기에 대봤다. 그러자 바로 찰칵 하는 소리와 함께 불투명 유리문이 열리면서 불빛도 초록색으로 바뀌었다.

안으로 들어가니 그곳은 개방형 사무실로 긴 책상이 몇 줄 놓여 있고 줄마다 네댓 개의 자리가 있었다. 위바이퉁은 사무실 통로에서 양복을 입고 와인색 넥타이를 맨 양안옌 사장을 발견했다. 양안옌 사장은 세 남자와 한 여자에 둘러싸여 있었는데 여자는 뒷모습만 보여 몇 살쯤 되는지 가늠할 수 없었다. 반면 다른 남자들은 서른이 조금 넘어 보였는데 하나같이 낯빛이 좋지 않았다. 양안옌 사장은 벌겋게 상기된 얼굴에 목에 핏대를 세운 채 그들에게 지팡이를 휘두르며 언성을 높이고 있었다. "너희 몇 명이 나를 배신하려고? 이게 무슨 뜻인지 알아?"

"저희는 그냥 돈을 벌고 싶었을 뿐입니다. 저희에게 돈에 대해 '허기'를 느껴야 한다고 가르치시지 않았습니까?" 그중 가장 키가 큰 남자가 말했다.

"외부의 돈에 대해 허기를 느끼라고 했지 빌어먹을 내 돈에 허기를 느끼라고 했어? 너희, 잊었나 본데 너희가 버는 돈 한 푼 한 푼이 다 누구 덕이야?"

위바이퉁은 양안옌 사장이 그들 중 조금 멀리 서 있는 안경 쓴 남자에게 시선을 돌리는 걸 봤다. 하지만 양안옌 사장이 뭐라 말하기도 전에 또 다른 뚱뚱한 남자가 먼저 입을 열었다. "사, 사장님은 우리를 사람으로 취급하지도 않잖아요. 한 번도… 한 번도 우리를 존중해준 적이 없있다고요!"

양안옌 사장은 차가운 미소를 흘렸다. "하, 존중? 너희가 뭐라도 되는 줄 알아?"

"당신!" 키 큰 남자가 앞으로 다가오더니 양안옌 사장을 밀쳤다. 미처 예상하지 못했던 양안옌 사장은 균형을 잃고 바닥에 쓰러졌다.

"너 이 개새끼가⋯." 양안옌 사장은 욕을 내뱉으며 일어나 키 큰 남자에게 반격하려 했지만, 안경 쓴 남자가 바로 그 앞을 막아섰다.

"저리 꺼져! 나 아직 이 자식이랑 아직 안 끝났어!" 양안옌 사장은 안경 쓴 남자를 밀어내고 키 큰 남자에게 지팡이를 휘둘렀다. 하지만 키 큰 남자는 잽싸게 피하더니 지팡이를 빼앗으려는 듯 반대쪽을 붙잡았다. 그때 양안옌 사장의 지팡이가 바닥에 툭 떨어졌다.

순식간에 사무실 통로는 혼란에 빠졌고 양안옌 사장과 키 큰 남자는 서로 주먹을 휘둘렀다. 안경 쓴 남자와 뚱뚱한 남자는 어찌할 바를 몰라 하더니 이내 두 사람의 싸움을 말렸다. 그러나 양안옌 사장은 그들에게도 주먹을 날렸고, 그들도 바로 싸움에 가세했다.

싸우는 남자들이 무서웠는지 여자는 몇 걸음 뒤로 물러섰고, 그러다 무심코 뒤로 돌아섰다. 위바이통은 드디어 여자의 얼굴을 보게 되었다. 여자는 어깨까지 내려오는 긴 머리에 본래 예쁜 계란형 얼굴 같았지만, 머리카락으로 양쪽 얼굴이 많이 가려져 있었다. 그래도 이목구비의 윤곽이 뚜렷한 데다 둥글고 큰 눈, 반듯한 코의 소유자로 화장에 좀 더 공을 들인다면 얼굴이 더 돋보일 것 같았다. 하지만 위바이통의 시선은 그 둥글고 큰 두 눈에 오래 머물지 않았다. 금세 그녀의 입에 매료됐기 때문이다. 그 입은 마치 고양이의 입처럼 웃고 있지 않아도 입꼬리가 자연스럽게 살짝 올라가 있었다. 위바이통이 영원히 잊을 수 없는, 바로 그 입술이었다.

"슈란(秀嵐)?" 위바이통은 그녀를 부르면서도 자기 눈을 믿을 수 없었다. 어째서 슈란이 여기에 있는 거지?

'강캉시에 가는 거, 그 여자 찾으러 가는 거야?' 위바이통의 머릿속에 런던을 떠나기 전 브룩슬리가 했던 말이 떠올랐다. 당시 그는 단호하게 아니라고 했지만 사실 슈란과 다시 마주칠 수 있길 바라는 마음이 아주 조금은 있었다. 하지만 그 순간이 이렇게 빨리, 또 이런 상황에서 찾아오리라곤 미처 생각지 못했다.

"바이통, 네가 어떻게…." 여자도 위바이통을 알아봤다. 다른 사람들은 잠시 위바이통에게 눈길을 줬지만 이내 서로 엉겨 주먹을 주고받았다.

정의감에서 그랬는지, 아는 여자 앞에서 멋있게 보이고 싶어서 그랬는지 모르지만 위바이통은 싸우고 있는 네 남자를 말리려고 다가갔다. 게다가 양안엔 사장은 자신을 런던에서 불러들인 사람이 아닌가. 그저 말리는 시늉이라고 해도 사장이 1대 3으로 싸우고 있는데 돕지 않을 수 없었다.

하지만 얼마 지나지 않아 위바이통은 깨달았다. 잔뜩 엉킨 털실 뭉치를 풀어내는 것 같은 이 혼란스러운 상황에서는 자신이 사람을 때리는 중인지 맞는 중인지 알 수 없다는 사실을 말이다.

"텅!"

그때 둔탁한 소리가 모든 사람의 눈길을 끌었다.

그것은 스위스 군용 칼이었다.

사람들은 서로 쳐다보다 1초 아니, 채 1초도 되지 않아 바닥에 떨어진 칼을 향해 달려들었다. 또다시 혼란이 이어졌고 위바이통은 슈란을 바깥으로 잡아당긴 다음 칼을 잡으려고 허리를 숙인 채 다투는 네 남자를 바라만 봤다. 그들은 마치 럭비 선수처럼 뒤엉켰고 그 안에서 무슨 일이 벌어지는지 전혀 확인할 수 없었다.

"악!" 갑자기 양안옌 사장이 날카로운 비명을 질렀다. 양안옌 사장이 몇 걸음 물러섰을 때 안경 쓴 남자는 바닥에 넘어져 있었고, 키 큰 남자와 뚱뚱한 남자는 무협영화에서 급소를 찔린 사람처럼 제자리에 꼼짝 않고 서 있었다.

모든 사람이 지켜보기만 하던 그때, 양안옌 사장은 이미 바닥에 무릎을 꿇은 채였다. 양안옌 사장의 왼손은 바닥을 짚은 채 몸을 지탱하고 있었고, 오른손은 칼이 꽂힌 가슴 근처 허공을 맴돌았다. 그는 칼을 뽑아야 할지 말아야 할지 망설이는 것 같았다. 위바이통은 양안옌 사장의 동작을 보고 바로 알아차렸다. 칼을 뽑는다면 많은 양의 피가 뿜어져 나올 테고, 뽑지 않는다면 칼이 양안옌 사장의 심장을 다치게 할 것이었다.

하지만 상황은 오래가지 않았다. 양안옌 사장은 얼마 지나지 않아 왼손의 힘이 풀리더니 고통스러운 얼굴로 바닥에 쓰러졌다. 대략 1분 정도 몸부림을 치던 그는 이내 잠잠해지더니 미동도 하지 않았다.

"겨, 경찰에 신고해야 돼! 구급차 불러!" 키 큰 남자는 휴대전화를 꺼내 들었다.

"기다려!" 마치 드라마처럼 뚱뚱한 남자가 걸어 나오더니 벌벌 떨며 집게손가락을 양안엔 사장의 코 밑에 갖다 댔다.

"주, 죽었어." 뚱뚱한 남자는 손을 빼며 창백한 얼굴로 물었다. "경찰에 신고하면 어떻게 말할 겁니까?"

"사실대로 말해야죠! 어차피 내가 찌른 것도 아닌데." 키 큰 남자가 말했다.

"어떻게 증명할 수 있는데요?" 안경 쓴 남자가 코웃음을 쳤다. "우리가 마음만 먹으면 당신을 살인범으로 지목할 수도 있어요."

"그, 그럼 대체… 누군데요?" 슈란은 간신히 용기를 내어 물어봤다. "누가 찌른 거죠?"

"난 아니에요!" 뚱뚱한 남자는 양팔을 들며 자신은 아무 상관이 없다는 몸짓을 했고 심지어 몇 발자국 뒤로 물러났다.

"나도 아닙니다. 저 칼은 내 물건도 아니고요." 안경 쓴 남자도 얼른 일어섰다.

"슈란." 위바이통이 조용히 그녀를 불렀다. "여기 일 신경 쓰지 말고 빨리 나가자."

세 남자가 동시에 위바이통을 돌아봤다. 마치 외부인이 사무실에 들어왔나는 사실을 처음 알았다는 듯이 밀이다.

"당신은 누굽니까?" 안경 쓴 남자가 물었다. "지금 여기서 뭐하시는 겁니까?"

"저는 위바이통이라고 합니다. 그러니까… 양 사장님과 약속을 하고 왔는데요."

"가면 안 돼!" 키 큰 남자가 일어나더니 위바이통의 멱살을 잡았다. "당신 뭘 어쩌려는 건데? 경찰한테 우리가 사람 죽였다고 신고하려고?"

"둘 다 가라고 놔둡시다." 뚱뚱한 남자가 미소를 지었다. 위바이통은 그것이 좋은 의미의 미소가 아님을 느낄 수 있었다. "당신들 이대로 가면 우리가 당신들을 경찰에 신고할 겁니다. 두 사람이 건물을 나가는 걸 봤는데 올라와 보니 시체가 있었다고."

"그…." 위바이통은 말문이 탁 막혔다.

"그래, 맞아!" 키 큰 남자도 흥분한 목소리로 외쳤다. "누구든지 여길 떠나면 우리는 그 사람을 살인범이라고 할 겁니다!"

"잠깐만요!" 슈란은 앞으로 나가 키 큰 남자를 밀며 말했다. "아니에요. 이 사람은 말하지 않을 거예요. 저랑 바이통은 오랫동안 알고 지냈어요. 저랑 잘 아는 사이에요!" 슈란은 위바이통을 쳐다봤다. "바이통, 그렇지?"

위바이통은 계속 고개를 끄덕이며 동의를 구하는 슈란의 눈빛을 봤다.

"그럼 당신들은 어떻게 할 겁니까?" 위바이통이 물었다.

"조금 전 상황이 그렇게 혼란스러웠는데…." 키 큰 남자는 이미 익숙해진 듯 양안엔 사장의 시체 옆에 무릎을 꿇었다. "우리 모두 이 칼을 빼앗으려 했고, 나도 이 칼이 도대체 어떻게 사장에게 꽂히게 된 건지 모릅니다." 그러면서 키 큰 남자는 칼을 뽑으려 했다.

"잠깐!" 뚱뚱한 남자가 외쳤다. "지금 칼을 뽑으면 피가 뿜어져 나오지 않을까요?"

"서, 설마요." 키 큰 남자는 슬금슬금 양안엔 사장의 시체 옆에서 비켜났다. "죽었으면 심장 박동도 멈추는 거 아닌가? 그럼 피도 돌지 않잖아요. 피가 돌지 않으면 뿜어져 나올 수 없는 거 아닌가요?"

"확실해요?" 뚱뚱한 남자가 물었다. "제 생각에는, 조금 전에 너무 혼란스러워서 당신도 못 봤다고 하지만 우리도 누가 이 칼로 찔렀는지 못 봤거든요." 뚱뚱한 남자는 어느 틈에 벌써 의자를 끌어와 앉아 있었다. "하지만 그 칼자루에는, 아마 우리 세 사람의 지문이 남아 있을 겁니다."

"그러니까 지문을 지워야 한다는 겁니까?" 키 큰 남자가 물었다.

"그러는 게 낫겠죠." 뚱뚱한 남자는 기도를 하는 것처럼 깍지 낀 두 손을 튀어나온 배 위에 올려놨다. "어차피 준공된 빌딩도 아니고, 우리가 시체를 여기 두고 가면 여기 몰래 숨어들어 와 있던 노숙자가 건물을 둘러보러 온 양안엔 사장과 마주쳤고, 서로 옥신각신하다 사장을 죽였다고 할 수도 있는 것 아닙니까?"

사람들은 뚱뚱한 남자의 말이 실제로 가능한지 가늠하느라 아무 대꾸도 하지 않았다.

"말도 안 됩니다." 안경을 쓴 남자는 가만히 안경을 밀어 올리며 말했다. "이 빌딩 문은 모두 잠겨 있었어요. 노숙자가 들어올 수 없어요."

"노숙자가 건물 지하에 숨어 있었을 수도 있죠." 뚱뚱한 남자가 반박하듯 말했다. "아니면 도둑이었다고 하면 어때요? 로비 구석에 숨어 있던 도둑이 양안엔 사장이 들어오는 걸 보고 도둑질을 하러 쫓아간 거예요. 본래 그자는 도둑질만 할 생각이었는데 막상 값 나가는 게 없으니까 화가 나서 양안엔 사장을 죽인 거죠."

'뚱뚱한 저 남자는 지금 드라마를 쓰고 있는 건가?' 위바이통은 뭐라 말하고 싶었지만, 가만히 생각해보니 불가능한 것도 아니었다. 조금 전에 걸어온 동네 풍경을 떠올려보면 웬 도둑놈이 이 빛나는 빌딩을 보고 조용히 기회를 노렸을 수도 있을 것 같았다.

"감시 카메라!" 불쑥 슈란이 소리를 질렀다. "만약에 감시 카메라가 이 모든 상황을 찍고 있다면 이 이야기는 성립이 안 돼요. 우리도 책임을 면할 수 없어요!"

사람들은 약속이나 한 듯 모두 고개를 치켜들고 천장을 살펴봤다.

"저기!" 안경 쓴 남자가 가장 먼저 반원형 모양의 감시 카메라를 찾아냈다. 하지만 그 반원형의 케이스는 전선 하나에 연결된 채 공중에 늘어져 있었다.

"맞다!" 슈란은 갑자기 뭔가 생각난 모양이었다. "빌딩의 보안 시스템은 이미 완비됐지만 감시 카메라의 녹화 기능은 다음 주

수요일 빌딩 개장하는 날부터 작동돼요. 그때부터 모든 녹화 영상이 보안 회사의 클라우드 스토리지에 저장되죠. 지난번 회의에서 들었던 기억이 나요. 그것 때문에 직원들도 카드키로 회사에 들어올 순 있지만, 귀중품은 보안 시스템이 작동하고 나면 옮겨와야 한다고 그랬었어요."

"다행이군요. 그럼 방금 이야기한 설정에 불가능한 부분은 없는 겁니까?" 안경 쓴 남자가 다시 물었다.

"다들 여기 올 때 건물 아래에서 누구랑 마주치지 않았어요?" 키 큰 남자가 물었다.

사람들은 모두 고개를 저었다.

"그러니까 우리가 여기 있다는 걸 아는 사람이 아무도 없단 거네요." 키 큰 남자는 슬그머니 미소 지었다.

"자, 곧 있으면 밤 10시가 됩니다. 앞으로도 정리해야 할 일이 많아요." 안경 쓴 남자는 주머니에서 냅킨을 꺼내더니 칼자루를 감싸 쥐고 조심스럽게 칼을 뽑아냈다.

"어어, 조심해요!" 키 큰 남자는 한쪽 눈을 찡그린 채 외쳤다.

안경 쓴 남자는 키 큰 남자를 상대하지 않고 묵묵히 칼자루와 칼날을 냅킨으로 닦아내더니 새 냅킨을 꺼내 스위스 군용 칼을 잘 감쌌다. 그런 다음 그는 또 다른 냅킨을 쥐고 양안엔 사장의 양복 주머니에 있던 가죽 지갑을 꺼내 안에 있던 현금을 모두 빼냈다.

"이래야 강도를 당했다고 할 수 있죠."

"우리끼리 이 돈을 나눠 갖는 겁니까?" 키 큰 남자가 물었다.

"돈 필요합니까?" 안경 쓴 남자는 어이가 없다는 듯 키 큰 남자를 흘겨봤다.

"잠깐! 저한테 좋은 생각이 있습니다." 뚱뚱한 남자는 위쪽에 있는 지폐 다섯 장을 빼서 한 장씩 양안옌 사장의 상처에 문질러 지폐에 피가 묻게 했다.

"어, 지금 뭐하는 거예요?" 슈란이 물었다.

"계약이요." 뚱뚱한 남자는 싱긋 웃으며 말했다. 보아하니 자기 계획에 무척이나 만족한 듯했다. "우리가 서로 잘 아는 사이도 아니고 누가 배신하면 안 되잖아요. 만약 이 일이 새어나갈 경우를 대비해 오늘 밤 일을 누구에게도 말하지 않겠다는 약속을 하기로 계약합시다." 뚱뚱한 남자는 피가 묻은 지폐 다섯 장을 탁자 위에 올려놨다. "다들 각자 양 사장의 피를 손가락에 묻혀 이 지폐 중 네 장에 지장을 찍읍시다. 그런 다음 모두 자기 지문이 안 찍힌 지폐를 가져가는 거죠."

위바이통은 뚱뚱한 남자의 의도가 무엇인지 금세 알아챘다. 만일 여기 있는 사람 중 누군가가 이 사건을 경찰에 신고할 경우, 나머지 네 사람이 배신자의 피 묻은 지문이 찍힌 지폐를 빌미로 서로 발을 빼지 못하게 하려는 것이다.

"하지만…." 키 큰 남자는 조금 망설였다.

"그게 합리적이겠네요." 안경 쓴 남자가 먼저 양안옌 사장의 시체 곁에 다가가더니 엄지손가락을 상처에서 흐르는 피에 적셔 지폐 위에 꾹 찍었다. 다른 사람들도 그 뒤를 따랐고, 위바이통도 마지막으로 지장을 찍었다.

이렇게 된 이상 위바이통도 저들과 한 배를 탔다고 할 수밖에 없었다.

"바이통, 고마워." 위바이통이 지장을 찍은 뒤 슈란이 그의 귀에 속삭이듯 말했다. "그리고 나 지금은 '리슈얼'이라고 불려."

화장실에서 손을 씻고 난 뒤, 뚱뚱한 남자가 계속 사람들을 지휘했다. "이제 이 안을 어지럽힙시다. 그래야 강도에게 당한 것처럼 보일 테니까요."

행여 지문이 남을까 봐 걱정된 리슈얼과 키 큰 남자는 자기 손수건을 꺼내서, 다른 사람들은 티슈로 손을 감싼 뒤 책상 서랍들을 열었다. 어떤 사람은 의자를 발로 차서 넘어뜨리기도 했다.

"대강 다 된 거 같은데요." 키 큰 남자가 숨을 조금 몰아쉬며 말했다.

"그러네요." 뚱뚱한 남자는 셔츠 소매로 이마의 땀을 닦았다.

"그럼…." 리슈얼이 입을 뗐다. "저 시체는…."

"저대로 내버려둡시다." 안경 쓴 남자가 코 위의 안경테를 밀어 올리며 말했다. "강도라면 신경 쓰지 않을 테니까요. 설마 강도가 죽은 사람을 소파에 편안히 눕혀주겠어요?"

빈틈이 없는지 주위를 살핀 뒤 사람들은 함께 자리를 떴다.

"어쨌든 오늘 밤 우리는 서로 만나지 않은 겁니다." 엘리베이터를 기다리며 뚱뚱한 남자가 말하자 안경 쓴 남자가 씩 웃었다.

'이게 최선이지.' 위바이통도 생각했다.

현재 상황에서 양안엔 사장과 약속을 하고 온 사람은 위바이통 자신뿐이었다. 하지만 만약 경찰이 수사한다면 위바이통의 말은 단편적인 사실일 뿐, 그가 약속 장소인 이곳으로 찾아와 양안엔 사장을 살해했다고 의심받을 수도 있었다. 살해 동기쯤이야 얼마든지 만들어낼 수 있는 것 아닌가. 그럴 경우, 여기 있는 남자 셋은 서로 입을 맞춰 그에게 불리한 증언을 할 게 분명했다. 슈란이 위바이통의 편에 선다고 해도 경찰은 그녀를 믿어주지 않을 것이다.

그러니까 이게 최선이다. 어차피 오늘 밤이 지나면 아무 상관 없는 사람들이 될 테니까. 행여….

위바이통은 리슈얼을 뒤쪽으로 가만히 끌어당겼다. "슈란, 아니, 슈얼… 네가 여기 왜 있어? 너도 바나금융 직원이야?"

"그게…." 리슈얼은 몹시 곤란한 얼굴이었다. "한두 마디로 설명할 수 있는 게 아니라…."

"우리는…."

"띵동!" 엘리베이터 도착음이 들리자 리슈얼은 순간 한숨을 돌리는 표정을 지었다.

그러나 그 표정은 몇 초도 가지 못 했다.

엘리베이터 문이 열렸을 때 키 큰 남자와 리슈얼은 약속이나 한 것처럼 헉 하고 숨을 들이켰다. 아직 개장도 하지 않은 빌딩의 엘리베이터 안에 사람 네 명이 타고 있었기 때문이다. 그들 역시 엘리베이터 밖에 사람들이 있는 것을 보고 깜짝 놀랐다.

하늘의 장난이라고 해야 할까, 위바이통은 그 순간 밖에서 울리는 천둥소리를 들었다.

8

임기응변, 그것은 사람의 특징이다.
정해진 프로그램대로만 뛴다면 그것은 로봇이라 해야 한다.
상황에 맞춰 대응하지 못하는 사람은 로봇으로 대체될 수밖에 없다.

— 양안엔, 《나는 금융 엘리트가 될 것이다》

엘리베이터에서 네 사람이 걸어 나오는 것을 보며, 리슈얼과 키 큰 남자는 동시에 숨을 훅 내쉬었다.

"왕 박사님, 예 대표님…, 그리고 류 회장님." 키 큰 남자가 공손하게 세 남자에게 인사를 건넸고, 리슈얼도 덩달아 살짝 허리를 숙이며 인사했다. 위바이통은 짧은 순간에 네 사람을 훑어봤다. 왕 박사라 불린 늙은 남자는 캐주얼한 옷차림이었는데 옅은 푸른색 셔츠에 아이보리색 긴 바지를 입었다. 예 대표란 사람은 덩치가 매우 크고 건장했다. 류 회장이란 사람은 남자들 중에서는 가장 젊어 보였는데 동행한 여자의 손을 꼭 잡고 있었다. 여자는 전형적인 미인은 아니었지만 자신감 넘치는 얼굴에 상냥해 보이는 인상 덕분에 사람들의 눈길을 끌었다.

"아, 두 사람도 여기 있었네?" 왕 박사가 웃으며 말했다. 위바이통은 그를 보며 자신을 키워준 양아버지의 친구들을 떠올렸다. 그들은 대부분 실리콘밸리에서 일하는 엔지니어들이었다. "우리는 양 사장이랑 약속하고 왔는데. 이 빌딩을 개장 전에 먼저 구경시켜준다고 하더라고."

'뭐라고?' 위바이통은 하마터면 입 밖으로 튀어나올 것 같은 말을 꾹 참았다. '이 사람들도 양안엔 사장과 약속을 했다고? 그렇다면 양안엔 사장이 내게 보여주려던 것도 고작 이 빌딩인가.'

"그래요, 10시에 보자고 했는데 빌딩 아래서 다 마주쳤습니다. 우리가 좀 일찍 온 것 같긴 한데 기다려도 양 사장이 오지 않아서 위로 올라왔어요." 예 대표가 말했다. 그는 체구와 달리 목소리도 크지 않은 데다 겉보기에도 사교적인 사람은 아닌 것 같았다. "그러고 보니 여러분도 양 사장이 불러서 왔나요?"

"그렇습니다." 리슈얼은 어느새 얼굴에 직업적인 미소를 띠고 있었다. "양 사장님께서 저희를 부르셔서 손님들을 맞으라고 하셨습니다."

"그럼 양 사장은 어디 있소?" 왕 박사가 물었다. "지하 주차장에서도 양 사장 차를 못 봤는데."

"그게…." 키 큰 남자는 어찌할 바를 몰랐다.

"아직 도착하시지 않은 것 같습니다." 리슈얼이 재빨리 말을 이어받았다. "본래 사장님께서 9시 30분까지 저희를 여기에 오라고 하셨지만, 구체적으로 뭘 하라고 지시하지 않으셔서요. 아마 저희에게 먼저 준비를 시키려 하셨나 본데 아직 사장님을 뵙진 못했습니다."

"그렇다면…." 마침내 류 회장이 입을 열었다. 그의 목소리는 크지 않았지만 예 대표와는 달랐다. 위바이퉁은 류 회장의 낮은 목소리를 들으며 쉽게 속내를 알아챌 수 없다는 느낌을 받았다. "여러분은 어째서 방금 우리를 보고 그렇게 놀란 겁니까? 양 사장이 여러분에게 우리를 맞으라고 했다면 말입니다."

'이 사람은 반드시 조심해야 한다.' 위바이퉁은 가장 먼저 이런 생각을 했다. 류 회장은 말 한마디 없이 한쪽에서 리슈얼과 두 남자의 대화만 들으며 관찰하고 있다가 이야기의 허점을 잡아낸 것이다.

"그렇지 않습니까?" 류 회장이 리슈얼을 빤히 쳐다봤다.

"안이 좀 엉망진창이라서요." 뚱뚱한 남자가 입을 뗐다. "아마 실내 공사를 한 인부들이 제대로 청소를 안 했나 봅니다. 저희가 도착해서 보니 너무 어지럽혀져 있더라고요. 이대로 손님을 맞으면 실례니까 청소할 만한 도구가 없나 찾고 있었는데 여러분께서 나타나셨지 뭡니까."

'이 뚱뚱한 남자도 잔머리가 이만저만 좋은 게 아니군.' 위바이퉁은 속으로 혀를 내둘렀다.

"이렇게 하시면 어떨까요?" 리슈얼이 가볍게 박수를 '짝' 하고 쳤다. "여러분 모두 고객 응접실에 잠시 앉아계시면, 저희가 얼른 먼저 안을 정리하겠습니다. 그런 다음 양 사장님이 오시면 빌딩을 구경하시죠." 리슈얼과 키 큰 남자는 네 사람이 무슨 생각을 하기도 전에 그들을 고객 응접실로 데려가 소파에 앉혔다.

위바이퉁은 고객 응접실 뒤쪽에 있는 유리문을 바라봤다. 저 문을 열고 몇 걸음만 걸어가면 양안옌 사장의 시체를 볼 수 있다.

"안에 있는 '큰 걸' 치워요." 위바이퉁은 리슈얼이 안경 쓴 남자의 귓가에 작은 소리로 속삭이는 것을 들었다. "복도 끝에서 왼쪽으로 돌면, 그러니까 끝까지 쭉 가면 구석에 회의실이 있어요."

위바이퉁은 리슈얼의 말이 무슨 뜻인지 바로 눈치챘다. 리슈얼은 양안옌 사장의 시체를 그 회의실에 숨기라고 지시한 것이다. 안경 쓴 남자와 뚱뚱한 남자는 함께 사무실로 가면서 리슈얼과 키 큰 남자를 손님들과 함께 있게 했다. 위바이퉁 역시 양안옌 사장이 부른 손님이었기에 그들과 함께 앉아 있었다. 하지만 위바이퉁의 머릿속은 조금 전 자리를 뜬 두 남자가 힘을 합쳐 낑낑거리며 양안옌 사장의 시체를 회의실로 옮기는 모습으로 가득 차 있었다.

10분쯤 지났을 때, 두 남자가 고객 응접실로 돌아왔다. 겨우 10분의 시간이었지만 위바이퉁은 한참이나 기다린 것처럼 느껴졌다. 아마도 리슈얼과 키 큰 남자가 손님들과 별다른 대화를 나누지 않았기 때문에 그런 것 같았다. 돌아온 두 남자도 응접실에 있던 사람들과 함께 앉아서, 양안옌 사장을 기다리기 시작했다. 양안옌 사장이 절대로 나타날 수 없는 것을 알면서도 시간을 끌며 방법을 생각할 수밖에 없었다.

"그런데⋯." 류 회장과 함께 온 여자가 먼저 입을 열었다. "창융 씨, 나한테 여기 계신 분들을 소개해주지 않았잖아." 그제야 위바이퉁은 류 회장의 이름이 류창융(劉昌永)이란 것을 알았다.

"왕송성(王頌勝)입니다." 캐주얼한 옷을 입은 남자가 명함을 건넸다. "저는 창업투자 회의에서 류 회장님과 마주친 적이 있습니다만, 아마 워낙 바쁘셔서 기억하지 못하실 겁니다. 저희처럼 작은 회사는 못 들어보셨다고 해도 이상할 리 없죠."

"예홍(葉鴻)입니다." 또 다른 남자가 명함을 건넸다. "저도 작은 회사를 하고 있는데 잘 부탁드립니다."

"말씀하신 그 창업투자 회의 기억합니다." 류창융 회장은 명함을 보며 말했다. "제 기억에 왕 박사님께서 개발하신 '숲 속 요정(林中仙子)'을 소규모로 전시했던 것 같은데. 예 대표님은 그 회의에 참가하지 않으셨죠?"

"류 회장님이 기억하신다니 정말 영광입니다." 왕송성 박사는 기뻐서 어쩔 줄을 몰라 했다.

"예, 우리 회사는 참가하지 않았습니다." 예홍 대표는 고개를 끄덕였다.

위바이퉁은 '숲 속 요정'이 무슨 뜻인지 묻지 않았다. 하지만 왕송성 박사와 예홍 대표가 서로 명함을 주고받지 않는 것을 눈여겨봤다. 두 사람은 본래 알던 사이란 뜻이 아니겠는가. 또한 세 사람의 말투로 보면 가장 젊어 보이는 류창융 회장이 제일 거물인 듯했다.

"저는 량위셩(梁郁笙)이라고 해요. 강캉시 제1병원의 외과 주임입니다. 잘 부탁합니다."

"아, 의사 선생님이셨군요. 어쩐지 류 회장님의 비서처럼 보이지는 않더군요."

왕송성 박사는 웃으며 말했지만, 류창융 회장의 못마땅한 눈빛은 보지 못했다.

"저는 리슈얼입니다." 리슈얼은 량위성을 향해 미소를 지었다. "바나금융 프라이빗 뱅크 부문에서 스타트업을 주로 맡고 있습니다."

"저우밍후이(周明輝)입니다." 키 큰 남자도 자기소개를 하며 류창융 회장을 쳐다봤다.

"저는 쩡자웨이(曾家偉)라고 합니다." 안경 쓴 남자가 한 손을 들며 말했다.

"천뤄치(陳洛祁)입니다." 뚱뚱한 남자는 알고 보니 흔하지 않은 이름의 소유자였다.

"아, 저는 위바이통이라고 합니다." 모든 사람의 시선이 쏠린 뒤에야 위바이통은 자신만 아직 자기소개를 하지 않았다는 사실을 깨달았다. "저는… 양 사장님께서 부르셔서 왔는데, 양 사장님과 돌아가신 제 부모님이 서로 아는 사이셨거든요. 제게 이 회사에서 일할 수 있게 해주신다고…."

"아, 낙하산이셨군." 천뤄치는 혼자 중얼거렸다.

간단한 자기소개가 끝나자 사람들은 다시 조용해졌다. 위바이통은 창가로 다가갔다. 높다란 곳에서 내려다보는 느낌은 있었지만, 주변의 주택들이 대부분 비어 반짝이는 불빛이 얼마 되지 않아서 그런지 황량해 보였다. 브룩슬리가 사는 런던 아파트에서 보던 창밖 풍경과는 아주 거리가 멀었다. 다만 강캉강의 양쪽 물가에는 불빛이 환하게 밝혀져 있어 물길의 윤곽이 또렷이 보였다. 바나금융으로 다가올수록 불빛이 점점 줄어들었다. 눈앞의 이 땅들도 재개발되고 나면 런던처럼 번화한 야경을 자랑하게 될까? 하지만 위바이퉁은 그 몇 개의 불빛을 바라보며 서서히 퍼져나가는 세균을 떠올렸다.

요 몇 년 동안 위바이퉁은 런던에서 과학기술의 발전이 도시에 미친 충격을 직접 목격했었다. 그러나 그곳 사람들은 과학기술에 맞서 반격을 하기도 했다. 이를테면 문화예술이 더욱 발전한다든지, 협동조합식의 공유마을이 유행하는 식이었다.

강캉시는 현재 다른 대도시들이 겪었던 일들을 모두 경험하고 있었다. 다만 앞으로 어떤 방향으로 갈 것인지는 정부와 재벌들의 결정에 따라 달라질 것이다.

"벌써 11시가 다 됐군요." 류창융 회장이 손목시계를 확인했다. "차라리 양 사장에게 전화해봅시다."

그때 위바이퉁은 저우밍후이의 얼굴빛이 달라지는 것을 눈치챘다. 무엇보다 저우밍후이의 오른손은 조금 부자연스럽게 양복 주머니에 들어가 있었다.

'저 바보! 설마 양안옌 사장의 휴대전화를 가지고 있는 거야?' 위바이퉁은 눈을 부릅뜨고 저우밍후이를 노려봤다. 위바이퉁의 눈빛을 본 저우밍후이는 순식간에 얼굴이 붉어지더니 곤란한 듯 살짝 고개를 저었다. 앉아 있는 자리의 위치 때문에 다른 사람들은 두 사람의 이런 모습을 보지 못했다.

위바이퉁은 조금 과장되게 소파 뒤의 유리문을 쳐다봤다. 저우닝후이가 사기 뜻을 알아주길 바랐다. 하지만 지우밍후이는 고개를 옆으로 돌린 채 미간을 잔뜩 찌푸리고 있었다. 위바이통의 눈짓을 보지 못한 게 분명했다.

'저런 바보!' 위바이통은 속으로 외치며 계속 유리문을 쳐다보는 눈짓을 보냈다. 류창융 회장이 휴대전화를 꺼내 들었다. 만약 그가 양안옌 사장에게 전화를 건다면 지우밍후이의 주머니에서 벨 소리가 들릴 것이고 그렇게 되면 지우밍후이는 끝장나고 말 것이다. 아니, 저 키만 큰 바보는 분명 아까 그 자리에 있었던 사람들 모두를 끌어들일 게 분명했다.

"아." 마침내 지우밍후이가 입을 움찔거리며 부스스 일어났다. "죄송한데, 화장실에 좀 다녀오겠습니다."

위바이통은 그제야 한숨을 돌렸다. 지우밍후이가 분위기를 깬 덕에 류창융 회장이 전화를 걸려던 손을 멈췄다. 지금 위바이통의 소망은 지우밍후이가 조금이라도 더 빨리 휴대전화를 가지고 사람들한테서 멀어지는 것뿐이었다.

"휴대전화 이야기가 나와서 그러는데…." 위바이통은 어떻게든 시간을 끌려고 류창융 회장의 휴대전화를 가리켰다. "제가 해외에서 돌아온 지 얼마 안 돼서 아직 휴대전화를 바꾸지 못하고 로밍해서 쓰는 중인데요, 계속 머문다면 어느 통신사가 나을까요?"

"아, 나는 중화텔레콤을 쓰고 있소. 인터넷도 잘 되고 신호도 안정적이라 좋아요. 다른 회사보다 좀 비싼 게 흠이지만."

"그렇겠죠." 위바이통은 억지로 미소를 지었다. 그때 류창융 회장이 휴대전화 주소록에서 양안엔 사장의 번호를 찾아냈다. 위바이통은 더 이상 시간을 끌 방법이 떠오르지 않아 류창융 회장이 번호를 누르는 모습을 빤히 쳐다볼 수밖에 없었다.

차마 그 모습을 볼 수 없어 위바이통이 눈을 질끈 감으려던 순간, 갑자기 눈앞이 칠흑같이 까매졌다.

✻

'응? 이게 어떻게 된 거지? 난 아직 눈을 감지 않았는데.' 위바이통은 당혹스러워하며 두리번거렸다.

"정전인가 보군요." 왕송셩 박사가 말하고서는 휴대전화 손전등을 켰다.

"휴대전화도 신호가 잡히지 않네요." 류창융 회장은 휴대전화를 살펴봤다. "그럼 빌딩 자체에서 합선이 일어난 건 아닐 텐데. 폭풍우 영향으로 빌딩 변압기가 벼락을 맞았다든지 그런 건가? 보아하니 상황이 심각한 것 같군요. 그런데 휴대전화 신호도 잡히지 않는다는 게 좀 이상하지 않습니까? 단순한 정전이라면 휴대전화에 영향을 줄 리가⋯."

"아, 도대체⋯." 예훙 대표가 주위를 둘러봤다. "뭔지 알겠네요. 이 빌딩에는 분명 신호 차단장치가 있을 겁니다. 하지만 일상적인 작업을 위해 가속기를 설치했겠죠."

"신호 차단장치? 가속기요?" 량위셩은 고개를 갸웃거리며 자신의 휴대전화를 확인했지만 역시 신호가 잡히지 않았다. "병원이랑 같은 건가요?"

"비슷합니다. 중요한 데이터가 외부로 유출되는 것을 막기 위해 일부 기업의 사무실에서는 신호 차단장치를 설치하고 있습니다. 그렇게 해서 내부 직원들이 휴대전화가 아니라 회사의 통신 시스템만 사용하게 하는 거죠. 하지만 특별한 경우에는 휴대전화를 사용할 수 있어야 하니까 가속기를 설치해 신호를 강화시키는 겁니다. 그런데 지금 정전되면서 가속기도 작동을 멈춘 것 같습니다." 예홍 대표가 설명했다.

"그렇다 해도 예비 전원이 있을 거 아닙니까? 디젤 발전기라든지…." 류창융 회장이 이해가 안 된다는 듯 물었다.

"그건 아마 빌딩 지하실에 있을 겁니다." 왕송성 박사가 말했다. "밖에 계속 장대비가 오고 있었는데, 제가 왔을 때 이미 지하 주차장에 물이 스며드는 현상이 보였거든요. 어쩌면 발전기가 있는 기계실도 침수됐을지 모르죠."

"도대체 무슨 일이…." 저우밍후이가 마침 유리문을 열고 나오고 있었다.

"문 닫지 마세요!" 천뤄치가 소리를 지르며 뚱뚱한 몸이 무색할 만큼 날렵하게 뛰어가 유리문을 열린 상태로 고정해뒀다. "보통 정전이 되면 감응카드 시스템이 2, 3분 정도는 작동되지만, 그 이후에는 나갈 수만 있고 들어올 수는 없게 됩니다. 긴급한 사고가 발생했을 때 엘리베이터가 로비에 있다든지 하면 고객 응접실의 직원이 감응카드로 들어가 계단을 통해 사람들을 대피를 시켜야 합니다. 하지만 카드키가 없는 외부자는 안으로 들어오면 안 되죠. 위기 상황을 이용해 나쁜 짓을 하는 걸 방지하기 위해서요."

다시 말해 저우밍후이가 문을 닫지 못하도록 천뤄치가 막은 것은 현재 정전이 얼마나 오래갈지 모르는 데다, 고객 응접실에 갇혀봐야 좋을 게 없기 때문이었다.

"그럼 여기 계시느니 다들 안쪽으로 들어가서 좀 앉으시죠." 리슈얼이 제안했다.

그 말에 사람들은 고객 응접실 남쪽에서 소파 뒤쪽의 유리문을 열고 사무실로 들어갔다. 그곳은 개방형 사무실로 몇 줄의 자리가 놓여 있었다.

"우리가 계속 이렇게 기다려야 하는 겁니까?" 류창융 회장은 이렇게 물으며 량위성의 손을 잡았다. "차라리 계단으로 내려갑시다."

"걸어서요? 여기는 88층인데요." 예훙 대표는 어이가 없다는 듯 차가운 미소를 흘렸다. "그렇게 격렬한 운동은 하고 싶지 않은데요."

"예, 대표님 말씀이 맞습니다." 천뤄치가 거들고 나섰다. 그의 체형을 보면 88층에서 걸어 내려간다는 것이 상당히 무리일 것 같기도 했다. "어차피 시간을 다투는 위험이 있는 것도 아니고 제 생각에는 여기 있는 게 가장 안전할 것 같습니다. 전력이 금방 회복될 수도 있고요."

"그렇습니다. 게다가…." 저우밍후이는 사람들을 둘러보며 말했다. "만약 정말 무슨 일이 생긴다고 해도 양 사장님이 저희가 여기 있는 걸 알고 계시지 않습니까?"

위바이퉁은 저우밍후이의 천연덕스러운 모습에 감탄했다. 조금 전까지만 해도 양안옌 사장의 휴대전화를 주머니에 넣고서 안절부절못하던 바보가 두려움에서 벗어났을 뿐만 아니라 양안옌 사장이 살아있다고 생각하는 역할에 완전히 몰입해 연기하고 있지 않은가.

어색한 기다림은 고객 응접실에서 사무실로 이어졌다. 그나마 다행인 것은 정전으로 양안옌 사장뿐만 아니라 그 누구도 엘리베이터를 타고 올라올 수 없음을 모두 알고 있다는 사실이었다.

저우밍후이는 오른손으로 이마를 짚으며 매우 따분하다는 듯한 표정을 지었다. 하지만 위바이퉁은 다른 사람들이 보지 않는 틈을 타 저우밍후이가 귀에서 콩알만 한 뭔가를 꺼내 양복 주머니에 넣는 것을 봤다. 위바이퉁은 사실 조금 전에도 리슈얼이 같은 행동을 하는 것을 목격했다. 조금 다른 점이 있다면 리슈얼은 핸드백에서 물건을 찾는 척하며 그것을 안에 넣었다는 것뿐이었다.

"정전 말이에요…." 또다시 량위성이 먼저 입을 열어 무거운 침묵을 깼다. "예전에 북미에서도 대규모 정전이 있지 않았나요? 제가 그때 마침 뉴저지에서 공부하고 있었거든요."

"그게 2002년인가 2003년에 있었던 일이지, 아마." 류창융 회장이 관자놀이를 눌렀다.

"맞아, 2003년이었어. 9·11 테러가 일어나고 2년 뒤에 있었던 일이라 다들 무슨 무서운 공격이 일어난 건 아닌지 걱정했었어." 량위성이 류창융 회장에게 답했다.

'어째서 나는 기억이 하나도 나지 않지?' 위바이통은 생각했다. 하긴 그때 그는 어렸을 뿐더러 이미 산호세에서 양부모와 함께 살고 있지 않았던가.

"지금은 나라에서 제법 많은 재생 에너지를 개발하고 있긴 한데…." 왕송성 박사도 말을 보탰다. "강캉시처럼 대도시가 아닌 곳은 전력 공급에 제한이 있을 수밖에 없죠. 이런 날씨에는 변전소도 제대로 대응하기가 어렵고요. 우리처럼 연구개발을 하는 기업에는 전력의 안정적 공급이 여러분이 생각하는 것보다 훨씬 중요하지요."

량위성은 창문으로 다가갔다. "오, 지금 밖의 날씨가 아주 엉망인가 봐요. 바깥 풍경이 하나도 보이지 않네요. 조금 전만 해도 도시의 불빛들이 보였는데 지금은 칠흑같이 까맣군요. 그런데 양 사장님은 어째서 사무실을 이렇게 높은 빌딩 꼭대기에 만들었을까요? 그분은 9·11 테러의 생존자 아니시던가요? 그런 일을 겪으면 고소공포증에 시달리게 되거나 신경증에 걸리는 분들이 많던데."

"위성." 류창융 회장이 낮은 목소리로 그녀를 불렀다. 위엄이 느껴지는 그의 목소리는 량위성의 입을 다물게 했다.

하지만 위바이통은 량위성의 말이 옳다고 생각했다. 가만히 생각해보면 위바이통이 런던에서 양안엔 사장과 만났을 때도, 양안엔 사장은 줄곧 비상구 근처에 앉아 있었다.

"양 사장은 늑대니까요." 예훙 대표가 웃으며 말했다. "만약 양 사장이 쉽게 무릎을 꿇었다면 오늘날의 성취를 이루지 못했을 겁니다."

그 뒤 사람들의 화제는 양안엔 사장이 어떻게 강캉시에서 성공했는지, 유럽이 다시 채무 위기에 빠지면 우리나라 경제에는 어떤 영향을 줄지, 강캉시의 투자환경은 어떤지 등으로 이어졌다. 잠시 후 량위셩이 국민 의료에 관해 이야기했지만, 왕송성 박사는 다시 경제를 화제로 끌어들였다.

위바이통은 왕송성 박사와 예훙 대표가 류창융 회장 앞에서 기회를 잡으려 애쓰고 있다고 느꼈다. 반면 류창융 회장은 많은 말을 하지 않았다. 위바이통은 휴대전화 신호가 잡히지 않아 류창융이란 인물을 인터넷으로 검색해볼 수 없다는 사실이 아쉬웠다. 잠시 후, 위바이통은 가장 구석 자리에 앉은 리슈얼을 쳐다봤다. 사무실에는 비상통로로 향하는 불빛만 켜져 있었는데, 위바이통의 무대 경험에 비춰보면 이런 어슴푸레한 불빛 아래에서는 사람의 윤곽이 훨씬 도드라져 보이게 마련이었다. 하지만 지금의 리슈얼은 지극히 평면적으로 보였다.

분명 왕송성 박사와 예훙 대표가 자기 회사의 고객인데도, 저우밍후이와 리슈얼은 그들과 이야기를 거의 나누지 않았다. 위바이통은 그 모습이 매우 이상하게 느껴졌다. 저우밍후이는 연결도 되지 않는 휴대전화만 마냥 붙잡고 있고, 리슈얼은 가만히 앉아 가끔 다른 사람들의 말에 고개를 끄덕이거나 미소를 지을 뿐이었다.

위바이통은 리슈얼을 빤히 쳐다보다가 몇 년 전 일들이 떠올랐다. 당시 그와 리슈얼은 같은 대학의 연극부에 있었다. 공연하는 무대의 조명 아래서 반짝반짝 빛을 뿜어내던 소녀가 바로 리슈란이었다. 그것이 리슈얼의 실제 이름으로 '슈란'은 '아름다운 산'이란 뜻이다. 그때 위바이통은 그 반짝이는 빛에 매료되어 강캉시에 머물게 됐었다. 리슈란은 유명한 여배우처럼 눈부시게 아름다운 얼굴의 소유자는 아니었지만, 화장으로 자신을 돋보이게 할 줄 알았다. 생각해보면 당시 리슈란은 어디에 가든 정성껏 화장했다. 게다가 그녀에게는 무대 위에서나 아래서나 빛을 내는 매력이 있었다.

하지만 지금의 그녀는 이름도 평범하게 바꿨을 뿐더러 얼굴도 평면적으로 변하고 말았다.

위바이통은 리슈얼 곁으로 다가갔다. "슈얼, 어… 그러고 보니 참 오랜만이다. 네가 금융업계에서 일할 줄은…."

"목소리 좀 낮춰줄래?" 리슈얼은 조금 위바이통을 원망하는 말투였다. "왕 박사님은 내 고객이야. 나는 내 고객에게 컨설팅할 자격이 없는 것처럼 보이고 싶지 않아."

위바이통은 가슴이 덜컥했다. "아, 그래. 그럼… 그동안 잘 지냈어?"

"잘 지냈어. 이 일 하면서… 월급도 많이 올랐고, 생활도 많이 좋아졌어." 리슈얼은 조금 전 자신의 말투가 너무 딱딱했다고 생각했는지 목소리에 살짝 미안함이 묻어났다.

"그렇구나, 다행이네."

"그런데 넌 어떻게 양 사장님을 알아?" 리슈얼이 위바이통 옆으로 조금 붙어 앉았다. "부모님이 양 사장님과 아는 사이라고?"

"어, 나도 얼마 전에 일있어. 양 사장이 린딘에 있는 극장으로 날 찾아…." 위바이통이 '극장'이란 말을 하자 리슈얼은 더 말하지 말라는 듯 그의 손을 지그시 눌렀다. '아, 슈얼은 자신이 한 때 연극계에 있었다는 사실을 왕송성 박사에게 알리고 싶어 하지 않는 거군.'

"그러니까 양 사장이 날 찾아와서 내 부모님에게 많은 보살핌을 받았다면서 자기 회사에 와서 일하라고 하더라고."

"양 사장이…." 리슈얼은 뜻밖에도 얼핏 차가운 미소를 흘렸다. "내 생각에는 양 사장님이 너에게 나랑 똑같은 일을 시키려고 한 것 같아."

위바이통은 어깨를 으쓱거렸다. 어차피 이제는 양안엔 사장이 자신에게 무슨 일을 시키려 했는지 알 수 없지 않은가.

"너무 오래 걸리는군!" 류창융 회장이 지루해 못 견디겠다는 듯 벌떡 일어섰다. "아직도 전력이 복구되지 않으니. 됐소! 우리는 계단으로 갑시다!"

류창융 회장은 량위성의 손을 잡고 앞장서 계단이 있는 곳을 찾았다. 저우밍후이와 다른 직원들은 바짝 긴장해서 뒤를 따랐다. 행여 두 사람이 양안엔 사장의 시체를 숨겨둔 회의실 쪽으로 갈까 봐 걱정됐기 때문이었다. 다행히 모퉁이를 하나 도니 남자 화장실과 여자 화장실 사이에 계단으로 이어지는 문이 있었다.

"류 회장님, 이 문도 다른 문처럼 정전됐을 때는 안에서만 열릴 겁니다. 만일을 위해 저희가 여기 있을 테니 무슨 일이 있어서 돌아오시면 저희가 문을 열어드리겠습니다." 쩡자웨이가 문

앞에 서서 말했다.

"그러시죠. 저도 여기 있겠습니다. 저는 계단으로 내려갈 생각은 없어서요." 예훙 대표도 말을 보탰다.

"알겠습니다. 우리가 1층에 도착하면 여기 사람들이 갇혀 있다고 외부에 도움을 청하죠."

류창융 회장과 량위성을 배웅하며 위바이통은 차라리 두 사람이 떠나서 다행이라고 생각했다. 행여 자신들이 뭔가 숨기고 있는 것을 누군가가 알아챈다면 바로 류창융 회장일 것 같았다.

하지만 위바이통이 마음을 놓은 지도 얼마 되지 않아, 류창융 회장이 몇 분 만에 방화문을 열었다. 아마도 그것이 비상문인가 본데 응급 상황에는 오히려 잠기지 않았다.

"양 사장은 대체 무슨 생각인 거야?" 류창융 회장은 화를 삭이지 못했다. "반 층을 내려가니까 계단참 뒤에 임시로 만든 철문이 길을 막고 있지 뭡니까! 문 위에다 자물쇠까지 채워서! 옥상으로 올라가려 해도 마찬가지로 철문이 있는 겁니다!" 류창융 회장은 두 팔을 마구 흔들었다.

"문이요?" 저우밍후이가 외쳤다. "그럼 저희가 정말 여기에 갇힌 겁니까?"

"어머! 류 회장님, 피가 흐르는데요." 리슈얼이 류창융 회장의 손을 가리켰다.

"이 사람이 억지로 그 문을 열려고 하다가 다쳤어요." 량위성이 설명했다.

"탕비실에 구급상자가 있을 거예요." 리슈얼은 말을 하며 사람들을 데리고 걸어갔다.

걸어가면서도 위바이퉁은 사람들 사이에 퍼진 불안한 분위기를 느낄 수 있었다. 어찌 보면 당연한 일이었다. 비상계단에 열쇠를 채운 문이 막고 있다는 것은 그들이 88층을 계단으로 내려가고 싶어도 그럴 수 없다는 뜻이 아닌가. 위바이퉁이 신경이 쓰인 것은 어째서 비상계단 사이에 철문을 만들어 놓았느냐 하는 문제였다. 게다가 자물쇠까지 채워놓은 이유가 뭘까? 누가 봐도 꼭대기 층의 사람이 아래로 내려가지 못하게 하기 위함이 분명했다. 빌딩이 아직 개장하지 않았으니 엄격히 말해 소방 조례 위반은 아니었다. 그러면 양 사장이 이렇게 한 목적은 무엇일까?

88층의 서쪽에 있는 탕비실은 작은 원탁 다섯 개에 텔레비전, 냉장고와 수도꼭지가 딸린 조리대까지 놓인 모습이 마치 작은 식당처럼 보였다. 구급상자는 탕비실 벽에 걸려 있었다. 량위성은 구급상자를 내려 안에서 붕대와 가위, 알코올, 솜을 꺼냈다. 그녀는 우선 알코올로 류창융 회장의 상처를 닦고 세심하게 붕대로 감아줬다.

"어? 이건 뭐지?" 왕송성 박사가 구급상자에서 손바닥 크기만 한 상자를 꺼냈다.

"AED 자동 심장충격기인가요?" 의사인 량위성이 가장 먼저 그런 기계를 떠올린 것은 어찌 보면 당연한 일이었다.

"그런 것 같지는 않은데…." 왕송성 박사는 안에 든 것을 유심히 살폈다.

"아! 뭔지 알겠어요. 응급 통신용 전화기예요!" 천뤄치가 불쑥 외쳤다.

휴대전화와 인터넷 통신이 보편화하면서 유선전화는 이미 몇 년 전에 사라졌다. 하지만 안전을 위해 많은 주택과 비즈니스 빌딩에는 응급 통신용 전화선이 설치되어 있었다. 정전되어도 사용할 수 있는 전화선으로써 응급 서비스센터로만 바로 연결할 수 있을 뿐 다른 전화는 걸 수 없다.

천뤄치는 따로 조립이 필요한 응급 통신용 전화기 상자를 꺼내 들었다. 상자 안에는 설명서도 있었다.

"내가 도와줄게요." 저우밍후이는 상자를 받아들고, 천뤄치에게 설명서를 읽게 했다.

"그럼 잘 듣고 따라 해요." 천뤄치는 설명서를 펼쳐 읽기 시작했다. "먼저 A라고 표시된 뚜껑을 열면 안에 전화 플러그가 있다. 플러그를 가볍게 잡아당기면 전선이 빠져나온다. 플러그를 벽에 있는 구식 전화기 표시가 된 콘센트에 꽂는다."

저우밍후이는 천뤄치의 설명을 들으며 벽에 있는 콘센트를 찾았다. 알고 보니 콘센트는 구급상자가 걸려 있던 곳 옆에 있었다.

"다음으로 B라고 표시된 뚜껑을 열면 안에 연결된 이어폰과 통화기의 선, 작은 막대기 하나가 들어 있다. 선의 끝부분을 C라고 표시된 작은 구멍에 끼워 넣는다. 작은 막대기는 길이를 길게 늘일 수 있으며, 한쪽을 열면 손잡이 모양이 된다. 나사처럼 생긴 다른 한쪽은 D라고 표시된 곳에 딱 맞게 끼운다. 그런 다음 시계 방향으로 돌려 손잡이를 조립한다. 손잡이를 조립하면 회진시킬 수 있는데 옆에 작은 램프 두 개가 있다. 이 두 램프에 불이 들어오면 전화를 걸 수 있는 전원이 있다는 뜻이다. 이제 위에 있는 붉은색 버튼을 누르면 응급 서비스센터와 통화할 수 있다."

저우밍후이는 계속해서 천뤄치의 설명을 들으며 응급전화기를 조립했다. 위바이퉁은 내심 감탄하지 않을 수 없었다. 보통 이런 정도의 조립을 하려면 지시를 들으면서도 설명서에 눈이 가게 마련인데, 저우밍후이는 오직 천뤄치의 설명만 들으며 완벽하게 전화기를 조립했기 때문이다. 천뤄치 역시 마찬가지로 처음 보는 설명서를 너무도 매끄럽게 읽어냈다.

저우밍후이의 모습을 보며 위바이퉁은 어딘지 낯익은 느낌이 들었지만, 그게 무엇인지 정확히 알 수는 없었다. 전화기를 다 조립한 뒤 저우밍후이는 붉은색 버튼을 눌렀다.

"여보세요? 응급 서비스인가요?" 저우밍후이는 상대방과 전화 연결이 된 것 같았다. "예, 지금 아홉 명이 바나센터 꼭대기 층에 갇혀 있는데요. 맞아요, 강캉시 북구에 새로 지어진 바나센터요. 아⋯, 그렇습니까? 상처를 입은 사람이 있긴 한데 찰과상이고 이미 치료를 했습니다. 예, 사람들은 모두 안전합니다. 아, 제가 한번 물어보겠습니다." 저우밍후이가 고개를 돌렸다. "혹시 아프거나 치료를 받아야 할 사람 있나요? 응급 서비스센터 말이 시 전체가 정전됐답니다. 강캉시 곳곳이 갑작스러운 정전에 폭우로 응급사고가 많이 일어나서 소방 구조대와 병원이 바쁘다고⋯." 사람들은 고개를 저었다.

"예, 여기에는 당장 치료가 필요한 사람은 없습니다. 예, 저희는 88층에…, 그렇습니까? 고가사다리가 이렇게 높은 곳까지는 닿지 않는군요."

"여보세요! 헬리콥터를 보내서 우리를 구해줄 수는 없습니까?" 예훙 대표가 큰 소리로 물었다.

"예, 들으셨습니까? 아, 그래요? 그렇군요. 알겠습니다. 그럼 긴급한 일이 있으면 다시 이 전화로 연락하겠습니다."

전화를 끊은 저우밍후이는 먼저 한숨을 내쉬었다. "밖의 상황이 좋지 않은 것 같습니다. 번개가 쳐서 전력 공급 설비가 망가지고 도시 전체가 정전됐다고 합니다. 저쪽 말이 이 빌딩은 너무 높아서 고가사다리를 댈 수도 없는 데다 날씨도 안 좋아 헬리콥터를 띄울 수 없다고 하네요. 저쪽에서는 위급한 상황이 없으면 여기서 전력이 복구될 때까지 좀 기다리면 어떻겠냐고 하는데요."

사람들은 어떻게 대답해야 좋을지 몰라 일순간 고요해졌다. 도움이 시급한 사람이 많으니 이성적으로는 이곳에 머물러야 한다는 걸 알면서도, 마음 같아서는 한시라도 빨리 떠나고 싶었기 때문이다.

"그럼 방법이 없군요. 시에서 빨리 전력을 복구하길 바라는 수밖에." 본래 떠나야겠다고 주장했던 류창융 회장은 외부의 상황이 더 긴급하다는 사실을 안 뒤 오히려 냉정해졌다. 과연 부자 사업가는 거저 되지 않는 모양이었다.

"그… 어차피 잠시 여길 떠나지 못하는 거라면…." 예훙 대

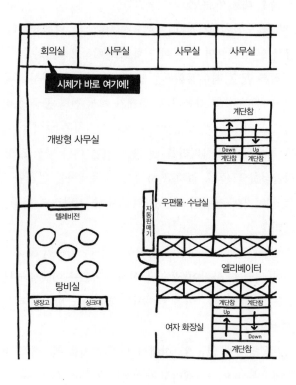

표가 기지개를 켜며 말했다. "먼저 보는 즐거움이라도 누리시죠. 여기 새로 완성된 바나금융 본사를 한번 둘러보는 게 어떻습니까?"

"아, 그것도 좋겠군요." 류창융 회장이 량위성의 손을 끌어당겼다. 그제야 비로소 위바이퉁은 량위성의 낯빛이 좋지 않다는 것을 눈치챘다. 병원 외과 주임으로서 현재 병원의 상황을 염려하고 있는 것이리라. 위바이퉁은 류창융 회장이 정말 바나금융을 구경하고 싶어 하는 것이 아니라 량위성의 기분을 풀어주려 한다는 느낌을 받았다.

"좋습니다! 그럼 리슈얼 씨가 새로운 사무실을 우리에게 구경 좀 시켜주면 어떤가?" 왕송성 박사는 여행에 참여하는 초등학생처럼 사람들의 가장 앞에 서서 탕비실을 떠나 빌딩의 서북쪽을 향해 쭉 걸어갔다.

그때, 위바이퉁은 얼굴이 새하얗게 질린 쩡자웨이와 천뤄치를 발견했다.

두 남자의 시선이 향한 곳은 바로 구석에 문이 굳게 닫힌 회의실이었다.

맙소사! 저기는 아까 리슈얼의 지시로 그들이 양안엔 사장의 시체를 숨겨둔 곳이 아닌가?

9

개인의 브랜드를 만드는 것은 매우 중요하다.
개인의 브랜드를 만들지 못하면
조직의 브랜드에 의존해 살아갈 수밖에 없다.

— 양안옌, 《나는 금융 엘리트가 될 것이다》

사람들은 벌써 탕비실을 떠나 복도를 따라 그 구석으로 걸어
가고 있었다. 비상통로를 표시하는 미약한 불빛에 의지할 수밖
에 없었지만, 사람들은 잠깐의 정전으로 오히려 어떤 탐험을 하
는 것 같은 기분을 느꼈다. 그중에서도 가장 흥분한 사람은 왕
송성 박사였다. 그는 걸으면서 다른 사람들과 계속 이야기를 나
누고 웃어댔다.

다른 사람들도 발걸음이 매우 가벼워 보였다. 쩡자웨이와 천
뤄치를 빼고 말이다. 두 사람은 얼굴색이 점점 하얗게 질렸으며,
걷는 내내 아무 말도 하지 않았다.

잠시 뒤, 일행은 회의실 문 앞에 도착했다. "여기는 어디지?"
왕송성 박사는 불투명 유리문을 가리키며 리슈얼에게 물었다.

"아, 여기는 회의실입니다. 새로운 사무실은 현대적인 개념을 적용해 개인 사무실을 없애고 개방형 사무 공간으로 바꿨는데요, 바로 좀 전에 지나왔던 그 위치에 있죠. 하지만 팀에서는 꼭 필요한 토론 같은 것도 진행해야 하지 않습니까? 그럴 때 회의실을 사용하는데, 이곳은 그중에서도 크기가 비교적 큰 회의실입니다." 양안옌 사장의 시체가 저 불투명 유리문 뒤에 있다는 걸 뻔히 알면서도 리슈얼은 아무 일도 없는 것처럼 태연히 소개했다. "회의실 외에도 여기에는 임시로 설치된 개인실이 있는데요, 설계가 아주 특별하게 되어 있습니다. 제가 직접 여러분을 모시고 가서 보여드리겠습니다."

"잠깐! 어차피 우리한테 남는 게 시간 아니요." 왕송성 박사는 가볍게 유리문을 밀었다. 그 순간, 쩡자웨이와 천뤄치에 이어 맨 뒤에 서 있던 위바이통은 천뤄치가 숨을 훅 들이켜는 모습을 보았다. 그때 위바이통의 머릿속에 떠오른 것은 양안옌 사장의 시체가 회의실 의자에 큰 대자로 앉은 채 두 눈을 시퍼렇게 뜨고 사람들을 노려보고 있는 장면이었다.

'혹시 두 사람이 양안옌 사장의 눈은 감겨줬을까?' 위바이통은 자신이 또 쓸모없는 일을 생각하고 있다고 자책하며 고개를 저었다.

"흠, 보통 회의실이나 똑같네. 리슈얼 씨가 말한 '개인실'이나 보러 갑시다!" 왕송성 박사가 큰 소리로 말했다.

'뭐라고?' 위바이통은 회의실 안을 들여다봤다.

회의실에는 탁자와 의자 외에 아무것도 없었다. 위바이통은 한숨을 돌리는 쩡자웨이와 천뤄치의 얼굴을 봤다. 천뤄치는 우스꽝스러운 표정을 짓기까지 했다.

"내 말대로 캐비닛에 넣기를 잘했죠." 낮은 목소리로 천뤄치에게 속삭이는 쩡자웨이의 시선은 벽 쪽에 있는 캐비닛으로 향했다. 캐비닛은 높이가 낮지만 가로 길이가 길어 시체를 똑바로 눕혀서 넣을 수 있을 것 같았다. 마치 관에 누운 모양과 다름없었다.

위바이퉁도 잠시 한숨을 돌렸지만 이내 중요한 것을 발견했다. 그는 팔꿈치로 쩡자웨이를 툭 치며 남몰래 캐비닛 문을 가리켰다. 캐비닛의 문틈에 실크 같은 재질의 뭔가가 살짝 삐져나와 있었다. 양안엔 사장의 넥타이였다. 자신의 실수를 눈치챈 천뤄치는 금세 얼굴이 새하얘졌다. 리슈얼도 넥타이를 발견했는지 순식간에 얼굴이 딱딱하게 굳어버렸다. 그녀는 얼른 사람들을 데리고 회의실을 떠났다. 왕쑹성 박사와 예훙 대표도 그녀를 따라갔다. 저우밍후이는 위바이퉁이 자신을 바라봤던 눈빛으로, 제대로 처리하라는 듯 천뤄치에게 눈짓을 했다.

"저건 새로운 모델의 화이트보드 아닌가?" 천뤄치가 시체가 든 낮은 캐비닛으로 다가가려 할 때, 뜻밖에도 류창융 회장이 회의실 안으로 고개를 들이밀며 설비를 살펴봤다.

"그, 그렇습니다." 쩡자웨이는 캐비닛 앞으로 갔다. 그는 자신의 동작이 너무 크거나 부자연스러워 류창융 회장의 의심을 사지 않기를 바랐다. "이건 최신 화이트보드인데요, 일반적인 화이트보드의 용도 외에도 노트북이나 태블릿 컴퓨터, 휴대전화만 있으면 회의 탁자 위의 커넥터에 연결할 수 있습니다. 그러면 컴퓨터 화면의 영상을 화이트보드에 투영시킬 수 있고, 화이트보드에 쓴 글씨를 컴퓨터에 저장할 수도 있죠." 쩡자웨이는 캐비닛에서 튀어나온 넥타이를 가리고 서서 텔레비전 판매 직원처럼 경직된 동작으로 화이트보드를 소개했다. "하하, 지금 전기가 안 들어와서 직접 보여드릴 수 없으니 아쉽네요."

"근사하네. 우리 회사에도 있긴 한데 이전 모델이라 바꿀 때가 된 것 같기도 하군." 류창융 회장은 고개를 끄덕이며 회의실을 나갔다.

쩡자웨이는 튀어나온 넥타이를 흘깃 본 뒤 위바이통을 보며 고개를 저었다. 그들은 넥타이를 안으로 넣고 싶었지만 그러려면 소리가 날 게 분명했다. 게다가 고객들은 이미 이 회의실에 와봤으니 다시 올 가능성은 작았다.

결국, 남아 있던 세 사람도 회의실을 나섰으며, 마지막으로 쩡자웨이가 유리문을 닫았다.

시체가 숨겨져 있는 회의실을 지나자 위기에서 잠시 벗어난 리슈얼과 저우밍후이는 기분이 한결 가벼워졌다. 두 사람은 개인 사무실이 없는 이유에 관해 일행에게 열심히 설명했다. 대신 고객과 은밀한 사안을 상의할 때는 '개인실'을 사용하면 된다고 덧붙여 말했다. 사실 '개인실'이라고는 하지만 두세 사람이 함께 앉을 수 있는 작은 사무실로 안에 있는 설비는 회의실과 큰 차이가 없었다. 캐비닛만 없을 뿐 컴퓨터와 연결할 수 있는 작은 화이트보드도 있었다.

복도를 따라 사무실을 한 바퀴 돈 사람들은 고객 응접실 북쪽의 개방형 사무실에 도착했다. 이제 모든 것이 금세 끝날 줄 알았지만….

"저게 뭡니까?" 류창용 회장이 어느 책상 밑에 있는 뭔가를 발견하더니 아예 무릎을 꿇고 책상 밑으로 들어갔다. 류창용 회장이 들고 나온 것은 양안옌 사장의 지팡이였다. 위바이퉁은 하마터면 소리를 지를 뻔했지만, 간신히 입을 틀어막았다. 몇 시간 전 양안옌 사장과 싸움이 벌어졌을 때 지팡이가 떨어져 책상 바닥으로 굴러 들어갔는데 이후에 너무 정신없이 여러 일이 벌어지다 보니 아무도 이 지팡이를 기억하지 못한 것이다.

"이건 양 사장 지팡이 아닙니까?" 류창용 회장은 단번에 양안옌 사장의 지팡이를 알아보았다. "이게 왜 여기 있지?"

저우밍후이는 어찌할 바를 모르고 천뤄치를 봤다가 다시 고개를 돌려 쩡자웨이를 쳐다봤다. 그런 저우밍후이의 모습을 보며 위바이퉁은 정말 그의 뺨이라도 한 대 후려치고 싶었다.

"아? 정말이네요. 양 사장님이 언제 다녀가셨나?" 리슈얼은 도무지 영문을 모르겠다는 듯한 표정을 지었다. 보아하니 저우밍후이는 해명할 수 있는 상태가 아니었다. 리슈얼은 아예 지팡이를 처음 본 것처럼 행동했다. "그러고 보니, 오늘 회사에서 대표님 뵈었을 때 지팡이를 안 들고 계셨던 것 같은데요. 그렇죠?" 그녀가 저우밍후이를 쳐다봤다.

"리슈얼 씨가 그렇게 말하니까, 제 기억에도…." 저우밍후이는 잠시 생각에 잠긴 척했다.

"아마 양 사장님이 어제 들르셨을 때 지팡이를 여기 두고 가셨나 봐요. 제가 월요일에 돌려드리겠습니다." 리슈얼은 빼앗다시피 해서 류창융 회장이 들고 있던 지팡이를 가져왔다.

"양 사장이 이렇게 지팡이를 잃어버릴 사람인가?" 줄곧 말이 많지 않던 예홍 대표가 끼어들었다. "양 사장은 다리에 문제가 있어서 지팡이가 없으면 멀리 가지 못하지 않습니까?"

확실히 리슈얼의 변명은 설득력이 떨어졌다. 위바이통은 생각 같아서는 고개를 절레절레 흔들고 싶었다. "혹시…." 위바이통은 참지 못하고 한마디를 던졌다. "지팡이가 책상 밑에 굴러 들어간 걸 보면, 보통 바닥에 무릎을 꿇어야 꺼낼 수 있지 않나요? 양 사장님이 직접 꺼내기는 어려우셨겠죠. 어차피 오늘 밤에 여기서 사람들과 만나기로 했으니까 그때 누군가에게 대신 주워달라고 하려던 게 아닐까요?"

"맞아요! 분명 그런 것 같습니다." 천뤄치도 거들고 나섰다.

"저한테 주워달라고 하셨겠죠. 설마 숙녀에게 이런 허드렛일을 시키시겠습니까?" 저우밍후이는 웃으며 리슈얼을 바라봤다.

"여자라고 얕보지 말아요!" 리슈얼은 지팡이로 저우밍후이를 때리는 시늉을 했다. 위바이통이 보기에 두 사람은 마치 투수와 포수처럼 말을 주고받으며 사람들의 주의를 분산시키려 하는 것 같았다.

류창융 회장은 더 이상 아무 말도 하지 않았다. 하지만 위바이통은 그가 의심을 푼 것처럼 보이지 않았다. 그런 느낌이 위바이통의 기분을 더 복잡하게 만들었다.

간신히 사무실 구경을 마치고 나니 시간은 이미 한밤중이 되었다. 어차피 아직 전력도 복구되지 않았기 때문에 오늘 밤은 88층에서 보낼 수밖에 없을 것 같았다. 사람들은 적당한 장소를 찾아 우선 휴식을 취하기로 했다. 기다리다 보면 내일 이른 아침에라도 이곳을 떠날 수 있지 않겠는가.

"량위성 선생님, 만약 괜찮으시다면 저랑 같이 계시면 어떨까요?" 리슈얼은 량위성에게 제의했다. 단순히 보면 여자끼리 함께 있자는 것 같았지만, 위바이퉁이 느끼기에는 리슈얼이 핑계를 대며 량위성이 함부로 돌아다니지 못하도록 감시하려는 것 같았다. 만약 량위성이 화장실에 가려 해도 리슈얼이 따라갈 수 있지 않은가.

"그래요. 리슈얼 씨 혼자 다른 곳에서 자기도 그러니까 저랑 같이 자요."

결국, 리슈얼과 량위성이 건물 서북쪽 구석의 접견실에서 같이 자기로 했다. 거기에는 고객이 앉을 수 있는 소파도 있는 데다 위치도 은밀해 두 여성이 쉬기에 가장 적당했다. 량위성은 자신이 의사라 어느 곳에서든 잘 수 있게 훈련이 됐다고 말했지만 말이다. 손님인 왕송성 박사와 예훙 대표, 류창융 회장은 고객 응접실의 소파에서 자기로 했다. 반면 위바이퉁과 천뤄치, 저우밍후이, 그리고 쩡자웨이는 응접실 남쪽 입구의 개방형 사무실을 택했다. 그런데 정전 때문에 고객 응접실에서 사무실로 들어오는 문이 자동으로 안에서 잠기면 안에서만 나올 수 있고 밖에서는 들어올 수 없다. 그래서 바나금융 직원들은 고객 응접실

N

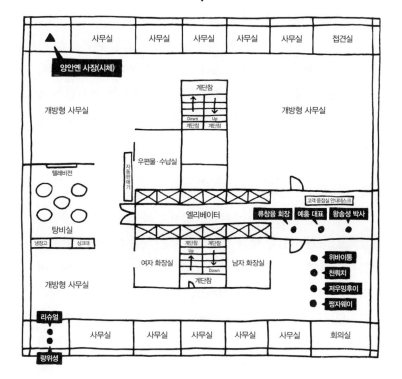

사무실 | 사무실 | 사무실 | 사무실 | 사무실 | 접견실

양안옌 사장(시체)

개방형 사무실

계단참

Down | Up
계단참 | 계단참

개방형 사무실

우편물·수납실

자동판매기

텔레비전

고객 응접실 안내데스크

류창융 회장 | **예훙 대표** | **왕쑹성 박사**

엘리베이터

탕비실

냉장고 | 싱크대

계단참 | 계단참
Up

여자 화장실 | 남자 화장실

Down
계단참

위바이퉁

천뤄치

저우밍후이

쩡쯔웨이

개방형 사무실

리슈얼

량위셩

사무실 | 사무실 | 사무실 | 사무실 | 사무실 | 회의실

남쪽 입구의 유리문을 의자로 괴어 놓았다. 고객 응접실에서 쉬는 고객들이 자유롭게 사무실을 통과해 화장실을 쓸 수 있게 하기 위해서였다.

쉴 곳을 정한 뒤 사람들은 각자 자기 자리로 떠났다. 위바이통도 의자에 몸을 기댔지만, 눈은 저 멀리 구석의 접견실에 고정되어 있었다.

리슈란이 바로 저기 있지 않은가.

3년 전 위바이통이 강캉시를 떠나 런던으로 간 이래로 두 사람은 가장 가까운 거리에 있었다. 하지만 위바이통은 어쩐지 지나온 3년의 세월보다 지금 리슈란과 더 멀리 있는 것처럼 느껴졌다. 위바이통이 리슈란을 처음 만난 것은 그가 고등학교를 졸업하던 여름이었다.

✳

그해 여름방학, 위바이통은 강캉시로 돌아와 자신의 뿌리를 찾기로 마음먹었다. 당시 강캉시의 모든 것은 위바이통에게 새롭기 그지없었다. 그는 이 나라의 다른 대도시들에 관한 텔레비전 프로그램을 본 적이 있었지만, 강캉시는 그런 곳들과 다른 도시였다. 그때만 해도 강캉시에는 넓은 고속도로도, 지하철도, 현대적인 높은 빌딩도 존재하지 않았다. 도로 양쪽 길가에는 위바이통이 본 적 없던 오래된 나무들이 늘어섰고, 거리에도 그렇게 사람이 많지 않았다. 낡은 다층 집들은 서로 비슷한 양식으로 지어졌는데, 각 집들의 지상층에는 모두 개성 있는 가게들이 자리 잡고 있었다. 각 건물은 줄줄이 서 있어서 보통 대여섯 개의 가게가 이어졌고, 위로는 높아 봐야 6층에서 8층 정도 되는 아파트였다. 또한, 가게들 사이에는 알록달록한 타일이 박힌 원기둥이 들어서서 각각의 다층 집들을 돋보이게 했다.

당시 주위를 두리번대며 걷던 위바이퉁은 큰 거리를 지나 조용한 주택가까지 걸어 들어갔다. 걷다 보니 작은 공원이 나왔는데 젊은이들 몇 명이 나무 아래에 빙 둘러앉아 있었다. 위바이퉁은 행여 그들을 방해할까 싶어 저도 모르게 한쪽으로 몸을 숨겼다. 가만히 보니 할 일 없는 불량 청소년은 아니고 대학생처럼 보였다.

"남은 시간만이라도 나는 내 삶을 불태워 반짝반짝 빛내보겠어!" 여자는 우렁차지만 떨리는 목소리로 말했다. 병색이 느껴지는 목소리의 여자는 남은 인생을 잘살아 보겠다고 결심한 것 같았다. 하지만 위바이퉁과 그리 멀지 않은 곳에 있는, 연한 화장을 한 그 여자는 얼굴에 아픈 기색이라고는 조금도 느껴지지 않았다. 게다가 그녀의 두 눈은 그 어떤 눈 화장이나 서클렌즈로도 만들어낼 수 없는 빛이 반짝이고 있었다. 위바이퉁은 그녀의 손에 쥐어진 얇은 책을 보고 그녀가 환자가 아닐 것이라고 확신했다. 그녀는 두 눈으로 그 책을 보며 따라 읽고 있었기 때문이다. 다른 사람들도 손에 비슷한 책을 들고 있었다.

'아, 저 사람들은 연극 연습을 하는 거구나.' 위바이퉁은 눈앞의 광경이 연극이란 것을 눈치챈 뒤 자기도 모르게 몸을 숨기고 있던 키 작은 나무 뒤에서 나와 그쪽으로 다가갔다. 그러자 연기를 하는 여자의 모습도 또렷이 보였다.

여자는 큰 눈의 소유자였지만 그리 예쁜 얼굴은 아니었다. 게다가 속쌍꺼풀 때문에 이목구비가 그리 깊어 보이지 않았다. 그런데도 위바이통의 눈 속에 들어온 여자는 반짝반짝 빛나고 있었다. 어린 피부에서 나는 빛이 아니라 그녀의 몸에서 뿜어져 나오는 독특한 분위기라고나 할까.

'이 여자는 타고난 연기자다!' 여자와 눈이 마주친 순간, 위바이통의 머릿속에 이런 생각이 떠올랐다. 말을 하는 듯한 그녀의 눈은 보는 사람을 매료시켰다. 하지만 그녀의 얼굴에서 더 매력적인 부분은 살짝 위로 올라간 것 같은 입꼬리였다. 그야말로 사람의 영혼을 낚을 것 같은 갈고리 한 쌍이었다.

"안녕하세요. 구경하고 싶으시면 이쪽으로 오세요." 여자는 손을 흔들며 위바이통을 가까이 오라고 불렀다. 위바이통은 그녀가 일부러 나지막한 목소리로 말하는 것을 알아챘다. 그 달콤한 목소리는 커피 전문점에서 가을 한정으로 판매하는 호박 라떼를 떠올리게 했다.

여러 학생 중 한 남학생이 위바이통에게 자신들은 대학 연극부이며 한 달 뒤에 매년 한 번씩 있는 신학기 공연을 한다고 설명해줬다. 기분 전환을 하려고 조용한 곳을 찾아 연극을 연습하는 중이라는 것이었다.

'이렇게 더운 강캉시에서 기분 전환할 곳이 있나?' 위바이통은 양 뺨이 뜨거워지는 것을 느꼈다. 뭐랄까, 고등학교 시절 여학생의 가슴골을 훔쳐보던 때와는 다른 느낌이었다.

어쨌거나, 열여덟 살의 뜨거운 여름이었다.

'좀 더 머물러야겠다.' 위바이통은 강캉시에 온 뒤 처음으로 그런 생각을 했다.

그 뒤로 보름 동안 위바이통은 매일 공원에 들러 리슈란 일행의 연극 연습을 구경했다. 간혹 그들 곁에 앉아 구경하기도 했지만, 대부분은 그들을 방해하지 않으려고 철봉 위에 올라가 조금 높은 각도에서 내려다봤다. 그렇게 위바이통은 리슈란이 연습에 집중하는 모습이며, 그녀가 다른 친구들과 떠드는 모습, 그녀가 자신의 연기에 만족하며 실없이 웃는 모습을 가만히 바라봤다.

그렇게 리슈란을 보고 또 보던 위바이통은 어느 순간 자신의 머릿속이 그녀로 꽉 차있다는 사실을 깨달았다.

"너도 우리 연극에 특별 출연해보면 어때?" 어느 날 밤, 리슈란이 불쑥 위바이통에게 물었다.

"내가?"

"연극을 한 편 하면 군중이 나오는 장면도 있거든. 넌 아무것도 안 해도 돼. 그냥 다른 사람들이랑 같이 무대를 걸어가다가 내가 대사할 때 나를 쳐다보면 되는 거야." 그렇게 말하며 리슈란은 위바이통에게 얼굴을 가까이 들이댔다. "어때? 한번 해볼래?"

위바이통은 당연히 리슈란과 같은 무대에 서보고 싶었다. 분명 여름날의 가장 아름다운 추억이 되지 않겠는가. 사실 위바이통은 연극이 무대에 오를 때쯤 대학을 다니기 위해 미국으로 돌

아가야 했다. 하지만 그는 주저하지 않고 대학에 편지를 보내 휴
학을 신청했다.

＊

"너 지금 어디를 보고 있는 거야?" 연출을 맡은 4학년 선배가
대본을 위바이통에게 집어 던졌다. 마침 대본은 위바이통의 관자
놀이에 명중했다. "잘생겼다고 아무나 다 연기자 되는 줄 알아?"

위바이통은 얼떨떨한 얼굴로 방금 맞은 관자놀이를 문질렀
다. 그는 한 번도 누구에게 이렇게 심하게 혼나 본 적이 없었다.

"대사가 없어도 연기를 해야지! 너 지금 뭐하는 거야? 됐어!
15분 동안 휴식!" 선배는 버럭 화를 내며 자리를 떠났고, 다른 학
생들도 뿔뿔이 흩어졌다.

리슈란은 바닥에 떨어진 대본을 주워 위바이통의 옆자리에 앉
았다. "연출자가 보기에 네 연기가 좀 부족했나 봐." 불치병에 걸
린 리슈란이 병원 옥상에서 바깥 풍경을 바라보고 있고, 병문안
을 왔던 친구들이 그녀를 찾아 옥상에 올라왔다가 석양 아래서
삶에 대한 열정을 고백하는 리슈란의 대사를 듣는 장면이었다.
연출을 맡은 선배는 친구 역할을 맡은 위바이통에게 '멀리 있는
석양을 바라보며, 마찬가지로 삶의 끝자락에 와 있는 친구에 대
해 연민을 느껴야 한다'고 주문했었다.

"공원에서라면 몰라도 이런 연극부 연습실에 석양이 어디 있
냐?" 위바이통은 괜히 툴툴거렸다. "아무래도 난 안 되겠어…."

"넌 지금 연기자야. 연기자는 관중이 불가능하다고 생각하는

걸 진짜라고 느끼게 해줘야 해. 정말 석양이 있다면 그건 그냥 보는 거지 석양을 보는 연기가 아니잖아. 자, 눈을 감아봐." 리슈란은 이렇게 말하며 눈을 감았다.

"뭐라고?"

"묻지 말고, 빨리!" 리슈란은 말을 이었다. "넌 지금 병원 옥상에 있는 거야. 뭐가 보여?"

"보이긴 뭐가 보여? 눈 감으니까 아무것도 안 보이지."

"상상력을 발휘해보라고!" 리슈란은 가볍게 위바이통의 머리를 쳤다.

"알았다, 알았어. 병원이라… 옥상… 시멘트 바닥, 난간이 있네."

"하늘이 황금빛으로 변했어…." 리슈란은 호박 라떼처럼 달콤한 목소리로 위바이통의 귓가에 속삭였다.

"아, 여기서 저 멀리에 있는 지평선이 보이네. 노랗고 붉은 석양도…. 지평선에 아주 가까운 것 같은데…."

"자, 위바이통, 이제 천천히 눈을 떠봐. 천천히…."

천천히 눈을 뜬 순간, 위바이통의 머릿속에는 아직 그 석양의 잔상이 남아 있었다. 위바이통은 자신도 모르게 먼 곳을 바라봤고, 정말 석양이 느껴지는 듯했다. 하지만 이성은 그에게 그런 일은 불가능하다고 말하고 있었다. 혼란스러운 기분에 위바이통은 잠시 정신이 멍해졌다.

"바로 그 표정이야." 리슈란의 얼굴이 가까이 다가왔다. "나도 처음 연기를 시작했을 때 이 방법을 사용해 작품 속 장면에 빠져

들었어." 그녀는 가볍게 위바이통의 손을 쳤다. "힘내!"

"와, 진짜 끝내준다!" 위바이통은 잔뜩 흥분한 채 리슈란을 보며 웃었다.

"뭐가?"

"방금, 너와 같이 시공을 넘어서 다른 곳에 갔었던 것 같아."

리슈란은 앞만 보며 계속 실없이 웃었다. 어깨를 나란히 하고 앉은 두 사람은 그들 눈에만 보이는 저 먼 지평선에 걸린 석양을 함께 바라봤다.

공연이 시작된 날, 위바이통은 많은 사람과 함께 무대에 올랐고 그 무대 중간쯤에 서서 대사를 하는 리슈란을 바라봤다. 위바이통은 무대에 섰던 그 짧은 2분 동안 자신의 몸을 비추던 조명을 사랑하게 됐으며, 무대 위에서 빛나고 있던 리슈란을 사랑하게 되었다. 무대 위의 돋보이는 화장 덕분이었을까, 리슈란의 눈은 말을 건네고 있었다.

연극이 끝나고 난 뒤 위바이통은 더 연극 같은 결정을 내렸다. 중국어를 배우겠다는 핑계로 강캉시에 계속 머물기로 한 것이다. 그는 리슈란과 같은 대학에 들어가 아르바이트를 하며 연극부 활동을 이어갔다.

그때만 해도 위바이통은 이런 행복한 순간이 영원히 계속될 줄 알았다. 하지만 리슈란이 대학을 졸업하면서 상황은 달라졌다. 그녀는 극단에 들어가기로 마음먹었지만, 연기를 전공하지 않은 탓에 연기자로서의 길이 순탄하지 않았다. 그녀는 이따금 작은 연극에 출연했지만 아무도 기억해주지 않는 작은 역할밖에 말지 못했다.

훗날 위바이통은 영국으로 가게 됐고, 이메일과 문자를 보내며 리슈란과 연락을 주고받았다. 첫해에는 그녀의 생일에 영국 극장가의 사진이 담긴 열쇠고리를 선물로 보내기도 했다. 리슈란도 처음에는 답장을 보내줬다. 하지만 시간이 지날수록 답장이 더뎌지더니 끝내 연락이 끊기고 말았다.

당시 위바이통은 틈만 나면 연예계 뉴스를 검색해봤다. 그때마다 그는 리슈란이 어느 날 갑자기 인기를 얻어 자신과의 지난날은 잊어버린 것이기를 간절히 바랐다. 하지만 그녀의 소식은 내내 볼 수 없었다. 그 무렵 대학 연극부 친구들도 각자 생활에 바빠 리슈란의 근황을 아는 사람은 아무도 없었다.

그런데 지금 뜻밖에도 그녀는 지금 지극히 평범한 이름으로 개명하고, 평범하지 않은 삶을 살고 있지 않은가. 리슈란은 큰돈을 버는 금융 엘리트로 고급스럽고 우아한 정장을 몸에 걸치고 있었다.

알고 보니 그녀는 연기자로서의 과거를 잊은 것이었다.

게다가 그녀는 더 이상 빛나지 않았다. 만약 그녀가 위바이통이 아는 리슈란이 아니었다면, 길에서 지나치며 눈길을 주었다가도 다음 거리에 도착하기 전에 잊어버릴 법할 얼굴이었다.

이것이 리슈란을 다시 만난 위바이통의 느낌이었다.

✳

이미 밤이 깊었지만, 큰일을 겪은 데다 리슈얼과의 일을 생각하다 보니 위바이통은 좀처럼 잠이 들지 못했다. 게다가 위바이통이 있는 개방형 사무실은 고객 응접실에서 화장실로 가려면 반드시 지나야 할 길목에 있었다. 손님들이 갇히지 않도록 위바이통 일행은 의자를 남측의 유리문에 괴어 놨는데, 고객 응접실에서 누군가가 들어올 때마다 의자를 미는 소리가 들려 잠이 깼다. 위바이통도 계속 얕은 잠을 잘 수밖에 없었다.

사람들이 모두 화장실에 다녀오는 모습을 보다 보니 일종의 심리작용이 있었는지, 위바이통은 분명 쉬기 전에 화장실에 다녀왔는데도 소변이 마려웠다. 화장실에서 볼일을 마치고 나오던 그는 멀지 않은 곳에 있는 여자 화장실 문 앞에서 뭔가 빛에 반사되어 반짝이는 모습을 보았다.

립스틱이었다.

위바이통은 한눈에 그것이 리슈얼이 대학 시절 애용하던 브랜드의 립스틱임을 알아봤다.

"내 생각에 모든 화장품 중에 가장 중요한 건 립스틱이야."

대학생이던 시절, 리슈얼은 장난스러운 말투로 위바이통에게 립스틱에 대한 자기 생각을 들려준 적이 있다. "이런저런 생각 없이 키스하고 싶게 만드는 입술은 여자의 다른 어떤 신체 부위보다 섹시하지." 그렇게 말하며 리슈란은 위바이통에게 다가왔다. 분홍색 립스틱을 바른 입술이 점점 그에게 다가왔다. 그녀가 가까이 다가올수록 위바이통은 꼿꼿이 허리를 펴고 앉았다. 리슈란의 말이 옳았다. 그녀가 그렇게 가까이 다가올수록 그의 눈과 머릿속에는 짙은 분홍빛깔의 입술만 보였으니까. 위바이통은 심지어 리슈란의 입술 위 주름까지 볼 수 있었다. 양쪽으로 살짝 올라간 그녀의 입술을 보며 위바이통은 그것이 그녀의 타고난 고양이 입술인지 아니면 실제로 그녀가 웃고 있는 건지 구분할 수 없었다.

"이렇게 상대방이 내 입술에서 나오는 숨결을 느낄 정도가 되면, 내 입술을 보며 환상을 갖게 되지. 어쩌면 저 입술이…"

리슈란이 조금 더 가까이 다가왔다면 위바이통은 정말 이런저런 생각 없이 그녀에게 입을 맞췄을지 모른다.

"그러니까…" 리슈란은 갑자기 뒤로 물러서며 장난스러운 미소를 지었다. "반대로 말하면 너무 눈에 띄는 입술 화장은 우리 같은 여자 연기자들에게 장애가 될 수도 있다는 말이지. 관객이 핵심을 놓칠 수 있으니까. 역할을 위해 꼭 필요한 화장이 아니라면 말이야. 관객이 우리의 입술만 본다면 얼굴의 표정을 보지 못하게 되잖아."

위바이통은 지난 일을 떠올리며 실소를 금치 못했다. 그 시절 지나치게 순수했던 자신이 떠올라 웃음이 난 것이다. 지금의 그는 여자가 다가온다고 부끄러움을 느낄 정도로 순진하지 않았다. 그는 이제 자신의 매력이 무엇인지 잘 알고 있었다. 다만 위바이통은 언젠가 리슈란과 함께하게 됐을 때 이런 일이 있었노라고 슬그머니 이야기하며 웃을 수 있길 바랐던 적은 있었다.

지금 위바이통은 손 안에 꼭 쥔 립스틱을 핑계 삼아 리슈얼을 찾아가기로 마음먹었다.

하지만 그녀가 대학생 시절 즐겨 쓰던 저렴한 브랜드 제품을 지금까지도 쓰고 있다니 조금 의외였다. 화장실 거울 앞에서 이 립스틱을 꺼낼 때 리슈얼은 다른 사람들의 시선이 신경 쓰이지 않았을까?

위바이통은 자신이 또 쓸데없는 생각을 하고 있다는 것을 깨달았다.

리슈얼과 량위성이 함께 있는 접견실로 걸어가던 위바이통은 문득 서북쪽 구석 회의실에 숨겨진 양안옌 사장의 시체가 떠올랐다. 분명 양안옌 사장의 넥타이가 아직도 캐비닛 바깥으로 삐져나와 있지 않겠는가. 위바이통은 지금이라도 회의실에 가서 넥타이를 숨겨야겠다고 생각했다.

그 때문에 위바이통은 가던 방향을 바꿔 북측의 회의실로 걸어가려 했는데⋯.

*

"어디 가?" 리슈얼이 접견실에서 나와 조용히 위바이통을 불러 세웠다.

"어? 내가 지나가는 걸 봤어?" 위바이통은 고개를 돌려 접견실을 쳐다봤다. 이론상으로 보면 접견실 안에서는 지나치는 그를 볼 수 없었다.

"내가 거울을 놓아뒀거든." 리슈얼은 손에 든 거울함을 흔들어 보였다. 흐린 불빛 아래 위바이통은 얼핏 리슈얼이 웃고 있는 얼굴을 본 것 같았다. 그것은 조금 전 고객들을 응대하던 직업적 미소와는 달랐다. 바로 그녀가 대학생이던 시절 짓던 솔직

하고 장난기 어린 미소, 립스틱 이야기를 하며 위바이통을 놀리던 때의 표정이었다.

"아, 그럼 계속 안 잔 거야?"

리슈얼은 고개를 흔들었다. "이런 상황에서 잠이 오면 이상한 거 아니야?"

"거울까지 놔두다니 진짜 조심스럽구나."

"여기에 여자라고는 나와 량위성 선생님뿐이잖아. 류 회장님이 계시기는 하지만 다른 사람들이 무슨 짓을 할지 어떻게 알겠어?"

"그럼 그동안 이쪽으로 지나간 사람이 있어?"

"아니. 내가 거울을 놓아둔 각도로는 여자 화장실 문밖에서부터 탕비실까지 보여. 누가 여자 화장실에 숨으면 안 되잖아. 근데 네가 나타나기 전까지는 아무도 안 지나갔어." 리슈얼은 회의실 방향을 살펴봤다. "너 '거기'에 가려던 거야?" 리슈얼은 목소리를 낮추고 물었다.

"응, 양 사장의 넥타이가 나와 있었잖아. 다시 갈 일은 없겠지만, 사람들 자고 있을 때 다시 숨겨놓는 게 나을 거 같아서. 그리고…."

"양 사장님 몸에 열쇠가 있는지 찾아보려고?"

위바이통은 고개를 끄덕였다. 류창융 회장의 말에 따르면 계단으로 내려가는 길은 자물쇠가 채워진 철문이 막고 있다고 했다. 그런데 양안녠 사장이 오늘 밤 고객들을 여기에 초대해 빌딩을 구경시켜주려 했다면 몸에 열쇠도 지니고 있지 않겠는가.

"그럴 수도 있겠다. 그럼 나랑 같이 가보자."

위바이통은 리슈얼과 나란히 북측의 회의실로 향했다. 둘이 걷노라니 대학 시절로 다시 돌아간 것 같았다. 강캉시가 아직 발전하지 않았던 그때, 두 사람은 어깨를 나란히 하고 많은 길을 함께 걸었다.

"네가 돌아올 줄 몰랐어." 리슈얼이 먼저 입을 뗐다.

"내가 돌아오지 않을 거라고 한 적은 없는데." 위바이통은 웃으며 말했다.

"그때… 그 일 이후로 난 네가…." 리슈얼이 입술을 옴짝거렸다.

"다 지나간 일인데, 뭐." 위바이통은 애써 다른 곳을 쳐다봤다.

그렇다. 그때만 해도 정말 엄청난 일이라고 생각했었다. 하지만 불과 몇 년이 지나고 보니 그저 추억 속의 작은 일이 돼버렸다. 다행히 복도가 길지 않아 두 사람은 분위기가 어색해지기 전에 회의실 앞에 도착했다.

위바이통은 리슈얼에게 밖에서 망을 보라고 하고 혼자 안으로 들어갔다. 그는 벽 쪽의 캐비닛으로 다가가 문을 열고 튀어나온 넥타이를 집어넣을 생각이었다.

"어?" 위바이통은 캐비닛 앞으로 다가갔지만, 문틈으로 삐져나온 와인색 넥타이가 보이지 않았다. '혹시 누가 먼저 와서 집어넣었나?' 위바이통의 이런 생각은 금세 뒤집히고 말았다. '말도 안 돼! 리슈얼이 거울을 놓아둬서 누군가가 지나갔다면 분명 봤을 거라고 했는데.'

불안한 생각이 위바이통의 머릿속을 휘저었다. 그는 떨리는 손으로 간신히 캐비닛 문을 열었다.

맙소사.

캐비닛 안은 비어 있었다.

제 2 부

10

항상 의견을 발표하기에 앞서 상대가 공격할 수 있는 부분을 예상하고
준비해야 한다. 만약 반격할 방법을 생각하지 못한다면 그것은 당신의
생각에 치명적인 약점이 있다는 뜻이다.

— 양안엔, 《나는 금융 엘리트가 될 것이다》

　　"안 보인다고요? 그게 어떻게 안 보일 수 있죠?" 저우밍후이
는 과장되게 두 손을 내저었다. 반면 그의 목소리는 귓속말처럼
작아서 우스꽝스러워 보였다.

　　하지만 지금은 아무도 웃을 기분이 아니었다.

　　회의실 캐비닛에 숨겨져 있어야 할 양안엔 사장의 시체가 사
라졌다는 것을 안 리슈얼은 량위셩이 푹 잠든 것을 확인하고 개
방형 사무실에 저우밍후이와 남자 직원들을 불러 모았다.

　　"저도 알 수 없죠." 위바이통은 팔짱을 꼈다. "저는 밖에 튀어
나온 넥타이만 집어넣으려 한 건데 생각지도 못하게 시체가 사
라진 거니까요."

　　"그러니까, 왕송셩 박사와 다른 고객 중 한 사람이 시체를 다

른 곳에 숨겼다는 겁니까?" 천뤄치가 물었다.

"하지만 그 사람들은 양 사장의 시체가 거기 있다는 걸 알 수 없잖아요." 쩡자웨이가 말했다. "만약 누군가가 우연히 발견했다면 난리가 났지 그렇게 조용히 시체를 숨겼겠어요?"

"그 사람들이 시체를 발견했을 리 없어요." 리슈얼은 단호하게 말했다. "내가 우리가 쉬는 방 안에 거울을 놓고 계속 여자 화장실 밖을 지켜보고 있었거든요. 게다가 고객 응접실 북측의 유리문은 잠겨 있고, 남측의 유리문에만 의자를 놔둬서 문이 잠기지 않게 했잖아요. 그러니까 누군가가 남쪽 복도를 이용해 회의실로 갔다면 반드시 여자 화장실 앞을 지나가게 되어 있고, 내가 분명히 봤을 거예요. 하지만 조금 전 위바이통 빼고는 아무도 지나가는 걸 못 봤는걸요. 거기다 위바이통을 본 뒤로는 우리 둘이 쭉 함께 있었고, 시체가 사라진 것도 같이 발견했어요."

"그렇다면…." 쩡자웨이가 팔짱을 끼며 말했다. "사실 양 사장이 살아있었던 건가? 자기 발로 여기를 떠난 건가?"

리슈얼은 뭔가 말하려 했지만, 위바이통이 얼른 그녀의 손목을 당겨 말하지 못하게 막았다. 다른 사람들은 위바이통이 그러는 걸 눈치채지 못했다. 위바이통은 가만히 각 사람의 표정을 관찰했다. 그들의 얼굴은 그 하나의 가능성에 대해 말하고 싶어 하는 것 같았지만 차마 말하지 못하고 있었다. 그런데 쩡자웨이가 원자탄 같은 한 방을 던졌고, 사람들 사이에는 쥐 죽은 듯한 고요함만이 흘렀다.

"그, 그때 당신이 양 사장이 죽었다고 확인하지 않았습니까?"

저우밍후이가 천뤄치를 돌아봤다.

"나는…." 천뤄치는 조금 당황한 얼굴이었다. "양 사장이 숨을 쉬는지 아닌지 살펴보긴 했는데 그 순간 잠깐이었던 거라…, 만약 양 사장이 죽은 척한 거라면…."

"그러니까 양안옌 사장이 위기에서 벗어나려고 죽은 척하고 있다가 사람들의 주의가 소홀해진 틈을 타서 조용히 빌딩을 벗어났다고?" 쩡자웨이가 현재의 상황을 분석했다.

"하지만, 그때 칼에 맞아 고통스러워하던 양 사장의 표정이나 죽기 전에 격렬했던 몸부림, 흐르던 피를 모두 봤는데 그게 다 죽은 척 연기를 한 걸까요?" 저우밍후이가 혼란스럽다는 듯 물었다.

"양안옌 사장은 여기를 떠날 수 없어요." 위바이통이 마침내 입을 열었다. "적어도 양 사장 혼자만의 힘으로는요."

"어째서 그렇게 확신하죠?" 쩡자웨이는 자신의 추리가 뒤집히자 인정할 수 없다는 듯 위바이통에게 다가섰다.

위바이통은 쩡자웨이보다 키가 조금 작았지만, 전혀 위축되지 않았다. "계단을 막고 있는 문이 여전히 잠겨 있으니까요. 남쪽과 북쪽 모두 다 말입니다."

"계단?" 쩡자웨이는 뭔가 떠오른 것 같은 표정이었다. "아!"

양안옌 사장의 시체가 사라진 걸 안 뒤, 위바이통과 리슈얼도 어쩌면 양안옌 사장이 죽은 척하고 있다가 비상계단으로 도망갔을지도 모른다고 생각했다. 비상계단의 문은 막혀 있지만, 양안옌 사장이 사람들을 초대한 걸 보면 자기 몸에 열쇠가 있지 않겠는가.

"우리가 양쪽 계단을 다 살펴봤는데 철문의 열쇠는 모두 잠겨 있었어요." 리슈얼이 말하며 휴대전화로 찍은 사진들을 사람들에게 보여 줬다.

뒤쪽 계단이었지만 실내 장식은 허투루 되어 있지 않았다. 벽 전체는 입체적인 나무 난간으로 디자인되었고, 계단 양쪽에는 복사뼈 높이의 벽에 응급상황을 위한 예비 LED등이 달렸다. 층계참에서 몇 계단 내려서면 전혀 어울리지 않게 벽에 용접해 달아놓은 철문이 내려가는 길을 막았다. 철문의 자물쇠는 평범하면서도 매우 견고해 보여 쉽게 부술 수 있을 것 같지 않았다.

게다가 그것은 세 줄의 다섯 자리 비밀번호를 눌러야 하는 자물쇠로 따로 열쇠가 있을 리 없었다.

"양 사장이 비밀번호를 알고 있었다고 해도 자물쇠를 열고 계단을 내려갔다면 다시 안쪽에 있는 자물쇠를 채울 수가 없죠." 위바이통이 설명했다. "우리가 그 자물쇠와 철문을 자세히 살펴봤는데 어떤 기계 장치로 바깥에서 잠글 수 있는 게 아니에요."

"그러니까 양 사장 혼자서는 도망갈 수 없다는 거군요." 쩡자웨이는 깊이 생각에 잠긴 얼굴이었다. "그럼 그 인간은 대체 어디로 간 거죠?"

"그러지 말고, 우리 사무실을 한 바퀴 돌아볼까요?" 저우밍후이가 제안했다. "어차피 상처를 입었으니까 숨기밖에 더 했겠어요?"

많은 사람이 함께 움직이면 손님들을 깨울 수 있으니 리슈얼은 일단 량위성이 쉬고 있는 접견실로 돌아가고, 천뤄치와 쩡자웨이도 건물 동남쪽 구석의 개방형 사무실을 지키기로 했다. 대신 위바이통과 저우밍후이가 88층을 한 바퀴 둘러보기로 했다. 두 사람은 방 하나하나를 다 들어가 살피며 시체가 없는지 확인하고 남쪽으로 걸어가 개방형 사무실을 지나 고객 응접실까지 갔다. 응접실 안에서 자는 고객들을 깨우지 않으려고 위바이통과 저우밍후이는 오던 길을 돌아가며 다른 쪽 방들은 물론이고 여자 화장실까지 살펴봤다.

아무것도 발견되지 않았다. 고객 응접실 남쪽의 개방형 사무실로 돌아왔을 때 리슈얼도 나타났다. 위바이통과 저우밍후이는 자신들이 조사한 결과를 이야기해 줬다.

"그런데, 양 사장이 어떻게 사라졌는지보다… 혹시 다들 생각해 봤어요? 양 사장이 대체 어떻게 나타났는지 말이에요." 불쑥 천뤄치가 물었다.

"무슨 말이에요?" 리슈얼이 되물었다.

"내 생각에는, 그때 우리가 동북쪽 구석에 있는 개방형 사무실에 모였을 때 고객 응접실 쪽을 주시하지 않기도 했지만, 그렇다곤 해도 어째서 양 사장이 들어온 걸 아무도 몰랐죠? 양 사장은 그때 갑자기 우리 뒤에서 나타난 것 같았어요." 천뤄치가 말했다.

"혹시 우리보다 먼저 와서 88층 다른 곳에 있었던 게 아닐까요?" 리슈얼이 다시 물었다.

"만약 양 사장이 우리보다 먼저 왔다면 빌딩 아래에서 양 사장 차와 운전기사를 봤겠죠." 이번에는 저우밍후이가 단호한 어투로 말했다. "하지만 제가 왔을 때는 양 사장의 차를 보지 못했어요. 주차장에서도, 빌딩 정문 밖에서도 말이에요."

사람들은 아무런 말도 하지 못했다.

"일단 이 정도에서 마무리하죠. 다들 피곤하잖아요." 저우밍후이는 기지개를 켜며 손목시계를 확인했다. "두 시간만 있으면 날이 밝겠어요. 일단 좀 쉬고 날이 밝으면 다시 이야기합시다."

'착각인가?' 위바이통은 고개를 갸웃거렸다. 방금 천뤄치가 재빨리 사람들을 훑어보는 것 같았기 때문이다. 천뤄치의 얼굴은 먹구름이 낀 것처럼 어두웠다.

"동의합니다." 쩡자웨이가 고개를 끄덕였다. "지금은 상황이 너무 혼란스러워서 저도 잠을 좀 자면서 머리를 쉬게 하고 싶네요. 내일 해가 뜨면 다시 조사하든 양 사장을 찾든 더 수월하지 않겠습니까? 다만⋯."

"뭡니까?"

"양안옌 사장의 상황을 아직 정확히 모르니, 제 생각에는 우리가 머물 곳을 다시 나눌 필요가 있을 것 같은데요." 쩡자웨이는 리슈얼이 있는 접견실 방향을 보며 말했다. "리슈얼 씨는 돌아가서 량위성 선생과 접견실을 쓰시죠. 어차피 당신만 그 선생님과 한방을 쓸 수 있으니까. 천뤄치 씨는 탕비실에 계시고, 저우밍후이 씨는 계속 여기 고객 응접실과 가까운 곳에 있으시죠. 위바이통 씨는⋯."

"저는 리슈얼 씨 옆방 사무실에 있겠습니다."

"응?" 리슈얼은 조금 뜻밖이라는 표정이었다.

"현재는 양안옌 사장이 살았는지 죽었는지, 빌딩에 있는지 없는지 분명하지 않습니다. 천뤄치 씨와 저우밍후이 씨가 머무는 곳은 여자분들이 있는 곳에서 좀 멀고요. 정말 무슨 일이 일어나기라도 한다면 여자 두 분만 거기 있는 건 너무 위험합니다."

"난 괜찮은데…." 리슈얼은 조금 불만스러운 목소리로 말했다.

"괜히 센 척하지 말고." 위바이통은 가만히 리슈얼의 팔을 잡았다. "너뿐만 아니라 량위셩 선생님의 안전도 생각해야지."

"그렇다면." 쩡자웨이는 손으로 턱을 괴었다. "제가 북측 중간에 있는 사무실에서 쉬죠. 저는 본래 위바이통 씨께 북측의 개방형 사무실에 있어 달라고 하고 제가 서북쪽 구석 사무실에 있으려고 했는데. 하지만 지금 이 정도도 이 층 전체 범위를 잘 감당할 수 있겠네요."

쩡자웨이의 제안으로 사람들은 처음과 다른 곳에서 휴식을 취하게 되었다. 하지만 양안옌 사장의 시체가 사라진 충격이 큰 탓인지 위바이통은 거의 잠을 이룰 수 없었다.

위바이통은 밤 9시 15분쯤 바나센터에 도착했다. 양안옌 사장과 약속한 시각보다 15분 늦은 셈이었다. 그때 리슈얼과 다른 직원들은 이미 꼭대기 층에 있었다. 만약 양안옌 사장이 그들보다 일찍 왔다면….

"아직 안 자?" 갑자기 리슈얼의 그림자가 문 앞에 나타났다.

"응. 조금 전 분위기가 좀 이상해서."

리슈얼도 눈치를 챈 듯했다. 어느 방에서 쉴지 결정한 뒤 다

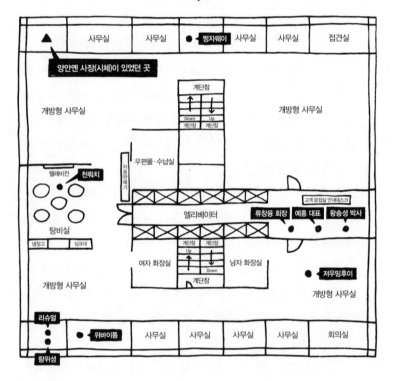

N

▲

양안멘 사장(시체)이 있었던 곳

사무실　사무실　● 찡자웨이　사무실　사무실　접견실

개방형 사무실

계단참
↑ ↓
Down Up
계단참 계단참

개방형 사무실

우편물·수납실

자동판매기

텔레비전　천뤄치
탕비실
냉장고　싱크대

엘리베이터

고객 응접실 안내데스크
류창융 회장　예훙 대표　왕송성 박사

여자 화장실

계단참 계단참
Up
↑ ↓
Down

남자 화장실

● 저우밍후이

개방형 사무실

개방형 사무실

리슈얼
● 위바이퉁

랑위성

사무실　사무실　사무실　사무실　회의실

들 아무 말도 하지 않았지만, 사람들의 눈빛은 저마다 계산을 하는 것 같았다.

"다들 한마디도 안 했지만 속으로는 빤하겠지. 양 사장이 사라졌고, 그가 혼자 계단을 통해 도망갔다면 안에서 자물쇠를 잠그는 건 불가능하다⋯."

"누군가가 시체를 숨긴 게 아니라면 양안엔 사장이 떠난 뒤 그 철문의 자물쇠를 다시 잠갔겠지." 리슈얼은 고개를 숙인 채 미소를 지으며 사무실 안으로 들어왔다.

"너⋯ 그래도 량위성 선생이랑 같이 있는 게 낫지 않을까? 혹시 그 선생 혼자 함부로 다니면 어떻게 해?"

리슈얼은 아무런 대꾸도 없이 다가와 위바이통의 책상 옆에 앉아 일부러 머리를 살짝 넘겼다. 위바이통은 그녀가 가까이 다가온다고 예전처럼 더 이상 몸이 경직되지 않았다. 지난 몇 년 동안 여자에 대해서는 나름 여유가 생겼기 때문이다.

"량위성 선생은 푹 주무시고 계셔." 리슈얼은 두 팔을 겹쳐 잡으며 한 손으로 무심코 목덜미를 만졌다. "그리고 지금은 량위성 선생이 시체를 볼까 봐 겁낼 필요도 없잖아."

위바이통은 리슈얼이 자신을 떠보고 있음을 눈치챘다. 만약 지금과 같은 상황이 아니었다면 정말 리슈얼을 책상 위로 밀었을지도 모르겠다. 다만 위바이통은 지금 하고 싶은 다른 일이 있었다.

"슈, 슈얼." 위바이통은 짐짓 어색한 척했다. 리슈얼이 자신을 놀리는 게 아니라면 오히려 그녀를 부끄럽게 만들 수 있기 때문이었다. "혹시 나한테 알려줄 수 있어? 너와 직원들은 대체 여기에 왜 모였던 거야?"

위바이통의 물음에 리슈얼은 반듯하게 자세를 고쳐 앉으며 그를 빤히 쳐다봤다. "너, 예전이랑은 많이 달라졌네."

'아니, 난 변하지 않았어.' 사실 위바이통은 리슈얼에게 이렇게 말해주고 싶었다. 그의 마음속 깊은 곳에는 여전히 열여덟 살인 그 소년이 살고 있었다.

리슈얼은 한숨을 쉬며 말했다. "우리는 익명의 이메일을 받았어. 메일을 보낸 사람이 양안옌 사장의 약점을 쥐고 있다면서, 우리도 원하면 함께 하자고 했어. 양 사장한테 한몫 단단히 뜯어낼 수 있다고."

"그건 협박이잖아?" 위바이통은 양안옌 사장이 직원들에게 허기를 느끼라고 하면서도 자신의 돈에 허기를 느끼면 안 된다고 했던 게 무슨 뜻이었는지 깨달았다. "그럼 너희는 양 사장에게 돈을 얼마나 받아내려고 했던 건데? 지금 네 위치에서 그런 돈을 욕심낼 필요가 있어?"

"지금 내 위치?" 리슈얼은 차가운 미소를 지었다. "그건 겉으로 보이는 모습일 뿐이야. 세상 많은 일의 실체는 네가 알 수 없는 거야. 아니, 너도 알 수 있었겠지. 양 사장이 죽지 않았다면, 너도 그 사람 밑에서 일하게 됐다면 아마…."

"그럼 그 메일은 누가 보낸 건데?"

"나도 모르겠어. 본래 오늘 밤에 알게 됐을 텐데 모든 일이 너무 순식간에 일어나서 다들 그 사람에 대해서 말할 틈이 없었네."

"혹시 그 세 사람 중 한 명 아닐까?"

"아, 그런 거 같지는 않아. 여기 모였을 때 다들 '네가 나를 오라고 한 거야?' 이런 표정이었거든."

"너는 그 사람들이랑 다 아는 사이야?"

"난⋯." 리슈얼이 뭔가 말하려 할 때 갑자기 위바이통이 말하지 말라는 듯 손가락을 그녀의 입술에 가져다 댔다. 그런 다음 위바이통은 리슈얼에게 사무실 더 뒤편으로 물러나라는 듯 두 손으로 손짓했다.

"아직 안 잡니까?" 밖에서 목소리가 들려왔다. 리슈얼은 그것이 천뤄치의 목소리임을 알아챘다. "아, 자야죠. 저도 졸리네요." 위바이통은 하품하며 문을 살짝 열었다. "안 자요?"

"저는 화장실 좀 가려고요. 그럼⋯ 잘 자요." 위바이통에게 손을 흔든 뒤 천뤄치는 양손을 바지 주머니에 꽂고 나름 무게를 잡으며 걸어갔다.

"아, 그래요." 위바이통은 고개를 내밀고 화장실 쪽으로 걸어가는 천뤄치의 뒷모습을 바라봤다. 그런데 뜻밖에도 천뤄치도 고개를 돌리는 것이 아닌가. 두 사람은 눈이 딱 마주쳤고, 위바이통은 어색한 미소를 지을 수밖에 없었다.

천뤄치가 화장실로 들어간 것을 본 뒤 위바이통은 바로 리슈얼을 붙잡고 사무실을 나섰다. "얼른 가! 천뤄치 씨가 화장실 다녀오다 보면 안 되잖아."

리슈얼은 피식 웃으며 위바이통의 귓가에 속삭였다. "우리 꼭 바람피우고 있는 것 같다." 그런 다음 그녀는 가벼운 발걸음으로 폴짝거리며 옆의 접견실로 돌아갔다.

'쳇, 리슈얼에게 또 당했군.' 위바이퉁은 내키지 않았지만, 자신이 놀림을 당했다는 걸 인정할 수밖에 없었다. 자신이 머물던 사무실 문 앞으로 돌아온 그는 화장실에서 돌아오는 천뤄치의 모습을 금방 다시 볼 줄 알았다. 하지만 시간이 얼마나 흘렀을까, 위바이퉁은 천뤄치를 보지 못한 채 잠이 들고 말았다.

다음 날 아침, 잠에서 깼을 때도 위바이퉁은 천뤄치를 보지 못했다.

11

나는 꿈이 있는 사람과 함께 일하는 것을 좋아한다.
만약 감성적 요인 없이 이익으로만 유지되는 관계라면
언제든 누군가가 당신보다 나은 조건을 제시할 수 있다.

— 양안옌,《나는 금융 엘리트가 될 것이다》

몇 시간 눈을 붙이기는 했지만, 위바이퉁은 여전히 잠이 부족
했다. 그는 다른 사람들이 움직이는 소리를 듣고서야 간신히 일
어났다. 시험 삼아 사무실 전등을 켜봤지만, 전력은 여전히 복
구되지 않은 상태였다.

"안녕히 주무셨습니까?" 화장실에서 세수하고 있던 왕송셩
박사와 마주친 위바이퉁은 어깨를 두드리며 인사를 건넸다.

"아, 밤에 잠을 잘 못 잤나 보군요?" 왕송셩 박사가 휴지로 얼
굴을 닦으며 말했다. "소파를 우리가 다 차지해서 젊은 친구들
을 불편하게 했구먼."

"아, 아닙니다. 그런 말씀 마세요. 그냥 제가 그저께 영국에서
돌아와 아직 시차 적응이 안 돼서 그런 겁니다." 위바이퉁은 수

도꼭지를 켜다 실수로 물을 너무 세게 틀고 말았다. 수도꼭지에서 콸콸 쏟아져 나온 물줄기가 왕송성 박사에게 튀겼다.

"아, 죄송합니다!" 위바이통은 서둘러 수도꼭지를 작게 조절하며 왕송성 박사에게 사과했다.

"하하, 괜찮습니다. 나도 조금 전에 튀었어요." 왕송성 박사가 웃으며 말했다. "새 빌딩이라 다르긴 하네. 꼭대기 층 수압이 이렇게 세다니."

"어젯밤 응접실에서는 다들 잘 주무셨습니까?" 위바이통은 떠보듯 물었다.

"잘 잤어요. 관심 가져줘서 고맙소." 왕송성 박사가 대답할 때 예홍 대표가 들어왔다. 위바이통과 왕송성 박사는 고개를 숙이며 예 대표와 인사를 나눴다.

"영국에서 왔다고요? 아! 그럼 위바이통 씨가 리슈얼 씨의 그 후배로구먼!" 왕송성 박사가 말했다.

"예?"

"얼마 전에 리슈얼 씨가 우리 사무실에 왔었는데, 내가 우연히 리슈얼 씨 열쇠고리를 보게 됐거든요. 안에 사진이 있었는데 피… 뭐라 그러더라? 피…."

"피커딜리 서커스요." 위바이통이 왕송성 박사의 말을 이어받았다. "그 열쇠고리는 제가 선물한 겁니다."

"맞아요! 피커딜리 서커스. 그때 리슈얼 씨가 거기가 런던의 극장가라고 했던 거 같은데."

'응? 리슈얼이 거기가 극장가라고 했다고? 슈얼은 고객에게 자신이 연극계와 관련이 있었던 걸 알리고 싶어 하지 않는 줄 알았는데?' 위바이퉁은 그렇게 생각하면서도 리슈얼이 자신이 보낸 열쇠고리를 지니고 있었다는 사실에 속으로 기뻐했다.

"거기는 유명한 관광지이기도 합니다. 부근에 물건 파는 가게도 많이 있고요."

"아이코, 그럼 우리 마누라에게는 절대 말하지 말아야겠군."

"그런데," 위바이퉁은 다시 화제를 돌렸다. "혹시 밤에 자다가 깨지는 않으셨습니까? 항상 자던 잠자리도 아니고요."

"아니, 다들 푹 잤소. 요즘 젊은 친구들은 힘든 걸 못 견디지만, 내가 젊어서 공장에 팀장으로 근무하던 때는 거기서 밥 먹듯이 잤는걸."

"먼 옛날 이야기하실 필요도 없죠." 예홍 대표도 대화에 끼어들었다. "저도 불과 몇 년 전까지 회사에서 제품 개발할 때 툭하면 회사에서 자서 습관이 됐다니까요. 그건 그렇고, 전력은 아직 복구가 안 됐나 봅니다."

"그러니까 말이요. 이렇게 골치 아픈 일이 다 있다니, 원." 왕송성 박사가 말했다. "아, 이렇게 말하기는 뭐하지만, 여기에 오래 있다 보니 배도 좀 고프군요."

"아." 위바이퉁은 잠시 생각하는 듯하더니 말했다. "탕비실쪽에 자동판매기가 있지 않았던가요? 한번 가보시죠." 세 사람이 탕비실에 가니 다른 사람들도 이미 와있었다.

"그래도 우리가 운이 좀 있나 봅니다." 저우밍후이가 웃으며 말했다. "냉장고 안에 먹을 거랑 음료수가 있습니다."

"샌드위치가 좀 있는데 양안옌 사장님이 어제 약속 때문에 준비해두셨나 봐요. 아직 상하지 않은 거 같아요. 근데 오늘 아침으로 먹을 양밖에 안 되네요." 량위성이 말했다. "만약에 여기서 더 오래 머물러야 한다면…."

"자동판매기가 있긴 한데 전기가 연결이 안 되니 잔돈이 있어도 사 먹을 수가 없네." 저우밍후이는 중얼거리며 자동판매기를 발로 걷어찼다.

"사실…." 쩡자웨이가 자동판매기의 상품진열대 유리를 손가락으로 두드렸다. 그 자동판매기는 유리를 통해 안에 있는 상품이 다 들여다보였는데, 감자칩과 에너지바가 판매기 안에 줄줄이 자리 잡고 있었다. "지금은 긴급한 상황이라 이 유리를 깨고 안에 있는 걸 꺼내도 될 것 같은데요."

다들 배가 고픈 터라 아무도 반대하지 않았다. 쩡자웨이는 탕비실의 의자를 손으로 잡았다. "조심하세요. 조금 뒤로 물러나 주십시오." 그런 다음 그는 의자로 자동판매기의 유리를 깨고 조심스럽게 안에 있는 먹을 것들을 꺼냈다.

"당장 보기에는 많지만 여기 얼마나 더 있어야 할지 모르니 이것들을 사람 수대로 똑같이 나누는 게 어떻겠습니까?" 류창융 회장의 제의에 사람들도 고개를 끄덕였다. 음식을 나누고 바닥에 흩어진 유리 조각을 청소한 뒤 사람들은 자리에 앉아 묵묵히 남은 샌드위치를 먹었다.

"아으!" 류창융 회장은 크게 기지개를 켰다. "커피 한 잔 마시면 딱 좋겠네."

"맞습니다." 쩡자웨이는 샌드위치를 다 먹은 다음 에너지바를 먹으려다가 도로 내려놓았다. "지금쯤 커피 전문점에 가을 한정 메뉴가 나왔을 텐데요."

"이 사람은 프랜차이즈 커피 안 마셔요." 량위성이 웃으며 말했다. "회사 근처 작은 가게의 커피를 좋아하는데 가게 직원들과 이야기를 나누는 것도 커피를 마시는 즐거움의 일부라고 하더라고요."

"거기는 바리스타가 직접 경영하는 곳이라 커피 품질이 프랜차이즈 커피 전문점하고는 완전히 다르다니까."

"하지만 프랜차이즈 커피 전문점의 기계가 좀 더 일정한 커피 맛을 내지 않을까요?" 위바이퉁이 물었다.

"기계가 일정한 맛을 내긴 하지만 뜻밖의 기쁨을 주지는 못한다고 할까."

"하하, 무슨 말씀인지 알 것 같습니다." 저우밍후이는 조금 흥분한 것 같았다. "저도 전에 뉴욕에 있을 때는 유명 브랜드의 커피 전문점에 가지 않았습니다. 대신 간단한 먹을거리를 파는 작은 푸드 트럭에 주로 들렀죠. 매일 브로드웨이에 서 있는 트럭이었는데 푸드 트럭 사장이 직접 커피콩을 로스팅했습니다. 그날그날 사장 기분에 따라 커피 맛이 달라졌다니까요."

"아, 전에 뉴욕에 있었어요?" 예훙 대표가 호기심 어린 눈으로 물었다. "그런 얘기는 한 번도 못 들어 본 것 같은데."

"아, 예." 저우밍후이는 머리를 긁적거렸다. "거기서 공부했습니다."

위바이통은 리슈얼이 남몰래 고개를 돌리고 눈을 치켜뜨는 것을 봤다.

"어!" 량위성이 주위를 두리번거렸다. "그런데 천뤄치 씨는 어디 갔죠?"

그제야 사람들은 그 자리에 천뤄치가 없다는 사실을 알아챘다.

"화장실에 있는 거 아닌가요?" 리슈얼이 물었다.

"그럴 리가요. 우리가 마지막으로 화장실에서 나왔는데." 예홍 대표가 자신과 왕송성 박사, 위바이통을 가리켰다. "다른 사람은 못 봤어요."

"어젯밤에 천뤄치 씨가 여기서 잤는데, 누가 탕비실에 가장 먼저 오셨죠?" 저우밍후이가 물었다.

"우리가 가장 먼저 오긴 했는데 천뤄치 씨는 보지 못했는데요." 류창융 회장이 말했다.

'그럴 리가….' 위바이통은 불쑥 한 가지 생각이 머리에 떠올랐다. '또 한 사람이 사라진 건가? 추리극도 아니고 이게 무슨 상황이지?'

"같이 찾아볼까요?" 량위성이 말했다. "건강해 보이는 사람도 갑자기 쓰러질 수 있어요. 행여 어디에서 쓰러진 건 아닌지 걱정이네요. 다들 배고픈 채로 하룻밤을 보냈으니 혈당이 떨어지면 쓰러질 수도 있거든요. 특히 천뤄치 씨라면 조금 더 염려되네요."

사람들은 또다시 88층을 한 바퀴 돌기 시작했다. 마치 어젯밤처럼 말이다. 위바이통은 어쩐지 기시감을 느꼈다.

"정말 기시감 느껴지네." 저우밍후이 역시 걸으면서 혼잣말처럼 중얼거렸다. 그의 얼굴은 새하얗게 질려 있었다. 쩡자웨이는 행여 저우밍후이가 허튼소리를 계속할까 싶어 팔꿈치로 그를 툭툭 쳤다.

88층을 한 바퀴 돌고 뒤쪽 계단까지 살펴봤지만 예상한 대로 천뤄치는 찾을 수 없었다. 천뤄치는 양안엔 사장의 시체가 사라진 상황과 똑같이 갑자기 사라져 버렸다.

"빨리 외부로 연락합시다." 류창융 회장은 마치 지도자처럼 사람들을 이끌었다. "탕비실에 응급전화기가 있지 않습니까? 상황이 어젯밤과는 달라졌습니다. 사람이 실종됐으니까요. 긴급상황에서 구조를 받을 수 있는 순서도 앞으로 당겨진 겁니다."

사람들은 뛰다시피 해서 탕비실로 돌아갔다. 하지만 원래 있어야 할 자리에 응급전화기는 보이지 않았다.

"전화기가 안 보이잖아?" 왕송성 박사는 혼자 묻고 대답하듯 말했다. 하지만 얼굴에 드러나는 그의 불안감은 숨길 수 없었다. "조금 전에는 있었나?"

그제야 위바이통은 탕비실에서 음식을 먹는 동안 누구도 응급전화를 신경 쓰지 않았다는 사실을 깨달았다. 사람들이 당황하고 있는 사이 량위성은 재빠르게 모든 캐비닛을 열어 안을 살펴봤다. "여기 있어요!"

본래 벽에 걸려 있어야 할 응급전화기가 캐비닛 안에 처박혀 있었다. 하지만 정확히 말하자면 그것은 더 이상 응급전화기가 아닌 박살 난 플라스틱과 금속 조각에 불과했다.

"어째서…." 예홍 대표가 캐비닛 가까이 다가왔다. "대체 누가 응급전화기를 이렇게 망가뜨린 거지?"

"끝장났군." 류창융 회장은 무릎을 꿇고 그 부속품들을 살펴보며 말했다. "중요한 부분은 다 망가져서 수리할 수가 없게 됐어요."

'그 말은 우리가 여기에 갇혔다는 뜻이다.' 류창융 회장의 말을 들은 위바이통은 머릿속에 이 생각이 가장 먼저 떠올랐다. 정말 현실이 추리극으로 바뀌는 걸까?

"천뤄치 짓이로군." 위바이통은 쩡자웨이가 낮은 소리로 중얼거리는 것을 들었다. 말소리가 너무 작은 데다 손님들은 응급전화기가 놓인 바닥에 꿇어앉아 있었기 때문에, 서 있던 위바이통 일행 몇 명만 쩡자웨이의 말을 들었다. 위바이통의 눈빛을 본 쩡자웨이는 일부러 다른 곳을 보며 안경테를 밀어 올렸다.

"혹시…." 위바이통이 말했다. "천뤄치 씨가 어젯밤에 실수로 응급전화기를 망가뜨리고 계단으로 내려가 도움을 청하려 한 건 아닐까요? 어쩌면 천뤄치 씨가 그 철문의 자물쇠를 박살 내는 방법을 찾았을지도 모르잖아요. 제가 다시 한 번 계단으로 가볼까요?"

물론 위바이통도 이 말이 얼마나 허접스러운 핑계인지 알았다. 하지만 그는 어떻게든 이 상황을 어물쩍 넘기고 싶었다. 위바이통 일행에게 천뤄치의 실종은 앞서 양안옌 사장의 시체가 사라진 뒤에 일어난 두 번째 불가사의였다. 하지만 손님들에게 천뤄치의 실종은 첫 번째 사건일 뿐이다. 게다가 응급전화기마저 망가졌으니 그들의 두려움을 달래려면 잠시 상황을 통제할 필요가 있었다. 어젯밤과 상황은 달라졌지만, 위바이통 일행이 고객들에게 양안옌 사장이 피살당한 일을 비밀로 해야 한다는 사실은 변하지 않았다. 만약 위바이통이 이런 가능성을 제기하지 않는다면 고객들이 더 이상하게 여길 수도 있다.

"나는 찬성입니다." 뜻밖에도 류창융 회장이 말했다. "가서 살펴봅시다."

물론 결과는 마찬가지였다. 남측이든 북측이든 비상계단에 임시로 만들어 놓은 철문은 막혔고, 비밀번호 자물쇠도 단단히 잠겨 있었다.

"그럼 이제 어떻게 합니까? 이제 정말 도움을 청할 길이 없어진 것 아닙니까?" 왕송성 박사의 목소리는 평정심을 잃은 것 같았다.

"여러분, 침착하세요." 량위성이 두 손을 반쯤 들고 말했다. "지금 당장 우리에게 어떤 위험이 있는 건 아니에요. 여기 있는 음식이면 아마 며칠은 더 버틸 수 있을 거예요. 무엇보다 물과 위생설비도 잘 되어 있잖아요. 제 생각에는 아무리 상황이 나빠도 모레는 전력이 복구될 것 같습니다. 아니, 휴대전화 신호만 정상으로 잡히면 우리는 도움을 구할 수 있어요."

왕송성 박사 같은 사람도 냉정함을 잃는 순간에, 량위성은 직업이 의사이기 때문인지 침착하게 눈앞의 환경을 분석했다. 심지어 그녀의 말은 사람들의 마음을 안심시키는 효과가 있었다. 위바이통은 그런 량위성을 보며 아이를 잘 달래던 소아과 의사 선생님이 생각났다.

유쾌했던 아침 식사 시간은 천뭐치의 실종과 응급전화기 훼손으로 분위기가 엉망이 되고 말았다. 손님들은 묵묵히 아침 식사를 마친 뒤 고객 응접실로 돌아갔고 위바이통 일행은 탕비실에 남았다.

"바이통은 고객 응접실에 가봐." 리슈얼이 위바이통에게 말했다. "우리 대신 왕 박사님 일행 좀 감시해줄 수 있어?" 그녀의 부드럽지만 자신감 넘치는 목소리에 위바이통은 차마 거절을 할 수 없었다.

위바이통은 미소를 지으며 고객 응접실로 들어갔다. "저쪽에서는 아무 말도 하지 않아서 무료하네요."

"잘 왔어요." 량위셩이 앉은 자리를 조금 비켜 주며 옆에 앉게 해줬다. "얼마 전에 외국에서 왔다고 하지 않았나요? 거기에서 공부하신 건가요?"

"어, 사실 번듯한 일을 한 건 아닙니다." 위바이통은 머리를 긁적였다. 그는 순식간에 별 할 일 없는 젊은이란 역할에 몰입했다. "만약 양 사장님이 나타나시지 않았다면 저는 아마 계속 하루 벌어 하루 먹으며 살고 있었을 거예요. 하지만 사실 저도 걱정은 좀 됩니다. 제가 금융업에 관해 아는 게 전혀 없거든요. 그래서 드리는 말씀인데 바나금융은 정확히 뭘 하는 회사입니까? 여러분들 회사와는 어떤 관계인 거죠?"

"그럼 위바이통 씨는 본래 양안엔 사장이 어떤 인물인지 몰랐습니까?" 류창융 회장이 물었다.

위바이통은 순진무구한 얼굴로 고개를 저었다. "저는 외국에 살아서 잘 몰랐습니다."

"양안옌 사장, 혹은 바나금융은 기관투자자라고 불리죠." 류
창융 회장은 설명을 시작했다. "기관투자자와 상대되는 개념이
바로 개인투자자고요. 개인투자자는 보통의 일반인들이 자기
자금을 가지고 은행이나 매매 대리인을 통해 투자합니다. 반면
기관투자자는 하나로 모은 자금을 기관의 이름으로 투자하죠.
예를 들어 일반 시민이 은행에 가서 어떤 펀드를 산다면, 그 시
민이 바로 개인투자자가 됩니다. 그에 비해 그 펀드로 모인 자금
을 펀드의 명의로 투자하면, 그게 바로 기관투자자가 되는 거고
요. 여기까지 잘 알아듣겠습니까?"

"예, 알 것 같네요." 위바이퉁은 고개를 끄덕였다. 사실 류창
융 회장의 이야기는 위바이퉁이 법률사무소에서 아르바이트할
때 대강 들어 본 것이었다. 하지만 그는 류창융 회장이 계속 이
야기하도록 내버려뒀다. 어차피 시간이나 보내려고 꺼낸 화제
였으니까.

"현재 바나금융에는 프라이빗 뱅크 부문이 있는데, 바로 리
슈얼 씨와 저우밍후이 씨가 일하는 부문이죠. 그들은 은행과 투
자, 자산관리 등 맞춤식 서비스를 원스톱으로 고소득 개인 고객
에게 제공합니다. 하지만 바나금융의 핵심이자 양안옌 사장에
게 명성을 안겨준 건 최첨단 과학기술 투자였죠."

"아, 혹시 첨단기술을 가진 회사에 자금을 투자하는…."

"그걸 창업 초기자금이라고 합니다." 류창융 회장은 말을 계
속 이어나갔다. "꼭 첨단기술은 아니고, 자금만 있으면 더 발전

할 수 있는 좋은 아이디어에 투자하는 거죠. 나중에 돈을 벌어다 줄 기계가 될 만한 물건에 투자한다고나 할까? 물론 투자가 항상 성공하는 건 아닙니다. 하지만 양안엔 사장의 투자 안목은 매우 정확했어요. 몇몇 사모펀드와는 차원이 달랐죠. 양안엔 사장이나 그의 팀은 투자하는 회사의 관리에 직접 참여해 아직 가치가 제대로 발견되지 않은 회사들을 발굴해냈어요. 덕분에 최근 몇 번의 투자를 통해 몇 배의 돈을 벌어들였습니다."

"그런데 양 사장이 최근에 우리 회사와 예 대표의 회사에 투자해 강캉시 시외에 놀이공원을 짓기로 했습니다." 왕송셩 박사는 자신감 넘치는 미소를 지으며 말했다. "우리도 바나금융 프라이빗 뱅크 부문의 고객들이죠. 은행이나 자산관리에 관한 각종 업무를 바나금융에 맡기고 있어요. 이번에 바나금융에서 우리를 도와 합자기업을 설립하는 계획을 진행하고 있습니다."

"그럼 두 분의 회사는 어떤 회사인가요?"

"우리 회사는 3D 입체영상을 투영하는 기술을 만듭니다." 왕송셩 박사는 자신의 전문 분야에 관해 이야기하기 시작하자 조금 흥분한 모습이었다. "나는 사실 금융에 관해서는 잘 몰라요. 난 그냥 발명가니까. 젊은 시절의 꿈을 지금까지 좇아온 발명가랄까. 혹시 미국 플로리다에 있는 유니버설 스튜디오에 가본 적 있소?"

"예, 어렸을 때 부모님과 간 적 있습니다." 위바이통은 괜한 설명을 하고 싶지 않아 양부모라고 말하지는 않았다.

"참 행복하게 살았군요. 어린 나이에 부모를 따라 여행도 하고 그런 경험도 했다니." 왕송성 박사가 웃으며 말했다. "나는 스무 살 때 어느 교류단에 참여해 처음으로 출국할 기회를 얻었소. 그때 주최 측에서 우리를 초청해 유니버설 스튜디오를 구경하게 해줬는데 내게 가장 인상적이었던 건 해리 포터 구역에 있는 놀이기구였죠. 그 영화 압니까?"

"예, 저도 거기에 가서 놀이기구를 탄 적이 있습니다. 그게 어쨌다는 말씀이죠?" 유니버설 스튜디오에는 해리 포터의 마법 세계란 구역이 있는데 그중에서도 가장 사랑받는 놀이기구가 호그와트 성안의 '해리 포터와 금지된 여행'이었다. 방문객은 우선 호그와트 학교를 둘러본 뒤 롤러코스터 같은 것을 타고 여러 구역을 통과하며 3D 입체영상이 투영된 모험의 세계를 체험할 수 있었다. 그 놀이기구의 백미는 탑승객이 해리 포터와 함께 마법 빗자루를 타고 '퀴디치'를 직접 하는 듯한 경험을 할 수 있다는 것이었다.

"성에 들어간 지 얼마 안 돼서 공중에 뜬 양초들이 나타나더군. 그걸 본 순간, 나는 그 엄청난 3D 입체영상 기술에 깜짝 놀라고 말았소."

"아, 저도 기억납니다. 영화에 나오는 호그와트 식당의 공중에 뜬 양초들을 흉내 낸 거잖습니까."

"당시만 해도 나는 3D 입체영상 기술이라고 하면 3D 안경밖에 모르는 수준이었는데 그 놀이기구처럼 안경을 쓰지 않고 3D 효과를 낸다는 것에 놀랍고도 감격했지 뭐요. 내게는 나보다 열 살이 어린 남동생이 있는데 그때 동생과 함께 와서 놀 수 있으면 얼마나 좋을까 생각했었지. 안타까운 건 이런 감격을 외국에서 비싼 입장권을 사야만 느낄 수 있다는 사실이었소. 물론 보통 사람이라면 언젠가 동생을 데리고 그곳에 가는 걸 꿈으로 삼았겠지. 하지만 내 꿈은 그보다 훨씬 컸습니다." 왕송성 박사는 잠시 말을 멈추고 듣는 이들의 애를 태웠다. "나는 유니버설 스튜디오에 필적할 만한 놀이공원을 만들고 싶었소. 강캉시도 다른 대도시처럼 인공지능의 발전으로 많은 직업이 사라졌지만, 신흥 산업이 성장해 오히려 인구는 늘어났지 않소? 그 때문에 나는 여가 문화산업의 수요가 오히려 증가해 놀이공원도 성장할 수 있을 거로 생각했다오. 지금 그런 추세로 가고 있기도 하고."

"정말 감동적인 꿈이네요." 조금 그런 척한 면도 없지 않지만, 위바이통은 실제로 왕송성 박사의 꿈에 감동했다. 사실 그 자신도 잘 알고 있었다. 양부모 덕분에 자신은 다른 아이들보다 좋은 환경에서 자랄 수 있었다는 것을 말이다. "하지만 제가 어제 여기 와서 보니 사람들이 다들 집값이 너무 비싸다고 하던데요. 만약 사람들이 돈을 주택 대출금 갚는 데에 써야 한다면 놀이공원에 갈 돈이 있을까요?"

"그 문제는 류 회장님께 여쭤봐야 하겠군요." 예흥 대표가 웃으며 류창융 회장을 쳐다봤다.

"저렴한 신용 대출 때문이죠." 류창융 회장이 담담히 말했다.

"예?" 위바이통은 잠시 어떻게 반응해야 좋을지 알 수 없었다. "아, 이자율이 낮은 대출 말입니까?"

"그래요." 류창융 회장은 몸을 살짝 위바이통 쪽으로 기울이며 말했다. "강캉시의 집값 상승이 정상적이지 않은 건 맞습니다. 그건 정부가 이곳을 국내에서 손에 꼽는 대도시로 만들기로 단단히 마음먹었기 때문이죠. 그 과정에서 인구 유입으로 집에 관한 수요 증가도 자연스럽게 늘어난 겁니다. 그 수요의 일부는 집값 상승을 노리는 투기꾼이겠죠. 이게 일종의 순환인데 진짜 살 집이 필요한 사람들은 집값이 불합리한 걸 알면서도 어차피 사면 가치가 오를 것을 아니까 무리를 해서라도 사는 겁니다. 거기다 지금의 낮은 이자율이 이런 행동을 부추기기도 하지요."

"그럼 이자율을 올리면 혹시⋯."

"단기간 안에는 불가능합니다." 예홍 대표는 단호하게 말했다. "집값 상승이 이 정도로 된 곳은 강캉시밖에 없으니까요. 주변의 소도시는 물론이거니와 다른 대도시에도 이런 현상이 없어요. 그러니까 정부는 쉽게 행동에 옮기지 못할 겁니다. 이자율 인상은 경제에 큰 영향을 줄 수 있으니까요. 하지만 비싼 집값 때문에 현재 강캉시에서는 시내에 대규모 재개발로 고밀도 주택을 짓는 게 유행이죠. 류 회장님이 요 몇 년 동안 이런 사업을 꽤 많이 진행하셨습니다."

"이건 도시화 과정에서 피할 수 없는 일입니다. 강캉시 사람들은 마음가짐을 바꿔먹어야 해요. 이전 세대 같은 집이나 저층의 넓은 아파트는 이미 살 수 없어요. 하지만 이자율이 낮으니 비싼 집값이 부담스러워도 저렴한 신용 대출로 그들이 원래 유지하던, 아니 꿈에 그리던 생활을 실현할 수 있죠. 그런데 요즘 사람들은 예전 세대 사람들과는 달리 기본적인 생활의 필요 외에도 정신적인 필요도 중요하게 생각합니다. 그래서 저도 놀이 공원이 발전 가능성이 있다고 봅니다." 류창융 회장은 고개를 끄덕이며 말했다. "지난번 창업투자 회의에서 왕 박사님께서 선보인 '숲 속 요정'도 특수 제작한 벽을 이용해 그 안에 영상을 쏘니 요정이 정말 사람들 곁에 있는 것 같은 느낌을 주더군요. 물론 기술적으로는 조금 부족한 면이 있지만, 잠재력은 있어 보입니다. 본래 발명이란 것이 꿈에서 시작되는 거니까요." 류창융 회장은 말하며 먼 곳을 응시했다. "그런데 이게 발명가와 장사꾼의 차이입니다. 발명가는 꿈을 실현하기를 바라고, 장사꾼은 돈을 벌고 싶어 하죠. 만약 제가 왕 박사님이라면 이 기술을 비싼 값에 유니버설 스튜디오에 팔았을 겁니다. 아니, 유니버설 스튜디오와 디즈니에 이 기술의 존재를 알려 두 회사가 서로 비싼 값에 사 가도록 싸움을 붙였겠죠."

"양 사장은 다릅니다. 양안옌 사장은 제 꿈이 뭔지 잘 알고 있었어요. 그래서 제게 기술을 대기업에 팔자고 하지 않았습니다. 저도 전에 은행과 금융기관에 대출을 받은 적이 있는데 그들은 계약 조건이 너무 많더군요. 그렇게 하면 저는 제대로 발전할 수 없어요. 하지만 지금의 합자회사 형식은 우리가 다른 것에 구애받지 않고 꿈을 실현할 수 있게 해줍니다. 합자기업을 하려면 기술을 다른 회사에 넘겨줘야 하지만 놀이공원을 건립하는 데에는 영향을 주지 않는다는 전제 조건이 있죠."

"맞아요, 다른 창업투자 펀드들은 모두 악어들이죠." 예홍 대표는 냉정한 얼굴로 말했다. "양 사장과 일하기 전에 저도 다른 창업투자사나 사모펀드와 협상을 했었는데 다들 회사의 지배권을 요구하더군요. 내가 평생 심혈을 기울인 연구와 개발 아닙니까? 돈 몇 푼에 내 자식을 팔 수는 없었죠."

"흠, 이래서 내가 발명가와는 장사를 못 한다는 겁니다." 류창융 회장이 웃으며 말했다. "예 대표께서는 투자자가 악어라고 하시지만, 투자자는 발명가가 함부로 돈을 쓸까 봐 걱정하는 겁니다. 그러니까 지배권도 요구하는 거고요. 이래서 나는 말 못하는 시멘트나 벽돌이 더 좋다니까요."

"그럼 예 대표님께서는 어떤 회사를…?" 위바이퉁은 난감한 표정의 예홍 대표를 보며 화제를 돌렸다. "우리 회사는 수송기계를 연구 개발합니다. 그러니까 놀이공원에서 운영되는 놀이기구용 차 말입니다. 현재 주력 제품은 양용(兩用) 고정식 시뮬레이션 차량이죠."

"양용 고정식 시뮬레이션 차량이요?"

"현재 놀이공원에서 사용되는 놀이기구용 차는 두 가지인데, 레일을 따라 실제로 움직이는 흔한 롤러코스터와, 차체가 흔들리지만 이동은 하지 않는 차가 있어요. 후자의 경우 탑승객은 차 안이나 차밖에 투영된 영상과 바람, 그 외의 다른 효과를 통해 차가 실제로 움직이고 있는 것 같은 느낌을 받게 되죠. 이 차를 쓰면 비싼 건축과 유지비용을 절약할 수 있어요. 제가 말한 양용 차량은 왕 박사님이 유니버설 스튜디오에서 경험했다는 '해리포터와 금지된 여행'처럼 레일을 따라 움직이지만, 동시에 영상을 쏘고 바람과 물 등의 특수효과를 사용해서 탑승객이 스스로 해리 포터와 함께 마법 빗자루를 타고 나는 것 같은 기분을 느낄 수 있습니다."

"그럼 예 대표께서 연구개발하고 계신 것과 현재 놀이공원에 있는 동력차 놀이기구는 무슨 차이가 있죠?" 본래 위바이통은 류 회장 일행을 감시하면서 얼렁뚱땅 시간이나 때우려고 질문을 던졌던 것인데, 시간이 흐를수록 그들의 이야기에 실제로 흥미를 느끼게 되었다. 어쩌면 이것도 각종 직업을 잘 이해해야 다양한 역할의 성격을 더 잘 파악할 수 있다고 믿는 그의 직업병 때문인지도 몰랐다. '배우라는 직업이 어디 가는 게 아니군.' 위바이통은 혼자 생각했다.

"기능으로만 보면 차이가 거의 없죠." 예홍 대표는 웃으며 말했다. "그런데 이 차량의 가장 큰 성과는 인터페이스와 부품 방면에 있어요."

"아, 프로그램 쪽입니까?" 보아하니 류창융 회장도 예홍 대표의 이야기에 흥미를 느끼는 것 같았다.

"비슷합니다. 지금 놀이공원에 있는 놀이기구용 기계들은 어떤 하나의 놀이기구를 위해 특별히 제작되죠. 하지만 우리 회사에서 연구개발하고 있는 제품은 다양한 부품에 더욱 가변적인 프로그램 설계를 적용할 수 있습니다. 이렇게 하면 다양한 놀이기구 설계에 따라 여러 기존 부품의 조합을 변경된 프로그램에 적용해 놀이기구의 설계를 훨씬 다양화시킬 수 있습니다." 예홍 대표는 손짓을 섞어가며 이야기했다. "예를 들어 우리 회사에서 서른 가지 부품을 설계했는데 놀이기구 A는 전형적인 롤러코스터로 1~10번 부품만 필요하다고 해봅시다. 몇 년 뒤 이 놀이기구를 바꾸려 한다면 그 1~10번 부품을 새롭게 조합해 프로그램만 변경시켜주면 놀이공원은 새로운 놀이기구를 가지게 되는 겁니다. 그뿐만 아니라 프로그램의 가변도에 따라 하나의 놀이기구에서 서로 다른 여정을 선택하면 같은 차 안에서 탑승객은 완전히 다른 느낌을 받을 수 있죠."

"게다가 부품은 이미 갖춰져 있으니 매번 기계를 새롭게 설계하는 비용을 절약할 수도 있겠군요. 그럼 제품의 가격 자체도 크게 낮아질 테고." 류창융 회장은 고개를 끄덕이며 말했다. "현지인을 대상으로 하는 강캉시의 놀이공원에 아주 적합한 제품이군요."

"그러니까 주문제작 가구와 기성품 가구의 차이 같은 건가요?" 예홍 대표의 설명을 들으며, 위바이통은 자신이 살던 런던 아파트에 있던 체인점에서 사 온 가구와 브룩슬리의 집에 있던 고급 주문제작 침대가 동시에 떠올랐다.

"아, 바로 그겁니다. 젊은 사람 두뇌 회전이 참 빠르구먼. 양 사장이 사람 보는 눈이나 투자하는 눈이 똑같이 정확하군." 그렇게 말하는 류창융 회장의 얼굴에는 표정이 없었지만, 위바이통을 높이 평가한다는 것이 목소리에서 느껴졌다.

"게다가 그 부품들은 기존의 기계에 설치할 수도 있습니다. 이를테면 놀이공원에는 이미 범퍼카가 있지만 여기에 우리 회사의 부품을 새롭게 설치하면 완전히 다른 범퍼카 놀이기구로 변신시킬 수 있어요. 이렇게 하면 효과적으로 비용을 절감할 수 있죠."

"맞습니다." 왕송성 박사가 말했다. "우리 회사의 투영 기술과 예 대표 회사의 기계 설계를 합치면 더 재미있는 놀이기구로 발전시킬 수 있지요. 이렇게 되면 우리나라 사람들은 부담스럽지 않은 가격에 놀이공원에 갈 수 있을 뿐만 아니라 외국 관광객들도 강캉시에 끌어들일 수 있을 겁니다. 이거야말로 미래형 놀이공원의 개념 아니겠습니까!"

"흥미로운 생각이로군요." 류창융 회장이 팔짱을 끼며 말했다. "그럼 양 사장은 앞으로 어떻게 할 계획이랍니까?" 뜨거운 분위기 속에서 이어지던 대화는 류창융 회장의 의도된 것인지 아닌지 알 수 없는 말 한마디 때문에 순식간에 굳어버렸다.

"예?" 왕송성 박사의 얼굴은 황당함 그 자체였다. "앞으로 어떻게 할 계획이라뇨?"

"아, 죄송합니다. 잠깐 실례 좀 할게요." 갑자기 량위성이 일어나더니 사무실 안쪽으로 걸어갔다. 아마도 화장실에 가려는 모양이었다. 위바이통은 그녀가 정말 화장실에 가려는 것인지 분위기가 좋지 않으니 자리를 피하려는 것인지 알 수 없었다.

"바나금융의 지난 투자를 보면 대부분 투자한 회사의 지배권을 손에 넣은 다음 그 회사의 손실을 수익으로 전환시켰죠." 류창융 회장은 대꾸하면서도 눈은 걸어가고 있는 량위성의 뒷모습을 쫓고 있었다. "그 때문에 양 사장이 점찍은 회사는 좋은 기술을 보유하고 있으면서도 그 기술을 사용할 곳을 찾지 못하는 경우가 대부분이었어요. 양 사장을 대단하다고 하는 건 돈이 안 될 것 같은 기업 뒤에 숨겨진 가치를 알아보는 눈 때문이죠."

"그… 그런 일은 없을 겁니다." 고개를 돌린 예홍 대표의 모습은 류창융 회장의 말을 곱씹어 보는 것 같았다. "저는 제 자식을 팔 수 없습니다. 그러니까 당연히 회사의 지배권도 포기할 수 없고요. 우리 회사의 연구개발 목표와 포지셔닝은 매우 확실합니다. 기술을 쓸 데가 없는 문제 같은 건 없을 겁니다. 게다가…." 예홍 대표의 표정은 별안간 엄숙해졌다. "왕 박사 말씀처럼 우리의 목표는 놀이공원입니다. 요 몇 년 동안 강캉시에서 즐거움이 점차 사라지고 있는 모습을 봐왔습니다. 그러니까 저는 제가 기술을 개발했다고 해서 돈을 왕창 벌 수 있는 상업적 목적에만 눈독 들이지는 않을 겁니다."

"맞습니다! 저희는 기술의 개발과 상업화를 완성할 마지막 자금이 부족한 것뿐인걸요." 왕송성 박사의 목소리는 조금 다급하게 느껴졌다. "바나금융은 저희에게 순수한 의도로 자금을 제공해주는 금융 투자자입니다. 제가 방금 말씀드리지 않았습니까? 저희는 공동 경영 기업의 형식으로 합작하는 거라서 누구도 저희 지배권을 빼앗아가지 않을 겁니다. 저는 큰돈을 버는 것보다도 예전부터 꾸던 꿈을 이루는 것이 가장 큰 목표입니다. 만약 제가 회사의 지배권을 잃는다면 아무런 의미가 없죠."

"그렇고말고요." 예홍 대표도 말을 보탰다. "운 좋게 여기까지 왔는데 제 자식을 팔 이유가 있습니까?"

"아, 그렇다면 정말 흥미롭군요." 류창융 회장은 입꼬리가 살짝 올라가는 것 같았지만, 이내 원래의 무표정한 얼굴로 돌아와 잠시 생각에 잠겼다. "양 사장이 이번에는 대체 무슨 꿍꿍이

속인지…."

위바이퉁은 세 사람이 이야기를 나누는 모습을 가만히 지켜
보고 있었다.

류창융 회장의 말은 왕송성 박사와 예훙 대표의 머리에 찬물
을 끼얹은 꼴이었다. 당당하게 자신의 꿈을 이야기하던 두 몽상
가에게 냉혹한 현실을 소환했다고나 할까. 아마 두 사람은 속으
로 양안옌 사장과 손을 잡는 계획에 대해 불안감을 느끼고 있을
것이다. 늑대라 불리는 은행가 양안옌 사장은 대체 그들의 회사
를 어떻게 집어삼킬 생각이었을까?

하지만 이곳에 있는 세 사람은 당장 걱정해야 할 문제가 그런
것이 아님을 모르고 있었다.

양안옌 사장은 이미 죽었고, 가족도 없는 것 같았다. 그렇다
면 그의 금융왕국은 어떻게 될까? 양안옌 사장이 그렇게 나이가
많은 것도 아니니 벌써 후계 문제를 생각하지도 않았을 것이다.
하지만 그가 갑자기 세상을 떠났으니 누가 바나금융을 물려받을
까? 현재 진행되고 있는 투자계획은 어쩐단 말인가?

대화가 급작스럽게 마무리되면서 응접실의 분위기는 매우 이
상해졌다. 마침 량위성이 돌아왔고, 위바이퉁은 그녀 덕분에 분
위기가 나아질 것으로 기대했지만 가까이 다가온 그녀의 표정
이 심상치 않음을 알아챘다.

"무슨 일 있어?" 류창융 회장도 평소와 다른 여자 친구의 표
정을 발견했다.

"방금 화장실 다녀오면서 비상계단 쪽을 지나오는데 계단 옆

화분에서 이걸 찾았어." 량위셩의 손에 들린 것은 무슨 카드 같
았다.

류창융 회장은 량위셩의 손에 있던 것을 받아 한 번 쓱 보더
니 다른 사람들에게도 보여줬다.

위바이통이 마지막으로 그 카드를 건네받았는데 얇은 판에
둘러싸인 카드가 명함보다 조금 더 컸다. 가만히 보니 그것은 직
원증, 바로 천뤄치의 직원증이었다.

위바이통이 위에 새겨진 날짜를 보니 최근에 만들어진 것이
었다.

하지만 거기에 적힌 회사의 이름은 바나금융이 아니었다.

12

천재와 범재의 차이는 사실
관점과 각도의 차이일 뿐이다.

— 양안엔,《나는 금융 엘리트가 될 것이다》

    천뤄치의 직원증에는 흔히 편리하게 휴대하려고 달아놓는 집 게 핀이나 끈이 없었다. 위바이통은 어젯밤 양손을 바지 주머니 에 넣고 화장실로 가던 천뤄치의 모습을 떠올렸다. 만약 그때 직 원증이 천뤄치의 바지 주머니에 있었다면 손을 빼다가 자신도 모르게 직원증을 흘렸을 수 있었다. 그렇게 컴컴한 사무실에서 량위셩의 말처럼 화분 위에 떨어트렸다면 천뤄치 본인도 직원 증이 없어진 줄 몰랐을 것이다.

    하지만 많은 사람의 눈길을 끈 것은 직원증 위에 쓰인 회사 의 이름이었다.

    그것은 바나금융이 아니라 '터차이(特才)'란 이름의 회사였다.

    "어째서 이런 거지?" 류창융 회장은 질문에 가까운 말투로 중얼거렸다. "이 사람은 어째서 바나금융 직원이 아닌 걸까?"

"거기는 외주회사입니다, 회장님." 리슈얼, 저우밍후이와 함께 걸어 들어온 쩡자웨이의 손에 천뤄치와 같은 직원증이 들려 있었다. "천뤄치와 저, 두 사람은 '터차이'의 직원이고, 우리 회사는 바나금융에 행정과 과학기술 자문 등의 지원 서비스를 제공하고 있습니다. 저희는 바나금융의 소재지에서 서비스를 제공하기로 계약했기 때문에 여기로 출근하고, 들어올 수 있었습니다. 월급을 바나금융이 아닌 터차이에서 받는다는 걸 빼면 사실 저희는 다른 바나금융 직원들과 아무 차이가 없습니다. 다시 말해 저희는 바나금융의 계약직 직원이나 마찬가지입니다."

"아, 우리 회사도 그런 외주회사를 이용하긴 합니다." 류창융 회장은 고개를 끄덕였다. "하지만 전부 외부에서 일하지 우리 회사 주소로 직접 출근하게 하지는 않는데. 게다가 '터차이'라는 이름의 회사는 처음 들어봅니다만. 혹시 우리 회사 계약에는 입찰한 적 없습니까?"

"아마 없을 것 같은데요." 쩡자웨이는 웃으며 말했다. "저희 터차이는 아주 작은 회사라 바나금융에 서비스하는 것만으로도 이미 충분히 바쁘거든요."

"하지만," 량위성이 계속 질문을 던졌다. "처음에 여러분 모두 양 사장님과 약속하고 왔다고 하지 않았나요? 우리에게 새로운 사무실 건물을 소개하는 일을 준비하기 위해서요. 그렇다면 양 사장님은 어째서 외주회사 직원들까지 부르신 거죠?"

이런 젠장! 위바이퉁은 하마터면 소리를 지를 뻔했다. 리슈얼과 직원들은 양안엔 사장을 어떻게 협박할 것인지를 상의하기 위해 모였다가 뜻밖에 왕송성 박사 일행을 마주치게 됐고, 양안엔 사장이 자신들을 불렀다며 핑계를 둘러댔었다. 그런데 천뤄치와 쩡자웨이는 모두 외주회사에서 지원업무를 맡은 직원이었다. 저우밍후이나 리슈얼처럼 금융 엘리트도 아니고 바나금융의 직원도 아니라면, 무슨 이유로 양 사장이 중요한 고객에게 건물을 소개하는 자리에 그들을 불렀단 말인가?

위바이통은 흘깃 쩡자웨이를 쳐다봤다. 쩡자웨이는 차분해 보였지만 이마에는 이미 땀이 송골송골 맺혀 있었다. 외주회사 직원이란 신분이 들키리라고는 생각지 못했을 테니 핑계를 댈 때만 해도 이런저런 생각을 하지 않았으리라. 하지만 쩡자웨이는 지금 약점이 들통나고 말았다.

"빌딩이 아직 준공되지 않았는데 혹시 손님들께 미리 구경시켜드릴 때 무슨 문제가 생길지 몰라 설비도 함께 책임지는 저희가 여기에 오게 된 겁니다." 뜻밖에도 쩡자웨이는 바로 적당한 핑계를 댔다.

"그랬군. 양 사장이 달리 양 사장이 아니네." 류창융 회장은 웃음 섞인 목소리로 량위성을 보며 말했다. 량위성도 류창융 회장에게 미소로 화답했다.

하지만 외주회사에 관한 화제가 그렇게 마무리되고 쩡자웨이가 등을 돌릴 때 위바이통은 류창융 회장이 1초, 아니 0.5초쯤 차가운 눈길로 쩡자웨이의 뒷모습을 쳐다보는 것을 발견했다.

'말도 안 돼.' 위바이통도 류창융 회장처럼 지금은 꼬치꼬치

캐물을 때가 아니란 느낌이 들었다. 류창융 회장은 쩡자웨이의 설명을 전혀 믿지 않는 눈치였으며, 량위성처럼 의심을 품은 것 같았다. 조금 전 류창융 회장이 량위성에게 더 이상 질문을 하지 못하게 한 것은 어쩌면 자신의 안전 문제를 고려해서였으리라.

정전된 빌딩에 여러 낯선 사람들이 함께 모여 있다. 저우밍후이와 리슈얼은 예훙 대표나 왕송성 박사와 이미 아는 사이라지만, 쩡자웨이는 어떤 사람인지 아직 알 수 없었다. 또한 양안엔 사장과 아는 사이라고 하는 위바이통 자신도 낯선 인물이기는 매한가지였다. 게다가 류창융 회장 입장에서는 천뤄치가 갑자기 실종됐으니 자신과 량위성이 그리 안전하지 않다고 느낄 수 있었다. 그 때문에 말수를 줄이지 않았겠는가.

다시 말해 류창융 회장이 아무 말도 하지 않는다고 진짜로 쩡자웨이의 말을 믿는다는 뜻은 아니었다. 위바이통도 류창융 회장과 같은 의문이 들기는 마찬가지였다.

'만약 단순히 행정을 지원하는 외주회사라면 어째서 천뤄치와 쩡자웨이 두 사람을 여기에 부른단 말이지? 만일의 경우를 위해서라고 해도 한 명이면 충분할 텐데.'

위바이통이 가장 이해가 안 되는 것은 어째서 외주회사 직원이 바나금융의 주소로 출근하는가 하는 문제였다. 외주란 돈을 아끼려는 목적이 있지 않은가? 위바이통은 많은 회사가 행정 문서나 과학기술 자문 등 본업과 무관한 부문을 외주로 맡기는 것을 알고 있었다. 실제로 숱한 소규모 회사들이 대기업을 대신해 이런 행정업무 등을 분담하고 있다. 위바이통이 고개를 갸웃거린 것은 전문적으로 외주를 맡는 회사는 동시에 여러 기업의 업무를 대신하는 게 일반적이란 것을 알고 있었기 때문이다. 사실 기초적인 설비만 갖춰져 있으면 하나의 기업이든 열 개의 기업이든 외주 업무를 맡을 때 한계비용에 큰 차이가 없다. 따라서 외주 계약을 하나라도 더 따내야 훨씬 많은 돈을 벌 수 있다.

그렇다면 '터차이'는 어째서 그렇게 하지 않았을까?

바나금융과의 계약만으로 정말 그렇게 큰 이익을 챙길 수 있을까? 만약 그런 비싼 계약이라면 굳이 외주를 쓸 필요가 있을까? 차라리 바나금융에서 자체적으로 행정부문을 운영하고 자기 직원들을 고용하는 게 낫지 않은가.

위바이통은 한 가지 가능성을 생각했다. 양안엔 사장은 어떤 특별한 이유로 바나금융의 정식 직원들에게 특정한 업무를 맡길 수 없어 외주회사를 고용한 것이다. 아니, 어쩌면 '터차이'는 사실 양안엔 사장의 회사인지도 모른다. 또한, 그 업무는 분명 단순한 행정업무가 아니라 외주를 이용해 행정업무로 가장한 것이리라.

어젯밤 리슈얼은 직원들 모두 양안엔 사장의 약점을 이용하자는 익명의 이메일을 받았다고 했다. 외주회사의 직원인 천뤄치와 쩡자웨이도 그 메일을 받았다면 양안엔 사장을 위협할 만한 '약점'이 바로 이런 상황과 관련된 것이 아닐까?

게다가 이 빌딩에 막 도착했을 때 위바이통이 본 네 사람의 모습은 서로 아는 사이 같았다. 아니, 이후에 그들이 자기소개하던 모습을 떠올려보면 그들은 아는 사이는 아니지만 서로 간에 어떤 묵약이 존재하는 것처럼 느껴졌다.

문제는 류창융 회장이 그들을 의심하기 시작했다는 것이다. 그 말은 전력이 복구되기 전에 위바이통 일행이 양안옌 사장과 천뤄치의 실종이 어떻게 된 일인지 알아내야 할 뿐만 아니라 류창융 회장도 상대해야 한다는 뜻이었다.

그때 리슈얼이 자리에서 일어나더니 낮은 소리로 말했다. "실례 좀 하겠습니다." 아마도 화장실에 가려는 것 같았다. 그 틈을 타 위바이통도 리슈얼의 뒤를 쫓아나갔다. 두 사람은 함께 고객 응접실 뒤쪽의 유리문 뒤로 사라졌다. 유리문을 닫으려 할 때 위바이통은 량위성이 웃으며 하는 이야기를 들었다. "젊은 사람들끼리 있게 해줘야죠."

"무슨 생각이야? 나를 왜 따라와?" 사람들의 시야에서 벗어나고 난 뒤 리슈얼은 조금 짜증 섞인 목소리로 위바이통에게 물었다.

"걱정하지 마. 안에 있는 손님들은 내가 네 후배인 거 알고 있어." 위바이통은 리슈얼의 두 팔을 토닥이며 말했다. "네가 먼저 말해봐. 내가 고객 응접실에서 류 회장 일행과 있을 때 너랑 저우밍후이, 쩡자웨이 씨는 무슨 이야기를 했어? 너희 결론은 뭔데?"

"그게 신경 쓰였던 거구나." 리슈얼은 그제야 살짝 긴장을 풀었다.

그런데 위바이통은 어쩐지 리슈얼의 얼굴에 실망의 빛이 스쳐지나가는 걸 본 것 같았다.

"좀 전에 저우밍후이 씨가 그러더라. 어쩌면 그때 양안옌 사장을 죽인 게 천뤄치 씨일지 모른다고." 위바이통은 고개를 갸우뚱했다. 당시는 상황이 매우 혼란스러웠고 남자 직원들은 너나 할 것 없이 칼을 빼앗으려 했다. 정말 살인범이 천뤄치일까? 어쩌면 그럴 수도 있었다.

"만약 정말 천뤄치 씨가 양 사장을 죽인 거라면…." 리슈얼이 계속 말을 이어갔다. "저우밍후이 씨는 천뤄치 씨가 언젠가 결정적인 증거가 드러날까 봐 겁이 나서 먼저 양 사장의 시체를 숨기고 도망간 게 아니겠냐고 추측했어. 문제는 천뤄치 씨가 어떻게 이 빌딩을 벗어났느냐는 거지. 양 사장의 시체는 또 어떻게 숨기고?"

"그게 응급전화기를 망가뜨린 이유고?"

"천뤄치 씨가 시간을 끌려는 방법이었다는 거지. 우리가 외부로 연락을 못 하면 전력이 복구될 때까지 기다려야 하고, 그 사람이 우리보다 조금이라도 먼저 전력이 복구됐다는 사실을 알면 한발 앞서 도망갈 수 있으니까."

"이게 전부 저우밍후이 씨의 추측이야?" 위바이통이 묻자 리슈얼이 고개를 끄덕였다. "강력한 증거가 있는 건 아니지만, 현재 상황에서 더 나은 추측은 없는 것 같아."

리슈얼의 말이 맞았다. 어차피 지금 그들이 법정에 있는 것도 아닌데 굳이 합리적인 의심을 뛰어넘을 필요가 없지 않은가. 단순히 응급전화기를 망가뜨린 사실만 놓고 보면 천뤄치는 고의로 여기 사람들이 외부와 연락하는 것을 막은 것이다. 지금 위바이통이 가장 불안한 점은 자신들은 훤히 드러난 곳에 있고, 천뤄치는 어둠 속에 있다는 사실이었다. 만약 천뤄치가 정말 양안옌 사장을 죽인 범인이라면 현재 그의 정신상태가 어떤지 알 수 없는 일이었다. 한 사람을 죽인 죄를 숨기기 위해 끝장을 보겠다며 이 일을 알고 있는 사람들, 즉 자신과 리슈얼 일행 모두를 죽여 입을 다물게 하려 한다면 어쩌지?

물론 위바이통은 자신의 이런 생각을 리슈얼에게 대놓고 말하지 않았다. 하지만 위바이통은 다른 사람들도 모두 입 밖으로 꺼내지만 않았을 뿐 같은 생각을 하고 있을 것이라고 확신했다.

"천뤄치 씨가 정말 양 사장의 시체를 숨겼다면 어디에 숨겼을까?"

"그 문제는 나도 생각해본 적 있어." 리슈얼은 주머니에서 88층의 평면도가 간략하게 그려진 종이를 꺼냈다. "이건 88층의 평면도인데, 물론 내가 잘 그리지는 못했지만 그림을 보면 좀 더 쉽게 설명할 수 있을 것 같아. 어젯밤에 우리는 이 양쪽 방에서 각자 휴식을 취했잖아. 사실 나는 제대로 잠을 푹 자지 못했어. 아무튼 그때 천뤄치 씨는 탕비실에 있었고, 손님들은 응접실에, 저우밍후이 씨는 남측 개방형 사무실에, 쩡자웨이 씨는 북측에 있는 이 방에 있었고, 우리는 서남쪽의 이 두 방에 있었어." 리슈얼은 평면도를 가리키며 각각의 곳에 표시했다.

"어젯밤 우리는 천뤄치 씨가 화장실에 가는 걸 봤지." 위바이통은 손가락으로 탕비실과 남자 화장실 사이를 가리켰다. "우리, 아니 정확히 말하면 내가 천뤄치 씨의 마지막 모습을 본 사람이군. 그 말은…."

"우리 방에서 남자 화장실 사이라⋯." 리슈얼은 말을 이어받았다. "일단 여기까지 하고 돌아가자. 너무 오래 자리를 비울 순 없잖아. 지금 우리가 나눈 이야기는 다른 사람들에게 하지 마. 잠시 이 추측은 비밀로 하는 게 좋겠어."

'아마 슈얼도 다른 사람들을 믿지 못하는가 보군.' 위바이통은 혼자 생각했다. 그는 문득 창밖을 바라봤다. 밖은 여전히 어두침침했다. '사무실이 꼭대기에 있기 때문인가?' 다른 건물들이 모두 이 빌딩보다 많이 낮아서인지 밖을 내다봐도 무엇 하나 윤곽이 제대로 보이지 않았다.

캄캄한 어둠만이 위바이통의 눈 안에 가득 들어왔다.

✳

고객 응접실로 돌아오니 량위성이 위바이통에게 눈인사를 건넸다. 위바이통은 하는 수 없이 어색한 척하며 머리를 긁적이다 커피 테이블 위에 놓인 양안옌 사장의 《나는 금융 엘리트가 될 것이다》를 펼쳐 들었다. 본래 딱히 읽고 싶은 책은 아니었지만 몇 페이지 넘기며 짧은 문구와 이야기들, 사진작가가 찍은 양안옌 사장의 사진들을 보다 보니 정말 금융 엘리트가 되어도 좋겠다는 생각이 들었다.

"재미있는 책이죠." 량위성도 책을 보았는지 위바이통에게 말을 걸었다. "금융에 관한 책이라기보다는, 어⋯ 저처럼 금융에 관해 잘 모르는 사람이 봐도 좋더라고요."

위바이통은 책 속의 짧은 문구들을 자세히 음미해봤다. 그것들은 사실 어떻게 해야 금융 엘리트가 될 수 있는지를 가르치는 글이라기보다는 양안옌 사장이 이뤄낸 성공의 길을 감동적으로 풀어낸 글 같았다. 혹은 양안옌 사장 본인의 신념을 말한 것 같기도 했다. 이 짧은 문구들을 읽으며 위바이통은 양안옌이라는 사람에 관해 좀 더 이해할 수 있었다. 위바이통은 양안옌 사장이 사람들에게 자신이 냉혹한 사람으로 보이는 것쯤은 전혀 신경 쓰지 않는다는 느낌을 받았다.

위바이통은 책을 보며 조금 전 리슈얼이 했던 말에 관해서도 생각했다.

천뤄치가 마지막으로 목격된 것은 한밤중에 화장실을 간다며 위바이통이 있는 사무실을 지날 때였다. 하지만 위바이통은 천뤄치가 돌아오는 것을 보지 못했다. 위바이통이 나중에 잠이 들긴 했지만 그때까지 적어도 20분은 깨어 있었다. 만약 천뤄치가 정말로 화장실을 간 거라면, 위바이통이 탕비실로 돌아가는 천뤄치를 보기에 충분한 시간이었다.

저우밍후이가 어젯밤 천뤄치를 봤다는 말이 없는 걸 보면 천뤄치가 사라진 곳은 위바이통이 있었던 사무실과 저우밍후이가 있었던 개방형 사무실 사이일 것이다.

혹시 사무실에 어떤 '장치'라도 있는 걸까?

위바이통은 그 길에 가서 천뤄치가 어떤 장치를 이용해 사라진 것은 아닌지 몹시 확인하고 싶었다.

"무슨 생각해요?" 량위셩이 미소를 지으며 위바이통에게 물었다.

"아, 아니요. 이 책의 내용을 보면서 양안옌 사장님은 대체 어떤 사람인지 생각해보고 있었어요." 위바이통은 조금 전 자신이 생각에 빠져 있었을 때 지나치게 오래 넋을 놓고 있는 것처럼 보였겠다는 생각이 들었다. 하마터면 여기 아주 가까운 곳에 류창융 회장 일행이 함께 앉아 있다는 사실을 잊을 뻔했다. 류 회장 일행은 양안옌 사장이 이미 살해당했다는 사실을 모를뿐더러 그들의 눈앞에 있는 직원 중에, 그들에게 컨설팅 서비스를 하던 금융 엘리트 중에 양안옌 사장을 죽인 범인이 있다는 사실은 더더욱 모를 것이다. 천뤄치가 실종된 뒤 이곳의 분위기는 뭔가 달라졌다. 여기 있는 사람들 모두 비상계단이 막혀 있는 상황에서 이 빌딩을 떠날 수 없음을 알기 때문일 것이다.

위바이통은 사무실 안쪽에 어떤 장치가 있는지 확인하고 싶었지만 의심을 사지 않으려면, 특히 류창융 회장의 의심을 사지 않으려면 너무 눈에 띄는 행동을 하면 안 된다는 것도 잘 알고 있었다.

"아, 저는 양 사장님과 식사자리나 모임에서 몇 번 뵌 게 전부예요. 양 사장님은 워낙 말씀을 잘하셔서 어디에서든 같이 있으면 분위기가 어색해지는 경우가 없더라고요. 게다가 양 사장님은 말씀하실 때 보면 식견이 있는 분이라 밑에서 일하시면 배우는 게 많을 거예요. 그렇죠?" 량위성은 그렇게 말하며 저우밍후이 일행을 쳐다봤다.

"아, 예." 저우밍후이는 어쩐지 마뜩잖아하는 눈치였다. 위바이통이 보기에 그는 여전히 천뤄치의 실종에 관해 생각하고 있는 것 같았다.

누구도 더 이상 말을 하지 않았다.

'이런 상황은 별로인데.' 위바이통은 속으로 생각했다. 본래 이런 상황이라면 전력이 복구될 때까지 사람들은 각자 자유로운 활동을 하며 휴식을 취한다든지, 책을 읽거나 뭐든 하는 편이 좋을 것이다. 하지만 고객들에게 양안엔 사장이 이미 죽었다는 비밀을 숨겨야 하는 리슈얼 일행은 류창융 회장 일행을 '감시'하려 했다. 천뤄치가 실종되어 대체 그에게 무슨 일이 벌어졌는지 알 수 없는 지금 리슈얼 일행은 더더욱 고객들 옆에 붙어 있으려 했다. 리슈얼과 저우밍후이가 왕송성 박사와 예훙 대표에게 금융 자문을 해주는 사이라지만 그들은 특별히 가까워 보이지 않았다. 실제로 리슈얼과 저우밍후이는 왕송성 박사나 예훙 대표와 이야기를 거의 나누지 않았다. 량위성이 그나마 말을 많이 했는데 류창융 회장은 자신의 여자 친구가 그런 역할을 자처하는 게 못마땅한 눈치였다. 량위성 역시 류창융 회장이 싫어하는 기색을 눈치챘는지 말수를 줄였다.

그 때문에 지금 이곳의 분위기는 냉랭함 그 자체였다. 사람들 모두 시간이 지날수록 신경이 날카로워졌다. 위바이통은 이렇게 말이 없는 상황이 지속되다가 행여 저우밍후이의 정신력이 와르르 무너질까 봐 걱정이었다.

그런데 그때 갑자기 어디선가 낮게 흥얼거리는 노랫소리가 들려와서 사람들은 깜짝 놀랐다.

"아, 죄송합니다." 쩡자웨이가 자수하듯 손을 들었다. "책에 광고가 실렸는데 악보가 있어서 저도 모르게 흥얼거렸습니다."
그는 손에 든 건축 잡지를 사람들에게 보여줬다. 그것은 두 페이지에 걸친 광고였는데 위쪽에 오선지 악보가 인쇄되었고 오른쪽 아래 구석에 몇 글자가 쓰여 있었다. 위바이퉁은 그 광고가 제대로 보이지도 않았지만, 굳이 무슨 광고인지 자세히 알고 싶지도 않았다.

"이 노래는 아주 경쾌해서 기분을 즐겁게 해줄 것 같네요." 쩡자웨이는 매끄럽게 노래를 흥얼대며 허공에 피아노가 있는 것처럼 오른손을 들어 연주했다.

"피아노 칠 줄 알아요?" 량위성이 쩡자웨이 곁에 앉으며 말했다. "저도 어릴 때 쳤었는데."

량위성은 악보를 보며 쩡자웨이가 흥얼대던 노래를 따라 흥얼댔다. 하지만 위바이퉁이 듣기에 그녀의 허밍은 쩡자웨이처럼 매끄럽지 않았다. 조금 전 쩡자웨이가 흥얼댄 그 부분은 마치 합창단이 연습한 뒤에 부르는 것처럼 들렸었다.

"이 노래를 들어본 적이 있어요?" 량위성이 물었다.

쩡자웨이는 고개를 저었다. "분명 유행가겠죠. 구조가 복잡하지 않은데 어렸을 때 이런 곡은 치지 말라고 피아노 선생님이 말씀하셨던 거 같아요."

"하지만 이 곡을 악보로 보는 건 처음 아니에요? 한 번 보고 이렇게 허밍으로 잘 따라 부르다니 대단하네요." 량위성은 정말 부러워하는 눈치였다. "쩡자웨이 씨 혹시 시독(視讀)하는 능력이 있는 거 아닌가요?"

"시독이요?" 위바이통이 불쑥 끼어들어 물었다.

"악보를 한 번만 봐도 연주해낼 수 있는 능력 말이에요. 보통 사람은 오랫동안 피아노를 쳐온 사람이라 해도 처음 본 악보를 연주할 때는 실수하게 마련이거든요. 몇 번 연습한 뒤에야 매끄럽게 연주할 수 있죠. 하지만 어떤 사람들은 눈으로 읽어 들인 악보의 정보가 손가락이나 입으로 바로 전달돼 처음 본 악보도 쉽게 연주할 수 있다더군요." 쩡자웨이를 흘깃 보는 량위성의 눈길에는 부러움이 묻어났다. "그게 천재와 범재의 차이죠."

쩡자웨이는 웃으며 손사래를 쳤다. "아닙니다. 천재는 무슨요. 굳이 말하자면 잔재주 같은 거죠. 제대로 하려면 노력을 해야 하는데 저는 열심히 하지 않는 아이였는걸요."

위바이통은 쩡자웨이를 쳐다보다가 조금 전 그가 커피 테이블 위에 내려놓은 잡지를 펼쳐 악보가 그려진 광고를 살펴봤다.

'이상한데. 어째서 이렇게 기시감이 느껴지지?' 위바이통은 답답한 기분이 들었다. 쩡자웨이는 처음 본 악보를 보며 매끄럽게 그 노래를 흥얼거렸다. 그런데 이 광경을 꼭 어디에선가 본 것만 같았다.

'대체 뭐지?' 위바이통은 도무지 생각이 나지 않았다.

"죄송합니다. 화장실 좀 다녀오겠습니다." 위바이통은 자리에서 일어났다. 사람들이 악보에 관해 이야기할 때 고객 응접실을 떠나는 모습은 그리 어색하지 않을 것이었다. 위바이통은 이 기회에 자신의 의심을 확인해봐야겠다고 마음먹었다.

"아, 나도 같이 갑시다." 뜻밖에도 류창융 회장이 따라 일어났다.

어? 위바이통은 류창융 회장의 행동에 의아함을 느꼈다. '무슨 화장실을 같이 가? 혹시, 내가 이참에 뭘 어떻게 하려는 게 아닌지 의심하는 건가? 실제로 내가 뭘 하려고 하긴 했지만.'

"예, 그러시죠." 위바이통은 고개를 끄덕였지만, 마음속으로는 솟아오르는 불안감을 억누르려 애썼다. '류창융 회장은 나를 감시하려는 걸까? 그렇다면 대체 뭘 의심하는 거지?' 두 사람이 함께 간다면 위바이통이 조사할 수 있는 것은 한정적일 수밖에 없었다.

남측의 유리문을 통과한 뒤 두 사람은 개방형 사무실을 지나 남자 화장실에 도착했다.

"량위셩 선생이 말이 많은 편이긴 한데 이상하게 볼 건 없어요." 류창융 회장이 먼저 입을 뗐다.

"아닙니다. 사실 량위셩 선생님께서 이런저런 말을 걸어주셔서 그나마 분위기가 무거워지지 않는걸요." 정말일까? 화장실에 간다는 핑계로 따라와 류창융 회장이 하려던 것이 고작 여자 친구를 대신한 사과란 말인가?

"천뤄치 씨는 대체 어디로 갔을까요?" 왔다! 그가 진짜 하려던 질문은 이것이었다. "위바이통 씨가 우리와 함께 있을 때 리슈얼 씨랑 직원들은 천뤄치 씨의 행방에 관해 이야기를 나눴겠죠? 위바이통 씨와 리슈얼 씨가 나눈 토론의 결과는 뭡니까?"

맙소사! 위바이통은 하마터면 혀를 내두를 뻔했지만 꾹 참아냈다. 류창융 회장은 위바이통과 리슈얼이 함께 있고 싶어 한다는 량위성의 말을 믿지 않았던 것이다.

"아." 위바이통은 일부러 이런 소리를 냈다. 지금 류창융 회장이 이 정도까지 추측했다면 위바이통이 아무것도 모르는 척하며 그냥 리슈얼을 쫓아갔다고 거짓말한들 소용이 없을 것이다. 보통 사람은 꼬리를 밟혔을 때 이렇게 당황하는 반응을 보이지 않겠는가. 위바이통은 순진한 보통 사람의 역할에 이미 몰입했다. "예."

물론 모든 사실을 류창융 회장에게 말할 순 없는 노릇이었다. 리슈얼 일행은 천뤄치가 스위스 군용 칼로 양안옌 사장의 심장을 찌른 뒤 죄가 드러날까 봐 두려워 도망갔다고 추측하지 않았던가. 이제 위바이통은 단 몇 초의 시간 안에 다른 핑곗거리를 찾아내야 했다. 조금 더 시간을 끈다면 류창융 회장이 그의 말이 진짜가 아니라고 의심할 수 있었다.

"리슈얼 선배의 말로는, 그녀와 저우밍후이 씨는 쩡자웨이 씨에게 어떻게 '터차이'의 직원이 양 사장님의 부름을 받고 여기에 올 수 있었느냐며 캐물었다더군요."

"쩡자웨이 씨는 터차이의 외주직원도 다른 바나금융의 직원들과 같은 사무실을 쓰기 때문에 양안옌 사장님이 터차이의 대표로 부르셨다고 했답니다. 아마 천뤄치 씨와 쩡자웨이 씨가 터차이 직원 중에 가장 경력이 오래됐나 보더군요. 그런데 천뤄치 씨는 평소 손버릇이 좋지 않았다고 하네요. 그래서 리슈얼 선배와 직원들은 양 사장님이 어떤 귀중품을 이 사무실에 놔두고 손님으로 올 왕 박사님 일행에게 보여드리려 했는데 천뤄치 씨가 미리 알아채고 훔쳐서 도망친 게 아니겠냐고 추측하더군요. 그래서 어젯밤 사람들의 눈을 피해 이 빌딩을 떠난 거죠." 위바이통은 자신이 임시로 둘러댄 핑계에 대해 무척 만족했다. 하지만 잠시 후에 기회를 봐서 리슈얼 일행에게 이 이야기를 알려줘야 서로 앞뒤가 안 맞는 소리를 하는 것을 막을 수 있을 것이었다.

"하지만 천뤄치 씨가 어떻게 여기서 도망칠 수 있단 말입니까?" 류창융 회장은 고개를 살짝 숙인 채 알 수 없다는 듯 중얼거렸다. "양쪽 비상계단에 모두 자물쇠가 채워져 있는데."

류창융 회장이 핵심을 말했다고 위바이통은 생각했다. 천뤄치가 비상계단으로 도망갈 수 없다면 이용할 수 있는 곳은 단하나….

"환기장치!" 위바이통과 류창융 회장은 거의 동시에 하나의 답을 외쳤다.

"한번 가보면 어떻겠소?" 류창융 회장이 손을 씻으며 말했다.

뜻밖에도 류창융 회장이 먼저 이런 제안을 하다니, 이건 위바이통이 그토록 하고 싶던 일이 아닌가. 덕분에 위바이통은 정정당당히 의심을 품은 곳을 조사할 수 있게 되었다.

만약 천뤄치가 정말로 환기구를 이용했다면 양안엔 사장의 시체가 어떻게 사라졌는지도 설명할 수 있다. 아마도 천뤄치는 시체와 함께 환기구 안쪽에 숨었을 것이다. 어젯밤 직원들과 이층을 조사할 때는 환기구를 살펴보지 않았으니 거기야말로 맹점이 아닐 수 없었다.

그런데 류창융 회장과 함께 환기구를 조사하다 만일 진짜 양안옌 사장의 시체라도 보게 된다면….

아니지. 생각해보니, 류창융 회장과 함께 살펴보는 게 더 좋을 수도 있었다. 류창융 회장이 환기구 안을 보게 해서 천뤄치가 숨겨놓은 양안옌 사장의 시체가 거기 있다면 위바이통 자신도 거리낌 없이 연기로 류창융 회장을 속일 수 있지 않겠는가.

두 사람은 어젯밤 리슈얼과 량위셩이 머물렀던 사무실 방향으로 걸어가며 고개를 들어 천장을 살펴봤다.

천뤄치가 사라진 곳은 남자 화장실과 위바이통이 어제 쉬었던 사무실 사이였다.

만약 어떤 장치가 있다면 바로 이 복도에 있을 것이다.

"저기 환기구가 하나 있군요." 류창융 회장이 가리킨 곳은 복도의 중간 정도에 있었다.

왔다! 위바이통은 마음의 준비를 마쳤다. 류창융 회장이 직접 올라가 보겠다고 하면 이런 허드렛일은 젊은 자신이 하겠다고 말할 작정이었다.

하지만 류창융 회장은 더 이상의 행동을 하지 않은 채 계속 앞으로 걸어갔다.

'올라가서 봐야 하는 거 아닌가?' 위바이통은 좀처럼 이해할 수 없었다.

탕비실까지 걸어갔을 때 두 사람은 또 다른 환기구를 발견했다. 위치는 마침 텔레비전 위에 있었다. 조금 전과 마찬가지로 류창융 회장은 위로 밟고 올라가 살펴볼 생각이 없는 것 같았다.

모퉁이를 도니 다시 환기구가 보였다. 처음 봤던 것처럼 복도

가운데 자리 잡고 있었다. 류창융 회장은 환기구를 한 번 쳐다봤지만 다른 행동은 하지 않았다.

"류 회장님." 류창융 회장이 어째서 아무것도 하지 않는지 알 수 없었던 위바이통은 끝내 참지 못하고 물었다. "환기구를 살펴봐야 하는 것 아닙니까?"

"그럴 필요 없어요." 류창융 회장은 담담히 말했다.

"환기구가 너무 작아 보이나요?"

"아니요, 성인이 들어갈 수 있을 것 같군요."

"그럼 왜…." 위바이통이 말하고 있을 때 류창융 회장이 환기구 바로 아래로 걸어갔다.

아!

환기구 아래에 선 류창융 회장을 보니 그의 키로 봤을 때 무언가를 밟고 올라서지 않는 한 환기구로 기어 올라갈 수 없을 것 같았다.

그러고 보니 그들이 지나쳐온 환기구들도 모두 복도의 가운데에 있거나 탕비실 텔레비전 위에 있었다. 그 환기구들 아래에는 밟고 올라설 만한 탁자가 없었다.

그러니까 사다리나 탁자처럼 밟고 올라갈 도구 없이는 천뤄치도 환기구로 올라가지 못했을 것이다. 만약 그곳으로 도망쳤다면 사다리나 의자가 환기구 아래에 남겨져 있어야 했다. 류창융 회장은 이 점을 미리 파악하고 환기구 안을 살펴보는 수고를 던 것이다.

"위바이통 씨는 외국에서 막 돌아왔다고 했죠?" 류창융 회장이 불쑥 질문을 던졌다. "하지만 리슈얼 씨와는 구면이라고요?"

"예, 저는 강캉대학을 졸업했고, 리슈얼 씨가 제 대학 선배입니다."

"아, 그럼 다른 사람들은요?"

위바이통은 고개를 절레절레 흔들었다.

"그럼 위바이통 씨는 외국에 있던 몇 년 동안 리슈얼 씨와 계속 연락을 했습니까?"

"아, 꼭 그런 건 아닙니다. 가끔 소식을 전하는 정도였죠." 위바이통은 자신만 일방적으로 리슈얼에게 이메일을 보냈다고 말하고 싶지 않았다.

"아."

"무슨 일 때문에 그러십니까?" 류창융 회장의 짧은 반응에 위바이통은 조금 기분이 상했다.

"위바이통 씨, 그럼 당신은 그녀를 믿습니까?"

위바이통이 뭐라 대꾸할 새도 없이 두 사람은 고객 응접실 앞에 도착했다. 류창융 회장은 유리문을 막고 있는 의자를 당겼다.

마지막 환기구는 바로 고객 응접실에 있었다.

"화장실에 뭐 그렇게 오래 있다 와?" 량위성은 조금 못마땅한 척하며 말했다.

"너무 오래 앉아 있어서 몸 좀 풀고 왔지."

리슈얼은 '무슨 일이냐'고 묻는 듯한 눈길로 위바이통을 슬쩍 쳐다봤다. 위바이통은 '걱정할 필요 없다'고 말하는 것처럼 입꼬리를 살짝 올리며 고개를 끄덕였다.

그 순간 위바이통은 갑자기 마음이 달떴다. 마치 그와 리슈얼, 아니 리슈란 두 사람 사이에 비밀스러운 약속이 존재하는 것 같았다. 두 사람은 눈빛을 마주치는 것만으로도 서로 무슨 이야기를 하는지 마음으로 이해하지 않았는가. 이 넓은 응접실이란 공간 안에 그와 리슈란 두 사람만 남겨진 것처럼 느껴졌다. 위바이통은 다시 과거로 돌아가 강캉대학의 학생이 된 것 같았다.

'당신은 그녀를 믿습니까?' 류창융 회장이 했던 말이 불현듯 위바이통의 머릿속에 떠올랐다.

환기구가 아니라면 반드시 누군가 천뤄치가 도망갈 수 있게 자물쇠를 열어줬다는 뜻이었다.

'그녀를 믿습니까?'

13

성공하는 사람은 다른 이의 시체를 밟고 올라가야 할 뿐만 아니라,
자신의 과거도 밟고 지나가야 한다.

— 양안옌,《나는 금융 엘리트가 될 것이다》

"2번 세트 하나요. 햄버거 안에 오이는 빼고, 음료는 콜라로
주세요."

"예, 잠시만 기다려주세요." 계산대의 젊은 여자는 손님에게
미소로 화답했다. 어차피 프랜차이즈 패스트푸드점에서 미소는
무료가 아닌가. 그녀는 주문을 금전등록기에 입력하고 돈을 받
은 다음 쟁반을 들고 몸을 돌렸다.

"바이퉁, 햄버거 패티 다 됐어?" 여자는 낮은 소리로 물었다.

위바이퉁은 튀김기 안의 스톱워치를 쳐다봤다. "거의 다 됐어,
30초."

30초 뒤, 스톱워치는 알림음을 울렸다. 위바이퉁은 튀김기에
서 햄버거 패티들을 꺼내 바구니에 수북이 담았다. 그는 우선 바

구니의 기름을 빼고 약 1분 뒤에 햄버거 패티들을 집어 플라스틱 쟁반으로 옮겼다. 그런 다음 플라스틱 쟁반을 조리대의 특정한 위치에 놓았다. 패스트푸드점의 조리대는 햄버거 패티나 채소, 빵, 토마토 모두 정해진 위치의 용기에 놓아야 한다.

"감사합니다." 조리대 앞의 젊은이가 고개를 끄덕이며 말했다. 새로 온 직원인 그에게 1년이나 일한 위바이통은 대선배였다. 그만큼 위바이통은 패스트푸드점이 어떻게 돌아가는지 훤히 알고 있었다. 신입 직원은 보통 샌드위치 안에 들어가는 채소를 자르고, 샌드위치를 만드는 자리에 배치된다. 그래야 가게 안 모든 제품의 조합에 빨리 익숙해질 수 있기 때문이다. 이날 위바이통은 튀김기를, 여자는 카운터와 음료를 맡고 있었다. 이렇게 바쁘지 않을 때는 세 명만으로도 충분했다. 한 사람이 한 곳만 책임지면 되니까.

하지만 예외는 있었다. "바이통, 이쪽으로 좀 와봐." 여자가 방금 들어온 손님을 보더니 위바이통을 계산대로 불렀다.

위바이통은 그 손님을 보고 눈치껏 계산대로 나왔다. 손님은 피부가 까무잡잡한 젊은 여자였는데 한 손에 네다섯 살 정도 된 아이의 손을 잡고 있었다. 아이는 근처 유치원의 원복을 입었고, 여자의 다른 손에는 아이의 책가방이 들려 있었다. 여자는 어린 주인의 도우미였다. 작년부터 강캉시는 동남아 출신 가정부들을 받아들이기 시작했다. 예전에는 가사도우미를 쓸 수 없었던 맞벌이 중산층 가정도 도우미들에게 아이와 집안일을 맡겼다. 예전에 다른 도시에서 도우미를 하던 이들은 중국어를 할 줄 알았지만, 최근 중산층 가정에선 영어만 할 줄 아는 가사도우미를 고용하는 편이었다. 자신의 영어 솜씨를 뽐낼 수 있을뿐더러 아이가 영어를 쓰는 환경에서 자랄 수 있기 때문이었다.

도우미는 영어만 할 줄 알기 때문에 나이 어린 아이와 뭘 먹으러 가려면 위바이통이 아르바이트하는 글로벌 프랜차이즈 패스트푸드점 같은 곳이 최상의 선택이었다. 외국의 이런 패스트푸드점에는 혼자 주문하는 기계가 많이 놓여 있지만 강캉시는 전자화가 더딘 편이었다. 그래서인지 최근 몇 달 들어 이런 손님이 점점 더 많아졌다. 물론 기본적인 영어 응대는 이곳 직원들이 필수적으로 갖춰야 할 조건이었지만 정말 영어를 제대로 해야 할 때는 대부분 위바이통에게 미뤘다.

"안녕하세요, 뭘 주문하시겠습니까?" 위바이통은 유창한 영어로 물었다.

"3번 세트 하나 주시고요. 음료는 콜라로 주세요. 감자튀김도 하나 추가해주세요." 소녀처럼 어려 보이는 여자는 매끄러운 영어로 대답했다. 위바이통은 외국에서 온 도우미들이 대부분 고향에서는 대학을 졸업한 이들이라고 들은 적이 있었다.

돈을 낼 때 여자는 조금 당황했다. 지갑에서 돈을 꺼내는 동시에 난리를 치는 아이의 손을 잡아야 했기 때문이었다. 위바이통은 여자를 도와 잔돈을 지갑에 넣어주었다.

가사도우미 여자와 아이가 자리로 가서 앉는 모습을 보던 위바이통은 구석에서 그에게 손을 흔드는 리슈란을 발견했다. 다른 동료와 교대한 뒤 위바이통은 탄산음료 두 잔을 들고 가 리슈란의 맞은편에 앉았다.

"어떻게 왔어?" 위바이통은 탄산음료 한 잔을 리슈란에게 건넸다.

"학교 빠졌어." 리슈란은 웃었지만 위바이통은 그녀의 웃음이 어색하다고 느꼈다. 위바이통은 리슈란의 연기가 너무 부자연스럽다고 놀릴 작정이었지만 말을 꾹 삼켰다. 리슈란의 표정을 보니 이럴 때 농담은 적절치 않은 것 같았다.

"오늘 극단 오디션 있었어?"

"아, 응." 리슈란은 머리를 쓸어 넘겼다. "역시 나 같은 비전공자는 안 되나 봐."

리슈란은 올해 대학 4학년으로 졸업한 뒤 계속 연기를 하고 싶어 했다. 하지만 여러 극장 오디션에 응시했지만 성공하지 못했다. 대형 극단들은 모두 유명한 예술대학을 나온 졸업생을 먼저 채용했다. 상이라도 탄 게 아닌 이상 리슈란처럼 보통 대학에서 연극부 활동을 한 학생은 극단에 선발되기 어려웠다.

"내가 예쁜 것도 아니잖아." 리슈란은 탄산음료를 들이켰다. "하긴 예뻤으면 미인대회라도 나갔겠지."

'오직 나만 너의 아름다움을 볼 줄 알지. 그래서 내가 여기에 남은 거잖아.' 위바이통은 용기가 없어 생각만 할 뿐 말하지 못했다. 그는 그저 리슈란을 바라보며 미소를 지었다. 위바이통은 자신의 마음속 쓸쓸함뿐만 아니라 그녀의 미소 뒤에 감춰진 쓸쓸함도 볼 줄 알았다.

"그런데…." 리슈란이 아이와 함께 있는 도우미 여자를 보며 말했다. "요즘 들어 외국 가사도우미가 많아진 것 같아."

"그렇지." 위바이퉁은 빨대를 물었다. "아무(阿木)의 집에도 입주 가사도우미를 들였다던데. 형수님이 아이를 낳아서 집안일 좀 맡기려고 아무의 형이 고용했대." 아무는 연극부의 1학년 학생이었다.

"그럼 도우미랑 그 집 식구들이 같이 사는 거야?"

"어, 아무의 말로는 집에 다른 사람이 있으니까 습관이 안 돼서 불편하다더라."

"내 기억에 그 집이 그렇게 크지 않았던 거 같은데, 방이 그렇게 많아?"

"도우미랑 아기랑 한방을 쓰나 봐. 그게 아기 돌보기도 편하고. 아무가 대학 졸업하고 이사하면 방이 하나 남을 테니까 나중에는 그 방을 쓸 거래."

"걔가 지금 1학년인데 어느 세월에?"

"그러니까. 우리는 다음 학기 레퍼토리도 못 정했는데." 리슈란을 비롯해 4학년 학생들은 구직 활동을 해야 했기에 연극부의 업무는 이미 아래 학년인 위바이퉁과 동급생들이 맡고 있었다.

"바이퉁." 리슈란의 표정은 어느새 진지해져 있었다. "너는 학교 졸업하면 어쩔 작정이야?"

'내 계획은 계속 네 곁에 있는 거지.' 위바이퉁은 생각했다. 그는 자신이 이렇게 리슈란을 바라보면, 그녀가 한눈에 자기 생각을 알아챈다는 것을 알고 있었다.

하지만 리슈란은 고개를 숙이고 애꿎은 음료수만 마셨다.

"바이통, 네 결정이 뭐든 간에 이건 기억해." 리슈란은 말을 하면서도 여전히 고개를 들지 않았다. "시시한 이유 때문이 아니라 너 자신을 위해 잘 생각하라고."

"너 무슨 얘기하는 거야?" 위바이통은 오늘 리슈란이 좀 이상하다고 느꼈다.

"난 진심이야." 리슈란이 드디어 고개를 들었다. "강캉시는 작은 도시야. 넌 영어도 잘하고, 미국 시민권도 있잖아. 그런데 이런 패스트푸드점에서 아르바이트나 하고 있어? 넌 외국으로 나가야 해. 내가 너라면 브로드웨이나 런던으로 갈 거야. 세상이 얼마나 넓은데!"

"어디가 얼마나 크건 작건 여기가 중요한 거야." 위바이통은 자신의 가슴을 가리켰다. "땅이 아무리 넓어도 마음이 넓은 것만 못하잖아."

"쳇." 리슈란은 더 이상 아무 말도 하지 않았다.

2주 뒤 위바이통은 그날 리슈란이 유난히 이상했던 이유를 알게 되었다.

어느 작은 가십 잡지에서 위바이통은 리슈란이 다른 두 명의 연예계 소녀 모델들과 함께 촬영한 사진을 보게 되었다. 사진 속 리슈란은 호텔 방에서 얇디얇은 속옷만 입은 채 좋게 말하면 유혹적인, 나쁘게 말하면 볼썽사나운 포즈를 취하고 있었다. 그렇게 오래 알고 지냈지만, 위바이통은 처음으로 리슈란의 몸매를 정확히 볼 수 있었다.

사실 그것은 단순한 사진이 아니라 세 사람의 인터뷰였다. 그중에서도 리슈란은 가장 많은 페이지를 차지하고 있었다. 하지만 위바이통은 그녀의 사진 위에 쓰인 제목을 보고 넋을 놓고 말았다.

'연극계 신성(新星)! 꿈을 위해 사랑과 작별하다!'

인터뷰의 핵심은 리슈란이 누구인지 밝힐 수 없는 유명 남자 배우와 열렬히 사랑했지만 서로의 꿈을 위해 어쩔 수 없이 헤어졌다는 것이었다. 기사에는 붉어진 두 눈으로 고백하면서 달콤했던 지난날을 추억하는 듯한 리슈란의 사진이 함께 실려 있었다. 기사 옆에는 예전 남자 친구로 추측되는 사람 몇 명의 실루엣과 간략한 소개가 게재되었다. 누구라고 딱 집어 말하지는 않았지만 간략한 소개만 읽어도 누구인지 알 만한 배우들이었다.

인터뷰에는 최근 몇 년 동안 리슈란이 주연을 맡았던 연극의 제목에 관해서는 한 글자도 언급되어 있지 않았다.

"어째서 이런 사진을 찍은 거야?" 위바이통은 리슈란의 집으로 뛰어가 추궁하다시피 하며 그녀에게 물었다. "거기다 유명 배우와 연애했었다는 이야기는 완전 거짓말이잖아."

"같이 인터뷰한 다른 여자애 두 명은 안 보여?" 리슈란은 아무 상관 없다는 듯한 표정을 지었다. 위바이통은 이미 그녀의 그런 표정이 연기인지 아닌지 구분할 수 없었다. "얼굴이나 몸매만 놓고 보면 내가 걔들보다 못해. 그런 이야기라도 내가 터뜨리지 않았다면 난 이렇게 많은 페이지에 나오지 못했을 거야."

"어째서 이렇게 한 건데? 이런 말도 안 되는 방식으로 연극계에 들어가고 싶어?" 위바이통은 잡지에 나온 리슈란의 사진을 두들기며 말했다. "사람들이 이런 너를 무대 위의 진지한 연기자로 봐줄까?"

"그럼 더 이상 뭘 어떻게 해야 하는데?" 리슈란은 위바이퉁이 쥐고 있던 잡지를 바닥에 내팽개쳤다. "난 벌써 열 곳이 넘는 크고 작은 극단의 오디션에 참여했어! 그런데 전부 떨어졌다고! 여자 연기자의 생명은 대부분 남자 연기자보다 길지 않아. 지금 데뷔하지 못하면 기회는 점점 더 줄어든다고! 존재감을 드러내야 사람들이 날 알아봐 줘. 이게 뭐 어때서?"

"그래서 없는 이야기를 지어낸 거야?"

"독자들은 이런 가십을 좋아해. 내가 정말 누구를 딱 찍어서 사귀었다고 말한 것도 아니잖아. 대중이 날 기억할 수 있도록 이야깃거리를 좀 만들어낸 것뿐이야. 그렇지 않으면 나는 아무도 알아주지 않는 평범한 연극배우일 뿐이니까!"

위바이퉁은 뭐라 반박해야 할지 알 수 없었다. 자신만만하게 오디션에 참가했다가 줄줄이 낙방하며 실망하는 리슈란의 모습을 봐온 그가 아니던가. 그녀가 얼마나 조급해하는지 위바이퉁은 충분히 느낄 수 있었다.

"슈란." 위바이퉁은 리슈란의 두 손을 꼭 잡았다. "눈 감아봐."

"뭐하는 거야?" 리슈란은 고개를 돌렸다.

"일단 내 말대로 해." 위바이퉁은 두 눈을 감았다. "우리는 국립중앙극단 무대 뒤에 있어. 나는 꽃다발을 들고 있고, 너는 분장실에서 꽃다발을 안은 채 극단 사람들의 축하를 받고 있지. 넌 여러 해 동안 노력해왔고 끝내 보답을 받게 됐어. 넌 드디어 사람들 뒤쪽에 서 있던 나를 보게 됐지. 넌 내가 손에 든 꽃을 봤어. 그건 네가 가장 좋아하는 모란꽃, 새하얀 색과 옅은 분홍색의 모란꽃이야. 자, 이제 눈을 떠봐."

눈을 뜬 순간 위바이통은 새하얀 색과 옅은 분홍색의 모란꽃이 섞인 꽃다발을 보았다. 하지만 리슈란은 빤히 위바이통의 얼굴을 쳐다보고 있었다. 그녀는 눈을 감지 않았다. 그녀는 그와 함께 시공을 넘어 같은 풍경을 보지 않은 것이다.

위바이통은 천천히 리슈란의 손을 놓은 뒤 바닥에 쪼그리고 앉아 두 손으로 무릎을 감싸며 그 속에 머리를 파묻었다.

위바이통은 눈물을 흘렸다.

"바이통." 리슈란도 바닥에 쪼그리고 앉아 가만히 위바이통의 머리를 쓰다듬었다. "이러지 마. 이건 아무것도 아니야, 진짜로. 기억해. 자신을 드러낼 기회를 잡았을 때 남들과 달라야 사람들이 널 기억해주는 거야. 만약 사람들이 네 얼굴조차 기억하지 못한다면 그 무엇도 소용이 없어. 방법은 중요하지 않아. 결과가 중요하지."

그러나 그 사진과 인터뷰 기사는 그다지 큰 반향을 일으키지 못했고, 리슈란은 여전히 무명배우로 남았다. 그녀는 생계를 위해 아르바이트를 하며 작은 극단의 연극 무대에 올랐다. 가끔은 텔레비전의 단역으로 출연하기도 했다. 리슈란은 바쁘게 사느라 더 이상 패스트푸드점에 들르지 않았다. 가끔 연극부 사람과 만나자고 약속할 때면 위바이통은 리슈란이 온다는 말만 들어도 일이 있어서 못 간다고 거절했다.

당시 나이가 어렸던 위바이퉁은 리슈란의 결정을 이해하지 못했으며, 괜히 울컥하는 마음만 들었다. 그러던 어느 날, 위바이퉁은 인터넷으로 영국의 어느 소극장 연극을 보게 되었다. 당시 몇 년 사이 영국과 유럽에서는 문화산업이 크게 성장하며 '새로운 르네상스'가 도래했다는 평가를 얻는 중이었다. 위바이퉁은 어쩐지 강캉시를 떠나 런던으로 가고 싶다는 마음이 들었다.

모든 준비를 마친 위바이퉁은 자신이 떠난다는 소식을 대학 연극부의 친구에게만 말했을 뿐, 리슈란에게는 알리지 않았다. 떠나기 일주일 전, 바로 예전에 위바이퉁에게 대본을 던졌던 연극부 선배가 집들이를 한다며 초대했다. 선배는 지난해에 결혼해 막 작은 아파트를 산 참이었다.

선배가 알려준 주소에 도착했을 때야 위바이퉁은 그곳이 리슈란을 처음 봤던 공원이었다는 것을 알아챘다. 공원은 이미 세 동짜리 고층 아파트로 변했는데, 철책문에는 '공원광장'이라는 새로운 이름이 걸려 있었다. 그러나 그곳에는 더 이상 공원도, 광장도 존재하지 않았다.

아파트는 30층짜리였는데 선배가 사는 곳은 A동 5층으로 크기가 매우 작았다. 물론 이는 그날 집들이에 참석한 사람이 많았기 때문이며, 선배 가족 둘이 살기에는 괜찮은 공간이었다.

아니, 세 사람이었다. 선배도 유행을 타는 사람인지 집에 입주 가사도우미를 두고 있었다. 그 도우미는 마흔 살쯤 되어 보였는데 능숙한 솜씨로 좁은 주방에서 음식과 음료를 만들어 손님들에게 대접했다. 그뿐만 아니라 쟁반이며 쓰레기도 동시에 정리했다. 선배의 집은 방이 두 개로 하나는 주인 부부가, 서재라고 부르는 다른 방은 도우미가 사용했다. 하지만 위바이통이 보기에 도우미가 쓰는 방은 겨우 2인용 침대만 한 크기에 불과했다.

"선배도 가사도우미를 쓰네요. 집안일이 그렇게 많아요?" 위바이통은 맥주를 마시며 물었지만, 눈길은 자꾸 현관문 쪽으로 향했다.

리슈란은 아직 오지 않았다.

"바이통, 넌 뭘 모르는 거야." 선배는 한숨을 쉬며 말했다. "맞벌이 가정이란 게 쉽지 않아. 예전에는 나와 아내가 퇴근하면 간신히 라면으로 저녁을 때웠지. 외식은 또 얼마나 비싸니? 하지만 지금은 집에 오면 저녁 식사가 이미 준비되어 있고, 집도 먼지 한 톨 없이 깨끗해. 어차피 앞으로 애가 생기면 누가 봐줘야 하는데, 그걸 생각하면 이 돈도 비싼 게 아니야."

"하지만 집이 좁잖아요."

"어쩔 수 없지, 뭐. 여기 살 능력밖에 안 되는데. 우리 부모님이 사시던 그런 집에 살 수 있을 것 같아? 이제 우리 세대는 복권에 당첨되지 않는 이상 평생 그런 집에 살 수 없어." 선배는 창밖을 가리켰다. "정부는 지금 강캉시를 발전시키는 중이라 앞으로 이런 주택건물이 점점 더 많아질 거야. 너 그거 알아? 내가 이 집을 산 가격이 막 지었을 때보다 20%가 넘게 올랐어. 앞으로 계속 오를 거고. 너 런던 간다고 하지 않았어? 거기 집값은 더 무시무시하다던데."

205

위바이통은 침을 튀기며 아파트 값에 관해 떠들고 있는 선배를 보며 자신을 향해 대본을 던졌던 그 시절의 선배가 그리워졌다. 선배는 마침내 자신을 보는 위바이통의 표정에 주목했다. 그때 위바이통은 선배의 눈빛에서 우울함이 스쳐 지나가는 것을 봤다.

"바이통, 집이 뭐가 중요하냐는 사람들이 있지? 그건 빌어먹을 거짓말이야. 집을 살 능력이 없는 사람들이 자기를 위로하는 말이지."

그 순간 위바이통은 리슈란이 오지 않는 건 자신 때문이 아닐 수 있겠다고 생각했다.

위바이통은 창문 너머 꽃이라고는 한 송이도 없는 공원광장을 바라봤다.

그때 위바이통은 불현듯 선배가 대본을 던졌기 때문에 리슈란이 자신에게 눈을 감고 작품 속 장면을 상상하는 법을 가르쳐 줬다는 사실이 떠올랐다. 덕분에 위바이통은 리슈란과 함께 둘만의 석양을 볼 수 있었다.

이제 그녀와 처음 만났던 공원은 사라졌다. 열렬히 연극을 사랑하던 선배의 지금 꿈은 집값이 올라 더 큰 집을 사는 것이다. 강캉시와 사람들의 삶은 빠르게 변화하고 있었다.

위바이통과 리슈란을 이어줬던 모든 것이 점차 사라지고 있었다.

14

당신이 가진 지식은 절반이라 해도
자신감만큼은 두 배가 있어야 한다.

— 양안옌, 《나는 금융 엘리트가 될 것이다》

"바이통, 날 끌고 어디로 가는 거야?" 류창융 회장과 조사를
하며 천뤄치가 환기구로 도망갈 수 없음을 확인한 위바이통은
다른 사람들의 눈은 아랑곳하지 않고 바로 리슈얼을 붙잡고 남
측의 개방형 사무실로 갔다.

"조금 전에 내가 류 회장님과 88층을 다 돌아봤어." 위바이통
은 의자를 당겨주며 리슈얼이 앉게 했다. "류 회장과 나는 천뤄
치 씨가 이 빌딩의 환기구로 도망갈 수 없다는 결론을 내렸어."

"그럼, 천뤄치 씨는 대체 어떤 방법을 쓴 건데?"

"일단 그 문제는 이야기하지 말자." 위바이통은 의자를 끌어
당겨 리슈얼 앞에 앉았다. "내가 너한테 묻고 싶은 건, 넌 금융
도 전공하지 않았는데 어떻게 바나금융에 들어왔냐는 거야."

리슈얼은 위바이통의 질문에 깜짝 놀랐다. 위바이통은 그녀가 망설이고 있음을 눈치챘다.

"말해줘. 이건 아주 중요한 문제야." 위바이통은 리슈얼의 손을 꼭 쥐었다. "너도 이미 느꼈겠지만, 이 모든 사건의 배후는 그리 간단하지 않을 거야. 너희 직원들은 누군가가 양안옌 사장의 약점을 잡았다고 알려줘서 여기에 모이게 됐다고 했어. 하지만 양안옌 사장은 직원들과 옥신각신하던 중에 피살당했지. 왕송성 박사 일행이 마침 여기에 오게 됐고. 나는 아무래도 양안옌 사장의 배후에 어떤 음모가 있는 것 같아. 너 혹시 메일을 보냈다는 사람이 말한 양안옌 사장의 약점이 뭔지 알고 있어?"

리슈얼은 고개를 잘래잘래 흔들었다. 하지만 그녀는 위바이통이 아니라 바닥만 빤히 보고 있었다.

"왜 하필 너희였을까?" 위바이통이 불쑥 질문을 던졌다.

"응?"

"양안옌 사장의 약점을 쥐고 있다는 사람 말이야. 그 약점을 이용해서 돈을 뜯어내자고 했다면서? 하지만 어째서 너희를 불러 함께 하자고 했을까? 더 중요한 건 왜 '너희'지?" 진지하게 분석하는 위바이통을 보며 리슈얼은 깜짝 놀란 눈치였다. 보지 못한 몇 년 사이에 위바이통은 다른 사람이 되어 있었다. 지금은 위바이통이 오히려 리슈얼 자신보다 어른처럼 보였다.

"너와 저우밍후이, 천뤄치, 쩡자웨이 네 사람은 어떤 관계가 있는 거지? 그래서 나는 지금 네가 어떻게 금융계에 들어오게 됐는지 궁금해 하는 거야. 관련 학과를 전공한 것도 아닌 네가 어떻게 금융업계 종사자가 된 거지?"

리슈얼은 잠시 생각에 잠긴 듯하더니 입을 열었다. "나는 어느 파티에서 양안엔 사장을 알게 됐어. 여러 파티에서 모델이나 여배우를 불러 분위기를 띄우려 하잖아. 사실 나처럼 정식으로 데뷔하지 않은 여배우는 파티에 초대받을 수 없어. 하지만 그런 파티에 유명한 감독이나 사장들이 많이 온다고 하더라고. 나도 거기에 가서 내 운을 시험해보고 싶었어.

하지만 파티가 열리는 장소 문 앞에서 제지당하고 말았어. 그래서 얼렁뚱땅 들어가야겠다고 마음먹고, 비즈니스계의 여성 경영자처럼, 파티에 온 사장 중 하나인 것처럼 굴었지. 보안요원이 헷갈리고 있을 때 양안엔 사장이 다가와서 내가 자기랑 같이 온 사람이라고 말해줬어. 내가 연기를 하고 있을 때 거기를 막 지나가려던 양 사장이 내가 어떻게 하는지 눈여겨보고 있었나 봐.

'초대장이 없습니까? 모델인가요?' 양 사장이 물었지. 나중에 알고 보니 양 사장은 파티에 올 사람들의 자료를 전부 살펴본 적이 있어서 내가 초대도 없이 왔다는 걸 한눈에 알아봤었다더라. 어쨌든 나는 모델이 아니라 무대 위에 서는 연극배우라고 말해줬어. 난 배우라는 자부심이 있었으니까 어리고 예쁜 모델처럼 보이고 싶지는 않았어.

그러자 양 사장이 연극에 대해 잘 몰라서 그랬다며 사과를 하더라. 그래서 내가 말했지. '상관없어요. 어차피 무명으로 삭아버린 배우니까요.' 그랬더니 양 사장이 웃으며 말했어. '자신을 그렇게 함부로 얕잡아보지 말아요. 조금 전에 좋은 연기 했잖아요?'

209

그런 다음 우리는 연기에 관한 이야기를 좀 했는데 갑자기 양 사장이 자기 회사에 들어오면 어떻겠냐고 묻더라고. 자기가 보기에는 내가 연예계에서 크게 성공할 것 같지 않은데, 청춘을 낭비하느니 자기한테 금융 엘리트가 되는 법을 배워서 안정적인 생활을 하는 게 어떠냐고 말이야."

위바이퉁은 몸을 똑바로 고쳐 앉았다. 리슈얼의 경험은 그와 매우 흡사했다. 별 볼 일 없는 연기자였던 그들 두 사람은 양안엔 사장의 갑작스러운 제안을 받은 것이다.

"그러고선 양 사장이 나를 미국 중부의 호튼이란 곳에 보냈어. 난 6개월 동안 그곳에 있는 학교에서 반 년짜리 단기 금융과정을 배우고 증서를 딴 뒤 돌아와 출근하게 됐어."

'만약 양안엔 사장이 죽지 않았다면 아마 나도 호튼이란 곳에 가서 수업을 받았을까?' 위바이퉁은 속으로 생각했다.

"그럼 너는 거기에서 저우밍후이 씨를 알게 된 거야?"

"아니." 리슈얼은 고개를 저었다. "그 학교는 규모가 강캉시의 고등학교보다도 작았어. 내가 배운 과정은 원격교육 방식으로 가르치는 거라 기숙사에서 인터넷으로 영상만 보면 되는 거였고. 강캉시로 돌아온 뒤에야 저우밍후이 씨를 알게 됐어. 하지만 어제 일이 있기 전까지는 한 번도 이야기를 나눠본 적도 없는걸."

그러니까 리슈얼과 저우밍후이는 이전에 어떤 교집합도 없었다. 그렇다면 그 배후의 사람은 뭘 기준으로 양안엔 사장을 같이 협박할 사람들을 고른 것일까?

"하지만 6개월짜리 과정으로 금융 컨설팅 업무를 할 수 있어?" 위바이통은 계속 물었다.

"그게 바로 양안엔 사장의 마법이자 성공의 비결이랄까?" 그때 리슈얼은 뭔가를 본 것처럼 갑자기 몸을 숙였다. "어, 저건 뭐지?"

위바이통은 리슈얼의 시선을 따라 쳐다봤다. 사무실에 있는 책상들은 모두 조립식인데 각각의 책상 사이에는 간격이 있어 그 모양이 낮은 캐비닛처럼 보였다. 하지만 그 간격은 책상으로부터 30센티미터 정도라 전체 사무실은 매우 개방형으로 보였으며, 예전의 흔한 사무실 같은 압박감이 없었다. 그런데 각각의 자리에는 세 개의 서랍이 있는 바퀴 달린 이동식 서랍장이 하나씩 딸려 있었다. 리슈얼은 바로 그중 한 서랍장의 맨 아래쪽 서랍을 뚫어져라 보았다.

그 서랍 가장자리에 종이 하나가 삐죽하게 튀어나와 있었다.

"이상하네." 위바이통은 그 서랍을 열었다. 아직 업무가 시작되지 않은 건물에 서류가 있을 리 없지 않은가. "이건 바나금융에서 설립한 자회사와 왕송성 박사의 회사, 예홍 대표의 회사의 합자기업에 관한 법률 문서 복사본인데. 또 다른 건 회사 정관을 변경한 문서고. 왕송성 박사와 예홍 대표 회사가 연구 개발한 기술에 관한 지적 재산권의 특허권 서류도 있어. 그런데 이건 바나금융과 류창융 회장의 주택 사업 협력에 관한 의향서잖아? 여기에 어째서 이런 문서들이…."

"내가 좀 볼게." 리슈얼은 위바이통의 손에 있던 서류들을 받아 넘겨보기 시작했다. "이게 왜 여기 있지?"

"누가 아니래?" 위바이통은 리슈얼이 넘기는 서류를 따라 읽었다. "너희를 이곳에 불렀다는 그 사람이 숨겨 놓았나 본데. 그렇지?"

"이게 어쨌는데?" 리슈얼은 서류를 넘겨보던 손을 멈추고 말했다.

"어쩌긴 뭐가 어째!" 위바이통은 리슈얼을 빤히 쳐다봤다. "너 못 봤어?"

"뭘 봐?" 얼떨떨해하던 리슈얼은 위바이통이 가리키는 것이 그녀의 손에 들린 계약서란 사실을 알아챘다. "이거 말이야? 회사 정관을 변경한 문서잖아. 바나금융과 왕 박사의 회사, 예 대표의 회사 모두가 서명한 거야." 그녀는 계약서의 마지막 페이지를 가리켰다.

"너, 정말 모르겠어?" 위바이통은 앞쪽 페이지를 펼쳤다. "이거 말이야. 개정된 회사 정관에 보면 보통주 이외의 새로운 종류의 주식에 가입하면 우선적으로 A주와 교환할 수 있다고 되어 있잖아. 이 정관에 따르면 '우선 A주'는 네 배의 우선권을 갖게 돼. 이 네 배의 우선권이 있으면 우선주를 보통주로 교환하는 것도 유효해. 그 말은 우선권의 계산법에 따라 보통주로 바꿀 수 있다는 뜻이야. 예를 들어 1원짜리 우선주를 샀다면 장래에 회사 주식이 매각됐을 때 보통주보다 먼저 4원의 수익을 배당받을 수 있는 거야. 다시 말해 앞으로 이 우선주를 사는 투자자는 우선주를 보통주로 교환할 때 네 배의 주식을 얻게 돼. 이런 변칙을 통해 이 합자기업의 지배권도 손에 넣을 수 있는 거지."

"그…." 갑자기 리슈얼의 낯빛이 흐려졌다. "너 이런 걸 어떻게 알아?"

"이 서류 본 적 없어? 말도 안 돼. 네가 왕송성 박사의 컨설턴트 아니야?" 위바이통은 리슈얼을 쳐다봤다. 조금 전 그녀는 서류를 넘겨보는 것 같았는데, 금융 엘리트라면 이런 조문들의 의미를 모를 리 없지 않은가.

"어, 나는…." 리슈얼은 갑자기 귀를 만지더니 한숨을 내쉬었다. 그런 다음 그녀는 아름다운 두 눈동자로 다른 방향을 쳐다봤다. 마치 기억 속에서 할 말을 찾는 것 같았다.

그녀는 자신도 모르게 다시 귀를 만졌다. 위바이통은 리슈란의 표정이 서서히 달라지는 것을 느꼈다. 처음에는 어찌할 바를 모르던 그녀의 눈빛이 점점 자신감 넘치는 빛을 띠기 시작했다.

"아무 문제도 없어." 리슈얼의 입꼬리가 살짝 위로 올라갔다. "이건 그냥 기업 정관이지 매매 계약서가 아니야. 여기서 말하는 '우선 A주'는 사실 아직 발행되지 않았어. 이건 일종의 예비용이지. 게다가 우선주에 관해 말하자면 이렇게 몇 배씩 되는 우선권은 흔한 거야. 하지만 일반적으로 기업은 대다수의 보통주 주주들의 반대가 있으면 우선주를 발행할 수 없어. 그리고 보통주 주주에게는 선매권(先買權)이 있어서 주식 가치가 희석되지 않아."

리슈얼의 당당하고 차분한 이야기를 들으며 위바이통은 본래 반박하려 했던 마음을 접었다. 그가 보기에 리슈얼은 이전에 외워둔 자료를 외우고 있는 것 같았기 때문이다. 당연히 이런 조항에 관해 왕송성 박사도 질문했을 테니까. 리슈얼은 반드시 이 설명을 숙지하고 있어야 얼굴색 하나 변하지 않고 고객이 동의하도록 설득할 수 있었으리라.

아니, 좀 더 정확히 말하자면 리슈얼은 대사를 외운 것이었다. 배우들은 대부분 무대에 올라가기 전에 습관적으로 하는 행동이 있다. 어떤 사람은 깊은 호흡을 하며, 어떤 사람은 가슴에 십자가를 그리며 기도하기도 한다. 무대 뒤에서 준비하는 배우가 자신이 연기할 인물로 변신하기 위한 의식이라고 할 수 있다.

조금 전 리슈얼의 귀를 만지는 행동은 바로 배우가 무대에 오르기 전 치르는 의식과 같았다. 그렇게 그녀는 금융 엘리트로 변신했다.

15

당신이 평생을 바쳐 얻은 신뢰도
작은 실수 하나에 무너질 수 있다.

— 양안옌, 《나는 금융 엘리트가 될 것이다》

위바이통과 리슈얼은 고객 응접실에 돌아와서 어딘가 이상해진 분위기를 금세 눈치챘다. 류창융 회장과 손님들은 응접실 한쪽 소파에 앉았고, 쩡자웨이와 저우밍후이는 반대쪽에 있었다. 정전돼서 에어컨 작동이 멈춘 지도 하루가 지나 실내 공기는 조금 답답해지기 시작했고 사람들의 호흡도 무거웠다. 하지만 위바이통은 이 분위기가 답답한 공기 때문만은 아니라고 느꼈다.

"무슨 일이 있나요?" 리슈얼이 물었다.

"아, 류 회장님이 갑자기 우리도 여기에서 쉬라고…." 쩡자웨이가 작은 소리로 리슈얼의 귓가에 말했다. 위바이통은 번들거리는 쩡자웨이의 얼굴을 쳐다봤다.

"그게 무슨 뜻입니까?" 별안간 저우밍후이가 자리를 박차고 일어났다. "저희를 감시하겠다는 겁니까?"

"그렇게 말할 건 또 뭐요?" 류창융 회장은 두 손을 펴 보이며 말했다. "지금은 비상시기예요. 모든 사람이 함께 있어야 가장 안전하지 않겠습니까?"

"말도 안 돼! 저희를 못 믿는 거잖아요!" 저우밍후이는 얼굴이 붉어지기 시작했다.

"저우밍후이 씨, 그럼 아닙니까?" 예흥 대표가 참지 못하고 앞으로 나섰다. "천뤄치 씨가 사라졌고, 여기에는 숨을 데도 없어요. 바나금융 직원들만 자물쇠를 열고 천뤄치 씨를 내보낼 수 있죠. 도대체 당신들 무슨 계획을 짜고 있는 겁니까?"

"저희도 천뤄치 씨가 어떻게 없어졌는지 모릅니다!" 저우밍후이는 금방이라도 울 것 같은 얼굴이었다. 주먹을 쥔 그의 두 손은 한 방 먹이고 싶지만 차마 그럴 수 없는지 부들부들 떨리고 있었다.

"좀 진정해요. 우리가 이렇게 생각할 수밖에 없다는 것도 여러분도 알지 않습니까?" 예흥 대표가 저우밍후이의 어깨를 가볍게 두드렸다.

"사장이란 사람들은 다 이렇다니까요!" 저우밍후이는 예흥 대표의 손을 뿌리쳤다. "여러분, 여러분은⋯."

'맙소사, 저러다가 발작이라도 일으키겠는데.' 위바이통은 얼른 저우밍후이를 막아야겠다고 생각했다. 그렇지 않으면 저 바보가 정말 폭발해서 무슨 말을 할지 알 수 없는 노릇이었다.

"됐습니다. 그만하죠." 위바이통은 미소를 띠며 저우밍후이와 예흥 대표 사이에 서서 두 사람을 조금 떨어트려 놓았다.

"류 회장님은 그런 뜻이 아닐 겁니다." 위바이퉁은 다시 류창융 회장 곁으로 갔다. "걱정하실 필요 없습니다. 대표님들께서는 계속 여기에서 쉬시고, 저희는 탕비실로 가겠습니다. 만일 천뢰치 씨가 어떤 이유로 숨어있는 거라면 우리가 이렇게 함께 모여 있는데 부담스러워서 나타날 수 있을까요? 그러니까 제 생각에는 따로 쉬는 게 더 좋을 것 같습니다. 그래야 어떤 상황이 일어난다 해도 더 적절히 대처할 수 있을 거고요."

"그럼⋯." 류창융 회장이 망설이면서도 동의한다는 듯 고개를 끄덕였다.

"그렇게 하시죠." 위바이퉁이 일어났다. "저희도 대표님들이 쉬시는 걸 방해하지 않겠습니다. 탕비실로 갑시다." 위바이퉁은 말을 하며 쩡자웨이 일행에게 가자고 눈짓을 했다.

✳

"위바이퉁 씨, 조금 전에 말한 상황이란 게 뭡니까?" 탕비실에 돌아온 뒤 쩡자웨이가 위바이퉁에게 물었다.

"그냥 되는 대로 말한 겁니다. 이 사람 좀 데리고 오려고요." 위바이퉁은 의자에 널브러져 앉아 있는 저우밍후이를 가리켰다. "양안엔 사장의 지팡이, 잠겨 있는 문, 망가진 응급전화기, 실종된 천뢰치 씨. 류창융 회장은 확실히 우리를 의심하며 함께 있자고 한 겁니다. 그런데 이 바보 같은 사람은 하마터면 작은 일을 큰 일로 만들 뻔했어요."

"아." 저우밍후이는 면목이 없어 고개를 푹 숙였다.

"우리에게 음모가 있을 거라고 류 회장이 의심한다고?" 리슈얼이 말했다.

"류 회장은 모든 일이 계획된 것일지 모른다고 의심하는 거야. 천뤄치 씨가 실종된 것도 우리가 그의 도주를 도와줬기 때문이라고 생각하는 거지. 그러니까 류 회장은 우리와 함께 쉬면서 감시를 하려고 한 거야." 위바이퉁은 리슈얼을 바라봤다. "그렇지 않아? 나랑 류 회장은 천뤄치 씨가 환기구에 숨어있지 않는다는 걸 확인했어. 그렇다면 우리 중 한 사람이 천뤄치 씨가 계단으로 도망갈 수 있게 돕고 자물쇠를 잠가 놓은 거겠지. 류 회장이 우리를 의심하는 것도 무리는 아니야."

"그럼 어떻게 하면 좋을까요?" 쩡자웨이는 조금 불안해 보였다.

"잠깐 동안은 걱정할 필요가 없어요." 위바이퉁이 말했다. "류 회장에게는 증거가 없으니까. 제 생각에는 일단 푹 쉰 다음에 천뤄치 씨가 어떻게 도망간 건지 다시 생각해보는 게 좋을 것 같아요."

"아, 좋은 생각이네요." 저우밍후이는 기지개를 크게 켰다. "오랫동안 제대로 못 잤는데 잠시 눈이라도 붙입시다."

저우밍후이와 쩡자웨이, 위바이퉁은 함께 탕비실에서 쉬기로 하고, 리슈얼은 지난밤에 머물렀던 접견실로 돌아갔다. 위바이퉁은 어젯밤처럼 얕은 잠을 잤다. 경계심이 완전히 사라지지 않은 탓도 있었지만 금세 잠이 든 저우밍후이가 너무 심하게 코를

골았기 때문이다. 위바이퉁과 쩡자웨이는 서로 눈을 마주치며 겸연쩍게 웃을 수밖에 없었다.

위바이퉁은 눈을 감았다. 하지만 그는 자신이 잠들 수 없다는 것을 알고 있었다. 아직 풀지 못한 의문점이 하나둘이 아니었으니까.

사실 조금 전에 위바이퉁은 일부러 그렇게 말했다. 조금 전에 그와 류창융 회장이 사무실을 한 바퀴 돌았던 상황을 근거로 생각해보면 천뤄치는 혼자서 환기구를 통해 도망갈 수 없었다. 환기구의 높이는 무언가를 밟고 올라가야 하기 때문이다. 그와 류창융 회장은 환기구 아래에서 받치고 올라설 만한 것을 발견하지 못했다. 만약 천뤄치 혼자 환기구로 올라갔다 해도 받치고 올라온 것을 치울 방법이 없다. 그러므로 류창융 회장은 천뤄치가 환기구를 이용해 도망갈 수 없다고 확신하는 것이다. 하지만….

천뤄치에게 한패가 있다면?

천뤄치가 환기구로 올라간 뒤, 그의 한패는 받쳐놓은 의자를 원래 자리로 치웠다. 아니, 그 한패와 양안옌 사장, 천뤄치 모두 한통속일 수 있었다. 그들은 자물쇠를 여는 비밀번호를 알고….

하지만 그렇게 하는 게 천뤄치에게 어떤 도움이 되지? 눈앞의 상황만 보면 천뤄치는 죄가 드러날까 봐 두려워 도망간 것처럼 보였다. 사람들은 당연히 그가 양안옌 사장을 죽인 진짜 범인이라고 생각할 것이다. 실제로 사람들은 정말 그렇다고 믿고 있었다. 그렇다면 그의 한패는 누구일까? 저우밍후이? 쩡자웨이? 아니면… 리슈얼?

게다가 서류도 나타났다. 분명히 누군가가 일부러 거기에 숨겨둔 것이 틀림없었다. 위바이통은 눈을 질끈 감고 가슴 앞으로 팔짱을 꼈는데 자신도 모르게 주먹이 쥐어졌다. 그 회사 정관의 조문, 네 배의 우선권. 예전에 런던에서 브룩슬리를 도와줄 때 비슷한 서류를 꽤 많이 봤었는데, 그것은 징벌적 조항이었다!

창업투자를 할 때는 일반적으로 여러 차례의 융자가 들어가야 회사 업무가 궤도에 오르거나 제품이 개발 완성될 수 있다. 만약 최초의 투자자가 일관되게 지지를 보내주면 회사나 투자자 모두 좋은 일이지만, 회사의 발전이 이상적이지 않거나 투자자가 더는 출자를 원하지 않으면 새로운 융자가 필요하다. 이럴 때 투자자의 지속적이고 새로운 참여를 보장하기 위해서 대부분 징벌적 조항이란 것을 둔다. 그 말은 더 이상 참여하기를 원치 않는 기존 투자자를 징벌한다는 뜻이었다. 흔히 볼 수 있는 것이 새롭게 융자에 참여하지 않는 투자자의 우선권을 거둬들이거나 그들의 지분을 확연히 줄여서 배당하는 것이다.

문제는 징벌적 조항의 적용이 필요한 곳은 보통 설립한 지 일정 기간이 된 회사란 것이다. 제품의 개발이 지연되면서 기존 투자자의 신뢰를 잃고 새로운 투자자도 찾기 어려운 경우 시간을 끌수록 투자자 사이에 분쟁이 일어나게 마련이다. 이럴 때 마지막으로 남은 투자자 한둘이 모험을 자청하는데 위험을 감수하는 만큼 훨씬 큰 투자 수익을 요구한다. 브룩슬리는 이것이 위기를 이용해 상대를 해치는 일은 아니라고 했다. 리스크와 수익은 정비례하는 하는 것으로 투자자와 회사 서로가 원한 일이기 때문이다.

조금 전 왕송셩 박사와 예훙 대표의 이야기로 비춰봤을 때, 그들은 자신이 개발한 기술에 대한 믿음이 있고 바나금융이란 실력 있는 투자자를 두고 있어 썩 괜찮은 방향으로 나아가고 있는 것 같았다. 다시 말해 융자 위기에 빠진 기업처럼 보이지는 않았다.

위바이통은 분명 양안옌 사장에게 어떤 음모가 있었다고 확신했다. 그렇지 않다면 약점을 잡히는 일도 없었을 것이다. 대체 그 약점은 무엇일까? 그리고 이 서류와는 어떤 관계가 있는 걸까?

그런데 위바이통이 의아했던 것은 바로 리슈얼의 반응이었다.

왕송셩 박사의 금융 컨설턴트인 그녀가 이 조문들의 뜻을 모를 리 없었다. 하지만 조금 전 그녀는 정말 아무것도 모르는 눈치였다. 추궁이 계속되자 앵무새처럼 준비한 대사를 외우는 것 같지 않았던가.

애초에 양안옌 사장은 무엇 때문에 리슈얼을 고용했을까? 많은 사장이 그렇듯 여배우가 마음에 든 것이었을까? 그럴 리가. 리슈얼의 말처럼 그녀보다 인기 있고 섹시한 여배우는 얼마든지 있었다. 그렇다면 양안옌 사장은 리슈얼의 어떤 점이 좋았을까?

위바이통은 본래 양안옌 사장이 자신을 찾아 일자리를 주겠다고 한 것이 은혜를 갚기 위해서라고 생각했다. 하지만 양안옌 사장이 리슈얼을 고용한 과정을 들어보면 자신과 매우 흡사했다.

양안옌 사장은 반드시 금융을 전공한 사람하고만 일하는 것은 아니라고 했다. 또한 양안옌 사장은 위바이통이 가진 능력을 키워서 자신이 원하는 금융 엘리트로 만들 수 있다고 했다. 그

말은 위바이통과 리슈얼 모두 같은 능력을 가지고 있다는 뜻이
아닐까?

✳

위바이통은 이런저런 생각을 하다 간신히 잠이 들었지만, 갑
자기 어디선가 들려온 비명에 다시 잠이 깨고 말았다. 정신이 몽
롱한 그는 일순간 자신이 아직 꿈속에 있는 것은 아닌지 분간할
수 없었다.

묵직한 소리로 보아 남자가 분명했다. 하지만 다 큰 남자가 이
렇게 비명을 지르다니 어쩐지 더 모골이 송연해지는 것 같았다.

"조금 전에 뭡니까?" 저우밍후이도 잠에서 깨어 물었다.

"손님이네요." 쩡자웨이는 말하면서 다른 두 사람을 쳐다봤다.
세 사람이 함께 있으니 남자의 비명은 분명 손님 중 하나였다.

위바이통 일행이 탕비실을 나설 때 오른쪽에서 걸어오는 리
슈얼이 보였다.

"일단 고객 응접실로 가보죠." 리슈얼은 말하며 남측 복도에서
동쪽으로 뛰어갔다. 고객 응접실에는 아무도 남아 있지 않았다.
이미 모두 비명의 주인공을 찾아간 것이리라. 위바이통 일행은
고객 응접실의 북측 유리문을 통과해 개방형 사무실에 도착했다.
류창융 회장 일행은 모두 그중 하나의 회의실 밖에 서 있었다.

바닥에 앉아 있는 한 사람만 빼고. 그는 일어나려 했지만 손발
이 말을 듣지 않는 것 같았다. 왕송성 박사였다. 위바이통이 조
금 가까이 다가갔을 때 공포에 질린 왕 박사의 얼굴을 볼 수 있

었다. 왕송성 박사가 바로 조금 전에 비명을 지른 사람이었다.

"무슨 일이에요?" 량위성이 물었다.

"죽어…." 왕송성 박사는 회의실 안을 가리켰다. 얼굴에 혈색이 하나도 없는 왕 박사는 금방이라도 쓰러질 것 같았다. 다 큰 남자의 이런 모습은 쉽게 상상할 수 없는 일이었다. "사람이 죽었어요."

회의실 안에는 의자 하나가 문과 바로 마주 보는 자리에 놓였는데, 의자에는 사람이 앉아 있었다. 그 사람이 입은 옷을 보고 위바이통은 그가 천뤄치란 것을 알아차렸다.

아니, 정확히 말하자면 천뤄치의 시체가 의자에 '앉혀져' 있었다. 분명 시체였다. 그의 심장이 있는 자리에 칼이 똑바로 꽂혀 있었기 때문이다. 양안엔 사장을 찌를 때 사용했던 바로 그 스위스 군용 칼이었다. 시체의 양손은 의자 옆으로 축 처졌고, 의자의 높이 때문에 시체의 머리는 뒤로 넘어가 있었다. 회백색의 얼굴은 여전히 두 눈을 부릅뜬 채였다. 천뤄치의 시체는 금방이라도 좀비가 되어 일어날 것 같았다.

"겨, 경찰에… 시, 신고해야 돼!" 예홍 대표는 휴대전화를 꺼내 들었다. "이런 젠장! 아직도 신호가 안 잡히네!"

량위성은 앞으로 나가더니 다른 사람들을 방 밖으로 물러나게 했다. 그런 다음 주머니에서 손수건을 꺼내 손가락을 감싸고 천뤄치의 왼쪽 가슴에 있는 칼에 찔린 상처를 살펴봤다. 칼을 뽑지는 않았다. 잠시 후 그녀는 시체의 목을 가볍게 만지더니, 천뤄치의 소매를 걷어 팔을 검사했다. 또한 시체의 뒤쪽으로 돌아가 천뤄치의 뒷목과 옷깃 안쪽을 본 다음 마지막으로 바지통을 걷어 두 다리를 살펴봤다.

"자세한 상황은 해부를 해봐야 알겠지만 제가 보기에 천뤄치 씨는 목이 졸려 살해된 것 같아요. 칼에 찔려 죽은 건 아니에요." 량위셩이 입을 뗐다. "시체 목에 있는 붉은 선을 보면 2, 3센티미터 정도 폭의 무언가에 목을 졸린 게 분명해요. 눈의 상태를 봐도 질식사에 부합하고요. 또한 목에는 긁힌 상처의 흔적이 있는데 천뤄치 씨의 손톱에도 약간의 혈흔이 남아 있어요. 아마도 목을 졸릴 때 반항하면서 남은 흔적 같아요. 무엇보다 천뤄치 씨의 팔에는 방어성 상처가 없어요. 만약 천뤄치 씨가 정면에서 칼로 기습을 당했다면, 당연히 반항으로 인해 생긴 상처가 남았을 거예요. 성인 남자를 정면에서 공격하는 건 결코 쉬운 일이 아니니까요."

'2, 3센티미터 폭의 무언가라….' 위바이퉁은 속으로 생각했다. 어떤 것이 있을까?

응급전화기의 전선? 살인범은 전선을 가져가려고 일부러 전화기를 고장 낸 걸까? 모든 사람의 시선이 전화기에 꽂혀 있을 때 은근슬쩍 전선을 가져갔을까?

'말도 안 돼.' 위바이퉁은 바로 자신의 추리를 부정했다. 량위셩 선생이 2, 3센티미터 폭의 무언가라고 하지 않았던가. 전선은 상대적으로 너무 얇았다.

그때 위바이퉁의 눈길은 자신도 모르게 회의실 안에 있는 키 작은 캐비닛으로 향했다.

아!

위바이통은 불현듯 기억이 떠올랐다. 전날 밤 바나금융 직원들이 양안엔 사장의 시체를 낮은 캐비닛에 숨겼지만, 실수로 넥타이 모서리가 삐져나와 있어 난감해하지 않았던가.

만약 넥타이라면 2, 3센티미터에 딱 들어맞았다.

위바이통은 자리에 있는 모든 사람을 둘러봤지만, 넥타이를 맨 사람은 없었다. 그렇다면 살인범은….

"그리고." 량위성이 계속 말을 이어갔다. "시체의 경직된 정도와 시반(屍斑)으로 봤을 때 사망한 지 적어도 20시간은 지났어요. 그러니까 천뤄치 씨가 사라진 사실을 우리가 알았을 때 천뤄치 씨는 이미 죽어있었던 거죠."

무슨 대단한 발견도 아니었지만, 량위성의 말은 위바이통의 의심에 종지부를 찍어줬다. 어젯밤 천뤄치는 화장실에 간 뒤 얼마 지나지 않아 살해당한 것이다.

"아, 그리고…." 량위성이 다시 말을 이었다. "여기는 살인이 처음 일어난 곳이 아닙니다."

"어째서?" 류창융 회장이 마침내 입을 열었다.

"제가 방금 보니까 시반이 등과 팔의 삼두근, 종아리의 이두근에 집중되어 있더라고요. 다시 말해 시체의 뒤쪽에 몰려 있다는 거죠. 게다가 제가 살을 눌러보니 변형이 오지 않았어요. 그건 시반이 이미 오래전에 형성됐다는 뜻이에요. 제 생각에 천뤄치 씨는 살해당한 뒤 줄곧 반듯이 누워 있다가 시반이 형성되고 20시간 뒤에 여기로 옮겨져 온 것 같아요."

"시체가 조금 전에 여기로 옮겨졌다고?" 류창융 회장이 다시 입을 열었다. 그는 고개를 돌려 위바이통을 쳐다봤다. "우리가 나눠서 쉬기 전에 위바이통 씨와 함께 내가 이 층을 한 바퀴 돌아봤습니다. 그때만 해도 이 시체를 보지 못했어요."

"그렇습니다." 위바이통도 고개를 끄덕였다. "왕 박사님, 조금 전 시체를 발견했던 상황을 다시 한 번 말씀해주시겠어요?"

"아, 그래요." 왕송성 박사는 흥분이 조금 가라앉았는지 옷소매로 이마의 땀을 닦았다. "너무 오래 앉아 있다 보니 좀이 쑤셔서 운동이나 좀 하자고 밖으로 나왔소. 사실 얼마 걷지도 않았는데, 이 방 앞을 지나가려는데 안에 누가 앉아 있는 것 같더군요. 그때만 해도 가슴에 칼이 꽂혀 있는 줄은 모르고 누가 자고 있나 보다 했지. 그런데 누구인가 싶어 가까이 가서 보니까, 세상에, 저 사람이 눈을 부릅뜨고… 날 보고 있는 것처럼…."

위바이통은 손목시계를 쳐다봤다. 그들이 왕송성 박사의 비명을 처음 듣고, 량위성이 검사를 마치기까지 대략 20분 정도의 시간이 흘렀다. 위바이통 일행이 탕비실로 가서 잠시 눈을 붙인 것은 불과 두 시간에 불과했다. 위바이통과 류창융 회장이 88층 전체를 돌았을 때는 분명 방 안에 시체가 없었다. 모든 방의 문을 열고 확인했었다. 당시에 위바이통과 류창융 회장은 천뤄치가 살해당했을 거라고는 전혀 생각하지 못했기 때문에 그가 도망갈 만한 길이 없는지만 살폈다. 어쩌면 천뤄치의 시체는 그때 이미 사무실 안 캐비닛에 들어 있었을지 몰랐다. 마치 위바이통 일행이 전날 밤 양안옌 사장의 시체를 숨겨 놓은 것처럼 말이다.

천뤄치가 죽은 지 적어도 20시간이 지났으니 살인범은 어젯밤 그를 죽인 뒤 시체를 사무실 모처에 숨겨 놓고 사람들이 나눠서 휴식을 취한 두 시간도 안 되는 짧은 틈을 이용해 천뤄치의 시체를 저 방으로 옮겨놓았을 것이다.

무엇 때문에 그렇게 했을까?

사람들 모르게 시체를 숨기는 데에 성공했는데 굳이 그 시체를 끌어낼 이유가 뭐란 말인가? 게다가 무슨 경고라도 하는 것처럼 말이다. 또한 분명히 교살인데 어째서 시체에 칼을 꽂아 놓았을까?

"그럼⋯." 뜻밖에도 리슈얼이 갑자기 입을 열었다. "왕 박사님이 고객 응접실에서 북측의 사무실로 가기 전에 거기에 가신 분은 없을까요?"

"없소." 왕송성 박사는 바로 대답을 했지만 이내 망설이기 시작했다. "그러니까, 북쪽의 문을 이용한 사람은 없는데."

"맞아요." 량위성이 말했다. "나랑 창융 씨도 화장실에 갔었지만, 남쪽의 문으로 간걸요."

물론 고객 응접실에서 화장실로 가는 가장 빠른 길은 남측의 문을 통해 가는 것이다. 위바이통은 북측 문을 이용한다 해도 대수로운 일은 아니라고 생각했다. 어차피 이 빌딩에 갇혀 있는 신세라 딱히 할 일도 없으니 더 많이 걸어 화장실에 간다 해도 이상한 일은 아니지 않은가.

"아, 제가 두 분을 마주쳤을 때군요." 쩡자웨이가 가볍게 박수를 쳤다. "그때 저도 마침 화장실에 가는 길이었거든요."

"맞아요. 사실 저는 단순히 화장실에 가려던 건데 창융 씨가 꼭 같이 가야겠다고 하더라고요. 쩡자웨이 씨랑 마주쳤을 때 응접실에 돌아가려던 참이었죠."

위바이통도 그때의 상황을 기억하고 있었다. 당시 저우밍후이는 금세 잠이 들었는데 너무 코를 크게 골아대는 통에 그와 쩡자웨이가 함께 웃었었다. 쩡자웨이는 바로 그때 화장실로 갔다가 5분 뒤쯤 돌아왔다. 하지만 쩡자웨이가 북쪽이 아닌 남쪽으로 걸어가는 것을 위바이통이 확실히 목격했다. 만약 쩡자웨이가 한 바퀴를 돌아 북측으로 갔다면 반드시 고객 응접실을 지나가야 한다. 또한 고객 응접실에 있던 손님들도 아무도 북쪽으로 가지 않았다는 것을 서로 증명해줬다. 만약 그들 중 누군가가 남쪽에서 돌아 북쪽으로 가려 했다면 꼭 탕비실을 지나가야 했다. 게다가 리슈얼이 구석의 사무실에 있었으니 위바이통 자신이 눈을 감고 있었다고 해도 쩡자웨이와 리슈얼에게까지 들키지 않기는 거의 불가능했다.

그렇다면 살인범은 대체 누구란 말인가?

위바이통이 뭔가 말하려 할 때 류창융 회장이 먼저 입을 열었다. "그럼 지금 당장 할 수 있는 일이 없으니 우리는 돌아갑시다."

"하지만 시체는⋯." 예훙 대표가 방을 가리켰다. "이대로 두면 어쩐지⋯."

"만지면 안 돼요." 량위성이 예훙 대표를 막았다. "이건 살인사건이에요. 경찰이 오기 전에 함부로 현장을 건드리면 안 됩

228

니다."

"하지만 천뭐치 씨의 눈을 감겨주는 건 괜찮겠죠?" 위바이통
은 조금 불만 섞인 목소리로 말하며 천뭐치의 시체 곁으로 다가
갔다. 류창융 회장은 이미 량위성의 손을 잡고 자리를 떠났고,
왕숭성 박사와 예훙 대표도 그들을 따라 응접실 방향으로 걸어
갔다. 또한 저우밍후이와 쩡자웨이는 한마디 말도 없이 반대 방
향의 탕비실로 향했다.

위바이통이 시체의 눈을 감기고 떠나려 할 때, 그의 손이 우
연히 천뭐치가 입은 외투의 주머니 위를 스쳤다. 주머니 안에
뭔가 들어 있는 것 같았다. 사람들의 시선이 없는 틈을 타 위바
이통은 가만히 주머니에 손을 넣었다. 죽은 사람의 주머니에 손
을 대는 것이 역겹기는 했지만, 그 순간 위바이통의 호기심은 모
든 것을 이겼다.

사실 그 물건은 주머니가 아니라 외투의 안쪽에 있었다. 주머
니에 작은 구멍이 있어 안쪽으로 떨어진 모양이었다. 위바이통
은 간신히 그 무언가를 꺼낼 수 있었다.

단추였다. 붉은색의 단추. 심지어 붉은 실이 달린 단추로 옷
에서 떨어진 것 같았다. 크기로 봤을 때 분명 외투에 달렸던 단
추였다.

위바이통은 단추를 조용히 자신의 주머니에 넣고, 다시 천뭐
치의 반대편 주머니에도 손을 넣었다. 안에는 영수증 몇 장과
사소한 잡동사니들이 들어 있었다. 하지만 그렇게 뒤섞인 것들
중에는 쪽지가 한 장 있었다. 쪽지에는 이렇게 쓰여 있었다. '배

신자는 죽는다!'

위바이통의 머릿속에 갑자기 어떤 생각이 떠올랐다. 그는 주변에 사람이 없는지 다시 확인한 뒤 천뤄치의 시체를 뒤져 그의 모든 주머니와 양말, 옷 사이의 빈틈을 확인했다.

위바이통이 탕비실로 돌아왔을 때는 모든 사람이 모여 있었다. 사람들은 아무 말도 하지 않았고 공기조차 무겁게 느껴졌다. 이 빌딩에 갇힌 사람들은 확연히 두 파로 나뉘어 있었다. 류창융 회장의 표정을 보며 위바이통은 그 사실을 깨달았다.

류창융 회장은 분명 누가 범인인지 추리를 하고 있을 것이다. 시체를 그 방으로 옮겨오고도 들키지 않을 수 있는 사람은 탕비실에 있던 몇 명, 혹은 서남쪽에 있던 리슈얼, 심지어 리슈얼 일행 모두 한 패일 수도 있다고 류창융 회장은 생각할 테지.

마찬가지로 저우밍후이 일행도 왕송성 박사 일행을 그렇게 생각하고 있을지 몰랐다. 어쨌든 시체를 발견한 사람은 왕송성 박사가 아니었던가.

지금 여기에 있는 사람들은 모두 서로 다른 이유로 아직 개장도 하지 않는 빌딩에 오게 되었다. 다들 서로 다른 사람의 초대를 받고 왔다고 했으며 류창융 회장은 지나는 길이었다고 했다. 하지만 이들 중에 누군가가 거짓말을 한다면?

지금 여기에서 사람이 죽었고, 서로에 대한 사람들의 신뢰는 완전히 깨어졌다.

"대체 누구요?" 왕송성 박사가 먼저 따져 물었다. "어제는 사람이 실종되더니 오늘은 시체가 돼서 나타났소! 그러니까 그 사람을 죽일 수 있는 사람은 여기 있는 사람 중 하나 아닌가!"

"또 그러시는 겁니까!" 저우밍후이는 목소리를 높였다. "시체는 왕 박사님이 발견하지 않았습니까!"

"자네 지금 그게 무슨 소리야?" 왕송성 박사는 금방이라도 저우밍후이를 들이받을 기세였다.

"모두 진정하시죠." 위바이통은 다투는 두 사람 사이를 막아섰다. "다들 지쳤는데, 차라리 대표님들께서는 고객 응접실에 가서 좀 쉬시는 게 어떨까요?"

"그래요, 난 찬성이요." 류창용 회장과 량위성은 왕송성 박사를 부축해 자리를 떠났다.

"그 계약 문서가 바로 양안옌 사장의 약점인 것 같아." 손님들이 떠난 뒤 리슈얼은 무거운 한숨을 내쉬며 열 손가락으로 깍지를 끼어 주먹을 쥐었다. 그녀는 손을 떨며 직원들에게 서랍에 숨겨져 있던 서류를 발견했다고 말했다. "거기에 바나금융의 자회사와 왕 박사, 예 대표의 합자기업 정관을 변경한 서류가 있었어요. 바나금융과 류 회장의 합작 계획에 관한 의향서도 있었고요."

"난 잘 이해가 안 되는데요." 저우밍후이가 말했다. "어째서 그 서류들이 양안옌 사장을 위협할 수 있는 약점이 된다는 거죠? 그 서류들에 무슨 쓰면 안 될 내용이 들어 있는 것도 아닐 테고요. 서류상의 모든 조항이 합법인걸요."

"따로따로 봤을 때는 문서에 아무런 이상이 없죠. 하지만 함께 놓고 보면 양안옌 사장의 배후에 음모가 있다는 걸 어렵지 않게 알 수 있어요." 위바이통이 설명했다. 본래 그는 이 문서에 관해 더 이야기하고 싶었지만 멍한 얼굴의 저우밍후이를 보고 더 이상 말하지 않기로 했다.

위바이통은 저우밍후이가 이 문서의 의미를 전혀 이해하지 못한다고 느꼈다. 처음에 리슈얼이 네 배의 우선권 뒤에 숨겨진 의미를 이해하지 못했던 것처럼 말이다. 사실 그리 대단한 금융 이론도 아니었다. 리슈얼과 저우밍후이 같은 금융 엘리트의 수준이라면 그 속에 담긴 의미를 단번에 파악할 수 있어야 했다. 위바이통은 이 점이 몹시 이상하게 느껴졌다. 게다가 리슈얼은 어째서 그렇게 쉽게 쩡자웨이 앞에서 이런 계약에 관해 이야기한 걸까? 쩡자웨이도 천뤄치와 마찬가지로 외주회사인 터차이의 직원에 불과하지 않은가. 그뿐만 아니라 이것은 공개된 계약도 아닌데 리슈얼은 왜 쩡자웨이에게 이런 계약이 존재한다는 사실을 밝힌 걸까?

"아, 여러분." 위바이통은 두 손을 바지 주머니에 찔러 넣었다. 행여 주머니 속 단추가 떨어질까 봐 걱정됐기 때문이다. "괜찮다면 어젯밤 상황에 관해 다시 이야기해보면 어떨까요? 제가 빌딩에 왔을 때 여러분은 이미 양안엔 사장과 싸우고 있었잖아요. 대체 그 싸움은 어떻게 시작된 겁니까? 제 말은 여러분이 여기에 왔던 상황과, 양안엔 사장과는 어떻게 싸움이 시작됐는지가 궁금하다는 거죠. 왜냐하면⋯." 위바이통은 한 손을 펼쳐 그 메모를 보여줬다. "천뤄치 씨의 시체에서 이걸 찾았거든요."

"배신자는 죽는다?" 저우밍후이는 쩡자웨이와 리슈얼을 쳐다

본 뒤 먼저 입을 열었다. "며칠 전, 이상한 이메일을 받았어요. 양안엔 사장의 약점을 쥐고 있다고 하더군요. 그 약점으로 양 사장을 협박하면 큰돈을 벌 수 있을 거라고. 하지만 전반적인 계획을 실행하려면 제 도움이 필요하다고 했어요. 그 사람이 저를 여기에 초대해서 한발 더 나아간 의견을 나눠보자고…."

"나도 마찬가지야." 리슈얼도 말을 보탰다. "나도 며칠 전에 비슷한 내용의 메일을 받았어."

"그럼 여러분은 그 사람이 누군지 아세요? 바나금융의 이메일 계정이었나요?"

저우밍후이는 고개를 저었다. "일반적인 인터넷 이메일 계정이었어요."

"그럼 어째서 그 사람의 말을 믿은 거죠?"

"그 사람의 메일을 보며 바나금융의 내부 사람이라고 느꼈거든." 리슈얼이 대답했다. "메일에서 내게 클라우드 스토리지에 들어가면 편지가 하나 있을 거라고 했어. 그 편지에는 양안엔 사장이 진행 중인 어떤 계획이 언급되어 있었어. 그런데 그 사람은 리슈얼… 아니, 내 도움이 필요하다더라고. 아무튼 그 편지에서 언급한 몇몇 내용은 바나금융 내부 사람이 아니면 알기 어려운 일들이었어. 분명 바나금융 내부에서 누군가가 정보를 얻어서 우리 직원들이 파쇄하는 자료를 하나하나 연결한 거야."

"무슨 말이야? 파쇄하는 자료라니?" 위바이통은 조금 의아했다.

"응, 우리는 다 서로 다른 고객을 맡고 있으니까."

"맞아요. 제 생각에 그 사람이 리슈얼 씨와 제게 연락한 것도 그것 때문인 것 같아요. 나는 예흥 대표를 맡고 있고, 리슈얼 씨는 왕송성 박사를 맡고 있으니까. 아무튼 그 사람이 우리를 어젯밤 9시에 여기로 오라고 했어요. 여기 도착했을 때 마침 리슈얼 씨와 마주쳤고, 우리가 꼭대기 층에 왔을 때 천뤄치 씨가 이미 고객 응접실에 앉아 있더라고요." 저우밍후이가 말했다.

"그럼 천뤄치 씨가 여러분을 초대한 것일까요?"

리슈얼은 저우밍후이를 쳐다봤다. "천뤄치 씨의 표정을 생각해보면 우리를 기다리고 있었던 것 같지는 않아."

"그래요. 천뤄치 씨가 우리를 보고 좀 놀라더라고요. 제가 리슈얼 씨를 마주쳤을 때처럼 말이에요. 우리는 그 사람이 누구를 초대했는지 몰랐으니까요." 저우밍후이가 동의했다.

"우리가 북쪽으로 걸어가면서 그 미스터리한 사람의 초대를 받았는지 서로 확인하고 있는데, 양 사장이 갑자기 나타났지." 리슈얼이 말을 이었다.

"정확히 말하면 당시 우리는 이야기를 하면서 유리문을 통과해 북측의 사무실에 들어갔어요. 누가 도대체 메일을 보냈을까하고 우리가 이야기하고 있을 때 양안엔 사장이 별안간 귀신처럼 나타난 거죠." 저우밍후이가 말을 보탰다.

"양 사장이 우리를 보더니 꼭 미친 사람처럼 욕을 하더라고. 우리가 자기를 팔아넘겼다는 둥 은혜를 모른다는 둥 하면서 말이야." 리슈얼이 설명을 마쳤다.

그것이 바로 '배신자'의 의미일까? 위바이통은 곰곰이 생각해봤다.

"저는 세 사람보다 늦게 도착했습니다." 쩡자웨이가 말했다. "제가 도착했을 때는 이미 양 사장이 직원들에게 욕을 퍼붓고 있더군요."

"잠깐, 양 사장이 여러분을 보자마자 욕을 했다는 겁니까?" 위바이통이 그들의 말에 끼어들었다. "게다가 여러분이 자기를 팔아넘겼다고 양 사장이 말했다고요? 그 말은 당신들이 본인을 협박하리란 걸 양 사장이 이미 알고 있었다는 거잖아요?"

"그러고 보니…." 저우밍후이가 생각에 잠겼다.

"네 말이 무슨 뜻인지 알겠어." 리슈얼이 위바이통을 보며 말했다. "우리는 초대를 받고 여기에 와서 양안옌 사장을 협박할 계획을 준비하기로 했어. 양안옌 사장도 마침 이 새 빌딩을 구경시켜준다며 왕송싱 박사 일행을 초대했지. 그런데 양안옌 사장이 그 협박 계획을 미리 알게 된 거야. 그래서 양 사장은 우리를 보자마자 우리가 무슨 음모를 진행하러 왔다고 단번에 알아차린 거고."

"문제는 양 사장이 어떻게 알았냐는 거지."

"양 사장은 분명 알았을 겁니다. 바나금융과 류창융 회장 회사의 신형 주택건물 발전 계획에 관한 서류를 누군가가 가져간 걸 말이죠." 쩡자웨이는 진지한 얼굴로 상황을 분석했다. "그러니까 누군가가 우리에게 연락해 양안옌 사장을 협박하자고 했을 때 또 다른 누군가가 양안옌 사장에게 이 사실을 밀고한 겁니다."

"천뤄치!" 저우밍후이가 말했다. "우리가 왔을 때 천뤄치 씨는 이미 여기에 와있었잖아요. 분명 그 사람이에요. 먼저 도착했던 그가 양안옌 사장과 마주친 거죠. 우리 이야기를 양 사장에게 했을 거예요. 양 사장이 천뤄치 씨를 포섭했겠죠. 우리가 왔을 때 슬쩍 떠보라고 말이에요."

"빌어먹을!" 쩡자웨이가 갑자기 소리를 질렀다. 하지만 그는 이내 자신의 목소리가 너무 컸다고 생각했는지 얼른 손으로 입을 틀어막았다.

"어, 그게… 혹시 천뤄치 씨에게 있을까요?" 쩡자웨이가 낮은 목소리로 물었다.

"그, 그거요? 아!" 저우밍후이는 문득 뭔가 깨달은 것 같았다. "그 '계약'! 양안옌 사장이 죽고 나서 우리 모두 양 사장의 피로 지문을 찍었잖아요?"

그제야 위바이퉁도 기억이 났다. 무엇보다 당시 계약을 하자고 했던 사람이 바로 천뤄치였다.

"맙소사! 경찰이 오기 전에 천뤄치 씨 몸에 남은 지폐를 가져와야겠어요. 그렇지 않으면 경찰이 우리를 살인범이라고 생각할 수 있잖아요." 저우밍후이는 안절부절못하기 시작했다. "천뤄치 씨가 가진 지폐에는 우리가 피로 찍은 지문만 있잖아요. 그 사람 거는 없고."

"그럼 우리가 가서…." 리슈얼이 자리에서 일어나려 했다.

"그럴 필요 없어." 위바이퉁은 그녀를 말렸다. "내가 조금 전에 찾아봤는데 천뤄치 씨 몸에는 아무것도 없었어." 그는 자신이 찾은 단추에 대해서는 말하지 않았다. "아마 살인범이 가져 간 것 같아."

"살인범…. 그게 대체 누굴까요?" 저우밍후이가 자리에 있는 모든 사람을 훑어봤다. "혹시, 우리 중 한 명일까요?"

"그럴 가능성은 적어요." 위바이통이 자신의 추리를 말하기 시작했다. "여기 있던 사람 중에는 북쪽으로 간 사람이 없어요. 화장실에 갈 때도 남쪽으로만 갔죠. 만약 남쪽으로 한 바퀴 돌아 북쪽으로 갔다면 고객 응접실을 지나가야 해요. 양쪽 어디로 가든 누군가가 지키고 있어서, 사람들에게 들키지 않고 천뤄치 씨의 시체를 그 방 안으로 옮기는 건 아예 불가능해요. 만약 왕 박사님 일행이 아니라면 유일한 가능성은…."

"뭔데요?" 저우밍후이는 안달이 나서 물었다. 한참이나 위바이통이 어떤 말도 하지 않았기 때문이다.

"양안옌 사장." 쩡자웨이가 불쑥 한 마디를 내뱉었다. "아, 이런 세상에!"

위바이통은 쩡자웨이를 보며 그 말의 의미를 금세 깨달았다. "양안옌 사장이 죽지 않았다? 아, 그럼 뭔가 통하는군요."

"예?" 저우밍후이가 위바이통과 쩡자웨이의 얼굴을 번갈아 쳐다봤다. "뭐라고요? 자… 잠깐만! 난 무슨 말인지 모르겠는데요! 양 사장이 죽지 않았다는 게 무슨 뜻입니까?"

"양안옌 사장과 천뤄치 씨가 한패인 거죠." 쩡자웨이가 말했다. "두 사람이 언제 손을 잡았는지 모르지만, 아마도 메일을 받았을 때나 어젯밤 양안옌 사장을 마주쳤을 때였을 수도 있죠. 제 생각에는 어젯밤 이전일 것 같지만요. 그런데 뜻밖의 일이 일어난 겁니다. 바로 우리가 양안옌 사장과 엉켜있을 때 칼이 떨어진 거죠. 천뤄치 씨는 물 흐르듯 자연스러운 동작으로 일부러 양안옌 사장을 칼로 찌릅니다. 대신 급소를 피해서 말이에요. 이후에 천뤄치 씨가 양안옌 사장에게 응급치료를 해줬을 테고요. 하지만 양 사장은 우리 직원들의 배신을 잊을 수 없었던 겁니다. 그래서 기회를 보아 천뤄치 씨를 살해하고 굳이 사람들에게 시체를 공개한 거예요. 양 사장을 죽이는 데에 가담했던 우리에게 경고하려고요."

"하지만 앞뒤가 좀 안 맞는데요." 위바이통이 미간을 찌푸렸다. "만약 두 사람이 한패라면, 정말 쩡자웨이 씨의 말처럼 모든 상황이 그렇게 돌아간 거라면, 양 사장은 어째서 왕 박사 일행을 초대한 거죠? 류창융 회장은 초대받지 않았는데 지나다가 왔다고 하니 이해가 되지만, 왕송성 박사와 예훙 대표는요? 양 사장이 그분들을 부른 건 무엇 때문이죠? 그리고 만약 양 사장과 천뤄치 씨가 정말 그런 연극을 준비했다 해도 정전이 될 줄은 몰랐을 텐데요. 우리 모두 봤잖아요. 양 사장은 정말 칼에 찔렸어요. 현재 상황으로 봤을 때 양안옌 사장은 죽었다고 보는 게 맞지 않나요?"

"위바이통 씨 말이 일리가 있는데요." 저우밍후이가 고개를 끄덕였다. "그 사람이 우리를 모이라고 한 날에 어떻게 왕 박사와 예 대표도 오라고 할 수 있죠?"

"어, 그게…." 쩡자웨이는 말문이 막혔다. "그건 양안옌 사장은 분명 자신의 계획이…." 그는 말을 할수록 얼굴이 붉어졌다. 그는 자신의 추리를 고집하고 싶었지만 반박할 만한 설명을 내놓지 못했다.

"잠깐, 계획이라…." 저우밍후이는 뭔가 생각에 빠진 것 같았다.

"아니면, 그게 양 사장의 계획이었겠네요! 양 사장은 우리가 어젯밤 여기에서 모일 걸 알고 일부러 다른 사람들을 부른 겁니다. 양 사장은 천뤄치 씨와 약속하고 고의로 그런 연극을 꾸몄겠죠. 우리가 양 사장을 찌르는 현행범이 되도록 말이에요. 왕 박사와 예 대표는 양 사장이 준비한 증인이겠죠. 하지만 시간을 잘 맞추지 못해 우리가 양 사장을 찌를 때 왕 박사 일행이 미처 도착하지 못한 거예요. 그래서 천뤄치 씨는 잔머리를 굴려 양안옌 사장의 피로 '계약'을 하자고 한 거고요." 저우밍후이가 흥분한 목소리로 말했다.

"하지만, 지금은 정전이 되었고 양안옌 사장도 심한 상처를 입었는데 빌딩 어딘가에 숨어있다가 그렇게 쉽게 천뤄치 씨를 죽였을까요?" 위바이통이 물었다.

"그건 가짜일 겁니다." 쩡자웨이가 단언하듯 말했다. "그게 양안옌 사장의 계획이라면 미리 피를 준비했을 거예요. 상처를 심하게 입은 것처럼 보이려고요."

"가짜 피요?" 위바이통은 주머니에서 '계약'이 담긴 지폐를 꺼냈다. "보기에 가짜처럼 보이지는 않는데요."

"진짜 피겠죠." 쩡자웨이는 언짢은 표정으로 말했다. "하지만 양 사장의 피는 아니란 겁니다. 아마 병원에서 혈액 주머니를 가져왔다던지 했겠죠."

"그러니까 양안옌 사장은 우리를 해칠 마음으로 계획을 세웠는데, 천뤄치 씨가 쓸모가 없어져서 죽여버렸다고요? 양 사장이 일부러 천뤄치 씨의 시체를 공개적인 장소에 둔 것은 우리에게 경고하기 위해서고요?" 저우밍후이가 속사포처럼 말을 쏟아냈다.

위바이통은 한쪽에 서서 쩡자웨이와 저우밍후이가 계속 서로 한마디씩 하며 '사건 분석'에 열을 올리는 것을 가만히 듣고 있었다. 하지만 그들의 이야기에 끼어들고 싶은 생각은 없었다.

만약 그것이 양안옌 사장의 계획이었다고 해도 천뤄치를 죽인 뒤 양 사장은 또다시 어디에 숨었단 말인가? 침묵하는 것은 위바이통만이 아니었다. 그가 리슈얼을 쳐다보니 그녀도 이 토론에 전혀 참여하지 않고 있었다. 미간을 잔뜩 찌푸린 리슈얼은 어디를 쳐다보고 있는지도 알 수 없었다.

언제부터였을까? 리슈얼은 어느 순간 갑자기 조용해진 것 같았다.

16

당신은 나빠도 되지만 어리석어서는 안 된다.
슈퍼히어로의 적이 바보인 것을 본 적이 있는가?

— 양안옌, 《나는 금융 엘리트가 될 것이다》

"법률사무소요?" 무대 연습을 잠시 쉴 동안 위바이통은 구석에 앉아 커피를 마시고 있었다.

"내 외손자가 스코틀랜드의 대학원에 합격해서 법률사무소에 빈자리가 생겼어." 노인은 담배를 피워 물었다. 런던에 온 지 6개월 된 위바이통은 소극단에서 연기를 배우며 생계를 유지하려고 아르바이트를 하고 있었다. 극단에는 '어르신'이라 불리는 노인이 있었는데 그의 신분은 비밀에 싸여 있었다. 누군가는 그가 극단장의 친구라고 하기도 하고, 또 누군가는 그가 이 극단의 물주라고도 했다. 하지만 한 가지 확실한 사실은 그가 엄청난 연기 내공을 가진 사람이라는 것이었다. 그 때문에 사람들은 어째서 그 어르신이 이 작은 극단에 있는지 이해할 수 없었다.

극단 안에서 위바이통은 어르신과 가장 죽이 잘 맞았다.

"하지만 전 법률사무소에서 일해본 적이 없는데요. 게다가 연기 연습도 해야 하고….."

"걱정하지 마라. 다 자질구레한 일인걸." 어르신은 다시 담배를 피웠다. "나도 예전에 거기서 일해 본 적 있는데, 업무 시간이 아주 탄력적이야. 그뿐만 아니라 다른 업계에서 일하는 사람들과 많이 접촉할수록 연기에도 도움이 되거든. 특히 그 법률사무소에서는 자네가 배울 게 많을 거야."

어르신의 도움으로 위바이통은 법률사무소에서 아르바이트를 시작했다. 출근한 첫날에야 비로소 그는 그곳이 영국에서도 손에 꼽는 국제 법률사무소란 사실을 알게 되었다. 위바이통은 행정부에 배정됐는데 정규직 직원들 외에도 위바이통 같은 아르바이트생이 대여섯 명 있었다. 담당자는 아르바이트생들의 편리에 따라 출근 시간을 정해줬는데 석 달에 한 번씩 근무 시간이 바뀌었다. 위바이통은 오전 8시부터 오후 2시까지 근무하는 조였는데 택배 기사가 그날 배송할 택배를 가져가는 걸 확인한 뒤 퇴근하면 되었다. 위바이통이 근무하는 시간에는 다른 아르바이트생도 한 명 더 있었는데 가끔 퇴근할 때 마주치는 또 다른 아르바이트생 두 명 외에는 다른 아르바이트생들의 얼굴을 볼 일이 거의 없었다.

어르신의 말씀은 틀리지 않았다. 법률사무소에서 하는 일은 대부분 복사나 우편물 처리, 서류 발송 등의 자질구레한 업무였다. 간혹 변호사의 비서를 대신해 회의에 필요한 것을 챙기기도 했다. 위바이통은 그렇게 많은 종이 서류가 오가는 모습을 처음 봤다. 하지만 그곳에서 석 달이나 일하면서도 변호사와는 단 한 마디도 나눠본 적이 없었다.

그런데도 위바이통은 얼마 지나지 않아 신입 변호사인 소피아와 데이비드가 평소에는 사건의 분배를 놓고 자주 싸우면서도 막상 사건에 관해 토론할 때면 서로 의견을 교환하는 데에 인색하지 않음을 눈치챘다. 반면 근무한 지 오래된 캐롤라인은 겉으로 보기에는 모든 사람에게 친절하지만, 은근슬쩍 다른 사람을 방해하는 행동을 하곤 했다. 위바이통이 본 것만 해도 한두 번이 아니었다. 그들의 모습을 보며 위바이통은 이곳에서 일하면 연기에 많은 도움이 될 거라던 어르신의 말씀이 무슨 뜻인지 알게 되었다. 여기에 있는 모든 사람은 각자의 역할을 연기하고 있는 것 같았다.

어느 날 밤, 위바이통은 본래 저녁 시간에 일하던 아르바이트생이 오지 못한다는 말을 듣고 마침 별일이 없던 터라 대신 일 하기로 했다. 저녁 8시 이후의 사무실에는 사람이 많지 않았다. 위바이통은 앞 조가 남긴 일에 맞춰 오후에 완성해야 하는 계약서를 복사했으며 다음 날 필요한 서류를 준비했다. 알고 보니 야간조는 할 일이 별로 없었다. 이미 할 일을 마친 위바이통은 자리에 앉아 복사한 서류를 살펴봤다. 그는 여러 차례 서류를 보며 서명할 자리에 서명이 지시된 쪽지가 제대로 붙어 있는지 확인했다. 그러다 어느 순간 그는 자신도 모르게 그 계약서를 읽기 시작했다.

'기업 계약이란 게 정말 번거로운 일이군.' 위바이퉁은 절로 그런 생각이 들었다. 서류의 전체 내용은 다양한 정의로 이뤄졌는데 각각의 정의는 본문의 다른 부분을 인용했으며 어떤 조항은 또 다른 조항의 조건을 인용했다. 그러다 보니 아무리 오래 보고 있어도 무슨 내용인지 정확히 파악할 수 없었다. 위바이퉁은 저도 모르게 깊은 한숨을 내쉬었다. '변호사 아무나 하는 게 아니네.'

"무슨 뜻인지 이해가 잘 안 돼요?" 갑자기 들려온 목소리에 위바이퉁은 고개를 들었다. 그의 앞에 금발 머리를 대충 틀어 올린 여자가 서 있었다. 그녀는 몸에 꼭 맞는 셔츠와 짧은 치마를 입었는데 적어도 높이가 10센티미터는 되어 보이는 하이힐을 신고 있었다. 위바이퉁은 옷차림을 보고 여자가 변호사임을 눈치챘다.

"아, 전 그냥 보고 있는 거예요." 위바이퉁은 서둘러 서류를 덮었다. "시키실 일 있나요?"

"아르바이트생이에요?"

"예, 저는 위바이퉁이라고 합니다. 그냥 바이퉁이라고 부르세요."

"나는 브룩슬리에요." 여자는 위바이퉁에게 악수를 청했다. "로스쿨에 시험 보려고요?"

"아니에요. 전 그냥 아르바이트 중인데 호기심이 생겨서 한번 살펴본 겁니다. 알고 보니 저녁에는 일이 많지 않네요."

"그래요. 최근에는 별로 바쁘지 않았어요. 내 생각에는 여기에 우리 둘만 있는 것 같네요." 브룩슬리는 위바이통이 일을 다 마친 것을 확인하고 말했다. "내가 서류 하나 전할 게 있는데 거기 함께 갔다 퇴근하죠."

브룩슬리가 말한 서류는 근처의 또 다른 법률사무소에 가져다줄 것이었다. 그녀와 다른 변호사가 이야기 나누는 모습을 보니 공무상의 접촉이라기보다는 친구에게 뭔가를 전해주는 것 같았다.

"이 시간에도 일하는 사람이 많네요." 위바이통은 방금 나온 사무실 빌딩을 올려다봤다. 꽤 여러 사무실 창문에 불이 밝혀져 있었다.

"변호사 하는 일이 원래 그래요. 난 오늘 아침 7시 반에 전화 회의가 있었는걸요. 내일 아침도 일찍 나와야 해요." 브룩슬리가 웃으며 말했다.

"와, 정말 힘들겠어요." 위바이통은 깜짝 놀라 말했다. "제가 전에 영화 단역을 할 때 보니 유명한 배우들은 카메라 테스트 촬영할 때 직접 나오지 않고 다 대역을 쓰더라고요. 변호사분들도 그런 대역을 쓸 수 있으면 좋겠네요."

"아, 바이통 씨, 배우예요?"

함께 지하철역으로 내려가면서, 위바이통은 그렇다고 대답했다. 브룩슬리는 굉장히 대단하다는 듯 그를 쳐다봤다.

"사실 아직 노력하고 있는 단계입니다. 전문적인 연기라고 하긴 그래요."

"그래도 대단하네요." 브룩슬리가 웃으며 말했다. "뜻밖이에요. 매일 얼굴을 보는 사람이 나와는 이렇게 다른 인생을 살고 있다니."

"변호사분들이야말로 대단하죠. 저는 계약서에 나온 단어들 하나하나는 무슨 말인지 알겠는데 전체로 놓고 보면 무슨 뜻인지 모르겠더라고요."

브룩슬리는 웃음을 참지 못했다. "그렇게 말하는 사람들이 바이퉁 씨 말고도 많아요. 하지만 배우가 대본을 보는 거랑 비슷하잖아요."

"무슨 뜻이죠?"

"계약서 전체에는 그 계약을 체결할 때의 정신이 담겨 있어요. 그 배후의 정신을 알고 거기에 고객의 필요를 대입하면 그런 조문의 내용도 이해하기 어렵지 않아요. 배우도 극 전체의 의미를 이해해야 맡은 역할을 적당히 해석할 수 있잖아요."

"일리 있는 말이네요. 역시 변호사라 다르군요."

"예전 은행에는 위조지폐를 식별할 수 있는 직원들이 많았다는 이야기 들어본 적 있죠?" 요즘 은행에는 그런 직원이 많지 않았다.

"그 사람들은 특별한 훈련을 거치는 건가요?"

"당연히 기본적인 훈련은 있겠죠. 하지만 그 사람들은 매일 엄청나게 많은 지폐를 만지기 때문에 위조지폐를 만지기만 해도 손에 전해지는 느낌이 다르대요. 금세 이 지폐가 뭔가 잘못됐다고 알아챈다죠. 많은 일이 그래요. 많이 보면 파악할 수 있다고 할까요. 법률 문서를 보든, 배우를 하든 마찬가지예요. 바이통 씨도 다양한 사람들을 접해보며 역할의 깊이를 더하려고 법률사무소에서 아르바이트하는 거잖아요."

브룩슬리의 말을 듣는 순간 위바이통은 깜짝 놀라고 말았다.

법률사무소의 누구도 그가 어째서 아르바이트를 하는지에 대해 관심을 둔 적이 없었다. 물론 인사치레로 물어본 사람들은 있었지만 아무도 위바이통의 대답을 신경 써서 듣지 않았다. 오직 브룩슬리 한 사람만이 위바이통이 어떤 사람인지 단숨에 알아챘다. 원장님과 양어머니를 제외하고 위바이통은 처음으로 여자가 자신에게 관심을 둔다는 느낌을 받았다.

이런 느낌은 정말 특별했다.

그래서인지 위바이통은 문득 눈앞의 이 여자가 몹시 매력적으로 느껴졌다.

그날 밤 이후 위바이통은 서류를 정리하며 종종 그 내용을 훔쳐봤다. 또한 모르는 말이 나오면 아무도 없을 때 브룩슬리에게 물었다. 브룩슬리의 말이 옳았다. 한동안 서류를 보고나니 좀 더 빨리 내용을 읽게 됐을 뿐만 아니라 점차 신랄하거나 혹은 함정이 숨겨져 있는 조문을 알아챌 수 있게 되었다. 위바이통이 질문을 던질 때마다 브룩슬리는 놀랍고도 즐거운 표정을 지었다.

브룩슬리는 기업 업무 전문 변호사였기 때문에 융자와 인수합병에 관련된 서류가 많았다. 그 서류에 나온 조문 중에 위바이통이 가장 이해할 수 없었던 것이 바로 징벌적 조항이었다. 대체 어떤 상황이면 주주가 자신의 지분율을 눈에 띄게 감소시키려 한단 말인가?

"이렇게 말하면 별로인데, 어느 정도는 도박이나 비슷하다고 보면 돼. 계속 돈을 걸 것이냐, 아니면 더 이상 손해를 그만 보고 떠날 것이냐 그거지. 이건 어쨌든 서로가 원해야 하는 거니까."

✳

그렇게 몇 달이 지나고 여름이 끝나갈 무렵, 법률사무소에서는 직원들의 노고를 위로하는 파티를 열었는데 아르바이트생들도 초대되었다. 사무소 근처의 음식점을 전세 냈는데 음식보다는 술이 우선이었다. 그 때문에 사람들은 평소보다 일찍 일을 마무리했고, 오후 2시도 되기 전에 이미 사무실 안이 썰렁해졌다.

캐롤라인과 브룩슬리 두 사람만 빼고 말이다. 두 변호사는 오늘 고객에게 보낼 서류가 여러 건 있었다. 덕분에 두 사람의 수습 변호사들도 덩달아 바삐 움직였다. 브룩슬리의 수습 변호사가 막 자리를 비웠을 때, 브룩슬리는 급하게 수습 변호사의 도움이 필요했다. "그 친구 나갔는데요." 캐롤라인의 수습 변호사가 브룩슬리에게 알려줬다. 마침 두 사람이 이야기를 나눈 곳은 남자 화장실 앞이었고 안에서 손을 씻고 있던 위바이퉁에게도 소리가 들렸다.

"바이퉁, 나 좀 도와줄래? 복사한 서류 두 부가 책상 위에 있을 거야. 그것 좀 보내줘."

위바이퉁이 자리에 돌아오니 브룩슬리 말대로 책상 위에 서류 두 개가 놓여 있었다. 각각의 서류 위에는 간단한 편지가 놓였고 그 편지 아래에는 브룩슬리의 서명이 있었다.

"저기요, 같이 가서 복사기 좀 봐줄래요? 문제가 있는 것 같은데." 위바이통이 서류를 보내려 할 때 캐롤라인의 수습 변호사가 도움을 청했다. 그는 위바이통의 이름도 모르는 것 같았다.

"아, 그래요." 위바이통이 그를 따라 복사기가 있는 방으로 들어갔다.

"기계가 반응이 없어요." 그가 말했다.

"복사기에 종이가 없네요." 위바이통은 차가운 미소를 지으며 말했다. 그는 옆에 놓인 종이를 복사기에 넣었고 금세 복사된 종이가 튀어나왔다.

'대단하네. 이런 간단한 일도 모르면서 미래의 변호사라니.'

이런 생각을 하며 위바이통이 자리로 돌아왔을 때 서류들이 보이지 않았다. 그때 그는 하이힐 소리를 들었고 고개를 들어보니 캐롤라인이 사무실을 나가고 있었다.

그 순간 무서운 생각이 위바이통의 머리를 스쳐 지나갔다. 그는 사무실 구석에 놓인 문서 소각 상자 쪽으로 뛰어갔다. 그것은 문서를 소각하는 큰 상자였는데 위쪽에 작은 입구가 있었다. 소각해야 하는 모든 문서는 여기에 집어넣는데 매주 전문업체가 와서 깨끗이 정리했다. 자료가 밖으로 새어나가지 않도록 사무소의 사람들도 열쇠를 갖고 있지 않았다.

'그 빌어먹을 수습 변호사. 복사기를 사용할 줄 모르는 게 아니라 캐롤라인의 지시로 나를 유인한 거군. 그 틈에 캐롤라인은 브룩슬리의 서류를 이 문서 소각 상자에 넣은 거고.' 위바이통은 소각 상자의 투입구를 살펴봤다. '서류가 어디에 있는 거야?'

문서 소각 상자는 바닥에 연결된 채 자물쇠로 잠겨 있었다. 누군가가 소각 상자를 엎어 문서를 빼가지 못하도록 하기 위해서였다. 위바이통은 손을 집어넣고 싶었지만, 투입구에 손목까지만 간신히 들어갈 정도라 어느 각도로 시도해도 안에 든 문서를 꺼낼 수 없었다. 그는 다른 도구들도 이용해봤지만, 서류를 꺼내지는 못했다.

"바이통!" 위바이통이 30분 넘게 낑낑거리고 있을 때 아무도 없던 사무실에 누군가가 나타났다. 바로 브룩슬리였다. "파티에 안 보이더니 아직 여기 있었구나. 여기서 뭐 해? 내가 문자를 얼마나 보냈는지 알아?"

"아, 내 휴대전화가 자리에 있어서."

브룩슬리는 위바이통의 붉어진 손과 뒤쪽에 놓인 문서 소각 상자를 번갈아 쳐다봤다. "우리 그만 가자."

"하지만…."

"가자! 얼른 와!"

"네 서류가 안에 들어갔어! 내가 보지는 못했지만, 캐롤라인이 한 짓이야! 캐롤라인이…."

브룩슬리는 검지를 위바이통의 입술에 가져다 대더니 주위에 아무도 없는지 둘러봤다. "알았어. 우리 가." 그렇게 말하며 브룩슬리는 위바이통의 손을 잡았다.

두 사람은 결국 파티에 가는 대신 브룩슬리의 아파트로 갔다. 문을 열고 들어서자마자 마치 영화처럼 브룩슬리는 위바이통에게 키스를 퍼부으며 그의 옷을 벗겼다. 화답이라도 하듯 위바이통도 브룩슬리의 셔츠를 벗겼다. 그가 브룩슬리의 브래지어를 벗기려 할 때…, 순간적으로 눈을 뜬 위바이통은 어느 할머니와 두 눈이 마주쳤다. 그는 깜짝 놀라 얼른 브룩슬리에게서 떨어졌다.

"아, 주디. 있었어요?"

"어, 오늘이 청소하러 오는 날이라. 브룩슬리가 이렇게 일찍 올 줄 몰라서…. 그럼, 난 먼저 갈게." 할머니는 서둘러 소파에 놓인 가방을 들고 뛰다시피 해서 문을 열고 나갔다.

"너희 집 가사도우미야?" 위바이통은 쑥스러워하며 벌거벗은 윗몸을 손으로 가렸다.

"아니야. 이렇게 작은 집에 가사도우미가 있을 데가 어디 있어? 남이 집 안에서 왔다 갔다 하는 것도 좋아하지 않고. 그럼 너무 불편하잖아, 지금처럼." 브룩슬리는 크게 신경 쓰지 않는 듯 냉장고로 가서 화이트 와인을 꺼내 잔에 따랐다. "주디는 시간제야. 한 달에 두 번 정도 와서 청소를 해줘. 내가 오후에 보통 집에 없으니까 주디가 언제 오는지 잘 몰랐네. 미안해." 난감해하는 위바이통을 위로하며 브룩슬리는 피식 웃었다.

"근데 정말 괜찮아? 서류 말이야."

"내가 왜 그렇게 서둘러 바이통을 찾았는지 알아? 심지어 회사에 돌아오기까지 하면서." 브룩슬리는 화이트 와인을 한 잔 비우더니 술잔에 와인을 다시 더 따랐다. "바이통이 전화를 계속 안 받아서 그런 거야. 내가 보내달라고 한 서류 위에 내가 서명한 편지가 있었잖아."

"나도 기억해. 근데 캐롤라인의 수습 변호사가 나한테 복사기에 문제가 있는 거 같다며 도와달라고 해서 갔다 와보니 서류가 없어진 거야. 같은 시간에 캐롤라인이 사무실을 나가는 걸 봤고."

"내 쪽지에는 주소가 적혀 있지 않았어." 미소 짓는 브룩슬리의 두 뺨은 이미 붉게 달아올라 있었다. "조금만 있어 봐. 캐롤라인의 고객이 그녀에게 연락할걸. 자기들 서류가 아직 안 와서 기다리고 있다고 말이야."

위바이통은 그 순간 깨달았다. 캐롤라인이 소각 상자에 넣은 것은 그 위에 브룩슬리의 쪽지가 놓여 있어 서류 전체가 브룩슬리 것처럼 보였을 뿐 사실은 캐롤라인 본인의 서류였다.

그것은 브룩슬리의 함정이었다.

"만약 캐롤라인이 나쁜 마음을 안 먹었다면 서류는 소각되지 않았겠지. 바이통이 자리로 돌아가 발송하려던 서류에는 주소가 없으니까 바로 나나 내 수습 변호사 아니면 내 비서에게 확인할 줄 알았어. 그럼 내가 말해 주려 했지. 위에 있는 편지는 버리고 서류는 캐롤라인 사무실에 가져다주라고 말이야. 캐롤라인이나 그녀의 수습 변호사가 조심성이 있다면 편지 아래의 서류가 자기들 거라는 걸 눈치챌 수도 있겠지만…." 브룩슬리는 다시 술잔을 비웠다. "어떤 사람들은 머리도 나쁘면서 못된 생각만 한다니까."

브룩슬리는 술잔을 내려놓고 가만히 위바이통의 손을 잡았다. "그런데 뜻밖에도 바이통은 내 문서가 소각 상자 안에 들어간 줄 알고 그렇게까지 애쓰고 있었다니."

브룩슬리는 살포시 위바이통에게 입을 맞췄다. 그의 가슴에 브룩슬리의 브래지어 레이스가 닿았다. 또한 브래지어 아래로 풍만한 부드러움이 느껴졌다.

'그러니까 이게 대체 뭐지?' 위바이통은 억울한 기분이 들었다. '충성스러운 개에게 상을 내리는 건가?'

브룩슬리의 손이 위바이통의 목을 감싸자 그녀의 향수와 땀이 뒤섞인 냄새가 풍겨왔다. 그것은 뭐랄까 사람을 유혹하는 독특한 체취였다. 위바이통은 자신의 심장이 점점 빠르게 뛰는 것을 느꼈다. 하지만 그는 그것이 육체적인 흥분 때문인지 브룩슬리에게 속았다는 생각에 화가 나서인지 알 수 없었다.

"여자 친구 있어?" 조금씩 숨을 몰아쉬며 브룩슬리가 낮은 목소리로 물었다. 아마도 위바이통이 그녀에게 어떤 반응을 보이지 않자 물어보는 것 같았다.

"없어." 브룩슬리가 묻지 않았다면 끓어오르는 욕망을 간신히 억누르고 있던 위바이통은 그 순간 리슈란을 완전히 잊어버릴 뻔했다.

"괜찮아. 나를 네가 좋아하는 여자애라고 생각해도 돼." 브룩슬리가 계속 말했다. "물론 내 몸이 그 여자애처럼 어리진 않을 테지만."

'그럼 너는 나를 누구로 생각하는 거야?' 위바이통은 브룩슬리를 바닥으로 밀었다. 그는 자신의 이성이 점차 흐릿해짐을 느꼈다.

브룩슬리의 흩날리는 금발이 위바이통에게 또렷이 알려주고 있었다. 그의 몸 아래에 있는 이 여자는 결코 리슈란이 아니다. 하지만 위바이통은 온몸의 근육을 떨면서 브룩슬리의 맑은 신음소리를 들었다. 그 순간 그는 어느 해 여름 처음 들었던, 호박 라떼 같은 달콤한 목소리를 들은 것 같았다.

17

어떤 이들은 자신이 죽고 난 뒤
어떤 평가를 받게 될 것인지를 무척 신경 쓴다.
하지만 어차피 죽고 난 뒤의 일인데 신경 쓸 이유가 무엇인가?

— 양안엔, 《나는 금융 엘리트가 될 것이다》

　　깜짝 놀라 꿈에서 깨어난 위바이통은 두통으로 머리가 찢어질 것 같았다.

　　손목시계를 확인하니 시곗바늘이 10시 12분을 가리키고 있었다. '아침 10시인가 아니면 밤 10시인가?' 위바이통은 잠시 생각에 빠졌다. '아, 어젯밤 자려고 준비할 때 이미 11시 정도였으니 지금은 분명 아침 10시겠군.' 다시 말해 위바이통은 거의 11시간 동안을 잔 것이다.

　　피로가 누적돼서일까? 이런 환경에서 이렇게 잠이 깊게 들 수 있다니. 아마도 빛이 잘 들어오지 않는 창문 때문에 날이 밝아온 것도 모른 것 같았다. 그렇다. 위바이통은 다른 사람들과 함께 바나금융의 새 빌딩 꼭대기 층에 갇혔다. 그는 직접 바나금융 직원들이 양안옌, 바로 바나금융 사장을 죽이는 것을 목격했다.

'바나금융 직원이라…. 맞아. 리슈란도 그들 중 하나였다. 아, 그녀가 자기를 리슈얼로 불러달라고 했지.'

그다음…, 그다음에 그들은 양안옌 사장의 시체를 숨겼는데 그 시체가 별안간 사라져버렸다. 그런 다음 직원 중 하나인 천뤄치도 실종되었다. 아니, 그는 살해당했다. 어제 그들은 천뤄치의 시체를 발견했다. 일부러 거기에 전시된 듯이. 분명 목이 졸려 죽었는데 가슴에는 양안옌 사장을 찔렀던 스위스 군용 칼이 꽂혀 있었다.

그리고 어제…, 위바이통과 직원들은 양안옌 사장이 죽지 않았다는 결론을 내렸다. 양안옌 사장이 죽은 척한 것은 리슈얼 일행에게 불의의 일격을 가하기 위함이었으며, 기회주의자인 천뤄치도 양안옌 사장의 손에 살해당한 것이라고.

여기까지 생각하다 보니 위바이통도 완전히 잠에서 깨었다.

✳

어젯밤…, 어젯밤에 위바이통과 사람들은 탕비실에서 에너지바를 간단히 저녁 삼아 먹었다. 하지만 얼마 지나지 않아 졸음이 몰려왔고 사람들은 각자 쉴 곳을 찾아갔다. 양안옌 사장이 어디에 몸을 숨겼을지 모르니 바나금융 직원들은 천뤄치 같은 운명이 될까 봐 두려워하고 있었다. 게다가 천뤄치의 시체를 발견한 뒤 바나금융 직원들과 손님들은 서로를 견제하며 두 파로 나뉘어 쉬기로 했다. 량위성은 리슈얼이 아닌 류창융 회장과 함께 고객 응접실에 있겠다고 했다. 덕분에 감시하기에는 유리해 졌다. 저우밍후이 일행은 금세 두 조로 나눠 각각 고객 응접실 남측과 북측의 개방형 사무실에서 쉬기로 했다. 손님들이 어디 로 가든 개방형 사무실 둘 중 한 곳은 지나쳐야 한다. 위바이통 은 리슈얼과 남측, 쩡자웨이와 저우밍후이는 북측 개방형 사무 실에 있기로 했다.

위바이통은 또다시 리슈얼과 함께할 수 있게 됐지만, 그녀는 무슨 일인지 계속 미간을 찌푸리고 있었다.

"슈얼, 무슨 생각해?"

"아, 아니야."

"좀 전부터 계속 그러고 있었잖아."

"아마 너무 피곤해서 그런가 봐."

정말 말도 안 되는 핑계였다. 위바이통은 리슈얼이 자신 앞 에서 더 이상 완벽한 위장을 할 마음이 없는 것 같다고 느꼈다. 아니면 그녀에게 자신은 정신을 집중해 위장할 필요도 없는 사 람인 걸까?

"그럼 눈을 한번 감아봐."

리슈얼은 아무런 말도 하지 않았다. 그녀는 물론 위바이통의 말이 무슨 뜻인지 잘 알고 있었다. 마침내 그녀의 표정이 환해 지며 미소를 지으며 두 눈을 감았다. "아직도 이걸 기억하고 있 어? 나를 어디로 데려갈 건데?"

"좋아." 위바이통도 웃으며 눈을 감았다. "하늘은 회색빛이네. 가끔 빗방울이 한두 방울씩 얼굴을 때리고 있어. 상쾌하다기보다는 답답한 느낌이 더 강해. 런던 날씨는 늘 이런 편이지. 우리는 템스 강가를 걷고 있어. 길에는 관광객이 엄청 많은데 우리는 몇 번이나 부딪칠 뻔했어. 결국 여기에 왔네. 낮은 돔 모양의 건축물, 하얀색 외벽은 16세기의 건축 스타일…."

"셰익스피어 극장!" 리슈얼은 웃으며 말했다. "드디어 우리가 여기에 왔구나."

"하지만 안타깝게도 오늘은 휴관일이야." 위바이통은 조금 장난기 어린 목소리로 말했고, 리슈얼은 웃음을 참지 못했다. "시간이 눈 깜짝할 사이에 흘러서 지금은 이미 저녁이 됐고, 우리는 방금 〈레 미제라블〉을 관람했어."

리슈얼은 낮은 소리로 그 뮤지컬에 나오는 노래를 흥얼거렸다.

"나는 널 데리고 웨스트의 작은 골목길로 들어가서 몇 번이나 모퉁이를 돈 뒤 어느 아파트에 도착했어. 아니, 내가 널 데려온 이 아파트 지하에는 소극장이 있어. 계단을 내려가 포스터가 붙어 있는 문을 열고 들어가면 바처럼 꾸며져 있는데, 그 끝에는 휘장이 둘러쳐졌고 그 앞에는 작은 무대가 있어. 그곳에서는 가끔 가수가 노래하기도 하고, 스탠드업 코미디언이 공연하기도 해. 내가 예전에 모노드라마를 연기했던 곳이기도 하지."

"극장은 이미 문을 닫았고, 너는 무대 위로 올라갔어. 나는 제일 앞자리 테이블에 앉아…." 리슈얼의 목소리는 점차 작아졌다.

"연극이 곧 시작되려 하는데, 나는 무대 옆으로 들어가 휘장 뒤에 들어갔다가…, 무대 위로…." 위바이통은 졸음이 몰려와 점점 머리가 무거워졌다.

잠들기 직전, 위바이통은 살짝 눈을 떴다. 리슈얼은 이미 의자에 몸을 기댄 채 고개를 숙이고 잠들어 있었다. 잠시나마 위바이통은 리슈란과 런던의 소극장에 있는 듯한 기분을 느꼈다. 3년이라는 시간 만에 두 사람은 드디어 함께 시공을 넘어선 것이다.

하지만 위바이통은 다시 눈을 감은 순간 극장 구석진 테이블에 하이힐을 신은 여자가 앉아 있는 모습을 보았다. 그 찰랑거리는 금발은 어디선가 본 듯한….

잠시 뒤, 위바이통은 꿈속에서 브룩슬리와 처음 만났던 장면을 보게 되었다.

어째서 꿈에 브룩슬리와 런던에서 있었던 일이 보이는 거지? 어쩌면 신이 위바이통에게 알려준 것인지도 몰랐다. 그가 더 이상 대학생도, 바보같이 리슈얼만 짝사랑하던 위바이통도 아니라는 사실을….

✳

고개를 흔들며 잠에서 깬 위바이통은 마침내 어젯밤 일이 떠올랐다.

'맞다. 리슈얼은?'

위바이통은 리슈얼이 사무실에 없다는 사실을 깨달았다. '벌써 잠에서 깬 건가? 화장실에 세수라도 하러 갔나?' 간신히 자리에서 일어난 위바이통은 여전히 정신이 몽롱했다. 그는 여자 화장실 앞으로 가서 문을 두드렸다. "슈얼, 여기 있어?"

안에서는 아무런 대답도 없었다.

어쩌면 리슈얼은 벌써 탕비실에 갔는지도 모른다. 어제 아침에도 다들 일어난 뒤 탕비실에 모이지 않았던가. 몸을 돌려 탕비실로 향하던 위바이통은 비상계단 맞은편 사무실에 눈이 갔다. 사무실의 문은 닫혀 있었다.

'이상하네.' 위바이통과 류창융 회장은 88층을 한 바퀴 돌 때 누군가가 사무실 안에 몰래 숨지 못하도록 모든 방의 문을 열어뒀었다.

사무실 문을 열려고 때, 위바이통은 안 좋은 예감이 들었다.

아무래도 누군가가 안에 있는 것 같았다.

방문을 연 위바이통은 그 자리에서 굳어 버렸다.

'안 돼, 안 돼, 안 돼, 안 돼, 안 돼, 안 돼, 안 돼, 안 돼, 안 돼, 안 돼, 안 돼, 안 돼, 안 돼, 안 돼, 안 돼, 안 돼!'

위바이통의 머릿속에 이 외침이 메아리쳤다. 그는 정말 이렇게 외치고 싶었지만, 온몸의 근육이 딱딱하게 굳어 말을 듣지 않았다.

사무실 안의 리슈얼은 의자에 널브러진 채 앉았는데 두 손이 양쪽으로 축 처져 있었다. 천뤄치와 달리 리슈얼의 머리는 앞으로 기울어졌으며 긴 머리가 얼굴을 가리고 있어 기이한 분위기를 풍겼다.

"무슨 일이⋯." 량위셩과 류창융 회장이 탕비실 쪽에서 걸어왔다. 량위셩은 사무실 안의 풍경을 보더니 바로 위바이통의 앞을 막아서고 그의 머리를 감싸 안았다. 다친 동물을 토닥이는 것처럼.

"위바이통 씨, 보지 말아요. 자, 저기 가서 좀 앉아요. 제가 처리할게요." 량위셩은 부드럽게 위바이통에게 말했다.

"위바이통 씨? 저쪽으로 가요." 위바이통이 아무런 대답도 없자 그녀는 다시 말했다.

"리… 리슈얼인가요?" 위바이통의 목소리는 떨리고 있었다.

"아무 생각하지 말아요. 제가 처리할게요."

"아! 저건… 슈얼이잖아! 안 돼! 아아!" 정신이 돌아오고 마침내 눈앞의 상황을 파악한 위바이통의 마음속 슬픔과 공포가 한꺼번에 터져버렸다. 리슈얼을 영원히 잃어버렸다는 두려움을 깨달았기 때문이다. 어젯밤에야 비로소 두 사람은 3년 전의 일을 내려놓고 다시 함께 시공을 뛰어넘지 않았던가! 위바이통은 리슈란을 데리고 런던에 갔으며, 함께 〈레 미제라블〉을 관람했고, 자신이 연기했던 소극장에 그녀를 데려갔다.

류창융 회장은 힘으로 위바이통의 어깨를 누르고 반쯤 끌다시피 해서 서남쪽 개방형 사무실에 앉혔다. 몇 분 뒤, 량위셩이 사무실에서 나와 위바이통 가까이 오더니 쪼그리고 앉았다.

"위바이통 씨, 두 사람 어젯밤에 같이 쉬지 않았나요? 어째서 리슈얼 씨가 저기 있죠?"

"저도 잘 모르겠어요. 어젯밤에… 제가 잠이 너무 깊이 들어서요. 조금 전에 일어나보니 슈얼이 보이지 않아서…."

"어젯밤에 우리가 그 앞을 지나갈 때 두 사람 다 곤히 자고 있지 않았나? 행여 방해될까 싶어서 우리가 발소리도 안 내려고 조심했는데." 류창융 회장이 량위성에게 말했다.

"두 분이 우리 앞을 지나갔다고요?"

"그래요. 아마 새벽 2시 넘어서였지." 류창융 회장이 계속 말했다. "고객 응접실에 사람이 너무 많아서 말입니다. 예홍 대표가 코를 너무 골아서, 나와 위성은 시끄러워서 잠이 깼는데 그 김에 탕비실로 자리를 옮겼어요."

'그렇다면 리슈얼은 새벽 2시 넘어서까지 사무실에 있었다는 거잖아.' 위바이통은 속으로 생각했다. 하지만 리슈얼은 어째서 저기에 간 걸까?

"슈얼… 슈얼은 죽었나요?" 위바이통은 흐느껴 울었다.

량위성은 고개를 끄덕였다. "위바이통 씨, 솔직히 말해줘요. 혹시 리슈얼 씨에게 마약을 복용하는 습관이 있었나요?"

"예? 마약이요?" 위바이통은 멍한 얼굴로 량위성을 바라봤다. "선생님 말씀은 슈얼이 약물 과다 복용으로 죽었다는 건가요?"

"시체… 리슈얼 씨 옆의 바닥에 주사기가 있었어요. 잠깐 살펴본 거지만, 약물을 과다하게 주사한 증상과 일치해요."

위바이통은 리슈얼이 마약을 할 사람이 아니라고 정말 말하고 싶었다. 하지만 요 몇 년 동안 그에게 리슈얼은 엄격히 말하면 낯선 사람이나 마찬가지였다. 또한, 그 역시 현재의 리슈얼에게는 사실상 낯선 사람이었다.

"이게 슈얼 씨의 가방이에요." 량위성은 리슈얼이 가지고 다니던 가방을 위바이통에게 건넸다. "위바이통 씨가 한번 살펴봐요."

의사는 의사인지라 량위성은 위바이통을 리슈얼의 보호자로 대하며 그에게 먼저 리슈얼의 물건을 확인하게 했다. 위바이통이 연 리슈얼의 가방에는 지갑과 동전 주머니, 화장품 파우치 등이 있었다.

화장품 파우치 안에는 립밤과 립스틱, 파우더, 기름종이가 들었다. 진한 분홍색 립스틱을 본 위바이통은 끝내 눈물을 쏟고 말았다.

곧이어 위바이통은 가방에서 작은 비닐봉지를 꺼냈는데 그 안에 하얀 분말이 들어 있었다.

"헤로인이나 코카인 같아요." 량위성은 그 봉지를 받아들었다.

"헤로인…이겠죠." 위바이통은 무기력하게 말했다. "코카인은 주사기가 필요 없으니까."

"저건 뭐지?" 류창융 회장은 가방의 안주머니를 가리켰다. 안주머니는 지퍼로 잠겨 있었지만, 안에 뭐가 있는지 불룩해 보였다. 지퍼를 열었을 때 위바이통은 심장이 내려앉는 것 같았다.

안에 있는 것은 차곡차곡 개켜진 넥타이, 바로 와인색의 실크 넥타이였다!

위바이통은 그것이 양안엔 사장의 넥타이임을 한눈에 알아챘다. 그가 고개를 들어 량위성을 보니 그녀의 낯빛도 매우 좋지 않았다. 물론 량위성은 그것이 양안엔 사장의 넥타이란 사실을 알 리 없었다. 하지만 그녀는 그 넥타이가 바로 천뤄치의 목을 조르는 데에 쓰인 도구란 것을 금세 알아봤다. 직접 천뤄치의 시체를 검사한 그녀이니 넥타이의 폭만 봐도 살인 도구에 딱 들어

맞는다는 사실을 눈치챘으리라.

"리슈얼 씨… 짓일까요?" 량위성이 입을 열었다. "천뤄치 씨를 죽인 살인범이 리슈얼 씨일까요?"

위바이통은 아무런 대꾸도 하지 않았다. 지금 그의 머릿속을 가득 채운 것은 양안옌 사장의 넥타이가 어떻게 리슈얼의 가방 안에 있는가 하는 문제였다. 어째서 리슈얼은 갑자기 마약을 복용했을까? 위바이통은 이틀 내내 줄곧 리슈얼의 곁에 있었다. 하지만 리슈얼에게 마약을 하는 습관이 있는 것 같다고는 전혀 느끼지 못했다. 게다가 리슈얼은 금요일 밤에 계속 량위성과 함께 있지 않았던가. 만약 리슈얼이 마약 중독자라면 의사인 량위성이 눈치채지 못했을 리 없었다.

"무슨 일이 생겼나요?" 갑자기 왕송성 박사가 나타났다. 곧이어 예흥 대표와 쩡자웨이, 저우밍후이도 모습을 드러냈다.

"어째서 다들 그쪽에서 옵니까?" 류창융 회장은 그들이 온 방향을 보며 말했다. 그들은 고객 응접실에서 남쪽 문을 통과하지 않고 탕비실 쪽에서 걸어왔다.

"예, 남쪽의 문이 잠겨서 말입니다." 왕송성 박사는 머리를 긁적였다. "그래서 할 수 없이 저와 예 대표가 북쪽의 문을 두드려 저 사람들에게 문을 열어달라고 했습니다." 왕송성 박사는 저우밍후이와 쩡자웨이의 이름을 부르지 않고 저 사람들이라고만 했다.

"아, 우리가 어젯밤에 자리를 바꿀 때 문을 괴는 걸 잊어버렸나 봐요." 량위성은 생각이 난 듯 말했다.

"맙소사! 저건 뭡니까?" 리슈얼의 시체가 있는 사무실 앞을 서성대던 예홍 대표는 그 안의 시체를 발견하고 깜짝 놀랐다.

"대체… 무슨 일이 벌어진 겁니까? 저, 저건 리슈얼 씨 아닙니까?" 왕송셩 박사는 리슈얼의 시체를 정면으로 쳐다보지 못하고 곁눈질로 훔쳐봤다.

량위셩은 어떻게 된 상황인지 사람들에게 간단히 설명해줬다. 잠시 뒤, 모두 탕비실로 자리를 옮겼지만 아무도 말이 없었다.

"그러니까, 그녀가 천뤄치 씨를 죽인 범인이란 겁니까?" 왕송셩 박사가 물었다. '그녀'는 물론 리슈얼을 가리켰다.

"아직 단언할 수는 없어요." 량위셩이 고개를 끄덕였다. "하지만 슈얼 씨의 가방에 넥타이가 있었고, 천뤄치 씨의 목에서 발견된 졸린 흔적과 일치했어요."

"누군가가 리슈얼 씨에게 죄를 뒤집어씌우려 한 건 아닐까요?" 쩡자웨이가 말했다. "어째서 리슈얼 씨가 남성용 넥타이를 갖고 있을까요?"

"리슈얼 씨가 왜 넥타이를 갖고 있었는지는 알 수 없죠." 줄곧 말을 많이 하지 않던 류창융 회장이 대화에 끼어들었다. "어쩌면 리슈얼 씨가 마약을 주사하는 모습을 천뤄치 씨에게 들켰을 수도 있지요. 천뤄치 씨는 그걸 약점으로 잡고 리슈얼 씨를 협박했을 테고, 후환을 없애기 위해 리슈얼 씨가 천뤄치 씨를 죽였을지 모릅니다. 이번에는 더 조심한다고 모든 사람이 잠들기를 기다렸다가 리슈얼 씨 혼자 그 사무실에 갔는데 실수로 약물을 과다하게 주사해서….”

“그 추리가 합리적이긴 하네요.” 량위성은 고개를 끄덕였다. “제가 리슈얼 씨의 시체를 살펴봤는데 다른 상처는 없었어요. 만약 살인범이 다른 사람이고 리슈얼 씨에게 억지로 주사를 했다면 분명 리슈얼 씨가 반항해서 상처가 남았을 거예요.”

“아!” 위바이퉁은 갑자기 뭔가 떠오른 것 같았다. “수면제 아니었을까요? 저도 이상하다고 생각했는데, 어젯밤에 갑자기 졸음이 쏟아져서 밤새 깊이 잠들었거든요. 혹시 범인이 저희에게 수면제를 먹이고 슈얼이 잠든 틈에 마약을 주사한 건 아닐까요?”

“그러고 보니, 저도 어젯밤에 갑자기 막 졸리기에 너무 피곤해서 그런가 했는데….” 저우밍후이가 말했다.

“잠깐! 그렇다면 위바이퉁 씨 말은 우리 중에 범인이 있다는 거잖아요?” 예훙 대표는 조금 거칠게 말했다. “지금은 정전이라 엘리베이터도 작동 안 되는데 여기가 88층이란 건 둘째 치고 보통 사람들이 계단으로 올라오려고 하지는 않잖아요. 게다가 계단으로 올라오는 곳에는 철문이 자물쇠로 잠겨 있지 않습니까? 지금 외부 사람은 이 안으로 못 들어온단 말입니다.”

위바이퉁과 저우밍후이, 쩡자웨이는 아무 말도 하지 않았다. 손님들은 양안옌 사장이 이 빌딩에 숨어있을 거라고 세 사람이 생각하는 것을 모르지 않는가. 위바이퉁 일행이 말하는 ‘다른 사람’은 사실 양안옌 사장이었다.

“들어보니 가능한 일이긴 하지만 아주 큰 허점이 있군요.” 류창융 회장이 위바이퉁의 말을 바로 반박했다. “우리가 여기에 갇히게 된 건 순전히 정전 때문이었어요. 그런데 만약 위바이퉁 씨 말대로 범인이 다른 사람이라면 그는 마침 몸에 마약과 주사기, 수면제를 갖고 있어야 하는 겁니다."

"수면제와 주사기라…." 쩡자웨이는 뭔가 생각에 잠긴 것 같 았다. "어젯밤 저희가 저녁을 먹을 때 종이팩에 든 주스를 마시 지 않았습니까?"

위바이퉁은 어젯밤 일을 떠올렸다. 당시 사람들은 함께 탕비 실에서 에너지바를 나눴다. 그때 테이블 위에 상자에 담긴 종이 팩 주스가 놓여 있어서 몇몇 사람이 마셨는데 쩡자웨이가 가장 먼저 주스를 집었다.

"지금 생각해보니 그 전에는 주스가 냉장고 안에 있지 않았 습니까? 그러니까 어제의 그 주스들은 누군가가 일부러 꺼낸 거 고요." 쩡자웨이가 계속 말을 이어갔다. "다들 생각해보세요. 그 열 개 들이의 주스는 겉포장이 종이 재질이잖아요. 만약 리슈얼 씨가 주사기로 먼저 종이팩 주스 안에 수면제를 주사했다면 우 리가 잠들기를 기다린 다음 아무런 걱정 없이 마약을 할 수 있 는 거 아닌가요."

"그러니까 쩡자웨이 씨 말은 리슈얼 씨가 주스에 약을 넣었 고 우리가 잠들기를 기다렸다가 아무에게도 들키지 않고 마약 을 주사했다는 거잖아요." 저우밍후이의 말에 쩡자웨이는 크게 고개를 끄덕였다.

"하지만," 류창융 회장이 말했다. "내 기억으로는 리슈얼 씨 도 주스를 마셨는데."

"그게 심리적 함정인 거죠. 그런 포장은 보통 사람들이 가장 바깥에서부터 음료수를 꺼내잖아요. 중간에 있는 하나에 약을 넣지 않았다면 리슈얼 씨가 자신의 것을 기억해뒀다 가져갔겠죠. 그래서 리슈얼 씨는 처음에 주스를 꺼내지 않은 거고요." 쩡자웨이가 말했다.

듣기에는 꽤 일리가 있었다. 위바이통도 쩡자웨이의 추리에 동의하지 않을 수 없었다. 하지만 위바이통은 리슈얼이 마약 중독자라는 것을 감정적으로 받아들이기 어려웠다.

"말도 안 돼…." 위바이통은 혼잣말처럼 중얼거렸다.

"증거로 보아 리슈얼 씨는 피살당하는 게 불가능합니다. 위바이통 씨, 당신이 죽인 게 아니라면." 류창융 회장이 위바이통 앞에 섰다.

"창융 씨, 당신 무슨 말을…." 량위성이 나서서 항의하려 했지만, 류창융 회장이 막았다.

"다들 조금 전에 들으셨을 겁니다. 나와 량위성 선생이 새벽 2시쯤 고객 응접실을 떠나 탕비실로 갔다는 이야기 말입니다. 그때 우리는 남쪽의 유리문을 이용했습니다. 하지만 부주의해서 문을 괴는 걸 잊어버리고 말았죠. 그러니까 유리문이 닫히고 난 뒤에는 안에서 문을 열어줘야 하는 상황이 된 겁니다. 다시 말해 새벽 2시 이후에 왕 박사님과 예 대표님은 남쪽의 문을 통과해 사무실로 들어갈 수 없었어요. 게다가 그때까지만 해도 리슈얼 씨는 멀쩡히 살아있었고요. 이후에 나와 량위성 선생이 줄곧 탕비실에 있었는데, 우리는 주스를 마시지 않았기 때문에 깊이 잠들지 않았어요."

"아!" 저우밍후는 무슨 생각이라도 난 것처럼 소리쳤다. "그러니까 리슈얼 씨가 거기에 가려면 북쪽의 문을 이용해야 하는군요. 그러려면 반드시 탕비실을 지나가야 하고요."

"하지만 우리는 밤새 내내 누가 지나가는 걸 보지 못했어요." 류창융 회장은 고개를 끄덕이며 말했다. "그러니까 리슈얼 씨가 피살당했다고 위바이통 씨가 계속 주장한다면, 그 범인은 바로 위바이통 씨 본인일 수밖에 없다는 겁니다."

위바이통은 말문이 탁 막혔다. 확실히 현장에 있었던 사람들이 봤을 때 위바이통 외에 리슈얼을 죽일 기회가 있었던 사람은 없었다. 그렇지 않다면 반드시 탕비실을 지나가야 하니까.

조금 전 사람들도 비상계단으로 가서 철문이 여전히 단단히 잠겨 있다는 사실을 확인하지 않았던가.

"그뿐만 아니라 위바이통 씨는 천뤄치 씨가 죽기 전에 그를 본 마지막 사람이기도 하죠."

류창융 회장의 말이 옳았다. 위바이통도 처지를 바꿔 놓고 본다면 류창융 회장처럼 생각했을 것이다.

하지만 류창융 회장의 추리에는 한 가지 맹점이 있었다.

그는 양안옌 사장이 이 빌딩 안에 있다는 것을 모르지 않는가.

'남은 시간만이라도 나는 내 삶을 불태워 반짝반짝 빛내보겠어!'

양안옌 사장이 슈란을 죽였다. 본래 무대 위에서 빛을 내던 슈란을 죽였다.

'이런저런 생각 없이 키스하고 싶게 만드는 입술은 여자의 다른 어떤 신체 부위보다 섹시하지.'

양안엔 사장 때문에 지금의 슈란은 창백한 입술만 남게 되었다.

"이런, 빌어먹을!" 위바이통은 갑자기 펄쩍 일어나 앉아 있던 의자를 집어 들어 단숨에 천장으로 던졌다.

"위바이통 씨!" 량위성이 바이통을 말리려 했지만, 류창융 회장이 막아섰다. 류창융 회장은 위바이통이 이미 이성을 잃었음을 눈치챈 것 같았다.

"야!" 의자에 맞은 천장이 부서져 내린 뒤 위바이통은 다시 의자를 들어 또 다른 천장에 집어 던졌다.

"개새끼, 너, 이리 나와!" 위바이통은 복도에 있는 모든 천장을 부숴버렸다.

18

'하늘이 내게 재능을 내렸으니 반드시 그 재능을 쓸 곳이 있을 것이다.'
하지만 재능은 쓰일 곳을 알아야 비로소 쓸모가 있는 것이다.

— 양안옌,《나는 금융 엘리트가 될 것이다》

"양안옌 사장은 슈얼을 죽일 수 없어요." 기진맥진해진 위바이통은 힘없는 목소리로 내뱉었다.

위바이통이 미친 사람처럼 88층의 천장을 모두 깨부순 뒤 탈진해서 탕비실 바닥에 주저앉은 모습을 보고 나서야 류창융 회장 일행은 고객 응접실로 돌아갔다. 하지만 저우밍후이와 쩡자웨이는 탕비실에 남았다. 류창융 회장 일행이 완전히 자리를 떠나자 위바이통은 입을 열었다. 지난 30분 동안의 소동을 보며 다른 사람들은 위바이통이 리슈얼이 세상을 떠난 충격을 이기지 못해 미친 사람처럼 발악한 것으로 생각했다. 하지만 지금 그어느 때보다 냉정해진 위바이통은 마치 다른 사람처럼 보였다. 저우밍후이와 쩡자웨이가 보기에는 위바이통이 조금 전에 했던 행동이 의심스러울 정도였다.

"이 빌딩에는 양안옌 사장이 숨을 곳이 없어요." 위바이통은 말을 이어갔다. "이 층에서 몸을 숨길 곳은 천장뿐입니다. 일반적으로 사무실 빌딩에는 층마다 가짜 천장이 설치되어 있어요. 가짜 천장과 진짜 천장 사이에 환기장치와 전선 등등이 배치되어 있는데 이론상 거기에는 사람이 몸을 숨길 수 있죠. 하지만 조금 전 제가 천장을 모두 깨부쉈으니 누군가가 거기 숨어있었다면 우리에게 발견됐을 수밖에 없어요."

"그러니까 위바이통 씨도 리슈얼 씨가 피살된 게 아니란 말에 동의하는 겁니까?" 쩡자웨이가 물었다.

"동의하고 싶지는 않지만, 객관적으로 봤을 때 가능성은 그것뿐이네요." 위바이통은 손바닥에 얼굴을 묻었다. "하지만 그렇다면 우리가 전에 했던 추리는 조금 말이 안 되는데…."

'만약 천뤄치가 양안옌 사장과 한패라면 리슈얼은 어째서 천뤄치를 죽였을까?' 이 역시 위바이통으로서는 이해가 가지 않는 부분이었다.

"혹시," 저우밍후이는 잠시 생각하는 듯하더니 말했다. "리슈얼 씨도 양 사장에게 매수되지 않았을까요?"

"하지만," 위바이통이 입을 뗐다. "만약 우리가 전에 했던 추리가 옳다면, 양안옌 사장이 여러분을 해치려 한 거라면, 이 계획을 실행할 때 천뤄치 씨 한 사람이면 충분한데 슈얼까지 매수할 필요가 있을까요? 만약 두 사람을 매수했다면 다른 한 사람의 역할은 양안옌 사장의 목숨이 끊어졌다는 것을 확인하는 일이었을 텐데, 당시에 양 사장의 숨이 끊어졌는지 확인한 건 천뤄치 씨였어요. 슈얼은 어째서 천뤄치 씨의 시체를 공개한 거죠? 만약 이 층에 양 사장이 숨을 만한 안전한 곳이 없다면 나와 슈얼이 양 사장의 시체가 사라졌다는 사실을 발견했을 때 사실 양안옌 사장은 이미 비상계단으로 이곳을 떠난 뒤였을 겁니다. 내부 스파이인 천뤄치 씨는 문을 잠갔을 거고요. 여기까지는 모두 말이 되는데, 제가 이해할 수 없는 부분은 슈얼이 어째서 천뤄치 씨를 죽였느냐는 거죠."

"만약…." 쩡자웨이가 턱을 괴었다. "처음부터 리슈얼 씨만 양안옌 사장의 스파이였다면요?"

"쩡자웨이 씨 말은," 위바이퉁은 자리에서 일어섰다. "양안옌 사장과 슈얼이 그 연극을 꾸몄다는 거군요."

"양안옌 사장은 죽은 척하고 아래층에 숨었겠죠. 리슈얼 씨가 몰래 음식을 가져다주었고. 그러다 천뤄치 씨에게 발각된 거예요. 양 사장은 천뤄치를 살해하고, 그의 시체를 아래층에 숨긴 거지요." 쩡자웨이가 확신하듯 말을 이었다.

"그렇다면 왜 다시 시체를 공개한 거죠?" 위바이퉁이 다시 물었다.

"아마도 양 사장은 우리를 놀라게 하고 싶었을 거예요. 그래서 '배신자는 죽는다!' 이런 쪽지를 써서 천뤄치 씨의 옷 안에 넣은 다음 그 사무실로 옮겼겠죠."

"그렇다고 한다면, 양 사장이 마약으로 리슈얼을 통제해…." 위바이퉁은 일어선 채 혼잣말로 계속 중얼거렸다. 저우밍후이가 다가오려 했지만, 위바이퉁은 따라오지 말라는 듯 손을 내저었다.

'무슨 이유로 슈얼에게 천뤄치를 죽이게 한 다음 그의 시체를 공개했을까?' 위바이퉁의 머릿속에서는 이 문제가 끊임없이 맴돌았다.

✳

위바이퉁은 리슈얼이 첫날 밤을 보냈던 접견실에 혼자 앉아 있었다. 마치 리슈얼의 체취가 느껴지는 듯했다.

'좀 더 일찍 그녀에게 모든 것을 고백했어야 했다.' 위바이퉁은 생각했다.

좀 더 일찍 그녀에게 말해야 했다. 그녀를 처음 본 날 그는 그녀의 몸에서 뿜어져 나오는 빛을 봤다고.

좀 더 일찍 그녀에게 말해야 했다. 그날, 그는 정말 그녀에게 입을 맞추고 싶었노라고.

좀 더 일찍 그녀에게 말해야 했다. 그녀가 유명 배우와 사귄 적이 있다고 기자에게 이야기를 꾸며대며 얼마나 괴로웠을지 몇 년이 지난 지금에서야 이해한다고.

"위바이퉁 씨, 괜찮아요?" 저우밍후이가 문을 열고 고개를 들이밀었다. 위바이퉁은 아무런 대꾸도 하지 않았지만, 저우밍후이는 제 마음대로 안에 들어와 앉았다. "내일은 전력이 복구되겠죠? 내일 아침이면 경찰이 우리를 발견할 거예요. 벌써 사흘이나 됐잖아요. 아, 위바이퉁 씨에게 뭐라고 말해야 좋을지 모르겠는데, 리슈얼 씨의 일은 참 유감이에요."

위바이퉁은 저우밍후이를 신경 쓰지도 않았다.

"우리는 어떻게 해야 할까요?" 저우밍후이는 위바이퉁의 침묵에도 개의치 않고 계속 말을 이었고, 위바이퉁은 마침내 고개를 들고 저우밍후이를 쳐다봤다. "제 생각에는, 양 사장이 계속 저를 출근하라고는 하지 않을 거 같아요. 금요일 밤에 양 사장과 싸운 그 순간 해고당한 거죠, 뭐." 저우밍후이는 씁쓸한 미소를 지었다.

"그럼….." 위바이퉁은 조금 잠긴 목소리로 말했다. "브로드웨이에 돌아가서 다시 배우를 하세요. 저우밍후이 씨 본인이 정말 금융 엘리트를 감당할 수 있다고 생각해요?"

그 순간, 저우밍후이의 얼굴이 굳어버렸다.

"저는 런던 웨스트엔드로 돌아가야겠죠." 위바이퉁은 저우밍후이를 쳐다보지도 않고 혼잣말처럼 중얼거렸다.

"어떻게, 위바이퉁 씨가 그걸 알고 있죠? 리슈얼 씨가 알려줬나요? 아니, 리슈얼 씨도 모르는 일인데."

위바이퉁은 두 발로 바닥을 밀쳤다. 덕분에 그는 바퀴 달린 의자에 앉은 채로 저우밍후이 옆으로 다가갔다. 그는 저우밍후이의 셔츠 주머니에 손을 집어넣더니 안에서 작은 무언가를 꺼냈다.

콩알보다 조금 큰 크기의 그것은 수신기처럼 보였다.

"정전된 뒤에 슈얼과 저우밍후이 씨가 몰래 귀에서 뭔가를 빼내 숨기는 걸 봤어요." 위바이퉁은 그 콩알만 한 수신기를 유심히 살펴봤다. "며칠 전에 인터넷에서 양안옌 사장에 대해 검색해본 적이 있어요. 양 사장은 바나금융을 강캉시로 옮겨오기 전에 애플리케이션을 개발하는 작은 회사를 사들였더군요. 그 회사에서 개발한 건 통신 애플리케이션이었는데 특별한 기술을 이용해 사용자가 어떤 날씨에도 통화 상태를 유지할 수 있다고 했어요. 아주 적은 데이터 용량을 사용하면서 말이에요. 누가 봐도 성공할 가능성이 큰 애플리케이션이죠. 데이터통신의 한계를 극복한 거니까요. 그런데 제가 아무리 검색해 봐도 그 회사의 후속 소식이 없더라고요.

저는 본래 금융 쪽에 특별히 관심을 두지는 않았어요. 어차피 스타트업에 관해 잘 알지도 못하고. 여기에 와서 슈얼을 다시 만나고…, 그녀와 저는 강캉대학 연극부에서 알게 된 사이라고 해야겠네요. 아무튼, 저는 슈얼 덕분에 연극을 알게 됐죠. 하지만 대학을 졸업한 슈얼이나 저나 연기 쪽에서는 큰 성과가 없었어요. 그러다 3년 전에 저는 런던으로 갔고 슈얼과는 연락이 끊겼죠.

그런데 얼마 전에 양안옌 사장이 런던으로 절 찾아왔어요. 저를 훈련시켜서 금융 엘리트로 만들어 주겠다고 하더군요. 저도 참 이상하다고 생각했죠. 제가 알기로는 금융 엘리트가 되려면 대학에서 금융과 관련된 학과를 전공하거나 무슨 자격시험에 합격해야 하는데 말이에요. 하지만 여기서 슈얼과 저우밍후이 씨를 만나고 며칠 동안 살펴보면서 확실히 깨달았죠."

"양 사장이 당신을 찾아 웨스트엔드에도 갔다고요?" 저우밍후이는 눈앞의 젊은 남자를 빤히 쳐다봤다. "처음에 양안옌 사장이 저를 찾아 뉴욕으로 왔었어요. 그때 전 작은 극장에 있었는데, 제가 연기를 좋아하긴 했지만 뉴욕에서는 하루 벌어 하루 먹고 사는 생활을 해야 했죠."

"여기에 며칠 있으면서 저는 저와 슈얼, 저우밍후이 씨 세 사람 모두 배우 출신이란 걸 알았어요. 반면 천뤄치 씨와 쩡자웨이 씨는 특별한 능력이 있는 사람들이더군요."

"특별한 능력이요?"

"그날 저우밍후이 씨가 천뤄치 씨와 함께 응급전화기를 조립했던 일 기억나요?"

"예. 그게 어때서요? 아!"

"저는 당신과 천뤄치 씨가 그날 처음 만났다고 생각했는데, 전화를 조립할 때 보니 두 사람이 뜻밖에 손발이 잘 맞더라고요. 그때 천뤄치 씨는 처음 보는 설명서인데도 어려움 없이 조립방법을 읽었어요. 저우밍후이 씨는 설명서 한 번 보지 않고 정확히 지시에 따라 전화를 조립했고요. 쩡자웨이 씨도 악보를 한 번 보더니 멜로디를 매끄럽게 흥얼거렸던 것 기억나요? 음악적으로 그런 능력을 시독이라고 하죠. 악보를 한 번만 보고도 막힘없이 연주해내는 것 말이에요. 그러니까 저는 여기서 두 종류의 사람을 본 거예요. 하나는 바나금융의 금융 엘리트이지만 모두 연기자 출신인 사람들이고, 다른 하나는 '터차이'란 외주회사를 통해 고용됐지만 뛰어난 시독 능력을 갖춘 사람들이었죠.

제가 보기에 슈얼과 저우밍후이 씨는 금융 엘리트로 훈련된

게 아니에요. 양안옌 사장이 두 사람을 찾은 건 금융 엘리트란 '역할'을 맡기기 위해서였죠. 반면 천뤄치 씨와 쩡자웨이 씨는 무대 뒤에서 두 사람에게 자료를 지원해주는 일을 맡았고요. 그리고 이 수신기는 그 통신 애플리케이션의 핵심이죠. 무대의 연기자가 이어폰을 끼는 것처럼, 어떤 뜻밖의 상황이 생길 때 무대 위의 금융 엘리트에게 지시하기 위해서요."

저우밍후이는 한숨을 푹 내쉬었다. "위바이통 씨 말이 맞아요. 나와 리슈얼 씨는 양안옌 사장의 요청으로 연기하는 배우들이에요. 보통 배우들과 차이가 있다면 막을 내리지 않는 무대 위에서 연기한다는 거죠. 이 수신기는 바로 우리의 대본이에요."

저우밍후이는 휴대전화를 꺼내 애플리케이션 하나를 열었다. 하지만 네트워크가 연결되지 않아서인지 애플리케이션은 완벽하게 구동되지 않았다. 위바이통이 보니 그것은 바나금융 내부 애플리케이션이었다.

"이게 바로 위바이통 씨가 말한 그 애플리케이션이에요. 매일 아침에 일어나 이 애플리케이션을 작동시키면 연기가 시작되는 거죠. 우리는 알고 있어요. 각각의 금융 엘리트 뒤에 '그림자'가 있다는 걸 말이에요. '그림자'는 24시간 내내 전화를 끊지 않는 고객 서비스 핫라인 직원처럼 이 애플리케이션을 통해 우리와 고객들의 대화를 듣고 필요할 때마다 우리에게 관련된 자료를 알려줘요. 덕분에 우리는 고객 앞에서 금융경제에 관해 손바닥 보듯 잘 알고 있는 것처럼 연기할 수 있죠. 고객들이 무슨 질문을 던져도 우리는 대답할 수 있어요."

"하지만 그건 당신들 업무의 일부분이죠?" 위바이퉁이 물었다. "금융 지식도 없는 당신들이 어떻게 다른 업무를 할 수 있나요? 무슨 자료를 분석하는 그런 일들 말이에요."

"우리는 그런 일을 할 필요가 없어요."

"예?"

"저우밍후이는 내 진짜 이름이 아니에요." 저우밍후이는 쓴웃음을 지었다. "일종의 예명이라고 할 수 있겠네요. 아니, 사실 저우밍후이는 바나금융 안에 있는 한 팀의 이름이에요. 이를테면 A팀, B팀 같은 거죠. 이 '저우밍후이 팀'에는 대외적으로 얼굴을 드러내는 나와 자료 전달을 책임지는 천뤄치 씨, 그 뒤에서 자료 분석과 보고서 작성 등의 전문 업무를 하는 책임자가 있어요. 리슈얼 씨도 마찬가지였어요. 쩡자웨이 씨가 바로 그녀의 그림자죠."

"팀이요?" 위바이퉁은 조금 놀랐지만 뭔가 생각나는 게 있었다. '양안옌 사장이 정의하는 인재는 사회의 일반적인 개념과 다르다더니 이걸 말하는 거였군.' 위바이퉁은 그날 '쥐덫'에서 이야기를 나누던 양안옌 사장을 떠올렸다. "전통적인 금융 엘리트는 뛰어난 금융 지식 외에도 고객들과 양호한 관계를 유지할 수 있을 만큼 성격도 외향적이죠. 하지만 모든 장점을 갖춘 금융 엘리트는 소수에 불과하고, 그런 인재를 고용하려면 월급과 보너스도 많이 줘야 할 겁니다. 양안옌 사장은 그런 비용을 치르고 싶지 않았던 거군요. 대신 그는 금융 엘리트의 특징을 분석해 각각의 특징에 맞춰 낮은 월급으로도 고용할 수 있는 맞춤형 인재를 찾은 거예요."

'그렇다면 그건 패스트푸드점이나 공장과 다름없지 않나? 금융 업무를 생산 라인으로 바꾼 거잖아.' 위바이통은 이렇게 생각하면서도 저우밍후이에게는 말하지 않았다.

"맞아요. 제 월급은 외부에서 상상하는 금융 엘리트 수준이 아니었어요. 물론 제가 뉴욕에서 작은 역할을 맡을 때보다는 훨씬 나았지만요. 양안엔 사장은 저와 리슈얼 씨가 진짜 금융 엘리트가 아니란 것을 잘 알고 있죠. 그러니까 우리는 최선을 다해 양 사장을 도와 일하는 것 외에는 다른 길이 없었고요. 우리는 일부러 평범한 이름을 지었어요. 평소에도 큰 이목을 끌지 않는 이름이어야 고객이 깊은 인상을 받지 않을 테니까요. 언제든 다른 팀과 대체될 수 있도록 말이에요."

"저우밍후이 씨의 월급이 많지 않았다면, 지금 입고 있는 옷도 감당하기에 제법 비싸지 않나요?" 위바이통이 가만히 저우밍후이의 윗옷을 만졌다.

"이건 다 회사 거예요." 저우밍후이는 헛웃음을 지으며 옷깃을 정리했다. "우리가 입는 옷이나 서류가방, 만년필 같은 건 모두 회사가 지급해준 거예요. 무대의상처럼요."

위바이통은 그날 밤 여자 화장실에서 주웠던 립스틱이 생각났다. 리슈얼이 대학 시절 쓰던 립스틱 브랜드를 여전히 사용한 것은 지난 시절이 그리워서가 아니라 양안엔 사장으로부터 받는 월급으로는 소모품인 화장품에 그렇게 많은 돈을 쓸 수 없었기 때문이었다.

"그럼 '그림자'는요?" 천뤄치 정도만 생각했던 위바이퉁으로서는 배후의 팀이 그의 상상보다 크고 많다는 사실이 뜻밖이었다. 그는 자세를 바꿔 앉으며 청바지 주머니에 손을 넣었다.

"위바이퉁 씨가 말한 것처럼 천뤄치 씨와 쩡자웨이 씨는 통신을 책임지고 있었어요. 우리와 상황은 같았고, 양안옌 사장 아래에서 일했죠. 큰돈을 벌 수는 없지만, 월급은 괜찮은 수준이에요. 그 뒤에 있는 분석원들도 비슷해요. 그 사람들은 죄다 똑똑하지만 성격이 금융계에서 일하기에 적합하지 않은 편이죠. 고객을 응대하는 일 외에도 다른 사람들과 연락을 유지할 줄 알아야 하잖아요. 전통적인 금융업 종사자들은 말이에요.

그뿐만 아니라 금융기관에도 인공지능 바람이 불면서 해고당한 사람들이 많아요. 양안옌 사장은 낮은 월급으로 그런 사람들을 끌어모았어요. 그런 다음 막후에서 주로 인공지능을 이용해 데이터와 자료를 분석하게 했죠. 평소 자료는 통신원을 통해 우리에게 전달하게 했고요.

그런데 양안옌 사장이 머리가 얼마나 잘 돌아가는지 우리가 각자의 '그림자'인 통신원들과 너무 많은 교집합이 생기는 걸 경계했어요. 행여 서로 가까운 관계라도 될까 봐 걱정한 거죠. 그 때문에 회사에서는 우리가 사적으로 그림자와 연락하거나 만나는 걸 허락하지 않았어요. 게다가 특수한 처리를 해서 그림자의 목소리를 변조했다니까요. 다른 사람들과 대체하기 편하게 말이에요. 사실 그 부분은 우리도 동의했어요. 우리도 그림자와 마주치고 싶지 않았거든요. 행여 우리가 금융 엘리트가 아니란 걸 누가 알면 어떻게 해요?"

'하늘이 내게 재능을 내렸으니 반드시 그 재능을 쓸 곳이 있을 것이다. 하지만 재능은 쓰일 곳을 알아야 비로소 쓸모가 있는 것이다.' 양안엔 사장의 《나는 금융 엘리트가 될 것이다》라는 책에 이런 구절이 있었다. 그 구절은 바로 이런 사람들의 장점을 어떻게 이용할지 안다는 뜻인 셈이었다.

"그랬군요." 위바이퉁이 말했다. "배후에 그렇게 많은 사람이 있으니 천뤄치 씨는 자료를 분석하는 와중에 양안엔 사장과 류창융 회장의 합작 건을 발견하고 양 사장을 협박하려 한 거네요. 그래서 여러분과 약속하고…."

"근데…." 저우밍후이는 뭔가 머뭇거리며 고개를 갸우뚱했다. "문제는 천뤄치 씨가 어떻게 자료를 손에 넣었냐는 거죠."

"그게 왜요? 천뤄치 씨가 통신을 맡고 있긴 해도 그 정도 내부 자료는 얻을 수 있지 않을까요?"

"흠, 우리가 고객의 직접 비밀 자료에 접촉하거나 내부자 거래 조항 등을 어길까 봐, 회사는 우리에게 담당할 고객을 조심스럽게 배당해주는 편이에요. 그래서 우리도 맡은 고객의 자료를 쉽게 손에 넣을 수 없어요. 양안엔 사장이 맡은 고객은 모두 VIP니까 더더욱 어떤 자료도 얻을 수 없고요."

"잠깐." 위바이퉁은 자신의 심장박동이 점차 빨라지는 걸 느꼈다. 그는 가슴에 손을 얹고 어떻게든 냉정함을 되찾으려 했다. '만약 슈얼이 그 이유로 살해당한 거라면….'

"맙소사!" 위바이퉁은 자리를 박차고 일어났다. "말해봐요.

'저우밍후이 팀'에는 어떤 권한이 있나요?"

"권한이요?"

"예, 이를테면 고객의 자금을 옮긴다든지 하는 거 말이에요."

"아, 예홍 대표를 예로 들면, 어쨌든 우리가 예 대표를 대신해 자산을 관리하는 거니까 투자 포트폴리오를 바꿀 권한이 있죠. 그리고 '저우밍후이' 명의의 자산이 있는데, 우리가 관리 외에도 투자활동에도 참여하니까 바나금융 이외의 관련 기업 설립을 쉽게 하려고 우리 팀도 내부의 자산을 옮길 수 있어요."

"모든 직원에게 그런 권한이 있는 건가요? 천뤄치 씨도요?"

"예, '저우밍후이'의 명의니까 팀 안에서는 누구나 가능해요. 물론 우리 내부에서는 누가 그러는 줄 알죠. 고객에게는 '저우밍후이'라고 하지만요. 하지만 저는 잘 몰라요. 보통 뒤에 있는 지원팀에서 분석 결과를 보내고, 그 사람들이 날 빼고 집행한 다음에 준비해둔 '대사'를 통신원에게 주는 경우도 많거든요."

이후에도 저우밍후이는 양안엔 사장이 어떻게 직원들을 억압하고 착취했는지 불만 섞인 목소리로 말했다. 하지만 그는 스스로 금융 엘리트란 역할에 너무 몰입한 나머지 기꺼이 그런 착취를 견뎠다고 했다.

하지만 위바이통의 귀에는 더 이상 아무 말도 들리지 않았다. 대신 위바이통의 머릿속에는 지난 이틀 동안 있었던 일들이 계속 맴돌았다. 그 기억의 조각들은 마치 퍼즐처럼 점차 하나의 그림으로 맞춰지고 있었다.

'그래서 양안엔 사장의 시체를 감춘 거군.'

'천뤄치는 분명 어떤 비밀을 발견했고, 그것 때문에 살해당한 거야.'

'살인범은 본래 천뤄치의 시체를 숨길 수 있었지만, 그 이유로 어쩔 수 없이 사람들이 그의 시체를 발견하게 한 거지.'

'슈얼도 바로 그 비밀을 알아챘기 때문에 살해당한 거고.'

생각을 마친 위바이통은 사무실을 나가려 했다. "어디 가요?" 저우밍후이가 위바이통을 불러 세웠다.

"마지막 퍼즐 한 조각을 찾으러 갑니다."

제 3 부

19

사람의 몸, 특히 생체시계는 손쉽게 속일 수 있다.
그러므로 의지를 단련해 오랜 시간 동안 일하는 것보다
몸을 속여 아직 일할 정력이 더 많이 남아 있다고 믿게 하는 것이 낫다.

— 양안엔, 《나는 금융 엘리트가 될 것이다》

"나를 찾았다고요?" 류창융 회장이 사무실에 모습을 드러냈
고, 위바이통은 이미 그곳에서 기다리고 있었다.

사람들의 주의를 끌지 않고 류창융 회장과 만날 약속을 하려
고 위바이통은 내내 사무실 밖을 노려보고 있었다. 그는 량위셩
이 화장실에 가는 것을 기다렸다가 류창융 회장에게 만나자는
내용이 적힌 쪽지를 그녀에게 전했다.

"류 회장님, 이 서류를 보신 적 있나요?" 위바이통은 돌돌 말
린 종이를 류창융 회장에게 건넸다. "바나금융의 자회사와 왕송
성 박사, 예훙 대표의 합자기업이 기업 정관을 변경했어요. 이
게 바로 그 관련 서류고요."

저우밍후이와 이야기를 나눈 다음 위바이통은 개방형 사무실

287

로 가서 리슈얼과 함께 숨겨 놓았던 서류를 찾아왔었다.

"이게 나랑 무슨 상관입니까?" 류창융 회장은 서류를 받으려하지 않았다.

위바이통이 서류를 손에 든 채 말했다. "이 서류에 따르면 합자기업은 '우선 A주'를 새로 발행하기로 했는데요. '우선 A주'는 네 배의 우선권을 갖고, 이 네 배의 우선권을 통해 우선주를 보통주로 교환해도 효과가 있다고 규정했어요. 다시 말해 이 우선주를 사들인 투자자는 우선주를 보통주로 바꿀 때 네 배의 주식을 갖게 된다는 거죠. 그렇게 되면 변칙으로 이 합자기업의 지배권을 손에 넣을 수 있어요.

만약 누군가가 왕 박사와 예 대표께서 개발한 기술을 갖고 싶어 한다 해도, 저희는 이미 듣지 않았습니까? 두 분은 발명가이자 꿈으로 충만한 사람들입니다. 왕 박사와 예 대표는 그렇게 쉽게 자기 기술을 남에게 팔아버리지 않을 겁니다. 놀이공원이라는 계획을 위해 왕송성 박사와 예훙 대표는 각자의 기술을 합자기업에 넘겨주었죠. 따라서 그 기술들을 얻으려면 우선 합자기업을 손에 넣어야 하고, 그러려면 앞으로 네 배의 우선권이 있는 '우선 A주'의 발행을 허가하는 것이 그 첫걸음일 겁니다.

다른 많은 스타트업처럼, 제품을 개발하고 완성하려면 몇 번의 자금을 모아야 합니다. 그런데 왕 박사와 예 대표, 양 사장의 합자기업은 각자 지분의 3분의 1씩을 차지하고 있는 공동 경영기업이라 새로이 자금을 모을 때마다 세 사람이 똑같은 금액을 투자해야 자기 지분이 희석되지 않을 수 있죠. 하지만 왕 박사나 예 대표에게 더 많은 자금을 투입하는 건 무척 힘든 일이 아닐 수 없습니다.

그러니까 문제는 어째서 왕송성 박사와 예홍 대표가 이런 방식의 공동 경영에 동의했느냐는 거죠. 바나금융은 다른 방식으로 투자할 수는 없었을까요? 또한, 양안옌 사장이 정말로 '우선 A주'로 합자기업의 지배권을 빼앗아올 작정이라면 그가 투자하는 금액은 분명 다른 두 대표가 어떻게 손쓸 수 없는 정도로 많아야 할 겁니다. 그렇다면 양안옌 사장의 뒤에 반드시 물주가 있다는 거죠." 위바이통은 말을 그치고 류창융 회장을 빤히 쳐다봤다.

두 사람은 한동안 눈빛을 주고받았다. 곧이어 위바이통은 다른 서류 하나를 꺼냈다. 그것은 바로 바나금융과 류창융 회장의 회사가 맺은 주택사업 협력에 관한 의향서였다.

"위바이통 씨가 어떻게 이 서류를 갖고 있죠?" 류창융 회장은 조금 놀란 표정을 지었다.

"누군가가 이 두 서류를 손에 넣고, 그 사이의 관계를 추측해 낸 뒤 그걸 가지고 양안옌 사장님을 협박했습니다." 위바이통은 다시 자리에 앉았다. "합자기업을 손에 넣기 전까지 이 협력 계획은 비밀에 부쳐져야 했어요. 그렇지 않으면 지분의 3분의 2를 소유한 왕송성 박사와 예홍 대표가 우선주의 발행을 반대했을 테니까요. 대체 이건 어떤 주택 개발 계획인가요? 양안옌 사장은 어째서 왕 박사와 예 대표의 기술이 필요한 거죠?"

"그건 나도 모르겠군요." 류창융 회장은 한 치의 감정도 섞지 않은 차분한 목소리로 대답했다.

"예?" 위바이통은 당연히 류창융 회장이 순순히 자신에게 사실을 알려주지 않으리라고 생각했었다. 하지만 적어도 류창융 회장이 사업상 기밀이라는 핑계라도 댈 줄 알았다.

"젊은 사람이 아주 머리가 좋군요. 이런 서류만으로 그런 추측을 해내다니. 양 사장이 위바이통 씨를 찍은 이유가 있네요. 양 사장 사람이라니 나도 위바이통 씨가 바보같이 이 일을 떠벌리고 다니지는 않을 거라 믿고 이야기하고 싶군요. 만약 내가 알고 있다면 말입니다."

"하지만 류 회장님께서는 의향서에 서명도 하지 않으셨습니까?"

"나는 양 사장이 무슨 꿍꿍이속인지 몰랐어요. 1년 전쯤에 양 사장이 내게 그러더군요. 바나금융에서 흥미로운 기술을 얻게 됐는데 내가 하는 주택건물 개발에 큰 도움이 될 거라고. 바나금융의 거래가 마무리되지 않았다기에, 난 우선 참여권을 갖기 위해 바나금융과의 의향서에 서명한 겁니다."

"그러니까 양안엔 사장은 류 회장님께 무슨 기술이라고 알려주지 않았다고요?"

"알려주지 않았어요. 다만…." 류창융 회장은 고개를 갸우뚱했다. "양 사장이 이 빌딩의 개막행사에 나를 초대하면서 이 빌딩이야말로 자신이 구상하는 개념의 실제 모델이라고 했습니다."

"이 빌딩이요?"

"그래요. 하지만 자세한 설명은 해주지 않았어요. 때가 되면 알 거라고요. 이번에는 양 사장이 또 어떤 마법을 부릴 건지 궁금하긴 했죠. 그래서 금요일 저녁에 량위성 선생과 식사를 하고 여기에 들른 겁니다. 마침 건물 밑에서 왕송성 박사와 예홍 대표를 만났고."

류창융 회장은 주택개발 업자였다. 강캉시는 고속으로 발전 중인 도시로 부동산값이 하루가 다르게 치솟았다. 그 때문에 떡고물이라도 얻어먹을 심산으로 이미 많은 재벌 기업들이 주택개발 사업에 뛰어들었다. 게다가 중산층으로 성장하고 있는 새로운 세대나 부유한 가정들은 주택 설비에 대해 점차 많은 것들을 요구하고 있었다.

하지만 주택건물과 왕송성 박사, 예홍 대표의 기술이 무슨 관련이 있단 말인가? 주택가에 놀이공원이라도 짓겠다는 걸까?

위바이통이 고민에 빠져 있을 때 왕송성 박사가 머리를 내밀었고, 류창융 회장은 얼른 서류를 덮었다.

"두 사람 다 여기 있었군요. 제가 아주 대단한 걸 발견했습니다!" 왕송성 박사의 눈꼬리는 조금 처졌고 이마와 콧날, 두 뺨이 기름으로 번질거리고 있었다. 그는 사무실 창문으로 다가가더니 유리에서 뭔가를 찾는 것 같았다. "여기 있군요!" 왕송성 박사는 흥분한 목소리로 손을 흔들며 류창융 회장과 위바이통을 와보라고 했다.

왕송성 박사가 가리킨 곳을 보던 위바이통은 창문 구석에 새겨진 마크를 발견했다.

"이건 우리 회사에서 한 인증이요. 이 유리에 우리 회사의 투영 기술이 지원됐다는 뜻입니다."

위바이통의 어리둥절한 얼굴을 본 왕송성 박사는 조금 속이 타는 것 같았다. "내가 우리 회사에서 개발한 게 3D 입체영상을 투영하는 기술이라고 하지 않았소? 3D 텔레비전과 같은 건데 안경을 쓸 필요가 없는 거란 말입니다. 심지어 이런 유리창에도 같은 효과를 낼 수 있지. 하지만 그러려면 특별한 유리가 필요한데 우리 회사는 기술을 생산업체에 위임했소. 그렇게 만든 유리에는 모두 이 마크가 있는 거요."

"그러니까," 류창융 회장이 입을 뗐다. "이 사무실에 있는 모든 유리에 합리적인 원가로 3D 영상을 투영할 수 있다는 거군요."

"이 사무실뿐만이 아닙니다. 88층에 있는 유리 전부 다 가능합니다. 좀 전에 밖이 왜 이렇게 어두운 건지 답답한 느낌이 들어서 가까이 다가가 보니 죄다 우리 회사 제품이더란 말이죠. 현재의 기술로 완전히 투명한 유리는 만들 수 없거든요."

"그러니까 양안옌 사장님은 이 사무실 건물 어디에든 영상을 비춰 간단한 보고 같은 걸 할 수 있게 하고 싶었던 건가요?" 위바이통은 도무지 이해가 되지 않았다. 어째서 금융 회사가 실리콘밸리의 IT 회사처럼 되어야 한단 말인가?

"나도 원래 그런 거로 생각했는데 나중에 이걸 보게 됐소." 왕송성 박사는 손에 든 책을 펼쳐 들었다. 그것은 바로 양안옌 사장의 책《나는 금융 엘리트가 될 것이다》였다. "여기에 이런 구절이 있는데…."

'사람의 몸, 특히 생체시계는 손쉽게 속일 수 있다. 그러므로 의지를 단련해 오랜 시간 동안 일하는 것보다 몸을 속여 아직 일할 정력이 더 많이 남아 있다고 믿게 하는 것이 낫다.'

"몸과 생체시계를 속인다….'' 위바이통은 거무스름한 유리창을 바라봤다. "아, 알겠습니다. 유리창에 투영하려는 건 대낮의 풍경이군요!"

"바로 그거요!" 왕송성 박사가 말했다. "양 사장이 전에 나와 예 대표에게 우리의 기술을 소문낼 수 있는 특별한 기획이 있다고 말했어요. 그런데 뜻밖에도 그게 여기 있을 줄이야. 그러고 보니 내가 메일을 보내면 어떤 시각이건 리슈얼 씨가 금방 답장을 주더라니. 우리같이 이런 일을 하려면 보통의 체력으로는 되지 않아요. 때로는 나 혼자 늦은 밤까지 사무실에 있다 보면 창 너머로 인적도 없이 이슥해진 밤 풍경이 보이지. 그런데 나 혼자 일하고 있으려면 정말 우울할 때도 있거든. 그럼 나도 모르게 몸도 노곤해지고. 하, 그런데 만약 창밖의 풍경이 대낮이라면, 혹은 비 오는 날도 밖이 맑아 보인다면 일하려는 의욕이 더 생길 거 아니요?"

위바이통은 속으로 생각했다. '그 메일은 '리슈얼 팀'에서 보낸 것이겠지. 그렇다면 체력하고는 아무런 상관이 없어.'

"그렇긴 하겠군요." 류창융 회장이 고개를 끄덕였다. "외국의 연구 결과를 보면 햇빛과 외적 환경이 업무 분위기에 많은 영향을 끼친다던데. 그 때문에 여름과 겨울에 햇빛이 비치는 시간의 차이가 큰 나라들은 서머타임과 윈터타임을 실시한다죠."

"예." 위바이통이 산호세와 런던에 있을 때도 매년 두 차례 시간을 조정했다. 하지만 그는 대부분 휴대전화의 시계를 사용했고, 그것은 통신회사의 시스템 시간이라 자동으로 서머타임과 윈터타임 시간으로 조정돼 자신이 따로 신경 쓸 필요가 없었다.

하지만, 왕송성 박사가 개발한 기술을 이 건물에 적용한 것은 단순히 직원들의 업무 효율을 위해서였을까?

게다가 밤낮없이 일하는 게 그렇게 중요할까? 어차피 리슈얼이나 저우밍후이 같은 사람은 그저 금융 엘리트를 연기할 뿐이다. 사무실 창밖이 온종일 대낮이면 어떻고 한밤중이면 어떻단 말인가? 그들은 그저 대본에 따라 대사를 읊을 뿐인데 말이다.

그럼 예홍 대표는? 예 대표가 연구 개발한 기술은 어디에 쓰였을까? 게다가 이곳은 비즈니스 빌딩인데 류창용 회장의 주택 개발 계획과 무슨 관련이 있단 말인가? 주택은 온종일 대낮처럼 보일 필요가 없지 않은가.

깊은 생각에 잠긴 위바이통은 류창용 회장과 왕송성 박사가 사무실을 떠나는 것도 신경 쓰지 않았다. 그는 줄곧 생각에 빠져 있다가 목이 칼칼해진 뒤에야 아침부터 물 한 모금도 마시지 않았다는 사실을 깨달았다.

아무도 없는 탕비실에 들른 위바이통은 냉장고 문을 열고 안을 들여다봤다.

"사이다가 없잖아…." 위바이통은 문을 닫으면서 다른 손을 무심코 청바지 주머니에 집어넣었다. 갑자기 사이다가 무척이나 마시고 싶어졌다. 청량한 쾌감을 느끼고 싶었다. 예전에 패스트푸드점에서 아르바이트할 때는 튀김기 앞에 서 있으면 꼭 사이다를 한 잔 마셔 몸 안을 시원하게 만들었다. 하지만 훗날 런던에서 브룩슬리를 알게 된 뒤에는 사이다를 거의 마시지 않았다. 그녀의 집에는 탄산수밖에 없었기 때문이다.

이런 생각을 하던 위바이통은 정신이 멍해졌다. 그의 손은 여전히 냉장고 손잡이를 잡고 있었다. 그는 청바지 주머니에 집어넣었던 다른 손을 천천히 뺐다. 손 안에 쥐고 있는 것은 바로 붉은색 단추였다. 그 단추는 시체가 된 천뤄치의 주머니에서 찾은 것이었다.

천뤄치는 이 단추와 관련된 비밀을 알아냈기 때문에 살해당했을 것이다. 위바이통은 이 단추가 이 층에 있는 사람 중 누구의 것도 아님을 이미 확인했다.

단추.

패스트푸드점에서의 아르바이트.

브룩슬리의 집.

유리창의 투영 기술.

놀이공원의 양용 고정식 차량.

위바이통의 눈앞에 하나의 선이 펼쳐지는 것 같았다. 단서들은 모두 하나로 이어지기 시작했다. 그는 급히 걸음을 내디며 북측의 복도로 뛰어갔다.

"왜 여기에 있어요?" 위바이통이 비상문을 열고 나왔을 때 마침 화장실에 가던 량위성과 마주쳤다.

"그게…."

"일단 그 이야기는 됐고, 제가 꼭 위바이통 씨에게 알려줄 게 있어요. 오직 창융 씨와 위바이통 씨만 알아야 하는 거라…." 량위셩은 위바이통에게 다가와 자기 손 안에 있는 무언가를 보여 줬다.

20

현대 사회는 누구나 손쉽게 정보를 얻을 수 있어
사람들은 종종 그 정보의 가치를 소홀히 여긴다.
하지만 단 1분이라도 먼저 정보를 손에 넣으면
좀 더 쉽게 기선을 잡을 수 있으며,
그것은 심지어 생사존망을 가르기도 한다.

— 양안옌,《나는 금융 엘리트가 될 것이다》

미약한 불빛만이 존재하는 곳에서 위바이통은 온몸이 긴장되었다. 그는 행여 소리가 날까 봐 조금도 움직이지 못했다. 모든 계획은 성공을 눈앞에 두고 있었다. 위바이통은 숨을 죽인 채 기다려야만 했다. 살인범이 속아 넘어갈지는 확신할 수 없지만, 도박을 걸어볼 수밖에 없었다.

✳

"아 참, 량위셩 선생님." 조금 전 량위셩과 함께 고객 응접실로 돌아온 위바이통은 질문을 던졌다. "제게 슈얼의 가방을 주실 때 선생님께서 먼저 안을 살펴보셨나요?"

"무슨 뜻이죠?" 량위셩은 호흡에 맞춰 연기했다. 모두 위바이통이 가르친 것이었다.

"그게….." 위바이통은 눈을 굴리더니 이내 순진한 이웃 남학생의 역할에 몰입했다.

"제가 슈얼의 가방에서 이상한 걸 봤거든요. 근데 그게 슈얼 것 같지는 않더라고요. 그래서 혹시 량위성 선생님이 본인 물건을 실수로 떨어뜨리신 건 아닌지 해서요."

'슈얼을 위해 나는 가장 완벽한 추론을 해냈다.' 위바이통은 자신에게 말했다.

류창융 회장은 평소와 조금 다르다고 느꼈을 것이다. 하지만 량위성은 계속 류창융 회장의 손을 잡고 있었다.

'저 두 사람 사이에는 정말 그들만의 약속이 있나 보군.' 위바이통은 절로 그런 생각이 들었다. 누군가가 말하지 않았던가. 남자의 곁에 있는 여자는 그 남자가 어떤 사람인지 가장 잘 드러내는 존재라고.

"아니요. 전 가방을 열지 않고 위바이통 씨에게 줬어요."

"그럼 슈얼이 천뤄치 씨 몸에서 찾은 건가 보군요."

"위바이통 씨가 말하는 이상한 게 뭔데요?"

"아, 아닙니다. 아마 별로 중요하지 않은 걸 거예요. 나중에 경찰이 오면 제가 건네줄게요."

위바이통은 피곤한 척하며 얼굴을 양 무릎 사이에 묻고, '그 사람'의 표정에 변화가 없는지 주시했다. '어떤 의심스러운 표정을 드러내지 않으려고 애쓰고 있을까? 아니면 내가 던진 미끼의 허점을 간파했을까?' 위바이통은 자신이 잘 속여 넘겼을지에 대해 완벽한 확신은 없었다. 그러나 위바이통은 부디 성공하기를 바랐다. 만약 그가 정말 리슈얼을 죽인 범인이라면 어떤 동요도 보이지 않을 수는 없기 때문이다.

✳

위바이통은 숨을 죽이고 구석에서 조용히 그 사람의 일거수일투족을 지켜보고 있었다.

그 사람은 그중 한 책상 근처에 다가가더니 쪼그리고 앉았다. 거기에 뭔가가 있는 것 같았지만, 위바이통은 정확히 볼 수 없었다. 하지만 위바이통은 지금은 몸을 드러내면 안 된다는 사실을 알고 있었다. 저것이 바로 '그것'이라고 확인해야만 그 사람을 확실히 덮칠 수 있다.

그 사람은 뭔가를 들추고 있었는데 소리로 듣기에는 방수포 같은 것이었다. 잠시 후, 그 사람은 방수포 아래의 것을 책상 밑에서 끌어냈다.

위바이통은 자신의 추측이 틀리지 않았다고 확신했다. 그는 지금이야말로 모습을 드러낼 때라는 것을 알고 있었다.

하지만….

그 순간, 위바이통의 두 다리가 갑자기 말을 듣지 않았다! 그는 자신의 다리가 떨리고 있음을 느꼈다. 아니, 어쩌면 계속 떨리고 있었는데 자신만 몰랐을지도 모른다.

"당신 거기서 뭐 하고 있는 거요?" 그때 한 사람의 그림자가 다른 책상 뒤에서 불쑥 튀어나오더니 당당한 자세로 그 사람에

299

게 질문을 던졌다.

튀어나온 사람은 왕송성 박사였다. "어이! 내가 묻고 있지 않소! 이런 비밀스러운 곳에서 남들 몰래 뭘 하고 있냐고!" 그렇게 외치며 왕 박사는 휴대전화의 손전등을 밝혀 한 걸음 한 걸음 그 사람에게 다가갔다.

왕송성 박사의 휴대전화 손전등 불빛이 갑자기 비추자 쩡자웨이는 두 손으로 눈 앞을 가렸다.

"알고 보니 자네였군." 왕송성 박사는 바닥으로 불빛을 비춰 쩡자웨이가 끌어낸 것을 살펴봤다. "맙소사! 이건… 이건, 양 사장? 그리고, 저건 누구지?"

방수포 아래에는 양안옌 사장 이외에도 다른 시체 한 구가 더 있었다. 그 낯선 남자는 붉은색 외투를 입고 있었는데 목에 선명한 가로줄 무늬 흔적이 남았다.

어둠 속, 그 낯선 남자와 양안옌 사장의 얼굴에는 핏기가 없었지만, 빛을 받아 빛나고 있었다. 정면에 선 왕송성 박사는 쩡자웨이를 노려봤다.

"빌어먹을, 이게 대체 어떻게 된 일이오?" 왕송성 박사는 손전등 빛으로 다른 책상들 위를 비췄다.

"보아하니 위바이퉁 씨가 설명을 좀 해야겠군요." 류창용 회장과 량위성이 그중 한 책상 뒤에서 나왔고, 곧이어 예훙 대표와 저우밍후이도 그 뒤쪽에서 나타났다. 마지막으로 위바이퉁이 모습을 드러냈다.

"전 당신이 범인이란 걸 알고 있었죠." 위바이퉁은 쩡자웨이에게 다가갔다. "그래서 일부러 슈얼의 가방 이야기를 흘린 겁니다. 당신이 속아 넘어가는지 보려고요. 역시나 당신은 얼마 지나지 않아 핑계를 대고 고객 응접을 떠나더니, 이 은밀한 층으로 왔군요!"

"그러니까 말입니다. 세상에 이 빌딩에 이런 은밀한 층이 있을 줄이야." 예흥 대표는 손 안의 쪽지를 조몰락거렸다. 그것은 위바이통이 쩡자웨이 몰래 다른 사람들 한 명 한 명에게 건넨 쪽지로 이렇게 쓰여 있었다. '계단참에 숨겨진 문이 있습니다.'

계단의 벽은 입체적인 나무 난간으로 디자인되어 있었는데, 사람들은 그 벽을 크게 신경 쓰지 않았다. 게다가 모든 사람의 주의는 자물쇠가 잠겨 비상계단을 막고 있는 철문에 집중돼 있었다. 하지만 사실 계단참의 벽에 문이 하나 있었다. 다만 입체적인 나무 난간의 디자인 때문에 문틈이 가려져 있었을 뿐이었다. 그 문의 높이는 성인의 키보다 낮아 허리를 좀 숙여야 지나갈 수 있었다. 그 문을 지나 계단을 몇 개 내려가면 위층과 똑같은 크기의 공간이 나왔다. 그러니까 위층과 아래층 사이에 또 다른 층이 숨겨져 있었던 것이다! 하지만 이 층은 위의 사무실처럼 방이 없고 책상만 잔뜩 놓여 있었다.

'콜센터.' 위바이통은 이 층에 처음 왔을 때 그런 느낌을 받았다.

"다들 언제 여기 오셨습니까? 안 그래도 좀 전에 아무도 안 보여서…." 쩡자웨이는 뭔가 더 말하려 했지만, 더 말할수록 말실수를 할 가능성이 크다는 것을 의식한 듯했다.

"쩡자웨이 씨는 조금 전 슈얼의 가방을 뒤질 때 누가 비상계단으로 가는 걸 못 봤다고 말하는 겁니까?" 위바이통이 말했다. "당신과 똑같은 속임수를 썼으니까요."

"난 도무지 위바이통 씨가 무슨 말을 하는지 모르겠습니다." 쩡자웨이는 고개를 돌렸다.

"하, 쩡자웨이 씨는 계속 살인한 일에 대해서만 생각하느라 신경 쓰지 못했나 보군요?" 위바이통은 휴대전화를 꺼내 영상을 하나 불러냈다.

영상은 위층의 어느 사무실, 바로 리슈얼의 시체가 있는 사무실을 찍은 것이었다. 찍은 각도로 봤을 때 분명 휴대전화를 숨겨서 찍은 것이었다.

잠시 뒤, 누군가가 사무실 안으로 들어왔다. 사무실로 들어온 순간, 그는 고개를 돌려 밖에 사람이 없는지 확인했다. 그 사람은 눈앞의 시체 따위는 거들떠보지도 않고 리슈얼의 가방 쪽으로 다가갔다.

그는 가방을 뒤집어 내용물을 모두 쏟아냈다. 휴지를 쥔 채 지문을 남기지 않으려 애쓰는 데다 소리를 내지 않으려다 보니 동작이 매우 느렸다.

잠시 후, 그는 찾아야 할 것을 찾았는지 무언가를 주머니에 집어넣고 사무실을 떠났다.

그 영상을 본 쩡자웨이는 얼굴이 굳어졌다. "이, 이건 누군지 전혀 알아볼 수 없는데요."

"영상 속 인물이 누구인지 정확히 보이지 않긴 합니다." 류창융 회장이 끼어들었다. "하지만 조금 전에 우리는 모두 이 영상을 함께 봤습니다. 거기에 쩡자웨이 씨만 없었죠. 그럼 쩡자웨이 씨는 이게 누구인 것 같습니까?"

"모두 함께 봤다고요?"

"그래요. 당신이 사람을 죽인 일이 발각될까 봐 걱정하고 있을 때 휴대전화의 신호는 이미 복구됐습니다. 지하실의 침수됐던 예비 발전기실 수리가 다 됐어요. 게다가 다행히 시스템의 설정이 신호 가속기에 먼저 전력을 공급했더라고요. 우리는 이 사실을 발견한 뒤 바로 빌딩 관리실에 불을 밝히지 말아 달라고 부탁했어요. 하지만 우리는 이미 외부와 통신을 할 수 있게 됐죠." 위바이퉁은 휴대전화를 열어 동영상 인터넷 사이트를 보여줬다. 영상 속에서는 리슈얼의 시체가 있는 사무실이 나오고 있었다. "이제 알겠습니까? 당신의 일거수일투족은 모두 녹화됐을 뿐만 아니라 이 인터넷 사이트에서 방송되고 있어요. 우리는 고객 응접실에서 당신이 슈얼의 가방을 뒤지는 걸 보고, 당신이 돌아오기 전에 북측의 계단을 이용해 내려왔죠."

"아! 이제 알겠다!" 저우밍후이는 뭔가 깨달은 것 같았다. "위바이퉁 씨가 말한 똑같은 속임수란 게 바로 쩡자웨이 씨가 이 층을 이용했다는 말이군요. 쩡자웨이 씨가 그쪽 복도를 지나지 않고 천뤄치 씨의 시체를 옮기거나 북쪽에 있으면서도 남쪽으로 가서 리슈얼 씨를 죽일 수 있었던 것도 전부 이 층 덕분이었어요."

"그렇습니다. 남측과 북측의 비상계단에 있는 계단참은 이 은밀한 층의 문으로 연결되어 있으니까요. 이 장치를 알고 있었던 쩡자웨이 씨는 자신만의 비밀통로를 갖고 있었던 셈이죠." 위바이통은 말을 하며 이 층의 공간을 가리켰다. 쩡자웨이는 이 비밀을 알게 된 뒤 북측의 계단을 이용해 이 숨겨진 층을 통과해 다시 남측의 계단으로 돌아갔고, 마침 남측의 화장실에 가려던 량위성과 마주친 것이다. "이틀 전 쩡자웨이 씨 당신은 남측의 계단을 이용해 여기에 왔고 다시 북측의 계단으로 나갔어요. 그렇게 해서 리슈얼의 감시를 피해 우리가 양안옌 사장의 시체를 숨겨둔 서북쪽의 회의실에 도착할 수 있었죠."

"어, 위바이통 씨…." 저우밍후이는 고객들을 쳐다봤다.

"아, 어쩐지 양 사장이 약속을 어기더라니, 이미 일찍 도착했다가 살해를 당한 거였군." 류창융 회장은 조금도 놀라지 않는 눈치였다. 위바이통은 요 며칠 분명 류창융 회장이 줄곧 자신과 리슈얼 일행을 의심하고 있었을 것으로 생각했다.

"일이 이렇게 된 이상 말하지 못할 것도 없죠." 위바이통은 한숨을 내쉬었다. "여러분이 오시기 전에 위에서 양안옌 사장님과 다툼이 있었습니다. 혼란스러운 틈에 누군가가 칼로 양 사장을 찔렀고요. 본래 우리는 양 사장이 강도를 당한 것으로 위장하려 했는데 갑자기 여러분이 나타난 겁니다. 우리는 할 수 없이 양 사장님의 시체를 회의실 낮은 캐비닛에 숨겼어요. 그런데 한밤중에 저와 슈얼이 양 사장의 시체가 사라진 걸 발견했죠."

"쩡자웨이 씨는 당시 동남쪽의 개방형 사무실에 있다가 남측의 계단으로 내려가 북측으로 뛰어간 것이군요. 거기서 양 사장의 시체를 여기로 끌고 왔고요. 여기는 아무도 모르는 곳이니 쩡자웨이 씨는 분명 양 사장의 시체를 문가 아무 데나 놔뒀을 겁니다. 그런 다음 다시 남쪽으로 달려왔고…, 서두른다면 5분이면 할 수 있는 일이죠. 화장실에 갔다 온 척하기에는 아주 넉넉한 시간이네요." 류창용 회장은 고개를 끄덕이며 분석하듯 말했다.

"양 사장님의 시체가 사라진 뒤, 우리는 지킬 곳을 다시 나눴어요. 제 기억에는 쩡자웨이 씨가 나눠준 거 같군요. 그때 천뤄치 씨는 탕비실에 있게 하고, 당신은 계단을 정면으로 마주 보는 북쪽의 사무실에 있겠다고 했어요. 그 뒤에 저는 천뤄치 씨가 화장실로 가는 걸 봤죠. 하지만 사실 천뤄치 씨는 조사하러 간 거였어요."

"조사요?" 저우밍후이는 이해가 잘 되지 않았다.

"천뤄치 씨는 이 빌딩에 어떤 장치가 있을 거라고 추측했어요. 갑자기 양안옌 사장이 나타난 일에 대해 천뤄치 씨가 언급했었잖아요. 그는 실제로 확인하고 싶었던 거예요. 당시 천뤄치 씨는 화장실에 가는 척했지만 사실 남측의 계단으로 간 겁니다. 천뤄치 씨는 거기에서 여기로 들어오는 문을 발견했고, 여기를 지나 북쪽으로 갔어요. 그래서 당시에 제가 천뤄치 씨가 탕비실로 돌아가는 걸 보지 못한 겁니다. 어쨌든 천뤄치 씨는 여기에 들어왔을 때 금세 양안옌 사장의 시체를 발견했겠죠. 아니, 어쩌면 쩡자웨이 씨가 양안옌 사장의 시체를 숨기고 있는 모습을 봤을 수도 있고요. 아무튼, 그렇게 조사하던 천뤄치 씨가 쩡자웨이 씨에게 들킨 겁니다. 쩡자웨이 씨는 자신의 비밀을 지키기 위해 양 사장님의 넥타이로 천뤄치 씨의 목을 졸랐죠. 그렇게 천뤄치 씨를 죽인 쩡자웨이 씨는 그의 시체를 여기에 뒀습니다. 그런 다음 아무 일도 없었던 것처럼 돌아갔고요."

"그럼…." 왕송성 박사가 머리를 긁적였다. "어째서 천뤄치 씨의 시체를 공개한 거요? 여기에 계속 숨겨뒀으면 될 텐데."

"쩡자웨이 씨는 우리에게 천뤄치 씨가 죽었다는 사실을 알려야 했으니까요. 이건 쩡자웨이 씨가 저지른 전체 살인의 동기와 관련이 있습니다. 어쨌든 천뤄치 씨의 시체를 끌어내기 위해 쩡자웨이 씨는 또 화장실에 가는 척…."

"우리와 마주쳤을 때로군요." 량위성은 기억을 떠올렸다.

"맞습니다. 아무도 보지 않는 틈을 타 쩡자웨이 씨는 남측의 계단을 이용해 천뤄치 씨를 북측의 사무실로 옮겼죠. 또한 '배신자는 죽는다!'라는 쪽지를 써서 천뤄치 씨의 주머니에 넣었고요. 그런 다음 남측의 계단으로 나와 아무 일도 없었던 것처럼 탕비실로 돌아왔어요. 그 뒤… 그 뒤, 슈얼도 죽였죠. 쩡자웨이 씨는 슈얼에게 비밀이 들통 난 뒤 그녀도 죽이기로 마음먹었어요." 위바이퉁의 목소리는 울먹이고 있었다.

"하지만 이번에는 조금 달랐죠. 제가 항상 슈얼 곁에 있어서 살인 계획을 실행하기가 쉽지 않았던 거예요. 그래서 쩡자웨이 씨는 남들이 없는 틈을 이용해 음료에 주사기로 수면제를 주사했어요. 사람들이 잠들자 쩡자웨이 씨는 똑같은 수법으로 숨겨진 층을 이용했습니다. 북쪽에서 들어와 남쪽으로 나온 뒤 개방형 사무실에 있던 슈얼을 사무실로 데려와 마약을 과다하게 주사했죠. 또한 슈얼이 천뤄치 씨를 죽인 범인인 것처럼 꾸몄고요. 그 때문에 류 회장님은 슈얼이 자신의 마약 복용을 숨기려고 천뤄치 씨를 죽였다는 추리를 하시게 됐죠.

하지만 '양안옌 사장 살인 사건'을 알고 있었던 저나 저우밍후이 씨, 쩡자웨이 씨는 오히려 모든 것이 양 사장이 한 계획이라고 여겼어요. 우리는 양안옌 사장과 슈얼이 모든 계획을 짜고 일부러 손님들을 빌딩에 초대해 양 사장이 직원들에게 찔리는 모습을 보여주려 했다고 추측했어요. 하지만 손님들의 도착 시각이 잘 안 맞았던 거죠.

처음에 우리는 양 사장이 칼에 찔려 죽었다고 착각했고, 슈얼이 양 사장을 아래층에 숨긴 게 아닐까 생각했어요. 하지만 이런 사실을 천뤄치 씨가 알아냈고 양안옌 사장에게 살해당했을지 모른다. 그뿐만 아니라 쪽지에 적힌 글도 우리에게 보내는 경고일 것이다, 우리는 이렇게 추리했었고요."

"그러니까 쩡자웨이 씨는 리슈얼 씨에게 죽은 양 사장의 역할을 대신하게 하려 한 거군요." 류창융 회장은 쩡자웨이를 슬쩍 쳐다봤다. "하지만 난 아직도 이해가 안 되네요. 이왕 숨겨진 층에 시체를 숨겼는데 어째서 천뤄치 씨의 시체를 공개하는 모험을 한 겁니까? 게다가 리슈얼 씨가 천뤄치 씨를 죽인 것처럼 꾸몄다면 어째서 그녀에게 양 사장을 살해한 죄는 뒤집어씌우지 않은 거죠? 정황으로 봤을 때 저우밍후이 씨도 자신만 의심받지 않는다면 아무 상관 없다고 생각해서 깊이 따져보지 않았나 보군요."

"아, 확실히 좀 그런 면이⋯." 저우밍후이의 눈빛이 살짝 위축되었다. "그런 추리라야 제가 양안엔 사장님의 살인범으로 의심받을 걱정이 없을 것 같아서 깊이 생각하지 못했나 봅니다."

"아니! 잠깐만!" 쩡자웨이가 손을 번쩍 들었다. "여러분 이게 도대체 무슨 짓입니까? 서로 한마디씩 주고받으면서 절 살인범으로 몰아가는 것 아닙니까!"

'아직도 교활한 변명을 늘어놓겠다?' 위바이통은 쩡자웨이를 노려봤다. 마음 같아서는 다가가 쩡자웨이의 얼굴을 한 대 후려갈기고 싶었다. 하지만 그런다고 쩡자웨이가 죄를 자백하게 만들 수는 없지 않은가.

"하지만⋯." 저우밍후이가 쩡자웨이에게 말했다. "당신은 이 은밀한 층을 알고 있었잖아요."

"흠, 전 도무지 저우밍후이 씨가 무슨 말을 하는 건지 모르겠군요." 쩡자웨이는 머리를 넘겼다. "저도 우연히 지나다가 혹시나 싶은 생각이 들어서 계단참의 벽을 밀었고 숨겨진 문을 발견한 것뿐입니다. 그리고 이 일들이 어째서 리슈얼 씨가 한 일이 아니라고 할 수 있습니까?"

'리슈얼의 가방을 뒤졌다든지, 이 숨겨진 층을 찾은 일이 쩡자웨이가 천뤄치와 리슈얼을 죽인 증거라고는 할 수 없다. 그러므로 그것이 있어야만 쩡자웨이가 거짓말을 하고 있음을 완벽히 폭로할 수 있다.' 위바이통은 생각하며 쩡자웨이에게 다가갔다.

"그럼 당신 주머니에 있는 걸 꺼내도 되겠습니까?" 그는 쩡자웨이 앞에 섰다. "당신이 슈얼의 가방에서 가져간 건 바로 이겁니다." 위바이통은 쩡자웨이의 주머니에 손을 집어넣어 안에서 붉은색 단추를 꺼냈다.

"저건 저 사람이 입은 외투의 단추 아닌가?" 류창융 회장은 이름 모를 또 다른 시체를 가리켰다. 시체는 붉은색 외투를 걸치고 있었는데 가장 아랫부분의 단추가 없었다. 외투의 위쪽에 있는 단추들은 위바이통의 손에 있는 단추와 일치했다.

"예, 이건 슈얼의 것이 아닙니다." 위바이통은 다른 사람들에게 그 단추를 보여줬다. "사실 제가 천뤄치 씨의 옷에서 찾은 거였죠. 천뤄치 씨의 시체가 발견되고 모두 자리를 떠난 뒤 저는 무심코 천뤄치 씨의 외투 주머니를 건드렸습니다. 저는 이 단추를 슈얼의 가방에 넣었고 이후에 일부러 쩡자웨이 씨 앞에서 가방에 이상한 게 있다고 말했어요. 바로 쩡자웨이 씨를 유인하기 위해서였습니다. 저는 쩡자웨이 씨가 정말 슈얼의 가방을 뒤진다면 어떤 걸 가져갈지 확인하고 싶었어요."

"흥, 제가 이 단추를 가져간 게 뭐 어쨌다는 겁니까? 저, 저는 그냥 이 단추가 특이하게 보여서 가져가 보려고 한 겁니다."

저우밍후이는 쩡자웨이의 변명이 너무 억지스럽게 느껴졌는지 눈살을 찌푸렸다.

"저도 그럴 수 있다고 생각해요." 위바이통은 한숨을 내쉬었다. "그래서 단추 외에도 이걸 집어넣었죠."

그것은 머니클립으로 중간에 지폐가 끼워져 있었다.

"쳇, 가방에 머니클립이 있는 게 뭐가 이상합니까?" 쩡자웨이는 어이가 없다는 듯 큰 소리로 웃었다.

"머니클립은 보통 남자들이 쓰는 거죠." 량위셩은 차갑게 말했다. "남자들은 보통 여자들처럼 가방에 소지품을 넣고 다니지 않잖아요. 그렇다고 지갑에 휴대전화까지 몸에 지니고 있으면 무겁고 번거로우니까 지갑 대신 머니클립에 지폐와 신용카드를 넣어 다니는 남자들이 많은 편이죠. 게다가 슈얼 씨의 가방에는 이미 지갑이 있었어요. 또…." 량위셩은 위바이통 손에 있던 머니클립을 넘겨받았다. "머니클립에 끼워진 지폐는 파운드예요. 이미 지갑이 있고 여기에서 생활하는 슈얼 씨의 가방에 파운드가 끼워진 머니클립이 있다니 이상하기로 치면 이게 단추보다 훨씬 더 이상하지 않나요?"

왕송성 박사와 예훙 대표는 약속이라도 한 것처럼 고개를 끄덕였다. 류창융 회장은 이런 위험한 일에 참여한 량위셩을 타박하기라도 하듯 그녀에게 눈짓을 보냈다.

쩡자웨이는 주먹을 꽉 쥔 채 위바이통을 노려보기만 할 뿐 아무 말도 하지 못했다.

"저는 천뤄치 씨에게서 이 단추를 찾았을 때 현장에 있는 사람 중에 이 단추가 달린 옷을 입은 사람이 없는지 확인했고, 이 건물에 또다른 사람이 있다고 생각했죠."

"하지만…." 예훙 대표가 드디어 입을 열었다. "위바이통 씨는 어떻게 이 단추가 특별하다는 걸 알았죠? 이 단추만 본다면 아마 난 천뤄치 씨가 가게에 가서 같은 모양의 단추를 찾으려고 몸에 지니고 있었나보다고 생각했을 것 같은데요."

"천뤄치 씨의 외투 한쪽 주머니에는 구멍이 있었습니다. 이 단추는 그 구멍 안에 떨어져서 주머니와 외투의 천 사이에 있었습니다. 반대편 주머니도 봤는데 영수증이나 껌 같은 자질구레한 것들로 가득하더군요. 그걸로 봤을 때 천뤄치 씨는 구멍이 난 주머니를 쓸 이유가 없었어요. 게다가 제가 단추를 발견했을 때 위에 끊어진 실이 붙어 있더군요. 그 실은 가위로 단정하게 자른 게 아니라 잡아 뜯은 거였어요. 그래서 전 추측했죠. 천뤄치 씨가 이 층에 왔을 때 이 이름을 알 수 없는 시체를 발견했고, 일부러 단추 하나를 떼어 자기 주머니 안에 숨긴 거라고 말이에요."

"그럼….." 저우밍후이는 천천히 그 이름 모를 시체에게 다가갔다. "이 사람은 누굽니까?"

"이 사람이 바로 슈얼을 죽여야 했던 이유죠." 위바이퉁이 미간을 잔뜩 찌푸렸다. "설명해 드리기 전에 먼저 바나금융의 운영체계에 관해 할 말이 있습니다. 우리가 본 슈얼과 저우밍후이 씨는 진정한 금융 엘리트가 아닙니다. 그들은 양안옌 사장이 찾은 금융 엘리트를 연기하는 배우들이죠." 위바이퉁은 말을 하다 저우밍후이를 바라봤다. "차라리 저우밍후이 씨가 설명하는 게 어때요?"

그러자 저우밍후이가 고객들에게 회사의 운영체계인 '저우밍후이 팀'이라든지, 그들 배후의 '그림자' 등에 관해 모두 설명했다. "신분이 들통나지 않도록 이런 그림자들은 모두 '터차이'란 외주 회사를 통해 고용됐습니다. 하지만 사실 터차이도 바나금융의 숨겨진 자회사입니다. 천뤄치 씨는 저의 그림자였고, 쩡자웨이 씨는 리슈얼 씨의 그림자였죠."

"여러분은 줄곧 그런 줄로만 알았겠죠." 위바이퉁은 그렇게 말하며 쩡자웨이를 바라봤다. 쩡자웨이의 얼굴은 어쩐지 움찔거리고 있었다.

"무슨 말이에요?" 저우밍후이가 의아한 듯 물었다.

"저우밍후이 씨나 슈얼은 줄곧 쩡자웨이 씨가 리슈얼 팀이라고 생각했죠. 하지만 사실 쩡자웨이 씨의 진짜 신분은 양안옌 사장의 그림자였어요."

21

거짓말이나 약속은 때로
말로 뱉은 뒤에는 평생을 지켜야만 한다.

— 양안엔, 《나는 금융 엘리트가 될 것이다》

"쩡자웨이 씨는 양안엔 사장의 그림자였어요. 슈얼의 그림자
는 바로 저 사람이었죠." 위바이퉁은 바닥에 누워 있는 이름 모
를 시체를 가리켰다.

"금요일 밤, 쩡자웨이 씨와 양안엔 사장은 이 빌딩에 왔다가
조금 일찍 도착한 슈얼의 그림자와 우연히 마주쳤어요. 양 사장
의 추궁에 그는 양 사장을 위협하며 양 사장의 모든 지위와 명예
를 잃게 만들 증거를 갖고 있다고 큰소리쳤어요. 화가 머리끝까
지 치솟은 양안엔 사장은, 그를 죽여 버렸죠.

양안엔 사장은 현장에 있던 쩡자웨이 씨에게 뒤처리하라고
지시했어요. 저는 쩡자웨이 씨 당신이 양 사장에게 어떤 약점이
잡혔는지는 잘 모르겠군요. 아무튼, 당신이 시체를 숨기는 동안

313

양 사장은 북측의 계단을 이용해 위로 올라갔어요. 그러다 마침 개방형 사무실에서 상의를 하는 슈얼 일행을 발견했고, 양 사장과 직원들 사이에 다툼이 벌어졌어요. 천뤄치 씨가 양안옌 사장이 갑자기 나타난 것 같다고 말했던 게 바로 그 때문이었던 거죠. 쩡자웨이 씨 당신이 왔을 때는 모든 사람이 언성을 높이고 있었어요. 심지어 사람들 사이에 주먹이 오갔고 갑자기 어디선가 스위스 군용 칼이 바닥으로 떨어졌어요. 당신은 그 기회를 놓치지 않고 혼란한 틈을 타 칼을 낚아채 양안옌 사장을 찔렀어요. 당신의 바람대로 양 사장은 숨을 거뒀죠. 게다가 현장에 있던 사람 누구도 어떤 사람이 칼로 찔렀는지 확신할 수 없었어요. 그래서 우리는 양 사장이 강도를 당한 것처럼 위장했죠. 하지만…."

"하지만 우리가 왔군." 왕송성 박사가 말했다.

"예, 그 때문에 양안옌 사장이 강도에게 살해당한 것처럼 꾸미려던 계획은 물거품이 됐어요. 당시 우리가 할 수 있는 일은 양 사장의 시체를 숨기는 것뿐이었고요. 하지만 일은 거기서 끝나지 않았고, 더 재수 없는 일이 벌어졌죠."

"정전." 류창융 회장이 말했다. "그 결과 우리 모두 이 빌딩에 갇히게 됐지."

"그런데 시체를 숨기고 난 뒤 생긴 시간 동안 쩡자웨이 씨는 기막힌 계획을 생각해냈어요. 양안옌 사장의 시체를 이 은밀한 층에 숨겨 그가 아직 죽지 않은 것처럼 보이게 한 뒤 그림자인 자신이 그를 대신하기로 한 거예요. 적어도 시체가 발견되기 전까지는 '양안옌 사장 팀'의 권한으로 팀의 자금을 옮길 수 있으니까요. 쩡자웨이 씨는 저와 슈얼이 서남쪽에 있는지 확인했어요. 서북쪽의 시체를 옮기려면 반드시 거기를 지나야 했으니까요. 그 때문에 쩡자웨이 씨는 숨겨져 있는 이 '통로'를 이용해 누구도 시체를 옮길 수 없는 것처럼 보이게 해 양안엔 사장이 아직 살아 있을 거란 생각에 확신을 심어줬죠. 그런데 지금 돌아보니 우리가 처음 토론을 했을 때 양 사장이 죽지 않았을 수 있다고 처음으로 말한 사람도 쩡자웨이 씨였어요.

하지만 공교롭게도 천뤄치 씨가 조사하겠다고 나섰고 이 숨겨진 층을 찾아냈죠. 금방이라도 손에 잡힐 것 같던 돈이 사라지게 되니 쩡자웨이 씨는 할 수 없이 천뤄치 씨를 죽여 그의 입을 막은 겁니다. 그런데 또 다른 문제가 생겼어요. 천뤄치 씨가 실종되고 나니 양안엔 사장을 죽인 진짜 범인은 천뤄치 씨라고 우리가 추측하게 된 거죠. 천뤄치 씨가 양 사장의 시체를 숨기고 자신도 숨었다고 말이에요. '양안엔 사장이 아직 살아있다'는 추론을 계속 성립시키기 위해 쩡자웨이 씨는 천뤄치 씨의 시체를 공개할 수밖에 없었죠. 물론 쩡자웨이 씨는 현장에 있는 사람 중 누구도 천뤄치 씨의 시체를 옮겨올 수 없는 상황도 만들어야 했어요. 그래야 저나 바나금융 직원들은 아직 죽지 않은 양안엔 사장이 한 짓이라고 생각할 테니까요."

"그럼 리슈얼 씨는요?" 위바이통의 말을 기다리지 못한 량위성은 채근하듯 물었다. "왜 리슈얼 씨마저 죽여야 했던 거죠?"

"쩡자웨이 씨가 말실수를 했거든요. 덕분에 슈얼은 쩡자웨이 씨가 자신의 그림자가 아니란 사실을 눈치챘고요."

"말실수라…, 아, 그때군요!" 저우밍후이는 마침내 당시를 생각해냈다. "기억났습니다! 쩡자웨이 씨가 양안엔 사장과 류창융 회장님의 '주택에 관한 협력 계획'을 언급했었어요! 쩡자웨이 씨가 리슈얼 씨의 그림자라면 양안엔 사장의 계획을 알 수 없거든요. 맙소사! 그때는 저도 무심코 흘려들었었는데….."

"만약 그때 저우밍후이 씨도 이상한 걸 눈치챘다면 아마 쩡자웨이 씨 손에 죽었을지 모릅니다." 위바이통은 차가운 미소를 지었다. "하지만 슈얼을 죽이면서 쩡자웨이 씨는 난제를 하나 해결할 수 있게 됐어요. 바로 슈얼을 천뤄치 씨를 죽인 범인으로 만든 겁니다. 그러면 양안엔 사장은 살인 혐의에서 벗어날 테고, 경찰은 용의자가 아니라 실종자로 그의 행방을 찾을 테니까요. 그런데 쩡자웨이 씨의 원래 계획에는 치명적인 장애가 있었어요."

"자물쇠." 류창융 회장이 위바이통의 말에 끼어들었다. "비상계단을 막고 있는 그 철문과 위에 있는 비밀번호 자물쇠겠군."

"맞습니다." 위바이통은 속으로 혀를 내두르지 않을 수 없었다. 위바이통이 보기에 류창융 회장은 자신이 한 수를 두면 그는 이미 그 뒤의 다섯 수를 미리 생각할 사람이었다. "류 회장님 말씀대로 비밀번호 자물쇠였기 때문에 쩡자웨이 씨도 어쩔 수가 없었던 겁니다. 만약 양안엔 사장이 죽지 않고 빌딩을 떠났다면 그는 안에 있는 자물쇠를 잠글 수 없죠. 그러니까 양 사장이 빌딩을 떠났다는 추론이 성립되려면 반드시 내부의 스파이가 필요했어요. 천뤄치 씨가 마침 그 역할을 담당하게 됐고요. 물론 빌딩을 떠난 양안옌 사장은 천뤄치 씨를 죽일 수 없죠. 하지만 슈얼이 그 빈자리를 메워준 겁니다. 이렇게, 모든 '이야기'가 완성됐지요. 손님들에게 슈얼은 천뤄치 씨를 죽인 범인으로, 우리에게 슈얼은 양안옌 사장을 도운 스파이로 보이게 됐으니까요. 슈얼은 본래 우리가 양안옌 사장을 죽이려는 모습을 손님들에게 보여주려다 실패하고, 양안옌 사장이 빌딩을 떠날 수 있게 도운 뒤 불행하게도 약물 과다 복용으로 죽은 사람이 된 겁니다."

쩡자웨이는 더 이상 아무 말도 하지 않았다. 다만 그는 무겁고 긴 한숨을 내쉰 뒤 한 발 한 발 뒤로 물러나 창가에 다다랐다.

22

아직 당신이 로봇에게 일을 빼앗기지 않았다면,
이는 극히 드문 상황을 제외하고는
당신이 로봇보다 저렴하기 때문이다.

— 양안옌, 《나는 금융 엘리트가 될 것이다》

웨이터는 종이쪽지를 피아노 옆 작은 테이블에 놓더니 행여 쪽지가 날아갈세라 위스키가 담긴 잔을 위에 올려놓았다. 쩡자웨이는 어떤 표정 변화도 없이 계속 피아노를 연주했다. 하지만 속으로는 온갖 악담을 다 퍼부었다. 분명 연주곡 신청은 받지 않는다고 했건만 꼭 연주를 신청하는 손님이 있었다.

세 살 때부터 피아노를 치기 시작한 쩡자웨이는 한때 음악가가 되는 것이 꿈이었다. 하지만 어른이 되면서 세상에는 피아노를 잘 치는 사람이 너무 많다는 것을 알게 되었다. 그도 연주를 잘하는 편이었지만 악단에 합격하기에는 실력이 한참 모자랐으며, 콩쿠르에서 상을 타 연주가가 되기는 더더욱 어려웠다.

콩쿠르에서 상을 받지 못하면 대학에서 학생을 가르칠 수도 없었다. 차선책으로 중학교나 초등학교에서 음악을 가르치는 것은 어떨까? 미안하지만 이제 모든 학교는 과학기술을 이용한 학습이 주가 되었다. 예전에는 과학기술이 사람이 학생을 가르치는 것을 도왔지만, 지금은 사람이 과학기술을 돕는 시대가 된 것이다. 그 때문에 교사에 대한 수요는 점점 감소했고, 음악 교사도 다른 과목을 함께 가르쳐야만 했다. 하지만 음악 외에는 아무것도 몰랐던 쩡자웨이는 당연히 모든 학교로부터 거절당할 수밖에 없었다.

별수 없이 쩡자웨이는 음악센터에서 어린 학생들에게 피아노를 가르치는 선생이 되었다. 말이 좋아 선생이지 쩡자웨이는 자신이 보모나 다름없음을 얼마 지나지 않아 깨달았다. 학부모들은 대부분 자기 아이가 얼마나 열심히 피아노를 치는지는 큰 관심이 없었다. 그들은 그저 매주 한 시간 아이를 음악센터에 데려다주면서 자기만의 시간을 더 갖고 싶어 할 뿐이었다.

"아드님이 자주 피아노 연습을 빼먹습니다. 이렇게 하면 진도를 쫓아갈 수 없어요." 쩡자웨이가 학부모에게 말했다.

"아이고, 저도 알죠. 그런데 저희가 너무 바빠서요. 출장 가는 데에도 애를 데려간다니까요. 아 참, 저희가 다음 주에 멀리 여행을 가서 수업에 못 올 것 같아요." 학부모에게서 흔히 듣는 대답이었다.

적지 않은 학생이 부모에게 '쩡자웨이 선생님은 너무 괴팍하다'고 하소연했다. 하지만 아이들과 잘 지내는 것은 진짜 문제가 아니었다. 가장 중요한 것은 학부모들과 원만한 관계를 맺는 일이었다. 쩡자웨이는 도저히 할 수 없는 일이었지만 다른 선생들은 학부모와 마치 친구처럼 웃으며 인사를 나누고 친하게 지냈다. 반면 쩡자웨이는 그 모습만 봐도 구역질이 날 것 같았다.

가끔 타고난 재능이 있는 데다 열심히 하는 제자를 만나기도 했지만 그런 아이의 부모는 금세 유명한 선생님을 찾아갔다. 학생 수가 불쌍할 정도로 줄어든 쩡자웨이는 결국 음악센터에서 운영하는 악기 판매처의 인턴이 되어야만 했다. 성격상 판매를 할 만한 사람이 아닌 쩡자웨이는 음감이 좋았던 덕분에 조율사와 악기 수리기사를 돕는 일을 하게 되었다. 컴퓨터가 정확한 음을 분석하기는 하지만 아직 백 퍼센트 완벽하지 않았기 때문에, 조율사와 수리기사가 작업을 마치고 나면 쩡자웨이가 시험 삼아 피아노를 쳐보며 손에 전해져오는 감각이 괜찮은지 살폈다. 이런 과정을 거친 뒤 판매처에서는 고객에게 그 피아노를 '연주자가 인증한 제품'이라고 자랑했다.

하지만 직급이 인턴에 불과했던 쩡자웨이는 월급이 시원치 않았다. 게다가 계속 연주를 하고 싶었던 그는 일주일에 세 번, 술집에서 밤에 피아노를 연주하는 아르바이트를 어렵사리 구했다.

술집에서 하는 아르바이트의 장점은 연주하는 날마다 공짜로 술을 마실 수 있다는 것이었다. 웨이터가 무슨 술을 가져다주느냐에 따라 쩡자웨이는 연주할 곡목을 정했다. 예를 들어 웨이터가 색깔이 화려한 칵테일을 가져다주면 그는 경쾌한 멜로디의 곡을 연주했다. 또한 와인을 가져다주면 우아한 곡을 연주하는 편이었다. 최근 들어 쩡자웨이는 위스키를 좋아하게 됐는데 마시고 나면 저도 모르게 느릿한 재즈 음악이나 블루스를 연주하게 되었다.

하지만 술집에서 연주할 때 쩡자웨이에게는 한 가지 불문율이 있었다. 손님으로부터 연주곡을 신청받지 않는다는 것이었다. 연주하는 그날 밤의 전체적인 분위기를 깨고 싶지 않았다. 쩡자웨이는 연주하는 날만큼은 여전히 스스로 예술가라고 느끼고 싶었다.

"쉿." 쩡자웨이는 작은 소리로 말하며 쪽지를 웨이터에게 돌려줬다.

"좋은 게 좋은 거잖아요." 웨이터는 손님 쪽을 흘깃 쳐다봤다. "손님이 팁을 엄청 줬어요."

쩡자웨이는 고개를 들어 그 손님을 확인했다. 마흔 몇 살에서 쉰 살 정도의 점잖은 신사였다. 폴로 상의에 양복 외투를 걸쳐 입은 모습이 이곳에 출장 온 것 같았다. 손님이 쩡자웨이를 향해 고개를 끄덕이며 미소를 지었다. 쩡자웨이는 애걸복걸하는 표정의 웨이터를 다시 한 번 보고 쪽지에 적힌 곡명을 훑어봤다.

어느 재즈 가수의 노래였는데 별로 알려지지 않은 곡이었다. 아마도 손님은 재즈 음악에 조예가 있는 사람인 듯했다. 쩡자웨이는 영웅이 영웅을 알아본다는 마음으로 휴대전화를 켜 그 노래의 악보를 찾았다. 악보를 찾은 뒤, 쩡자웨이의 손가락은 피아노 건반 위에서 춤추기 시작했다. 처음 쳐보는 곡이었지만 쩡자웨이는 마치 이미 알고 있는 유명한 곡처럼 익숙하게 연주했으며,

악보를 넘기는 손동작조차 연주의 일부분처럼 매끄러웠다.

연주가 끝나자 그 손님이 피아노 옆으로 다가왔다. 쩡자웨이가 가장 원하지 않는 일이었다. 그는 낯선 사람과 인사를 나누는 일을 가장 싫어했다.

"대단한 연주였습니다."

"감사합니다."

"특별히 곡을 정하고 연주하시지 않죠? 보아하니 웨이터가 주는 술에 따라 곡을 결정하시는 것 같던데."

그 손님은 단번에 쩡자웨이를 파악했다.

"혹시 '시독'을 할 줄 압니까? 처음 보는 악보도 그렇게 막힘 없이 치다니."

'그러니까 이 사람은 일부러 인기 없는 곡을 신청한 건가?' 쩡자웨이는 속으로 생각했다.

"여기에서는 취미 삼아 일하는 겁니까? 낮에 다른 일은 안 하십니까?" 그 사람은 쩡자웨이에게 명함을 건넸다. 명함에는 양안엔이라는 이름과 더불어 무슨 금융의 사장이라고 적혀 있었다.

'이 사람 뭐야? 나한테 시독 능력이 있다는 걸 알아보지 않나, 그럴듯한 월급을 주는 본업이 없으니까 여기에서 아르바이트한다는 걸 알지 않나…' 쩡자웨이는 고개를 숙인 채 명함을 보는 척했지만 차마 눈앞의 남자를 똑바로 볼 자신이 없었다.

"뭔가 잘못 보신 것 같습니다. 전 피아노 말고는 할 줄 아는 게 없는걸요."

"상관없어요. 충분히 생각하신 다음 안정적인 수입이 있는 일을 하고 싶으면 언제든 저를 찾아오세요." 양안옌 사장은 미소를 지으며 떠났다.

쩡자웨이는 양안옌 사장에게 음흉한 꿍꿍이가 있을 것만 같았다. 비록 그에게 돈이 부족한 것은 사실이었지만 자신의 몸을 팔고 싶은 생각은 없었다. 하지만 쩡자웨이는 명함을 버리지 않고 보관해뒀다. 그런데 뜻밖에도 명함에 있는 번호로 전화해야 할 날이 오고 말았다.

한 달 뒤, 쩡자웨이는 일하다 손을 다쳤다. 음악센터에서는 그의 실수로 손을 다쳤기 때문에 배상해줄 수 없다고 했다. 그뿐만 아니라 부상을 핑계로 그를 해고해버렸다. 손을 다친 쩡자웨이는 당연히 술집에서도 아르바이트를 할 수 없게 되었다. 그들이 쩡자웨이를 기다려 줄 리 없지 않은가. 쩡자웨이 같은 연주자가 한둘도 아니고, 듣자 하니 새로 온 연주자는 젊고 잘생긴 데다 연주곡 신청도 잘 받아 벌써 손님들의 환심을 샀다고 했다.

'한 번, 딱 한 번이면 된다. 돈만 받으면 시간을 두고 새 일자리를 구할 수 있을 거야.' 쩡자웨이는 이런 생각으로 명함에 있는 번호로 전화했다.

뜻밖에도 양안옌 사장은 쩡자웨이의 몸에는 아무 관심이 없었다. 양안옌 사장은 정말로 그를 고용하려 한 것이었다. 양안옌 사장은 쩡자웨이를 데리고 고객 서비스센터 같은 곳으로 갔다. 그곳에 있는 사람들은 이어폰을 낀 채 컴퓨터를 보며 뭔가를 읽고 있었다.

"여기가 자네 자리네." 양안옌 사장이 쩡자웨이에게 말했다.

"오늘부터 자네가 바로 나의 '그림자'가 될 거야."

쩡자웨이의 업무는 매일 고객 서비스센터에 앉아 이어폰을 끼고 시스템을 연결한 뒤 양안옌 사장과 고객이 나누는 이야기를 들으며 컴퓨터로 시스템 안의 자료를 찾아 모니터에 뜨는 자료를 읽는 것이었다. 쩡자웨이는 금세 이 일에 익숙해졌다. 월급은 그리 많지 않았지만 생활하기에 큰 문제는 없었다.

일하면서 쩡자웨이는 시스템 안에 있는 자료들이 대체 어디서 온 것인지 생각하기 시작했다. 얼마 뒤 쩡자웨이는 자신의 뒤에 모든 자료의 분석과 정리를 책임지는 사람들이 따로 있음을 알게 되었다. 어쨌든 양안옌 사장은 쩡자웨이에게 '양안옌 팀'의 자금을 옮길 수 있는 권한을 줬다.

이 안정된 직장을 갖게 된 뒤 쩡자웨이는 조금씩 여유롭게 돈을 쓰기 시작했다. 그는 생일 때 처음으로 강캉시에서 가장 좋은 식당에 찾아가 식사를 즐겼으며 짧은 여행을 가기도 했다. 나중에는 은행에 대출을 얻어 작은 아파트를 샀다. 비록 월급 대부분은 대출을 갚는 데에 들어갔지만, 신용카드와 대출로 생활을 유지할 수 있었다. 물론 성공한 인생이라고는 할 수 없지만 나름 먹고살 만했다.

한 번도 금융업을 접해보지 못했던 쩡자웨이는 시간이 지날수록 금융 엘리트에 관해 관심이 생겼다.

"이 방면의 일을 더 많이 접해보고 싶습니다." 어느 날 쩡자웨이가 양안옌 사장에게 말했다.

양안옌 사장은 멍한 표정으로 한동안 쩡자웨이를 쳐다보더니 대답했다. "그래, 내가 고려해보지."

하지만 양안옌 사장은 쩡자웨이에게 아무런 기회도 주지 않았다.

자신의 능력을 증명하고자 쩡자웨이는 자료를 찾아 보고서를 작성해 양안옌 사장에게 보여줬다. "저는 금융업에서 한 단계 더 높이 올라가고 싶습니다." 쩡자웨이가 말했다.

하지만 양안옌 사장은 그 보고서를 단 한 페이지도 넘겨보지 않았다. "쩡자웨이, 자네 아직도 모르겠나? 난 자네가 이런 일을 하지 않길 바라네."

"하지만, 저는 회사를 위해 더 많은 공헌을 하고….."

"아니, 자네는 예전의 금융 엘리트들처럼 더 많은 돈을 벌고 싶은 거겠지. 하지만 내가 알려주지. 그런 건 이제 가능하지 않아. 자네에게는 그런 능력도 없고."

그제야 쩡자웨이는 자신이 양안옌 사장의 로봇에 불과하다는 사실을 깨달았다. 양안옌 사장이 모든 것을 컴퓨터화하지 않는 것은 그의 월급이 로봇보다 저렴하기 때문이었다.

쩡자웨이를 위로해주려고 양안옌 사장은 월급을 조금 올려줬다. 물론 쩡자웨이는 자신이 더 이상 술집에서 피아노를 치는 아르바이트만으로는 생활할 수 없음을 잘 알고 있었다. 강캉시의 많은 직업이 인공지능으로 점차 대체되고 있는 마당에 쩡자웨이는 사실 운이 좋은 편이었다.

*

그날 양안옌 사장은 찡자웨이에게 갑자기 만나자고 했다.

"자네 운전면허증 있지?" 양안옌 사장이 물었다. "내일 저녁 8시 반에 자네가 차를 몰아 이 주소로 와서 날 좀 태워가게."

그곳은 새로 지은 바나센터에서 조금 떨어진 주차장이었다. 찡자웨이가 그곳에 찾아가니 양안옌 사장이 바나센터로 가자고 했다. "이 근처를 돌고 있다가 내가 부르면 나를 태우러 오게. 내가 전화하면 5분 안에 도착해야 해."

하지만 양안옌 사장이 찡자웨이에게 전화했을 때 그의 목소리는 몹시 격앙돼 있었다. "바나금융 사무실로 빨리 올라와!"

찡자웨이를 기다리고 있는 것은 뜻밖에도 시체 한 구였다. "이 자식 좀 옮기게 나 좀 도와주게. 이리 와!"

찡자웨이는 양안옌 사장을 따라 숨겨진 층으로 갔다. 하지만 찡자웨이가 시체를 제대로 놓고 있을 때 양안옌 사장은 제멋대로 돌아가 버렸다.

23

전반적인 상황을 고려할 줄 아는 사람은 가장 가치가 있다.
그를 대신할 수 있는 것은 간단한 로봇이 아니라
더 비싼 인공지능이기 때문이다.

— 양안옌 사장《나는 금융 엘리트가 될 것이다》

"그 뒤는 위바이통 씨가 말한 대로죠. 전 양안옌 사장이 다른 사람들과 싸우는 걸 보고 거기에 끼어들었어요. 그 칼이 떨어졌을 때 저는 앞뒤 재지 않고…." 창가 근처에 이르렀을 때 쩡자웨이가 갑자기 창문을 향해 뛰었다.

"안 돼!" 위바이통은 그대로 달려가 쩡자웨이를 안으려 했지만, 관성력 때문에 두 사람 모두 유리창에 부딪히고 말았다.

"위험해!" 왕송성 박사가 큰 소리로 외쳤지만, 너무 먼 곳에 있었다.

"악!" 저우밍후이는 깜짝 놀라 두 눈을 가린 채 고개를 돌렸다.

'번지 점프를 하면 이런 기분일까?' 위바이통은 떨어지면서 속으로 생각했다. 한편으로는 바람이 자기 쪽으로 불어오고, 다른 한편으로는 시간이 그대로 멈춘 듯이 분명 바람 소리가 들리는데 주위는 한없이 고요했다.

＊

"이, 이게… 뭐지?"

위바이통의 귓가에 쩡자웨이의 목소리가 들렸다. "뭐지? 어째서?"

"후, 인명구조용 에어 매트잖아요. 하, 어때요? 빌딩에서 뛰어내린 기분이?" 위바이통은 일어나고 싶었지만, 균형을 잃어버리고 에어 매트로 쓰러졌다. "젠장! 손이 삔 거 같은데." 위바이통은 오른손으로 왼손을 붙잡으며 툴툴거렸다.

정신이 돌아온 쩡자웨이가 둘러보니 그와 위바이통은 인명구조용 에어 매트 위에 떨어져 있었다. "말도 안 돼. 88층에서 뛰어내렸는데 아무리 에어 매트가 있다고 해도 이럴 수가….

"아직도 모르겠어요?" 위바이통은 삐지 않은 손을 들어 공중을 가리켰다.

위바이통이 가리킨 방향을 쳐다보던 쩡자웨이는 두 사람이 떨어진 창에 큰 구멍이 나 있는 것을 똑똑히 봤다.

그곳은 88층이 아니었다.

만약 88층이라면 육안으로 그렇게 또렷이 보일 리 없지 않은가.

"이 빌딩은 88층이지만 바나금융 사무실은… 대략 2, 3층 높이쯤 되겠군요. 하지만 사실은 로비의 위층일 뿐이죠." 위바이통이 웃으며 말했다. "이게 바로 양안옌 사장이 계단에 임시문을 만든 이유였어요. 양 사장은 빌딩을 공개할 때 구경 온 사람들을 계단으로 데리고 가 그곳이 88층이 아니란 걸 알려주려 했죠."

"하지만, 창밖에 풍경과 엘리베이터도…. 아, 알겠다!" 쩡자웨이는 에어 매트 위에 누워버렸다. "왕송셩 박사의 투영 기술은 오랫동안 대낮인 것처럼 보이려던 게 아니라 어느 층에 있든 고층의 풍경을 보여주려 한 거군요. 예홍 대표의 기계는 엘리베이터로 활용됐고. 분명 3층이지만 타는 사람은 꼭대기 층으로 가는 느낌을 주려고 말입니다."

"그렇게 하면 사용자 모두 꼭대기 층에 있는 것 같은 풍경을 볼 수 있죠. 하지만 본래 꼭대기 층은 한 층뿐이니까…. 아, 로비에 있는 천장과 샹들리에도 투영 기술을 이용한 거예요. 이러면 화려한 실내 장식을 하면서도 값비싼 유지보수 비용을 아낄 수 있으니까요. 로비의 진짜 천장은 우리가 보는 것보다 한 층 낮아요. 그렇지 않으면 그 숨겨진 층이 어디에 있겠어요?" 위바이통은 에어 매트에서 꼼짝도 하지 않았다. "이게 바로 양안옌 사장의 계획이었던 거예요. 합자기업을 이용해 하나하나 기술을 손에 넣고, 이 기술을 주택건물에 활용하려 했던 거죠."

"하지만 그 숨겨진 층은 어디에 쓰려고 한 거죠?"

"입주 가사도우미요." 위바이통은 말을 하며 그들을 향해 걸어오는 구조대원에게 손을 흔들었다. "모든 층에 사는 주민들의 가사도우미를 숨겨진 층에 살게 하려 한 겁니다. 그럼 고용주는 사생활을 보호받을 수 있고, 도우미는 가까운 곳에서 부름을 받

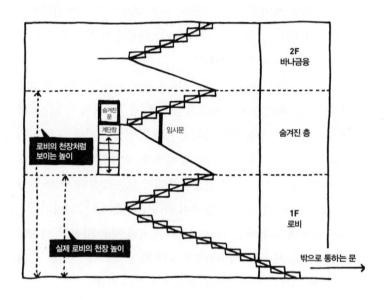

2F
바나금융

숨겨진
문

계단참

임시문

숨겨진 층

로비의 천장처럼
보이는 높이

1F
로비

실제 로비의 천장 높이

밖으로 통하는 문

을 수 있으니까요."

구조대원들은 두 사람을 각각 다른 들것에 눕혔다. 하지만 현장에 있던 경찰은 쩡자웨이의 한 손에 수갑을 채우고 들것 손잡이에 고정했다.

"쩡자웨이 씨, 그런데 제가 아무리 생각해도 이해할 수 없는 게 있는데요." 구급차에 실리기 전 위바이통은 아픔을 참고 몸을 살짝 일으켜 옆쪽에 누운 쩡자웨이에게 물었다. "제가 당신의 정체를 폭로하지 않고 전력이 복구됐다 해도, 천뤄치 씨 살해 사건 때문에 경찰은 분명 빌딩 전체를 막고 조사를 했을 겁니다. 슈얼이 범인이라고 해도 말이죠. 빌딩에 있었던 우리는 모두 경찰서에 가 취조를 당했을 거고요. 그럼 쩡자웨이 씨는 어떻게 슈얼의 '그림자'와 양안옌 사장의 시신을 밖으로 옮기려 한 거죠?"

쩡자웨이의 대답을 채 듣기도 전에 위바이통은 다른 구급차에 실렸다. 하지만 위바이통은 갑작스러운 깨달음을 얻은 듯한 쩡자웨이의 경악하는 눈빛을 봤다.

위바이통은 양안옌 사장이 금융 엘리트가 될 만한 인재를 키운 것이 아님을 확실히 알았다. 양안옌 사장이 키운 것은 한 부분의 일만 잘하는 사람이었다. 패스트푸드점에서 샌드위치를 싸는 위치에 있는 사람이 튀김기를 맡거나 판매를 할 수 없는 것처럼 말이다.

쩡자웨이는 전반적인 상황을 고려할 줄 몰랐기 때문에 이런 허점이 많은 살인 계획을 행동에 옮긴 것이었다.

24

어떤 길은 일단 선택하면 이를 악물고 걸어가야 한다.
돌아갈 수 없다는 것이 아니라 돌아가기 위한 대가가
갈수록 커지기 때문이다. 당신이 중요하다고 여기는 것을 생각해보라.
만약 당신이 오늘 그것을 포기하기로 했다면
10년 뒤에 후회는 없다는 식의 허튼소리는 하지 마라.

― 양안옌, 《나는 금융 엘리트가 될 것이다》

량위셩이 병실에 들어섰을 때 위바이퉁은 마침《나는 금융 엘리트가 될 것이다》의 마지막 페이지를 덮으려던 참이었다.

"정신이 말짱한가 봐요." 의사 가운을 입은 량위셩이 웃으며 말했다. 위바이퉁은 량위셩 뒤에 선 류창융 회장과 또 다른 남자를 발견했다.

"뭐, 팔만 조금 다친 건데요. 사실 입원할 필요도 없었는데." 위바이퉁은 석고붕대를 한 왼팔을 조금 들어 보였다.

"3층이라고는 해도 그렇게 뛰어내렸으니 뇌진탕이 왔을 수도 있습니다. 아무래도 검사를 하는 게 좋죠. 병원비는 걱정하지 말아요. 아 참, 우리가 바나센터의 설계도를 찾아냈어요. 로비 위의 숨겨진 층 외에 4층에도 숨겨진 층이 또 있더군요. 외벽이 유리로 되어 있어서 밖에서는 쉽게 발견할 수 없지만." 류창융 회장이 말했다. "아, 여기는 내 친구인데 강캉시 수사팀의 린(林) 팀장이요. 이번 사건을 맡고 있기도 하고."

"안녕하세요?" 위바이통은 고개를 숙여 린 팀장에게 인사를 하고 류창융 회장을 보며 말했다. "여러모로 폐를 끼치네요. 감사합니다."

량위성은 먼저 자리를 떠나며 조용히 병실 문을 닫았다.

"쩡자웨이 씨는 이미 양안옌 사장과 천뤄치 씨, 리슈얼 씨를 살해했다는 사실을 인정했습니다. 쩡자웨이 씨는 자기가 말실수를 했을 때 리슈얼 씨의 표정이 이상하다는 걸 눈치챘다는군요. 그래서 행여 문제가 생길까 봐 위바이통 씨가 말한 대로 우선 음료수에 수면제를 주사하고, 리슈얼 씨를 그 방으로 데려가 마약을 주사해 살해했다고 합니다. 저희는 쩡자웨이 씨에게서 위바이통 씨가 말씀하신 피로 찍은 지문이 있는 지폐 총 세 장을 발견했습니다." 린 팀장은 의자를 찾아 위바이통의 침대 옆에 앉았다.

"그리고 숨겨진 층에 있던 무명의 시체는 이미 신분을 확인했습니다. 정말 리슈얼 씨의 '그림자'가 맞더군요. 경찰 조사에 따르면 그 사람은 양안옌 사장이 합자기업을 이용해 왕송성 박사와 예홍 대표의 기술을 빼앗을 계획인 걸 알았던 모양입니다. 그 사람은 합자기업의 문서 중에서 양안옌 사장 회사의 이름을 하나 발견했는데 다시 조사해보니 그 회사와 류창융 회장님이 관련이 있었던 거죠. 그래서 그 사람은 비밀리에 다른 사람들에게 연락했고, 앞으로 어떻게 행동하면 좋을지 그날 상의할 생각이었던 겁니다. 양안옌 사장은 아무것도 모르고 있다가 그날 우연히 빌딩에서 그 사람과 마주친 거고요." 린 팀장은 고개를 갸웃거렸다.

"그런데 쩡자웨이 씨의 자백에 조금 이상한 부분이 있습니다. 쩡자웨이 씨는 그날 양안옌 사장이 불러 운전기사를 하기로 하고, 저녁 8시 15분에 빌딩 근처의 주차장에서 양안옌 사장을 태웠다고 하더군요. 빌딩에 데려다주니 양 사장은 부근을 돌아도 좋고 다른 곳에 차를 세워도 좋지만, 빌딩에는 차를 세우지 말라고 했답니다. 그런 다음 밤 9시 반에 빌딩으로 돌아와 양 사장을 태우고 다시 주차장으로 가라고 했다는데, 저희가 조사하니 정말 그 주차장에 양안옌 사장의 자가용이 있더군요."

"확실히 좀 이상하긴 하군요." 위바이통은 어떤 표정도 드러내지 않으려고 애썼다. 그는 지금 이 순간 자신이 경찰에게 어떤 표정의 변화도 들켜서는 안 된다는 것을 잘 알고 있었다. '나는 이 모든 사건의 제삼자로 우연히 그 사건에 휘말린 것뿐이다.' 위바이통은 지금 이런 역할을 연기하는 중이었다. 그러므로 그는 냉정하게 정말 제삼자처럼 이 사건을 분석해야 했다. "어째서 양안옌 사장님은 일을 그렇게 복잡하게 만드신 걸까요? 꼭 행적을 숨기려는 것처럼 말이죠."

"위바이통 씨도 그렇게 느껴지십니까? 제가 듣기로는 그날 양 사장님께서 위바이통 씨도 빌딩에서 만나자고 약속하셨다고 하던데요. 몇 시에 보자고 하셨나요?"

"10시였습니다." 위바이통은 바로 대답했다. "그날 날씨도 좋지 않고 그쪽 지리도 잘 몰라 먼저 출발했는데 결국 좀 일찍 도착했습니다."

"아, 아마 양 사장님께서 위바이퉁 씨를 왕 박사님과 예 대표님에게 소개해 주려 하셨나 보군요." 린 팀장은 말을 하며 류창융 회장을 쳐다봤다.

"왜? 무슨 다른 일이 있나?"

"위바이퉁 씨." 린 팀장은 위바이퉁에게 좀 더 가까이 다가갔다. "양 사장님이 정말 10시에 보자고 하셨습니까? 좀 더 일찍이 아니고요?"

"예. 그런데 무슨 일로?" 위바이퉁은 어쩐지 제 발이 저렸다.

"그럼 제가 단도직입적으로 말씀드리죠." 린 팀장이 정색하더니 자세를 고쳐 앉았다. "쩡자웨이 씨의 진술에 따르면 음료수에 수면제를 넣은 것도, 리슈얼 씨에게 마약을 주사한 것도 사실이지만 그 수면제와 마약은 자기 것이 아니라고 하더군요. 양안엔 사장의 시체를 처리할 때 그분의 몸에서 찾은 거라고요. 저희는 본래 양안엔 사장이 빌딩의 개막을 앞두고 특별히 손님들을 초대해 마약 파티를 하려던 게 아닌지 추측했었습니다. 하지만 왕 박사와 예 대표는 극구 부인하더군요."

"그러니까 경찰에서는 외국에서 온 저를 의심한다고 말씀하시는 겁니까? 본업이 배우인 저를 의심한다? 대체 그게 무슨 논리입니까? 외국에서 온 사람, 배우를 하는 사람은 다 마약을 합니까?"

"위바이퉁 씨 진정하시죠." 린 팀장의 얼굴은 여전히 포커페이스였다. "저희는 그저 사소한 가능성 하나도 놓치지 않으려고 하는 거니까 이해를 좀 해주십시오."

이후로도 린 팀장은 위바이통에게 몇 가지 질문했는데 모두 사건의 배경에 관련된 것들이었다. 이를테면 양안옌 사장이 런던으로 가서 그를 찾은 일이라든지, 위바이통이 강캉시에 도착한 뒤 양안옌 사장과 연락한 일 등이었다. 병실을 떠나기 전, 린 팀장은 위바이통에게 또 다른 사실을 알려줬다. 바로 양안옌 사장을 죽이는 데에 쓰인 스위스 군용 칼이 쩡자웨이의 것이 아니라는 것이었다.

린 팀장과 류창융 회장이 떠난 뒤, 위바이통은 10분 정도 지난 뒤에야 한숨을 돌렸다. 그는 힘껏 자신의 팔을 잡았다가 빰이며, 입술, 코를 만지며 자신의 몸을 느꼈다. 또한 그는 크게 숨을 내쉬며 스스로 호흡하고 있음을 느꼈다.

하마터면 위바이통 그야말로 그 빌딩에서 차가운 시체가 될 뻔하지 않았었는가.

✳

모든 것은 바나센터에 가기 전 위바이통이 생각한 대로였다. 그는 본래 자신의 걱정이 지나치지 않나 싶었다. 하지만 뜻밖에도 양안옌 사장은 정말 그렇게 할 작정이었다.

마약과 수면제가 양안옌 사장의 몸에 있었다니 위바이통은 자신이 품은 약간의 의심이 헛되지 않았음을 확인하게 되었다.

'양안옌 사장이 준비한 약들은 내게 쓰려던 것이다.' 위바이통은 쩡자웨이가 슈얼에게 한 짓은, 실은 양안옌 사장이 자신에게 하려 했던 일이었음을 확신했다. 양안옌 사장은 우선 수면제로 위바이퉁이 의식을 잃게 한 뒤 마약을 과다하게 주사해 죽음에 이른 것처럼 꾸미려 했다.

양안옌 사장이 9시에 위바이퉁을 빌딩으로 부르고, 왕송성 박사와 예훙 대표를 10시에 부른 이유도 그 때문이었다. 8시 반, 쩡자웨이의 차를 타고 바나센터에 도착한 양안옌 사장은 위바이퉁을 죽일 준비를 했다. 9시, 위바이퉁이 도착하면 양안옌 사장은 수면제가 든 음료수를 건넸으리라. 만약 거기에서 위바이퉁이 정신을 잃었다면 그때 바로 죽음을 맞았을 것이다. 그런 다음 양안옌 사장은 위바이퉁의 시체를 은밀한 층에 숨길 작정이었다. 쩡자웨이가 밤 9시 30분에 양안옌 사장을 데리고 주차장으로 갔다면, 양안옌 사장은 자신의 승용차로 바꿔 타고 10시쯤 바나센터에 도착한 척했을 것이다. 이 모든 사실을 알 사람은 단 한 명도 없었다. 양안옌 사장이 빌딩의 감시 카메라를 아직 작동시키지 않았으니까.

밤 10시 왕송성 박사와 예훙 대표가 빌딩에 도착했을 때, 양안옌 사장은 약속 시각보다 조금 이르거나 늦은 시간에 나타났을 테지만 이것은 그리 중요하지 않았다. 양안옌 사장은 두 사람에게 사무실을 구경시켜주다 숨겨진 층을 보여줬을지도 모른다. 시체만 발견되지 않는다면 무슨 상관이겠는가. 그 뒤, 양안옌 사장은 두 사람과 계단을 내려가 겉으로 보기에는 88층처럼 보이는 사무실이 사실 3층임을 알려줬을 것이다. 또한 그들에게 일부러 비밀번호 자물쇠를 보여주며 그 자리에서 자물쇠를 뺐으리라. 그 뒤 그들은 술을 마시러 갔을 테고, 양안옌 사장은 밤새 왕송성 박사, 예훙 대표와 함께 시간을 보냈을 것이다.

다음 날이나 어쩌면 월요일쯤 위바이통은 숨겨진 층에서 시체로 발견됐을지 모른다. 하지만 조금 전 린 팀장의 태도로 보아 알 수 있듯이 위바이통의 신분이 조사되면 외국에서 온 젊은 화교 청년이 정식으로 문도 열지 않은 빌딩에 들어와 마약을 복용했으리라 추정했을 게 뻔했다. 왕송성 박사와 예훙 대표는 그들이 빌딩을 떠나기 전에는 그 층의 철문이 잠겨 있었다고 증언할 테고, 그러면 위바이통은 그들이 떠난 뒤에야 빌딩에 들어온 셈이 된다. 다시 말해 위바이통이 죽은 시각에 양안옌 사장은 현장에 없었다는 사실이 증명되는 것이다.

하지만 리슈얼 일행이 빌딩에 온 탓에 양안옌 사장의 계획은 단단히 꼬이고 말았다.

스위스 군용 칼은 양안옌 사장의 것도, 쩡자웨이의 것도 아니었다. 물론 위바이통은 이 사실을 진작부터 알고 있었다. 칼은 그의 것이었으니까. 행여 양안옌 사장이 자신을 해코지할까 봐 걱정된 위바이통이 지니고 있던 것이었다.

이제 보니 그의 걱정은 결코 지나친 것이 아니었다. 사실 양안옌 사장은 다른 사람의 목숨을 매우 하찮게 여기는 사람이었으니까 말이다. 순간적인 화를 참지 못한 양안옌 사장은 리슈얼의 '그림자'를 죽였다.

그렇다면 양안옌 사장은 어째서 함부로 리슈얼의 그림자를 죽인 뒤 쩡자웨이에게 뒤처리를 맡기면서까지 서둘러 위바이통을 죽이려 한 걸까?

위바이통은 물론 그 이유를 잘 알고 있었다. 애초에 양안옌 사장이 런던까지 찾아와 위바이통에게 일자리를 주겠다고 한 것은 양심의 가책 때문이 아니었다. 오히려 양안옌 사장은 위바이통이 자신의 비밀 열쇠를 쥐고 있다고 생각했다. 그 때문에 위바이통을 죽여 입을 막는 일을 다른 사람 손에 맡길 수 없었으리라.

"어리석기는⋯." 위바이통은 혼잣말처럼 중얼거렸다. 하지만 양안옌 사장은 몰랐을 것이다. 그것이 위바이통의 비밀이기도 하다는 사실을 말이다. 그래서 조금 전 위바이통은 린 팀장에게 양안옌 사장이 사실은 자신을 죽일 작정이었음을 말하지 못한 것이다.

잠시 뒤, 류창융 회장이 전화를 걸어와 린 팀장의 태도에 대해 사과하며 말했다. "아, 그런데 위바이통 씨. 앞으로 어떻게 할 생각입니까? 런던으로 돌아갑니까?"

"사실 처음부터 여기 상황이 어떤지만 본 후, 다시 런던으로 돌아갈 작정이었습니다."

"그럼 앞으로 하는 일들 모두 잘 되길 바랍니다. 혹시 필요한 게 있으면 뭐든 나와 위성에게 알려줘요."

"류 회장님, 사실 제게 부탁이 하나 있는데 너무 무례하진 않을지⋯." 위바이통은 《나는 금융 엘리트가 될 것이다》의 마지막 페이지를 보고 있었다.

'당신이 중요하다고 여기는 것을 생각해보라.'

25

세상 만물은 하나의 순환이다. 끊임없이 흐르고, 전환하며,
이름을 바꾸고, 겉모습을 바꾸다 또 다른 순환을 맞이한다.
가장 먼저 본모습을 파악할 수 있는 사람이 바로 승자이다.

— 양안옌, 《나는 금융 엘리트가 될 것이다》

원장을 본 순간, 위바이통은 저도 모르게 뛰어가 원장을 꽉
끌어안았다.

"하하, 어쩜 아직도 어린애 같니?"

강캉시에서 있었던 사건에 관한 소식은 봉쇄돼버렸다. 린 팀
장은 위바이통에게 출국하기 전에 특별히 연락해 사건이 아직
조사 단계에 있으니 누구에게도 발설하지 말라고 부탁했다. 입
을 다물어 달라는 것이었다. 물론 위바이통 역시 떠벌리고 다닐
생각은 전혀 없었다.

류창융 회장 덕분에 위바이통은 공짜 항공권을 얻을 수 있었
고, 우선 산호세로 돌아가 양부모를 만난 뒤 런던에 가기 전 뉴
욕에 들러 원장을 만났다. 사실 위바이통은 영상통화를 통해 원

장과 이야기를 나누면서도 아주 오랫동안 그녀와 얼굴을 직접 마주한 적이 없었다.

※

강캉시를 떠나기 전, 위바이통은 우연히 뉴스에서 류창융 회장과 왕송성 박사, 예훙 대표가 힘을 모아 새로운 주택을 건설할 계획을 발표하는 모습을 봤다.

위바이통의 예상대로 새로운 주택건물에는 숨겨진 층의 설계가 적용돼 입주 가사도우미들이 나누어 사는 곳으로 제공된다고 했다. 하지만 위바이통이 전에 예측한 프라이버시 문제 외에도 류창융 회장은 각 주택 단위의 면적을 더 줄일 수 있다는 사실에 집중했다. 다시 말해 각 층을 더 많은 사람에게 나눠 판매하려는 것이다. 게다가 도우미도 각 집이 따로 고용하지 않고 관리 계약에 포함시켜 여러 집이 한 명의 도우미를 공동으로 쓸 수 있게 했다. 이럴 경우 각 집이 부담하는 비용은 훨씬 줄어들 수 있다. 양안엔 사장이 이런 고밀도 주택개발을 전문으로 하는 류창융 회장과 손을 잡으려 한 것도 이제 보니 당연한 일이었다.

건물의 창문 유리는 모두 왕송성 박사의 투영 기술을 적용하기로 했다. 이렇게 하면 높은 층의 풍경을 볼 수 있을 뿐만 아니라 '실내'의 영상을 투영해 원래 공간보다 더 넓어 보이는 착각을 만들 수 있다. 예전에 집 한쪽 벽면에 커다란 유리를 달던 것과 마찬가지 원리였다. 또한 엘리베이터에는 예훙 대표의 기술을 적용해 어느 층에 사는 주민이든 고층으로 올라가는 듯한 기분을 안겨주기로 했다. 이를 위해 이 건물은 '1층', '2층'이란 명칭을 없애고 주민이 로비에서 이름표를 누르면 시스템이 분류해 각자의 층에 도착하게 할 예정이었다. 다만 시스템은 각 집의 자료를 응급 서비스에 제공해 만일의 경우 구조가 필요할 때 즉각 정확한 층수를 알려주기로 했다.

'〈맞춤〉, 〈강가〉, 〈편안함〉을 추구하며 높은 곳에서 내려다보는 꿈의 생활, 결코 꿈이 아닙니다!' 광고 속에서는 젊은 부부가 벨을 누르자 금세 가사도우미가 나타났다.

광고 속 '맞춤'은 작아도 더 이상 작을 수 없는 주택 면적을 가리키는 것으로 관점과 각도를 달리한 문구였다.

또한 '강가'는 볼품없는 강캉강을 보는 것도 강가라고 한다면 거짓말은 아니었다. 게다가 어차피 상관은 없었다. 투영 유리가 주민에게 멋진 강가의 풍경을 보여줄 테니까 말이다.

'편안함'은 숨겨진 층에 도우미를 머물게 해 여유롭고 편안한 생활을 즐길 수 있다는 뜻이었다.

그 광고를 보고 있자니 위바이통은 예전에 유럽 저택의 지하에서 살던 하인들이 떠올랐다. 집의 가격을 찾아보니 위바이통이 혀를 내두를 만한 가격이긴 했지만 듣기로는 강캉시의 젊은 사람들이 감당할 수 있는 '양심 가격'이라고 했다. 덕분에 류창융 회장과 왕송성 박사, 예훙 대표는 매체로부터 '양심 사업가'로 칭송받았다. 또한 류창융 회장은 양안엔 사장을 대신해 놀이공원을 개발하겠다고 했다. 다만 정부가 놀이공원 옆 부지에 카지노 건설을 허가해달라는 조건을 달았다.

✳

　"부모님은 잘 계시니?" 원장은 위바이통이 산호세에서 온 것을 알고 있었다.

　"예, 부모님께서 원장님께 드리라고 뭘 주셨어요."

　"너희 부모님은 항상 그렇게 챙겨주시는구나." 원장은 위바이통에게 거실로 들어가자고 했다. 너무 오랫동안 만나지 못했기 때문인지 원장은 내내 위바이통의 손을 잡고 있었다.

　"바이통, 강캉시로는 다시 돌아가지 않는 거니? 산호세로 갈 거야?"

　위바이통은 고개를 저었다. "전 런던으로 갈 거예요. 아마도 공부를 할 것 같은데 원장님은 제가 변호사가 되면 어떨 것 같으세요?"

　"좋지, 난 뭐든 좋단다." 원장은 가만히 위바이통의 손등을 두드렸다. "연기는 안 하려고?"

　"좀 보고요. 어쨌든 연기만 하지는 않을 것 같아요." 위바이통은 깊은 한숨을 내쉬었다. "원장님, 죄송해요."

　"응?"

　'기억해. 자신을 드러낼 기회를 잡았을 때 남들과 달라야 사람들이 널 기억해주는 거야. 만약 사람들이 네 얼굴조차 기억하지 못한다면 그 무엇도 소용이 없어. 방법은 중요하지 않아. 결과가 중요하지.'

9·11 테러로 고아가 된 사람들을 주제로 인터뷰를 하고 싶다며 잡지사 기자가 위바이통을 찾아왔을 때, 지난날 리슈얼이 했던 말이 마치 악마의 속삭임처럼 그의 귓가를 맴돌았었다.

　고아라는 신분을 이용해 언론에서 자신의 존재를 드러낼 기회가 위바이통에게 찾아온 것이었다.

　"자신을 드러내야 해." 리슈얼의 목소리는 가을의 호박 라떼 같으면서도 쓸쓸했다.

　'어차피 고아들만 인터뷰하는 거라면 가장 돋보이는 사람이 되어야 한다.' 그 순간 위바이통은 속으로 결심했다.

　"원장님, 죄송해요. 저 때문에 거짓말하시게 해서. 잡지사와 인터뷰를 하게 됐을 때 다른 고아들보다 더 돋보이고 싶었어요. 그래야 독자들이 저를 기억해줄 테니까요. 그래서 부모님이 운명의 장난처럼 제게 천식 호흡기를 주시려고 부하 직원을 대신 보내는 바람에 죽음을 피하지 못했다는 드라마 같은 거짓말을 했어요. 게다가 원장님께 적당히 둘러대 달라는 부탁을 하다니, 원장님이 증인이 되어 주시면 더 신뢰가 갈 것 같아서…. 하마터면 제가 원장님을 해칠 뻔했어요." 원장은 그저 빙긋이 웃으며 '지금이라도 늦지 않아'라고 말하는 것처럼 위바이통의 손을 꼭 잡았다.

　그런데 뜻밖에 양안옌 사장이 나타나서 자신이 위바이통 부모의 부하 직원으로서 유치원에 천식 흡입기를 가져다준 일에 관해 이야기했다. 위바이통은 당연히 그것이 불가능한 일이란 것을 알고 있었다. 그 일은 위바이통이 기자에게 제멋대로 꾸며

서 들려준 이야기였기 때문이다. 그때만 해도 위바이통은 양안
옌 사장이 정말 부모님의 부하 직원이었다고 생각했다. 다만 위
바이통은 양안옌 사장이 배우로서 이름을 알리려 한 자신의 거
짓말을 눈치채고 그의 부모님 대신에 생존했다는 마음의 부담을
덜고자 죽은 상사의 아들을 돌봐주려는 줄 알았다. 위바이통은
양안옌 사장이 들려준 9·11 테러 이야기가 바로 양안옌 사장이
위바이통의 거짓말을 알고 있다는 암시라고 생각했다.

만약 거짓말한 일이 양안옌 사장을 통해 폭로된다면 위바이
통은 유명해지겠고 양심을 저버린 삼류 배우로 추문의 주인공
이 될 게 뻔했으며, 원장의 명예에도 누를 끼칠 수밖에 없었다.
그 때문에 위바이통은 양안옌 사장의 의도가 무엇인지 파악하
고, 정말 좋은 기회를 얻을 수 있는지 확인하려고 강캉시로 돌아
가겠다는 결정을 한 것이었다.

그런데 뜻밖에도 위바이통의 생각과는 정반대로 양안옌 사
장은 위바이통을 금융 엘리트로 만들어주기는커녕 그를 죽이려
는 사람이었다. 양안옌 사장은 오히려 위바이통이 자신의 거짓
말을 폭로할 유일한 사람이라고 생각했다. 양안옌 사장이 유치
원으로 천식 흡입기를 가져다줬다는 이야기는 그가 위바이통의
거짓말을 알고 있다는 암시가 아니었다. 양안옌 사장은 정말 그
런 일이 일어난 줄 알고 자기 버전의 이야기를 꾸며내 위바이통
에게 들려준 것이다.

"모레로구나. 그날이···. 그 뒤에 갈 거니?" 원장의 물음에 위
바이통은 현실로 돌아왔다.

"예, 그럴 생각이에요."

*

"토마스 J. 셸릭."

"안나 M. 칼로."

뉴욕 9·11 테러 추모 기념관 밖에 있는 공원 단상 위에서는 위아래로 검은 옷을 입은 사람이 희생자의 이름을 읽고 있었다. 위바이통이 9·11 테러 추모제에 참여한 것은 이번이 처음이었다. 본래 위바이통은 감정이 매우 격앙될 줄 알았지만 뜻밖에 매우 평온했다. 아마도 공원에 조성된 인공 호수에 흐르는 잔잔한 물결이 심장박동과 같이 흐름을 맞춰 서로 공명을 일으키면서 호흡과 심장박동을 안정시키는 것 같았다.

"스티븐 천."

위바이통이 서 있는 자리 뒤편으로 멀지 않은 곳에 나이 많은 화교 부부가 있었다. 그들의 아들 역시 9·11 테러로 희생됐다. 부부는 해마다 중부에서 날아와 추모 활동에 참석했다. 지금까지도 부부는 배우라는 꿈을 좇았을 뿐 세계무역센터에서는 일한 적도 없던 아들의 죽음을 떠올리면 마음이 편치 않았다.

그들이 아는 사실은 20여 년 전 아들이 세계무역센터에서 일하던 성이 양(楊) 씨인 화교 친구와 뉴욕의 한 아파트를 함께 빌려 살았다는 것뿐이었다. 그날 이후, 더 이상 아들과 연락할 수 없게 된 부부는 나중에 아들의 룸메이트로부터 편지를 받게 되었다. 그는 아들의 유품을 정리하다가 부모님 집의 주소를 찾았다고 편지에 썼다. 또한 룸메이트는 아들이 세계무역센터에 구경을 왔었는데 중요한 회의가 생겨 자신은 밖에 나가게 됐고 아들만 혼자 그곳을 구경하다 뜻밖의 사고를 당하게 됐다고 알려줬다.

부부는 아직 한 번도 그 룸메이트와 만나본 적이 없었지만 그는 매년 음력으로 새해가 되면 자상하게 뭔가를 챙겨 보냈다. 처음 몇 년 동안은 비싸지는 않지만 정성이 담긴 작은 선물이었는데, 해가 지날수록 크루즈 여행권이나 보석처럼 값나가는 선물이 왔다. 게다가 그 룸메이트는 종종 편지로 그들에게 따뜻한 안부를 묻기도 했다. 그 때문에 부부는 아들이 세상을 떠난 것이 아니라 먼 곳에서 일하고 있는 것처럼 느껴질 때도 있었다.

하지만 부부는 이런 값비싼 선물보다 직접 아들의 룸메이트를 만나고 싶었다. 그들의 아들과 운명이 뒤바뀐 그를 만나 오랫동안 보내준 선물에 대해서도 감사의 말을 전하고 싶었다.

그런데 그 양 씨 성을 가진 사람은 일이 바쁘다거나 다른 핑계를 대며 늘 만남을 피했다. 노부부는 아마도 그의 마음에 아직도 아들에 대한 미안함이 있어서 그러는 것으로 생각했다. 그래서 부부는 해마다 이곳에 오면 아들과 비슷한 나잇대의 동양인이 없는지 살폈다.

"에드워드 A. 딕슨."

위바이퉁은 손에 하얀 장미를 꼭 쥔 채 자신의 앞에 서 있는 사람을 바라봤다.

"스콧 데이비스."

장미를 보고 있으려니 양안엔 사장과 만났던 그날 밤 줄리
엣이 '쥐덫'에서 읊었던 대사가 위바이통의 머릿속에 떠올랐다.
　　"이름이란 게 대체 뭐란 말인가요? 우리가 장미라 부르는 꽃
의 이름을 바꾼다 해도 그 향기는 여전할 텐데…"

에필로그

세계무역센터가 눈앞에서 무너져 내릴 때 스티븐 천은 경악하면서도 다른 한편으로는 조금 기뻤다. 스티븐은 양안옌의 회사가 62층에 있다는 사실을 기억했다. 또한, 양안옌의 상사가 화교 부부란 이야기를 들은 적도 있었다.

"내일은 꼭 밀린 월세 좀 갚아줘. 그리고 네가 내기로 한 생활비 일부는 내가 더 이상 낼 수 없어." 어젯밤 룸메이트 양안옌은 스티븐에게 최후통첩을 했다. 밀린 월세를 내지 않으면 그를 내보내고 방세를 낼 수 있는 다른 룸메이트를 찾겠다고 했다.

양안옌과 대판 싸운 뒤 스티븐은 화가 잔뜩 난 상태로 두 사람이 사는 아파트를 박차고 나와서 날이 밝을 때까지 거리를 쏘다녔다. 스티븐은 본래 센트럴 파크에 갈까 생각했었지만, 행여 노숙자로 보일까 봐 차마 가지 못했다. 유명하지는 않지만 그래도 그는 어엿한 배우가 아닌가.

스티븐은 지역의 대학을 졸업한 뒤 배우가 되기 위해 중부에서 홀로 뉴욕까지 왔다. 그러다 우연히 아직 대학생이던 양안옌과 브루클린 쪽의 아파트에서 함께 월세를 내며 살게 되었다. 양안옌은 대학을 졸업한 뒤 맨해튼에서 순조롭게 일자리를 찾았고 금융 엘리트를 향해 한 걸음 더 나아갔다.

반면 스티븐은 여전히 아르바이트를 하며 보잘것없는 역할만 맡고 있었다.

예전에 두 사람 모두 빈털터리였을 때는 잠깐 돈이 잘 회전되지 않아 월세를 제때 내지 못하는 일이 종종 있었다. 그럴 때면 보통 한 사람이 먼저 월세를 내고, 다른 사람이 며칠 뒤 월급을 타서 상대에게 갚았다. 하지만 지금은 대부분 스티븐이 월세를 빌리는 처지가 됐고, 최근에는 3개월이나 월세를 갚지 못했다. 그가 큰 작품에서 역할을 따내기 위해 아르바이트도 그만두고 준비에 매달려 있었기 때문이다. 양안옌과 몇 년이나 함께 살아온 스티븐은 이런 상황이 크게 문제가 되지 않을 줄 알았다.

하지만 양안옌은 그렇게 생각하지 않았다.

스티븐은 밤새도록 거리를 뛰어다니며 화를 쏟아내다가 날이 밝아올 때쯤에야 이 현실을 받아들였다. 그와 양안옌은 친구가 아니라 단순한 룸메이트였다. 양안옌이 자신에게 아무런 감정이 없다는 것을 이해한다면 실망할 일도 아니었다. 어쨌든 그는 월세를 빌린 세입자가 아니던가. 이제 스티븐이 해결해야 할 문제는 돈이었다.

　스티븐은 은행으로 가서 신용카드를 현금자동입출금기 입구에 밀어 넣었다. 그 순간, 그는 자신이 깊은 수렁으로 빠져드는 느낌을 받았다. 신용카드의 현금서비스는 이자가 상당히 높다는 것을 스티븐도 잘 알고 있었다. 텔레비전의 토크쇼에서 젊은 이들이 신용카드의 현금서비스를 이용하고 또 다른 카드로 돌려막기를 한다는 이야기를 들은 적도 있었다. 그렇게 계속 신용카드를 만들다 보면 갚아야 할 빚에 이자가 붙어 금세 눈덩이처럼 커질 게 뻔했다.

　신용카드로 현금을 빼내기 시작하면 깊은 수렁에 첫발을 내딛는 것이나 마찬가지였다.

　'그럴 리 없어.' 스티븐은 자신을 굳게 믿었다. 잠시 자금이 회전되지 않는 것일 뿐, 역할을 따내 진정한 연기자로서 입지만 다지면 빚은 금세 갚을 수 있다.

　'잠시만 참자. 조금만 참으면 된다.'

　막상 돈을 손에 넣자 스티븐은 상황이 그리 나쁘지만은 않다는 생각이 들었고, 이내 한 가정식 식당에서 풍성한 아침 식사를 하기로 마음먹었다. 음식을 주문한 뒤 스티븐은 식당의 전화를 빌려 양안옌 회사의 내선으로 전화를 걸었다. 오전 8시가 조금 넘은 시각이었지만 양안옌은 보통 이 시간에 이미 회사에 있었다. 스티븐은 양안옌에게 이따가 그의 회사로 찾아가 돈을 갚겠다고 말했다.

　스티븐은 간 김에 세계무역센터도 한번 구경해야겠다고 생각했다.

"스티븐?" 스티븐이 자리에 돌아와 앉았을 때 옆자리에 앉은 남자가 그를 불렀다. 조금 전까지 남자는 계속 신문을 보고 있어서 스티븐은 미처 남자의 얼굴을 확인하지 못했었다. 그는 스티븐이 다리를 놓아달라고 부탁했던 대형 제작사의 담당자였다.

"아, 안녕하세요. 죄송합니다. 좀 전에는 보지 못했었어요." 스티븐은 남자의 맞은편에 앉았다. "여기서 여유 있게 아침 식사 하시면서 신문을 보시네요? 회의는 안 하세요?" 스티븐은 은근히 작품에 대해 암시를 했다.

"안 그래도 어젯밤에 역할 선정에 관한 회의를 마쳤어." 남자는 신문을 내려놓고 팔꿈치를 테이블에 걸치더니 몸을 앞쪽으로 기울였다. "주요 배역은 모두 결정이 됐지."

"예?" 스티븐은 마른 침을 삼키며 몸을 앞으로 기울여 남자에게 가까이 다가갔다.

"안타깝게 됐군." 남자는 이렇게 말하며 스티븐을 빤히 쳐다봤다. 마치 이 결과에 한 치의 부끄러움도 없다는 듯이 말이다. "스티븐이 얼마나 노력했는지 모두 잘 알고 있어. 하지만 이번에는 힘들 것 같아."

스티븐은 주먹을 꽉 쥐었다. "제가 동양인이라서 그런가요?" 뉴욕에서 지낸 몇 년 동안 그는 동양인이라서 캐스팅이 되지 않는다는 느낌을 적잖이 받았다. 이를테면 그가 유창하게 스코틀랜드 억양의 영어를 구사한다 해도, 그의 얼굴을 보며 비극적인 스코틀랜드의 왕 맥베스라고 생각할 수 없지 않은가.

"그렇게 말하지 마. 피부색은 전혀 고려사항이 아니었으니까." 남자는 스티븐의 손을 가볍게 두드렸다. "그냥 상대가 너무 강했던 거야. 미국 각지에서 온 배우들 모두 그 역할을 따내고 싶어 했어. 하지만 감독님께서 스티븐을 인상 깊게 보셨으니까 다른 역할을 맡길 수도 있어."

"행인 같은 역할이겠죠."

"스티븐." 남자는 한참이나 스티븐을 보다 말했다. "여기는 스티븐의 무대가 아니라고 생각해본 적 없어?"

"무슨 말씀이시죠?" 스티븐이 남자를 빤히 쳐다봤다. "저에게 고향에나 돌아가라고 말씀하시는 건가요?"

"아니, 난 스티븐에게 배우를 그만두라고 하는 게 아니야. 난 오히려 스티븐이 연기에 타고난 재능이 있다고 생각해. 다만 뉴욕은 스티븐이 재능을 발휘할 만한 곳이 아닐 수 있다는 거지."

'나의 무대…?'

"세상에!"

"맙소사, 저게 뭐야?"

스티븐이 남자가 한 말의 의미를 곱씹어 보고 있을 때 갑자기 식당 안에 소동이 일어났다.

"오, 이런 세상에…." 남자는 멍하니 스티븐의 뒤쪽을 바라보다 천천히 일어났다.

스티븐도 몸을 뒤로 돌려 모든 사람의 시선을 붙든 조그만 텔레비전 화면을 쳐다봤다.

이제 막 꺼져서 아직 연기가 피어오르는 양초 같다고 스티븐이 생각한 그것은 바로 비행기가 충돌한 세계무역센터의 북측 타워였다.

그 화면을 본 스티븐은 무슨 생각에서였는지 식당을 나와 세계무역센터 방향으로 걸어갔다.

'양안옌이 걱정되는 걸까? 아니, 그건 아니다.' 스티븐은 속으로 생각했다. 그렇다면 무엇 때문이란 말인가?

'저곳이 나의 무대다!'

스티븐은 어렴풋이나마 그곳이 자신의 무대라고 느꼈다.

잠시 후, 스티븐은 사람들과 함께 두 번째 비행기가 세계무역센터 남쪽 타워를 들이받는 광경을 목격했다. 그 길모퉁이에서 그는 또 다른 무대를 보게 되었다. 서로 모르는 사람들이 부둥켜 안았으며, 커피와 베이글을 든 젊은 여자는 히스테릭하게 비명을 지르며 오열했고, 덩치 큰 중년 여자가 상처 입은 동물을 토닥이듯 젊은 여자를 안아줬다.

잠시 뒤, 스티븐은 그곳에서 블랙홀을 봤다. 침묵과 절망이 만들어낸 블랙홀은 점점 더 넓어져 모든 사람을 삼켜버렸다.

스티븐은 무심코 청바지 뒷주머니에 손을 넣었다가 그 안에 들어 있는 것을 만진 순간 온몸에 전기가 통하는 기분을 느꼈다. 바로 이른 아침 그가 은행 현금자동입출금기에서 신용카드로 뽑은 돈이 담긴 봉투였다. 본래 양안옌에게 주려 했던 그 돈 말이다.

스티븐은 고개를 들어 연기가 피어오르는 남쪽 타워를 바라봤다. 그때, 그의 머릿속에서 무서운 생각이 떠올랐다.

'만약 양안옌이 죽었다면 얼마나 좋을까?'

아니, 양안옌이 죽는다고 해서 스티븐의 문제가 완전히 해결되는 것은 아니었다. 이 일이 지나간 뒤에도 그는 어차피 하루 벌어 하루 먹고 살아야 하는 별 볼 일 없는 배우가 아닌가.

'만약 양안옌이 죽고, 내가 양안옌이 된다면….'

그런 일이 쉬울 리가 없지 않은가. 스티븐은 저도 모르게 헛웃음이 터져 나왔다. 하지만 불과 몇 분 뒤 스티븐은 다시 곰곰이 생각해봤다. '양안옌은 미국에 가족도 없고, 친구들도 대부분 대학 동창인데 모두 월가에서 일하잖아. 어쩌면 오늘 많은 친구가 죽었을지도 몰라. 얼굴에 상처를 좀 만든 뒤에 병원에 가서 내가 양안옌이라고 등록하면 어떨까? 지갑이나 신분증은 다 회사에 있다고 하면 되지. 집에 양안옌이 대학 때 쓰던 참고서 같은 것도 있으니까 열심히 노력해서 내 연기력으로 보완하면….'

스티븐은 남쪽 타워가 무너지기 전까지만 해도 이 모든 것이 자신의 지나친 망상이라고 생각했다. 하지만 잠시 뒤 세계무역센터 남쪽 타워가 눈앞에서 무너져 내리는 것을 본 순간 그는 경악하면서도 다른 한편으로는 조금 기뻤다.

"이봐요! 죽고 싶어요? 빨리 뛰어요!" 곁에 있던 그 사람이 자신을 붙잡고 뛰지 않았다면 스티븐은 계속 그 망상에 사로잡혀 있었을 것이다.

죽을힘을 다해 뛰면서 스티븐은 도박을 해보기로 마음먹었다. '만약 살아난다면 양안옌의 신분으로 새로운 인생을 살아보자!' 편의점으로 뛰어들어 벽돌 부스러기들과 거대한 먼지 바람을 피한 스티븐은 휘청대며 다시 거리로 걸어 나왔다. 눈에 보이는 모든 것은 회색이었지만 스티븐은 오히려 눈앞을 환히 비추는 빛을 보았다.

*

"스티븐!"

그때 익숙한 목소리가 스티븐의 뒤에서 들려 왔다. 먼지를 너무 많이 마셨거나 괜히 제 발이 저린 탓이 아닐까? 스티븐은 마치 구토를 하듯 여러 번 기침을 토해냈다.

'말도 안 돼.' 스티븐은 천천히 몸을 돌렸다.

분명히 조금 전에 새 삶의 빛이 비쳤는데 그 자신도 모르는 사이에 다시 지옥으로 굴러떨어진 걸까?

스티븐 눈앞에 서 있는 사람은 온몸에 먼지를 뒤집어쓴 양안옌이었다!

"양… 안옌…. 너…."

"하, 이래서 살 사람은 산다고 하는 건가? 다행히 내가 조금 전에 회사에 없었어." 양안옌은 털썩 바닥에 주저앉아 거친 숨을 내쉬었다.

'어째서?' 스티븐은 콧등이 찡해지는 것을 느꼈다. 그의 목숨을 건 도박을 하느님이 받아주시지 않았단 말인가? 분명 그는 자신의 인생을 버릴 작정으로 엄청나게 큰 결심을 했는데 말이다.

그때 미풍이 불어왔고, 스티븐은 그의 발에 뭔가가 걸리는 것을 느꼈다. 고개를 숙여보니 슈퍼마켓의 비닐봉지가 그의 발에 달라붙어 있었다. 스티븐이 비닐봉지를 걷어차려 할 때 주위의 먼지가 바람에 흩어져서인지 조그마한 햇빛이 그 비닐봉지를 비쳤다.

스티븐은 허리를 숙여 비닐봉지를 주운 뒤 고개를 돌려 그 빛이 비쳐오는 하늘을 쳐다봤다.

구멍 하나 없이 완벽한 비닐봉지였다. 이런 재난에 맞서 비닐봉지만 살아남은 것이다.

주위에는 스티븐과 양안옌 외에는 단 한 사람도 없었다.

스티븐은 쓰디쓴 미소를 지었다. 하늘이 그에게 도박판을 펼쳐줬고, 지금이 바로 베팅을 해야 할 때였다. 그는 눈을 감고 머릿속에 떠오르는 대본을 연습했다. '상대의 두 손을 제압해 비닐봉지를 잡아 뜯지 못하게 해야 한다.' 가장 좋은 방법은 뒤에서 상대의 어깨에 올라타 팔을 누르는 것인데 마침 양안옌은 바닥에 앉아 있었다.

공기 중에 떠도는 화산재 같은 먼지 따위는 안중에도 들어오지 않았다.

스티븐은 깊이 숨을 들이쉰 뒤, 숨을 헐떡이고 있는 양안옌에게 조용히 다가갔다.

〈끝〉

장미라 부르는 꽃의 이름을 바꾼다 해도
그 향기는 여전할 텐데….

> ❗ 본문에 사건의 진상과 일부 트릭에 관한 내용이
> 포함되어 있으니 책을 다 읽은 뒤 읽어주세요.

원샨 작가와 나는 타이완 추리작가협회의 해외 회원인 데다 고향도 홍콩으로 같아 서로 12시간이나 차이가 나는 두 도시에 각각 살고 있지만, 종종 이메일로 연락하며 이야기를 나눈다. 2014년, 원샨 작가가 아직 《점장님, 저 연애 고민이 있어요》를 쓰고 있을 때 이미 메일을 통해 '눈보라에 갇힌 산장/밀실 살인'을 소재로 한 추리소설을 쓸 계획이라고 했었다.

그 뒤 그녀는 자신이 말한 대로 《점장님, 저 연애 고민이 있어요》를 쓰고 난 다음, 지금 당신이 손에 들고 있는 《사장을 죽이고 싶나?》를 집필했다. 이 작품은 책 제목만 얼핏 보면 요즘 유행하는 가벼운 추리소설로 착각할 수 있지만, 사실 본격추리 혈통일 뿐만 아니라 다양한 범주를 섭렵하고 있어 자세히 음미할

수록 깜짝 놀랄 정도의 여러 가지 맛을 느낄 수 있다.

책의 초반에 심도 있게 등장하는 9·11 테러의 생존 경험은 논하지 않더라도 작품의 미스터리가 시종일관 블랙 유머의 한 장면처럼 느껴진다. 금융 기업의 직원들은 실수로 사장을 죽이고 이기적인 마음과 서로에 대한 불신으로 어쩔 수 없이 함께 범죄를 숨기려 한다. 하지만 공교롭게도 사장의 친구들과 마주치고, 운명의 장난처럼 현장에 갇히고 만다.

그 뒤 이야기는 진정한 '눈보라에 갇힌 산장의 살인 사건'으로 전개되어 시체가 한 구, 한 구 드러나다가 결국 이 새로 지은 빌딩 사무실에서 총 네 구의 시체가 발견된다. 게다가 네 명의 사람들은 모두 살해당했다. 초반에 '실수로 사장을 죽였다'는 설정도 사실 교묘한 트릭이었던 셈이다.

하지만 이 작품이 '눈보라에 갇힌 산장'의 패턴으로 진행되고, '비밀통로'라는 전통적인 해답이 사용됐다 해도 우리는 작가의 진정한 의도에 주목해야 한다. 바로 '눈보라에 갇힌 산장'은 이 이야기 속에서 단순한 '수단'일 뿐 '목적'이 아니라는 것이다. '눈보라에 갇힌 산장'의 핵심은 등장인물들이 하나의 장소에 갇혀 그곳을 떠날 수 없다는 것인데, 이 작품의 결말은 독자들에게 이 고립된 환경이 본래 가상이었음을 알려준다.

등장인물들이 있는 곳은 하늘을 찌를 듯한 빌딩 88층이 아니라 창문만 깨면 얼마든지 탈출이 가능한 3층이었다. 이 진실이 드러나는 순간 독자는 그 안의 사람들 모두 범인의 습격을 피할 기회가 얼마든지 있었음을 알게 된다. 살해당한 사람 중 두 명은 더더욱 죽지 않을 수 있었다.

어쩌면 누군가는 이 설정이 작은 에피소드에 불과하다고 여길 수도 있다. 어차피 이야기가 정말 88층에서 벌어졌다 해도 3층에서 벌어진 것과 큰 차이가 없었을지도 모른다. 주인공에게 액션영화의 영웅처럼 범인을 잡은 채 창문을 깨고 떨어질 패기는 없었을 테니까. 하지만 내 생각에는 이 '꼭대기 층을 가장한 3층'이란 설계는 작품의 중심사상과 호응해 다른 요소들과 밀접하게 연결되면서 완벽한 그림을 구성한다. 그 중심사상은 바로 '우리 모두 허위 속에 살고 있다'는 것이다.

특히 양안옌 사장이란 인물은 이 '허위'를 철저히 실현하고 있다. 심지어 그는 현대인들이 이익만 얻을 수 있다면 얼마든지 이런 허위 속에 살기를 바란다는 것을 알고 있다. 작품 속에서 양안옌 사장은 왕송성 박사와 예훙 대표 두 사람의 과학기술을 빼앗아 '가상의 고층 주택'을 창조함으로써 이익을 얻으려 한다. 게다가 그는 금융 회사에서 '그림자'를 이용하는 방식으로 리슈란과 저우밍후이 같은 연기자를 가짜 금융 엘리트로 변신시킨다.

독자들에게 금융 엘리트란 호칭이 익숙하지 않을 수 있지만, 유럽과 미국(홍콩도 마찬가지)에서 금융 엘리트는 종종 엄청난 행운아로 여겨진다. 투자은행이나 금융기관에서 요직을 맡고 있으면 강력한 권한과 능력으로 사람들이 깜짝 놀랄 만한 부를 창출해낼 수 있기 때문이다. 하지만 현실은 작품 초반 커피숍에 등장했던 안경 쓴 여성의 말대로 적지 않은 금융 엘리트가 평범한 출근족에 불과하다.

즉, '엘리트'라는 단어는 허망한 호칭일 뿐이다. 진짜 시장을 주무를 수 있는 엘리트라 해도 그들이 하는 모든 행동 역시 또 다른 종류의 허위일 수 있다. 2008년 금융위기의 배경을 돌아보면 '엘리트라 쓰고, 사기꾼이라 읽는다'는 말이 지나치지 않음을 알 수 있을 것이다. 이 작품에 '눈보라에 갇힌 산장'이 등장하게 된 것은 바로 양안옌 사장이 이런 인성의 허위를 이용해 돈을 벌려 했기 때문이다. 심지어 그의 죽음 역시 거짓된 경영 수단이 야기한 악의가 빚어낸 결과이다.

작품의 주요 사건이 일단락된 뒤 우리는 이 '허위'란 주제가 여전히 끝나지 않았음을 알게 된다. 위바이퉁이 위험에 처해 하마터면 살해당할 뻔한 것도 허위로부터 비롯된 일이다. 그는 자신을 돋보이게 하려고 원칙을 포기한 채 부모님의 부하 직원이 약을 가져다줬다는 이야기를 꾸며냈다. 그런데 진정으로 독자들의 뒤통수를 친 것은 양안옌 사장이란 인물 자체도 위조됐다는 사실이다.

작품의 말미에 보면 작가는 20여 년 전으로 돌아가 살해 사건에 관한 이야기를 풀어놓는다. 살인범은 자신이 죽인 사람의 이름으로 평생 살기로 다짐하며 거짓된 성공을 얻는다. 흥미로운 사실은 작품 속 모든 장(章)을 통틀어서 1인칭 시점으로 진행되는 이야기는 '양안옌 사장'의 거짓 진술뿐이란 것이다. 양안옌 사장은 거짓말로 모든 등장인물을 속였을 뿐만 아니라 독자들마저 속였다.

나는 많은 분량을 할애해 이 작품의 트릭 설계를 살펴봤으며 그런 트릭들의 공정성, 복선의 배치와 구성 등등을 분석했다. 하지만 나는 이런 기술적 주제보다 앞서 이야기한 핵심사상이 이 작품에서 더 곱씹어 볼 만하다는 생각이 들었다. 장미라 부르는 꽃은 이름을 바꾼다 해도 그 향기는 여전하다. 하지만 누군가가 거짓으로 만들어낸 것이 보기에도 장미 같고, 향기도 장미 같다면 우리는 그것을 '장미'라고 여겨야 할까, 아닐까?

찬호께이, 소설가

옮긴이 **정세경**

북경 영화대학에서 수학했으며 싸이더스 픽쳐스에서 근무했다. 현재 중국어 출판전문 기획 및 번역가로 활동하며 소설과 자기계발, 심리학, 철학, 교양 등 다양한 분야의 책을 번역하고 있다. 주요 역서로는 《인민의 이름으로》, 《너의 세계를 지나칠 때》, 《너와 그리고 잠 못 이루던 밤들》, 《매일 심리학 공부》, 《집의 모양》, 《야옹 야옹 고양이 대백과》, 《잠시 멈춤이 필요한 순간》, 《느리게 더 느리게 2》, 《내 삶을 내 것으로 만드는 것들》 등이 있다.

사장을
죽이고 싶나
우리는 해냈다!

초판 1쇄 인쇄   2018년 4월 25일
초판 1쇄 발행   2018년 5월 1일

지은이   원샨
옮긴이   정세경
펴낸이   박은주
디자인   김선예, 장혜지
마케팅   박동준

발행처   아작
등록   2015년 9월 9일(제2017-000034호)
주소   04702 서울시 성동구 청계천로 474
             왕십리모노퍼스 903호
대표전화   02.324.3945   **팩스** 02.324.3947
이메일   decomma@gmail.com
홈페이지   www.arzak.co.kr

ISBN   979-11-89015-07-7 03820

책 값은 표지 뒤쪽에 있습니다.

아작은 디자인콤마의 문학 브랜드입니다.